KAT HOWARD

Schatten der Magie

Aus dem Englischen von Alice Jakubeit

ARCTIS

Die Originalausgabe erschien 2017 unter dem Titel
An Unkindness of Magicians bei Saga Press/Simon & Schuster, New York.

Das Shakespeare-Zitat stammt aus der Übersetzung
von August Wilhelm Schlegel, 5. Akt, 1. Szene

FSC www.fsc.org
MIX
Papier aus verantwortungsvollen Quellen
FSC® C014496

Deutsche Erstausgabe
1. Auflage

Umschlaggestaltung: semper smile, München
Lektorat: Claudia Jürgens, Berlin
Satz: Greiner & Reichel, Köln
Druck und Bindung: GGP Media GmbH, Pößneck
Printed in Germany 2018
ISBN 978-3-03880-011-8

www.arctis-verlag.de
www.facebook.com/ArctisVerlag

Für meine Eltern, die mir halfen, Körper und Seele
zusammenzuhalten, während ich dieses Buch schrieb.

»Doch dieses grause Zaubern
Schwör' ich hier ab …«

WILLIAM SHAKESPEARE, Der Sturm

1

Die junge Frau fuhr wie ein Messer zwischen die Passanten auf dem belebten New Yorker Bürgersteig. Rot besohlte Stilettos, in denen sie sehr groß wirkte, schwarze Kleidung, die sich wie Rauch an sie schmiegte, schwarzes Haar mit roten Spitzen, das ihr Gesicht mit den schiefergrauen Augen scharfkantig einrahmte. Sie war eine Frau, die auffallen müsste, bei deren Anblick die Leute stehen bleiben und sie anstarren müssten.

Doch keiner tat es.

Sie schritt die Wall Street entlang, wo der Kirchturm der Trinity Church sich vor ihr erhob, glitt zwischen Anzugträgern und Touristen hindurch wie ein Geheimnis, zog keine Blicke auf sich, keine »Hey, Süße«-Rufe, kollidierte im Gedränge nicht einmal versehentlich mit einer Schulter. Sie hätte ein Gespenst sein können. Ein Schatten.

Die Sonne war grell, der Himmel von einem schrillen Blau, wolkenlos und nur von blendenden Spiegelungen durchbrochen. Die spätsommerliche Hitze verschmolz salzigen Schweiß und schweres Parfüm, vermengte sie mit den Essensgerüchen der Imbissstände am Straßenrand. Ein strahlend schöner Tag, beinahe normal.

An einer Ecke blieb die Frau stehen. Ihr Blick zuckte kurz hinauf zu einem unauffälligen Fenster in einem der Gebäude, die an den nicht vorhandenen Wolken kratzten, als wollte sie sich vergewissern, dass ihr jemand zusah. Ihre blutroten Lippen verzogen sich zu einem knappen Lächeln, und dann trat Sydney vom Bürgersteig mitten hinein in den Verkehr.

Die Autofahrer schienen sie nicht zu bemerken.

Sydney ging bis in die Mitte der Kreuzung und hob dort wie eine Dirigentin zu Beginn eines Symphoniekonzerts die Arme. Reglos stand sie so da, einen Atemzug lang. Zwei. Drei. Hätte es irgendwo über dieser hektischen Stadt Augen gegeben, die alles beobachten konnten, hätten sie gesehen, wie ihre Lippen sich bewegten.

Und dann.

Erhoben sich sämtliche Autos um sie herum anmutig in die Luft.

Dort hielt Sydney sie: rostfleckige Taxis und schnittige schwarze Limousinen mit getönten Scheiben, Kurierdiensttransporter und einen Stadtrundfahrtbus, aus dem die Eröffnungsnummer des neuesten Broadway-Erfolgs plärrte. Sie alle schwebten in drei Metern Höhe über die Kreuzung wie ein bizarrer Zugvogelschwarm. Sydneys Gesicht verzog sich zu einem strahlenden, wilden Lächeln. Wenn die Menschen in den Autos es hätten sehen können, hätten sie es vielleicht als heiter bezeichnet. Als beglückt.

Doch die Menschen in den Fahrzeugen sahen sie nicht. Kein Hupen, kein Fluchen. Keinerlei Ehrfurcht – überhaupt keine Reaktion –, weder vonseiten der Menschen in den fliegenden Wagen noch seitens irgendeines Passanten. Bloß ein Schweben, da, wo es nicht hätte möglich sein dürfen.

Sydney lenkte die Autos mit Worten und knappen, präzisen Gesten, die ihre Finger und Hände in Origamikunstwerke verwandelten, allerdings ohne sichtbare Anstrengung, über die Kreuzung – durch die Luft.

Und dann.

Hielten ihre Hände inne. Wie man den Atem anhält. Zwei. Drei. Sie ließ die Arme sinken, und damit kehrten auch die Autos so anmutig, wie sie den Asphalt verlassen hatten, dorthin zurück, ohne dass der Verkehrsfluss unterbrochen worden wäre. Sydney ging zurück auf den Bürgersteig und mischte sich unter die Passanten. Niemand drehte den Kopf. Niemand schenkte ihr Beachtung.

Sie war noch keinen halben Häuserblock weit gekommen, da kündigte ihr Handy per Vibration eine SMS an: *Sie haben den Job.*

Die Nachricht, mit der alles begann, ging auf verschiedenen Wegen ein. Als E-Mail. Als SMS. Förmlich getippt auf schlichtem weißem Bürobriefpapier. Von Hand mit weinroter Tinte geschrieben und mit Wachs versiegelt. Doch gleichgültig, welches Medium, der Inhalt war immer der gleiche:

> *Das Rad des Schicksals hat mit seinem Umschwung begonnen. Wenn er abgeschlossen ist, wird alles neu sein.*

Falls jemand, der kein Magier, kein Mitglied der Ungesehenen Welt war, irgendwie an diese Nachricht gelangt wäre, hätte er sich nichts dabei gedacht. Ein Glückskeksspruch, eine Spammail, vom Mailprovider übersehen. Uninteressant und im Nu gelöscht.

Miranda Prospero hingegen war eine Magierin und wusste genau, was da auf ihrem Schreibtisch gelandet war. Eine Überraschung, allerdings keine freudige.

Miranda war eine konservativ gekleidete, elegante Frau von Ende fünfzig mit einem Gesicht, das zu markant gewesen war, um schön genannt zu werden, bis sie das richtige Alter dafür erreicht hatte. Mittlerweile trug sie ihre Kleidung und ihr Make-up wie eine Rüstung, die ihr ebenso als Schild und Maske dienten wie alles, was sie hätte heraufbeschwören können. Sie sollten ein mit Bedacht gewähltes Bild von ihr präsentieren.

Das Arbeitszimmer, in dem Miranda an ihrem elegant geschwungenen antiken Rosenholzschreibtisch saß, war in kühles Morgenlicht getaucht. Sie legte die Fingerspitzen auf den Rand des Blatts. Dann viertelte sie mit ihren Händen die Luft darüber und sprach Worte, deren Echo streng und bitter roch. Die Nachricht schien echt zu sein. Zudem gab es eine magische Vorrichtung – Magie, die unantastbar und vor Einflussnahme sorgfältig geschützt sein müsste –, die verhinderte, dass eine solche Nachricht versehentlich versandt wurde. Doch es war noch früh, viel zu früh, für einen neuen Umschwung. Normalerweise lagen mindestens zwanzig Jahre zwischen zwei Umschwüngen. Nur dreizehn Jahre diesmal, kaum mehr als eine halbe Generation.

Nun ja, dreizehn Jahre, fünf Monate, eine Woche und vier Tage. Miranda war mit den Begleitumständen des vorherigen Umschwungs wohlvertraut. Sie hatten sie in vielerlei Hinsicht zu dem gemacht, was sie heute war.

Licht blitzte auf und dann schwebte ein Siegel über dem Blatt Papier in der Luft: die *Rota Fortunae*, die Glücksgöttin, die mit verbundenen Augen ein Rad dreht.

Also war dieses Schreiben tatsächlich echt.

Leise Angst beschlich sie, setzte sich mit feinen Widerhaken in ihrem Herzen fest. Es gab durchaus Gründe für einen verfrühten Umschwung. Keiner davon war erfreulich.

Sie war vorbereitet. Seit gut dreizehn Jahren bereitete sie sich täglich darauf vor. Doch sie hatte auf mehr Zeit gehofft. Sie hatte alles getan, was in ihrer Macht stand, um dafür zu sorgen, dass Prospero ein starkes Haus war. Gut positioniert. So etabliert und mächtig, dass sie keine Schwierigkeiten haben dürfte, jemanden zu finden, der bereit war, es zu repräsentieren.

Sie presste die Fingerspitzen an die Schläfen, dann legte sie die Hände auf den Schreibtisch. Mittlerweile wusste sie, was ein Umschwung bedeutete, kannte die Regeln und den Einsatz – sie hatte das alles bereits erlebt –, doch der Teufel lag im Detail, und hier ganz besonders. Daher las sie weiter:

> *Jedes Haus darf sich durch einen Dritten repräsentieren lassen. Ein hierzu unter Vertrag genommener Champion gilt für die Dauer seines Engagements als Angehöriger des Hauses mit allen damit verbundenen Rechten und Pflichten. Einmal unter Vertrag genommen, kann ein solcher Champion nicht ausgetauscht werden. Jedes Haus, das keinen externen Champion beauftragt, akzeptiert sämtliche Konsequenzen, die daraus gegebenenfalls für seine Mitglieder entstehen, einschließlich Tod und Verschwinden, und verzichtet auf jegliche Racheakte jenseits der offiziellen Duelle. Die Handlungen eines ob hauseigenen oder per Vertrag gebundenen Champions während eines Duells sind verbindlich.*

> *Jedes Haus, das durch die Handlungen eines seiner – ob durch Geburt oder Vertrag gebundenen – Angehörigen die Aufmerksamkeit der Magielosen auf die Ungesehene Welt zieht, wird aufgelöst. Jedes Haus, das sich gegen eine Teilnahme am Umschwung entscheidet, wird aufgelöst. Böswillige Einmischung in ein aktives Duell kann nach sich ziehen, dass der fragliche Magier seiner Magie entblößt oder sein Haus aufgelöst wird.*

Miranda verzog den Mund. All dies würde so ernst genommen werden wie eh und je: Spätestens Ende der ersten Woche, wenn nicht schon bis zum Ende des ersten Duells, würde es den ersten schweren Verstoß gegen eine der Regeln zu verzeichnen geben, was mit einem Achselzucken und irgendeiner Variante von »Das Rad des Schicksals dreht sich nun mal« quittiert werden würde. Die Ungesehene Welt mochte ihre Regeln, aber nur, wenn sie ihr gelegen kamen.

Jedes Haus, dessen Champion – ob durch Geburt oder Vertrag gebunden – im Verlauf eines Duells stirbt, wird vom nächsten obligatorischen Opfer für das Haus der Schatten freigestellt.
Dasjenige Haus, das bei Abschluss des Umschwungs den höchsten Rang innehat, wird Oberhaupt der Ungesehenen Welt.

Und diese letzten Klauseln würden befolgt werden, ob sie den Leuten nun gelegen kamen oder nicht. Denn bei allem Pomp und allem Glanz waren sie der eigentliche Zweck des Umschwungs.

Alles war genau so, wie sie es erwartet hatte. Die üblichen Bedingungen. Keine Überraschungen. Die würden während des Umschwungs auftreten. Wie immer.

Miranda faltete den Brief genau entlang des Falzes wieder zusammen und legte ihn beiseite. Das Haus Prospero würde seiner Tradition treu bleiben und einen externen Champion unter Vertrag nehmen. Es gab immer Magier, die bereit waren, sich im Gegenzug für eine große Summe Geldes oder die Zusicherung der Mitgliedschaft in einem etablierten Haus auf die Risiken einzulassen, die mit dem Umschwung verbunden waren. Sie nahm sich ihre Unterlagen vor, ihre Aufzeichnungen über all jene fähigen jüngeren Söhne und Töchter sowie talentierte Cousins, die keine Aussichten hatten, ein eigenes Haus zu erben. Die Angst, die sich wie ein Eisklumpen in ihrer Brust eingenistet hatte, schob sie beiseite. Dann schmiedete sie Pläne.

»Deine Mutter«, sagte Laurent, »wird aus ihrer Chanel-bekleideten Haut fahren, wenn sie das herausfindet.«

»Für Miranda bin ich nicht mehr ihr Sohn, insofern bezweifle ich, dass sie mehr tun wird, als ihrem Champion klarzumachen, dass ich bloß ein beliebiges Hindernis bin, das bei ihrem Griff nach der Macht neutralisiert werden muss.« Grey goss ihnen beiden einen schweren, torfig-rauchigen Whiskey ein und stellte die Flasche zurück auf den Barwagen. »Prost.«

Sie saßen an einem langen Holztisch in Laurents Wohnung: Glas und Chrom, Granit und helles Holz, hoch genug gelegen, um New York City unter ihnen mit seinen Lichtern und seinem Lärm in eine Szene wie aus einem Stummfilm zu verwandeln. Laurent war besonders talentiert in Magie, die mit Glück und Zufall verbunden war, und hatte sowohl dies als auch eine Reihe weltlicherer Fähigkeiten genutzt, um sich ein ziemlich gesundes Investmentportfolio aufzubauen.

»Meinst du?«, fragte er jetzt. »Auch wenn sie erfährt, dass du dich selbst repräsentierst? Ich meine, irgendwann enden die Duelle tödlich. Ich weiß, ihr zwei redet nicht miteinander, aber glaubst du wirklich, sie hätte kein Problem damit, wenn du am Ende tot bist?«

Laurent hatte seinen Eltern fünf Jahre zuvor einen Alterswohnsitz im Pazifischen Nordwesten gekauft, zwei Stunden von Seattle entfernt. »Wälder und Wasser, das will ich«, hatte sein Vater immer gesagt. Seine Mutter hatte hinzugefügt, sie hätte gerne ein paar Enkelchen zum Verwöhnen: »Und hier ist auf jeden Fall genug Platz für Besuch.« Er hatte ihnen gesagt, er werde erst mal mit den Wäldern und dem Wasser anfangen, und der Tag, an dem er ihnen die Schlüssel in die Hände gedrückt hatte, war einer der glücklichsten in seinem ganzen Leben gewesen. Ihre Wohnorte an entgegengesetzten Küsten und das Leben selbst verhinderten, dass er seine Eltern häufiger als ein, zweimal jährlich sah, aber sie hingen aneinander. Er konnte sich nicht vorstellen, dass sie jemandem kaltschnäuzig erzählten, ihr Sohn sei lediglich ein Hindernis.

»Falls sie sich dazu herabließe, mit mir zu reden, würde sie mich lediglich daran erinnern, dass«, nun äffte Grey Mirandas Stimmlage und Sprechmelodie nach, »ich einen ausgezeichneten und sicheren Platz als Erbe des Hauses Prospero hatte und den Umstand, dass ich diesen verloren habe, einzig und allein mir und meiner eigenen Dummheit zuzuschreiben habe. Ich hätte mich einverstanden erklärt, die Konsequenzen meiner Handlungen zu tragen, und dies sei nichts weiter als die Fortsetzung dieser Konsequenzen.« Er grinste und trank einen Schluck.

Laurent lachte. »Deine Mutter ist wirklich der Hammer.«

»Glaub mir«, sagte Grey, »das weiß ich.«

Es war nun gut drei Jahre her, dass sie ihn enterbt hatte. Diese spezielle Prozedur war unblutig verlaufen – Federstriche auf Dokumenten, die ein Kurier von einer Kanzlei zur anderen getragen hatte.

Die Ursache der Kluft zwischen ihnen war eine magische Angelegenheit gewesen. Grey testete gern Grenzen aus und suchte auch dort nach einem Zugang zur Macht, wo Miranda niemals suchen würde. Im Herzen war sie eine Traditionalistin. Ihrer Meinung nach hatte er eine rote Linie überschritten und so hatte sie ihm alles genommen.

Seither hatten sie nicht mehr miteinander gesprochen.

»Ach, wo wir schon von deiner Familie reden«, sagte Laurent.

»Müssen wir?« Grey lehnte sich zurück.

»Neulich habe ich in der City deine Cousine Madison getroffen. Sie sah gut aus. Wir sind einen Kaffee trinken gegangen.«

»Ach, so gut sah sie aus, ja?« Grey grinste anzüglich.

»Nicht immer geht es darum, jemanden abzuschleppen, du Casanova.« Gespielt missbilligend schüttelte Laurent den Kopf.

»Stimmt, aber meistens schon. Und? Wie geht es ihr? Seit sie von der Schule abgegangen ist, habe ich sie nicht mehr gesehen.«

»Sie hat gesagt, sie sei gerade zur Partnerin in irgendeiner großen Anwaltskanzlei aufgestiegen – Wellington & Ketchum vielleicht?«

»Gute Kanzlei. Prospero nimmt ihre Dienste in Anspruch. Genau genommen ist sie wahrscheinlich deshalb auch dort. Fast alle Häuser haben an verschiedenen Stellen Leute sitzen, die sich um ihre nichtmagischen Angelegenheiten kümmern. Es ist besser, wenn diese Leute zur Familie gehören. Dann verstehen sie, wie wichtig Magie ist, und beklagen sich nicht über die Heimlichtuerei.«

Das war etwas, worüber man im Allgemeinen nicht sprach, doch hin und wieder geschah es, dass ein Angehöriger eines der Häuser als Magier nicht stark genug war, um die Zugehörigkeit zur Ungesehenen Welt zu behalten, oder dass jemand beschloss, auf die Ausübung seiner Magie zu verzichten. Diese Personen wurden ausgestoßen, aber nur bis zu einem gewissen Grad. Die Ungesehene Welt mochte ihre Geheimnisse vor der magielosen Welt haben, doch allen war klar, dass sie trotzdem ein Teil davon waren und irgendjemand nun einmal die Routinearbeit erledigen musste.

»Sie hat sich nach dem Umschwung erkundigt und schien nicht überrascht zu sein, dass du dabei bist«, sagte Laurent.

»Ich hätte nicht gedacht, dass sie sich für so etwas interessiert.« Grey schüttelte den Gedanken ab und leerte sein Glas. »Hast du deinen Champion gefunden?«

»Ich glaube schon.«

»Du *glaubst*?« Grey goss sich noch einen Whiskey ein und hielt Laurent die Flasche hin, doch der schüttelte den Kopf. »Bald geht es los und dann musst du jemanden haben. Es sei denn, du hättest es dir anders überlegt und wolltest selbst antreten. Es ist ja nicht so, als hättest du nicht das Talent und den Mumm dafür.«

Laurent schnaubte. »Danke. Nein, ich will nach wie vor erst einmal zusehen, bevor ich es selbst probiere, also suche ich mir einen Champion. Aber sie hat den Vertrag noch nicht unterzeichnet.«

»Glaubst du ernsthaft, es besteht die Möglichkeit, dass sie absagt? Vielleicht solltest du sie hierher in deine Wohnung einladen und mit all dem beeindrucken, was du ihr bieten kannst.« Grey deutete zum Fenster, durch das man die Lichter der Stadt wie Juwelen auf Samt glitzern sah.

»Haha. Das ist es nicht – ich glaube, mit den Vertragsbedingungen ist sie einverstanden, aber sie ist gut genug, um es sich aussuchen zu können. Mehr als gut genug.« Laurent fuhr sich mit der Hand über die kurzen schwarzen Haare. »Ihr Zauber war ganz erstaunlich – komplex und filigran und vor den Magielosen vollständig verborgen. Sogar vor denen, die darin gefangen waren. Eine so beeindruckende Magie habe ich noch nie gesehen, und dabei hat sie das Ding durchgezogen, als täte sie so was jede Woche.«

Greys Augen wurden schmal. »Woher kommt sie, hast du gesagt?«

»Habe ich nicht gesagt – sie gehört zu keinem der Häuser.«

»Eine Außenseiterin mit einer solchen Macht? Das dürfte interessant werden«, sagte Grey. »Dann haben wir endlich neuen

Gesprächsstoff und müssen nicht ständig darauf herumreiten, wie schnell dieser Umschwung gekommen ist. Ich hätte gedacht, dass es noch mindestens zehn Jahre dauert.«

»Es ist für uns beide der einzige Weg, ein Haus zu gründen«, entgegnete Laurent. »Besser, es passiert jetzt.«

»Stimmt. Ich bin es müde zu warten.« Greys Meinung nach war der Umschwung lange überfällig.

»Außerdem«, sagte Laurent grinsend, »ein gewaltiger Zauberwettstreit? Das wird ein riesiger Spaß.«

Hoch über der Stadt stießen sie auf sich, ihr Potenzial und die kommende Drehung des Schicksalsrads an.

Nicht zum ersten Mal wünschte Harper Douglas, ihre Magie wäre stärker. Wünschte, sie verfügte überhaupt über echte Magie, die über die Fähigkeit hinausging, eine Kerze mit einem Wort zu entzünden. Wofür sie tatsächlich viel mehr Energie verbrauchte, als wenn sie ein Streichholz verwendete, und anschließend hatte sie immer rasende Kopfschmerzen.

Sie hatte die Frau mit dem rot-schwarzen Haar gesehen, die außer ihr offenbar niemand bemerkt hatte. Hatte beobachtet, wie sie den Bürgersteig entlang und dann mitten auf die Straße gegangen war. Dabei war ihr zuerst schwindelig und dann übel geworden, doch sie hatte die Frau nicht aus den Augen gelassen, bis sie die Kreuzung betreten hatte, denn sie hatte gewusst, was dieser Schwindel und die Übelkeit bedeuteten. Sie bedeuteten, dass sie nahe dran war.

Dann hatte Harper die Magie der Frau gespürt, als mattbronzenes Elektrozaun-Gefühl im Mund, doch sie war nicht stark genug gewesen, um den Zauber selbst zu sehen. Sie hatte versucht, näher heranzugehen, aber die Macht der Frau hatte sie wie eine Flutwelle getroffen.

Harper war zusammengebrochen. Als sie die Augen öffnete,

lag sie vor einer Bodega und spürte, dass ihr linker Ellbogen in etwas besorgniserregend Matschigem gelandet war. Sie versuchte, sich aufzusetzen.

»Sie sehen gar nicht gut aus. Bleiben Sie, wo Sie sind.« Eine ältere Russin ging neben ihr in die Hocke, durchsuchte ihre Stofftasche und reichte Harper schließlich eine Plastikflasche mit Orangensaft. »Trinken Sie das.«

»Haben Sie sie gesehen?«, fragte Harper. Sie war so nahe dran gewesen – noch immer hatte sie den Geschmack von Elektrizität im Mund.

»Wen gesehen? Hat jemand Sie gestoßen?« Grimmig blickte die Frau sich um.

»Nein, nein. Niemand hat mich gestoßen. Ich dachte bloß, ich hätte jemanden gesehen. Jemand Wichtiges.« Doch ihre Helferin konnte nichts gesehen haben, es sei denn, sie gehörte zur Ungesehenen Welt, und dann würde sie Harper niemals von dieser Frau erzählen.

»Haben Sie sich den Kopf angestoßen? Vielleicht haben Sie Halluzinationen. Brauchen Sie einen Arzt?« Die Augen zusammengekniffen, die Lippen geschürzt.

»Nein, das genügt. Vielen Dank«, sagte Harper zwischen zwei Schlucken Orangensaft. Sie spürte, wie ihr Blutzuckerwert wieder nach oben ging, und ihre Hände hörten auf zu zittern.

»Sie fallen mir aber nicht noch mal um, oder?«, fragte die Frau in einem Ton, der durchblicken ließ, es sei nicht sonderlich klug von Harper gewesen, hier auf dem Bürgersteig umzukippen.

»Nein, Ma'am. Es geht mir schon viel besser. Warten Sie, ich bezahle Ihnen den Saft.«

Die Frau schlug Harpers Hand weg. »Was hat man Ihnen denn für Manieren beigebracht? Man bezahlt einen Menschen nicht für seine Freundlichkeit. Man bedankt sich.«

»Vielen Dank. Ganz ehrlich.« Harper rappelte sich hoch, klaubte angewidert die Überreste eines cremegefüllten Donuts von ihrem Arm und ging in die Richtung, wo sie die Magierin zuletzt gesehen hatte, auf das große Bronzeportal der Trinity Church zu.

Nichts. Nicht einmal ein Anflug von Magie war zurückgeblieben. Sie hatte auch nichts anderes erwartet. Wenn ein Magier für magielose Augen nicht zu sehen sein wollte, war er auch nicht zu sehen. Und Harper hatte sich zwar mit großer Hartnäckigkeit das allerwinzigste bisschen Magiegebrauch erkämpft, doch sie war definitiv keine Magierin. Vorsichtshalber drehte sie sich ein letztes Mal um sich selbst und achtete dabei auf jede Kleinigkeit, doch schließlich lief sie die Treppe in die Wall Street Station hinab, hinein in das Rattern und Brausen der U-Bahn.

So nahe. Sie war so nahe dran gewesen. Wenn sie bloß noch ein bisschen näher herankäme, würde sie einen Weg in die Ungesehene Welt finden. Und dann würde sie ihr Versprechen halten können.

Sobald Sydney über die Schwelle des Gebäudes trat, in dem ihre Wohnung lag, fiel der magische Schleier, in den sie sich gehüllt hatte, von ihr ab und sie war wieder sichtbar für die Welt um sie herum. »Irgendwelche Nachrichten, Henry?«, fragte sie den Portier.

»Heute nicht, Miss.«

Zum Dank lächelte sie ihn an, dann fuhr sie mit dem Aufzug in den sechsten Stock. Sydney wohnte ganz bewusst in der magielosen Welt – niemand aus der Ungesehenen Welt käme auf die Idee, hier nach ihr zu suchen. Dieser Snobismus war ebenso nützlich wie vorhersehbar – als sie ein halbes Jahr zuvor eingezogen war, hatte sie eine Reihe von Schutzzaubern installiert, doch in den gesamten sechs Monaten waren sie niemals auf die Probe gestellt, geschweige denn überwunden worden.

Sie machte die Wohnungstür zu, schloss hinter sich ab, schlüpfte aus ihren Stilettos und rollte so lange die Füße ab, bis sich der Schmerz im Spann aufgelöst hatte. Zog ihr Telefon aus der Tasche und textete Laurent, sie akzeptiere.

Erledigt.

Barfuß ging Sydney an ihre Kücheninsel und schenkte sich ein Glas dunkelroten Wein ein. Sie hatte die Sache ins Rollen gebracht. Nicht das Rad des Schicksals – für das Brimborium der Ungesehenen Welt hatte sie nicht viel übrig –, sondern ihre eigenen Pläne.

Sie trank einen Schluck, genoss es, wie der Wein ihr sanft die Kehle hinunterrann, und kostete den vollen Geschmack aus. Sich eine Freude gönnen zu können, auch wenn es sich nur um ein Glas Wein handelte, war noch immer neu für sie. Ein Luxus, für den sie so hart gearbeitet hatte, dass sie noch immer darin schwelgte.

Für Laurent zu arbeiten würde nützlich sein. Sie hatte ein Kandidatenhaus gewollt, hatte auf einen Außenseiter gehofft. Auf jemanden, der noch nicht etabliert war und für den die ganzen schmutzigen kleinen Geheimnisse der Ungesehenen Welt hoffentlich noch nicht das Evangelium darstellten. Auf jemanden, der in gewissen Punkten vielleicht irgendwann ihre Sichtweise übernehmen, womöglich sogar zum Verbündeten werden würde.

Sie beabsichtigte, die besagten schmutzigen kleinen Geheimnisse allesamt aus den Schatten ans Licht zu zerren, notfalls auch ans Licht der Flammen, mit denen sie die Ungesehene Welt womöglich niederbrennen würde.

Sydney hob ihr Glas und trank auf die Zerstörung dieser Welt.

Mit einem Mal durchliefen Zuckungen ihren ganzen Körper. Der Wein schwappte über den Rand des Glases und versprühte blutrote Tropfen. Ein dumpfer Schmerz setzte sich in ihren Handgelenken und Schultern fest, und sie fühlte sich ausgehöhlt, so, als ob ein Fieber sie in der Gewalt hätte. Auf ihrer Haut bildeten sich Schweißperlen.

Dies war der Preis, den sie für die Magie von heute zahlen musste.

Sydney stellte das Glas ab und atmete in das Zittern, in den Schmerz, in ihre wie ausgehöhlten Knochen hinein. Sie konzentrierte sich ganz darauf, bis sie sich wieder gefangen hatte und die Schmerzen annehmen konnte. Sie war daran gewöhnt, Schmerzen anzunehmen. Im Lauf der Zeit hatte sie so viel Übung darin bekommen, dass es zu einer regelrechten Spezialität von ihr geworden war. Wieder hob sie das Glas und hielt es ganz still: Ihre Hand zitterte nicht mehr.

Sie trank.

2

Um 0.01 Uhr erinnerte nur noch ein Weinglas auf dem Abtropfständer an ihre kleine Feier, und Sydney stand im Central Park am Südufer des Reservoir. Mit dem Daumennagel riss sie Streichhölzer an. Eines, zwei, drei.

Ehe der Rauch des letzten Hölzchens sich verzogen hatte, kam ein Boot über das dunkle Wasser auf sie zu. Es war alt und morsch und sah aus, als könnte schon eine einzige Berührung es versenken. Das Boot stieß sanft ans Ufer und wartete.

Sydney ging an Bord, und der Kahn fuhr knarrend und schwankend los.

Sie verbrachte die gesamte Überfahrt im Stehen. Die Magie, die das Boot antrieb, schloss das Trocknen der Sitzbänke nicht mit ein, und ihre eigene Magie mochte sie hier, wo das Haus es bemerken könnte, nicht einsetzen. Und das Haus würde es bemerken. Das Haus bemerkte alles.

Die Dunkelheit vor ihr verdichtete sich und verwandelte sich in das Haus der Schatten. Gedrungen und gut verborgen hockte es wie eine Kröte am Wasser, auf einer Insel, die aus Knochen und Elend errichtet war, die es niemals hätte geben dürfen. Dies war ihr Zuhause gewesen von dem Tag an, als sie zur Tilgung der Schuld anderer fortgegeben worden war, bis zu dem Tag, an dem sie mächtig genug geworden war, um die Türen des Hauses aufzustoßen und hinauszugehen.

Sydney hasste es.

Das Boot landete an der Treppe und Sydney ging ins Haus.

Kälte. Die Art Kälte, die durch die Schuhsohlen drang und einem in die Knochen fuhr, bis sie schmerzten. Solange sie im Haus war, konnte sie keine Magie wirken, die das Haus nicht erlaubte, jedenfalls nicht, ohne mit ihm um dieses Privileg zu kämpfen, und sie hatte schon vor langer Zeit gelernt, dass es ihr keine Annehmlichkeiten gewähren würde. Mittlerweile war es eine Frage des Stolzes, nicht darum zu bitten. Sie hielt den Rücken gerade, den Kopf hoch erhoben und weigerte sich, zu zittern. Keine Schwäche.

Sie würde dem Haus nichts geben, was es sich nicht nahm, und es hatte sich bereits genug genommen.

Trübe Lampen flackerten an den Wänden. Glühwürmchen unter Wasser, Lumineszenz unter Glas. Die einzigen Geräusche das gedämpfte Hallen ihrer Schritte.

Das Haus hätte sie direkt zu Shara bringen können. Hätte sich so anordnen können, dass sie in ein warmes, hell erleuchtetes Zimmer gekommen wäre. Hätte alles Mögliche tun können, um Sydney das Leben leichter zu machen.

Selbstverständlich konnte es sie auch hierbehalten, hinter seinen Türen, indem es sich wie ein Labyrinth anordnete, bis sie vor Erschöpfung tot zusammenbrach, konnte seinen Boden über einer Oubliette öffnen und sie dort einschließen, konnte zu allen möglichen anderen tödlich-unerfreulichen Überraschungen greifen. Es konnte sie an den Räumen vorbeiführen, in denen den glückloseren Bewohnern des Hauses ihre Magie entzogen wurde, denen, die aufgebraucht und dann entsorgt wurden, die niemals von hier fortkamen. Es konnte sie zwingen, ihren Schreien zu lauschen, den Lauten aus wunden Kehlen, dem Flehen. Konnte ihr den Geruch von Blut und Angst in die Nase steigen lassen. Konnte sie zwingen, stehen zu bleiben, zuzusehen und noch einmal zu durchleben, was sie selbst hatte ertragen müssen.

Ihre frühesten Erinnerungen spielten sich in diesen Räumen ab. Phantomnarben spukten über ihre Haut. Echos vergangener Schreie stiegen in ihrer Kehle auf. Sie schluckte schwer. Ein langer Fußweg durch die kalte Dunkelheit war gar nichts dagegen.

»Du kommst zu spät.« Sharas Stimme ertönte, noch bevor das Licht aufleuchtete. Das Licht war wässrig blau, kalt genug, um zu brennen, und verlieh den Schatten messerscharfe Umrisse. Das Haus war heute Nacht schlecht aufgelegt.

Sydney schwieg. Auch wenn sie die Streichhölzer exakt zur vereinbarten Zeit entzündet hatte, auch wenn es der schlechten Laune des Hauses zu verdanken war, dass sie zu spät gekommen war. Dies war weder der rechte Zeitpunkt noch der rechte Ort für Small Talk.

»Ich hoffe, du hast heute nicht noch in anderer Hinsicht versagt«, bemerkte Shara, das Gesicht so marmorkalt wie die Stimme. Fischbauchbleich nach einem ganzen Leben im Haus der Schatten, langes, wirres Haar wie das einer mittelalterlichen Zauberin und ein Kleid, das aus den Schatten, über die sie gebot, hätte gewebt sein können. Leuchtend blaue Augen allerdings, Lichter in der Finsternis. Sydney hatte noch nie ein gütiges Wort von ihr gehört. »Was hast du zu berichten?«

»Wie du befohlen hast, stehe ich für die Dauer des Umschwungs bei einem Haus unter Vertrag«, sagte Sydney. Es gab einen Plan und dies war sein Beginn.

»Welches Haus?« Shara kam näher und ihr Schatten wurde länger. Er zuckte hinter ihr im flackernden Licht, doch die Ränder waren glatt. Unversehrt.

»Laurent Beauchamps.« Sydneys Hände schmerzten und sie spürte, wie sich Reif auf ihrem Haar sammelte. Shara hingegen wirkte selbstverständlich völlig entspannt.

»Ein Kandidatenhaus. Interessante Wahl.«

Sydney schwieg. Falls Shara Streit suchte oder Sydney dieses oder jenes vorwerfen wollte, würde sie das bald genug zu erkennen geben. Doch ohne Not wollte Sydney nichts sagen, was sie hinterher womöglich bereuen würde. Es gab Geheimnisse, die gewahrt werden mussten, sogar hier.

Besonders hier.

»Nun gut. Geh weiter so vor, wie wir es besprochen haben. Das wäre für den Moment alles.«

Sydney machte auf dem Absatz kehrt.

»Bis auf den Kontrakt selbstverständlich.«

Verschlagen und zufrieden klang Sharas Stimme und zum ersten Mal in dieser Unterhaltung beinahe fröhlich.

Bis auf ... Selbstverständlich.

Lange bevor sie sich vertraglich an Laurent gebunden hatte, um ihm zu helfen, sich in den Augen der Ungesehenen Welt zu legitimieren, indem er ein Haus gründete, hatte Sydney einen Kontrakt mit dem Haus der Schatten abgeschlossen. Dass sie das nicht freiwillig getan hatte, spielte keine Rolle. Das Haus führte penibel Buch über Schulden. Und Sydneys Schuld war noch lange nicht getilgt.

Auf einem Tisch neben Shara: der Füller, der Kontrakt und ein Messer mit Knochengriff. Die Klinge schattendunkel, die Schneide so scharf und dünn wie die Wahrheit.

Shara nahm das Messer in eine Hand und raffte mit der anderen Sydneys Schatten zusammen. Das Gefühl, das damit einherging, war ein Kribbeln auf der Haut, eine Gänsehaut, bloß innerlich, so, als müsste sie erschauern und sich zugleich übergeben.

Shara trennte so viel ab, wie zusammengerollt in den Kolben des Füllers passte, um es als Tinte zu verwenden. Der Schnitt war ein Schaben über einen gereizten Nerv, Salz in einer Wunde, Feuer auf ihrer Seele, nichts, was nicht schon einmal geschehen wäre, nichts, was nicht erneut geschehen würde, und dies – die nicht enden wollende Schuld – war das Schlimmste daran.

Sydney ließ ihren Kopf leer werden und unterzeichnete wieder einmal mit ihrem Namen. Wie sie es jedes Mal, wenn man sie hierher zitierte, tat, wie sie es immer wieder würde tun müssen, bis sie die Waagschalen ausgeglichen hatte und frei war. Das Haus der Schatten würde entscheiden, wann es so weit war – Sydney konnte also nicht einmal die Tage bis dahin zählen.

Am Tag, als sie den Kontrakt zum ersten Mal unterzeichnete, hatte sie geglaubt, das Ritual würde mit der Zeit leichter und der Schmerz erträglicher werden. Sie hatte sich geirrt. Wenigstens hatte sie gelernt, die Hand ruhig zu halten, dachte sie, während die Tränen, die durch ihre Wimpern gesickert waren, auf ihrer Haut gefroren.

»Man wird dich erneut rufen, wenn du gebraucht wirst, und du wirst nicht wieder zu spät kommen«, sagte Shara. »Das wäre alles für heute.«

Sydney ging ohne einen Blick zurück. Das Haus öffnete sich für sie unmittelbar zur Außenwelt, zum halb versunkenen Boot, das sie übers Wasser getragen hatte. Aufrecht stand sie da, die Fäuste so fest geballt, dass ihre Fingernägel sich in die Haut bohrten, und konzentrierte sich ganz auf diesen hellen, scharfen Schmerz, nicht auf die frische, nässende Wunde in ihrem Schatten, nicht auf irgendetwas anderes, nur auf ihre Hände sowie auf das Holz und das Wasser unter ihren Füßen, auf die Nachtluft an ihrer Haut, bis sie am anderen Ufer war, bis das Boot wieder mit der Nacht und den Schatten verschmolz.

Erst jetzt, wieder an Land, ließ sie zu, dass ihre eigenen Pläne ihre Gedanken ausfüllten. Die Pläne, die am selben Punkt begannen wie die des Hauses der Schatten, aber an einem völlig anderen Punkt endeten.

Tief im Inneren des Hauses der Schatten lag Grace Valentine in der Kälte, in der Dunkelheit, und wartete darauf, dass das Blut an ihren Händen trocknete. Sie beugte und streckte die Finger und zuckte zusammen, als einige der noch nicht verheilten Schnitte wieder aufplatzten.

Die Hände waren am schlimmsten – dort hielten sich die Schmerzen am längsten, ebenso wie die Magie. Zudem waren die Schnitte eine Erinnerung daran, wie sie überhaupt hier gelandet war, eine Erinnerung, bei der ihre Hände wieder zu bluten begannen, weil sie unwillkürlich die Fäuste geballt hatte und auch die restlichen Wunden wieder aufgeplatzt waren.

Dennoch: Das Ritzen ihrer Hände war das Einzige, wozu man sie heute gezwungen hatte. Sie hatte den Eindruck, dass sie in den letzten paar ... Wochen? Monaten? Sie war sich nie ganz sicher, wie viel Zeit hier drinnen verging, selbst wenn das Haus der Schatten ihre Wahrnehmung der Ereignisse nicht veränderte, damit es noch stärker schmerzte oder noch länger. Jedenfalls hatte sie den Eindruck, dass die Phasen, in denen man ihr Magie entzog und ihr Schmerzen zufügte, um die Macht in dem, was gesammelt wurde, zu steigern, kürzer wurden und sie stattdessen häufiger Gelegenheit hatte, die einzigartige Magie des Hauses der Schatten zu erlernen.

Auch dies tat natürlich weh. Alles hier tat weh, manchmal sogar das Atmen. Doch es war eine bessere Art von Schmerz. Denn wenn sie diese neue Art von Schmerz ertragen konnte – diejenige Art, hinter der Macht wartete –, wenn sie lernen konnte, was das Haus der Schatten sie lehrte, dann konnte sie das nutzen, um von hier fortzugehen.

Sie hatte davon gehört, dass so etwas vorkam, einmal, lange bevor man sie hier weggesperrt hatte. Später war es noch jemandem gelungen – sie hatte die kleinen Wellen gespürt, die durchs Haus liefen, hatte es bluten sehen. Sie bewahrte diese

Möglichkeit in ihrem Herzen, das dunkelste aller Geheimnisse.

Verborgen und vergessen lag Grace Valentine in der Dunkelheit des Hauses der Schatten. Während das Blut an ihren Händen trocknete, zählte sie Narben, bis sie einschlief. Sie träumte von Rache.

Miranda hatte beschlossen, die Vorstellungsgespräche mit den Champion-Anwärtern für das Haus Prospero persönlich zu führen. Auffällige Zauber waren ja gut und schön und sie würde natürlich Kostproben ihres Könnens von ihnen verlangen, ehe sie eine Entscheidung traf, aber Tatsache war nun einmal, dass dieser Champion das Haus repräsentieren würde. Sie wollte sicher sein, dass es ihn mochte.

Außerdem wollte sie sicherstellen, dass sie selbst denjenigen zumindest respektieren, wenn nicht sogar mögen konnte. Der Champion und seine Magie würden Prospero vertreten, würden das Gesicht ihres Hauses sein. Macht und Können – gewiss, das war wichtig, aber Gleiches galt für den Charakter, zumal die Entscheidungen, die die Champions im Verlauf einer Herausforderung trafen, verbindlich waren. Wenn die Ziele eines Champions nicht völlig mit den ihren übereinstimmten, bestand immer die Gefahr, dass er eine falsche oder eine eigennützige Entscheidung traf. Und sobald die Duelle tödlich wurden, verlangte Miranda immerhin von ihrem Champion, möglicherweise für ihr Haus zu sterben. Sie wollte sicher sein, dass er dazu bereit war.

Als letzte Vorbereitung auf die Vorstellungsgespräche des heutigen Vormittags sammelte Miranda Verteidigungsmagie um sich, wickelte sie sich um die Finger und entließ sie als eisernen Vorrat in ein leeres Tintenfass. Wenn man es umwarf, wurde der Zauber ausgelöst. Sehr wahrscheinlich würde sie keinen Gebrauch davon machen müssen, doch es war nicht völlig ausgeschlossen, dass jemand Prospero schon vor Beginn der Duelle angreifen wollte. Besser, sie war vorbereitet.

Nochmals sah sie sich in ihrem Arbeitszimmer um, musterte prüfend die Anordnung der Gegenstände auf ihrem Schreibtisch, die Blumen, die auf einem Beistelltisch standen – reinweiß mit grünen Akzenten, keine übermäßig schweren Düfte –, registrierte den Winkel, in dem das Licht durch die Fenster hinter ihr hereinfiel. Sie verschob einen Brieföffner um den Bruchteil eines Zentimeters nach rechts; dann nickte sie.

»Na schön. Schick den ersten Kandidaten herein«, trug sie dem Haus auf.

Er steht noch nicht in deinem Terminkalender.

Das Haus sprach nicht im eigentlichen Sinne mit einer Stimme. Vielmehr hatte Miranda, als sie Oberhaupt des Hauses Prospero geworden war, eine Reihe von verzauberten Spiegeln erschaffen, die auf ihre Stimme und Präsenz eingestimmt waren. Wenn das Haus ihr etwas mitteilen wollte, ohne dass sie zuerst das Wort an es gerichtet hatte, erschienen seine Worte auf einem der Spiegel, begleitet von einem leisen Klingeln. Niemand sonst im Raum konnte die Worte sehen oder das Klingeln hören. Der Zauber ermöglichte es ihr auch, mental zu antworten, sodass sie notfalls komplett unbemerkt mit ihrem Haus kommunizieren konnte.

Miranda nahm die Eigenmächtigkeit des Hauses mit erhobener Augenbraue zur Kenntnis. Dann trat auch schon Ian Merlin ein und sie legte die linke Hand auf den Schreibtisch, in die Nähe des magiegefüllten Tintenfasses.

»Madame Prospero.« Er neigte den Kopf im korrekten Winkel. Überdies war er manierlich gekleidet – schwarzer Anzug, schwarzes Hemd, gut geschnitten und unauffällig. So etwas war nicht jedem wichtig, ihr jedoch schon, daher wusste sie die Geste zu schätzen.

»Ian. Hatten wir einen Termin vereinbart?« Sie ließ milde Neugier in ihrer Frage anklingen.

Er faltete seine langen Glieder zusammen wie ein Klappmesser und setzte sich in einen antiken Sessel. »Ich hörte, Ihr Haus braucht einen Champion, und würde Sie gern davon überzeugen, dass ich der Richtige bin.«

Sie hatte seine Magie bereits gesehen. Es bestand keine Notwendigkeit, eine Probe seines Könnens von ihm zu verlangen – falls es einen besseren Magier gab, war Miranda ihm noch nicht begegnet. »Es wird Ihnen nicht neu sein, aber Sie sind der Erbe des Hauses Merlin.« Das bedeutete nicht, dass er kein anderes Haus repräsentieren oder keinen Versuch unternehmen durfte, ein eigenes Haus zu gründen, aber eine solche Entscheidung war unüblich. »Und in letzter Zeit haben Sie sich in der Ungesehenen Welt nicht oft blicken lassen. Daher bin ich ein wenig überrascht, Sie hier zu sehen.«

»Sie sind zu bescheiden«, entgegnete Ian. »Sicherlich wissen Sie längst, dass ich nicht der Erbe des Hauses Merlin bin. Als ich fortging, habe ich auf alle Ansprüche verzichtet. Mein Vater hat meine Schwester nur deshalb noch nicht als Erbin eingesetzt, weil er hofft, ich ändere meine Meinung, was ich allerdings nicht beabsichtige.«

»Verstehe.« Miranda setzte sich aufrechter hin und dachte nach. Ihn unter Vertrag zu nehmen wäre ein echter Coup, doch sie wusste noch nicht, was Ian dabei zu gewinnen hatte, indem er sich als Champion verdingte. »Warum Prospero? Warum nicht den Umschwung nutzen, um Ihr eigenes Haus zu gründen?«

»Mir gefällt nicht, wie die Ungesehene Welt funktioniert. Ich würde sie gern verändern und aus dem Inneren eines mächtigen, etablierten Hauses heraus wäre das einfacher.

Außerdem kann mein Vater Sie nicht leiden, und mir ist danach, ihn zu ärgern. Ihnen dabei zu helfen, den Umschwung zu gewinnen – ihm die Führung der Ungesehenen Welt abzunehmen –, wäre dafür wunderbar geeignet.« Er hielt inne. »Verzeihen Sie meine Unverblümtheit, aber es scheint mir besser, aufrichtig zu sein.«

Miranda trommelte mit der linken Hand auf den Schreibtisch. Das war ein Motiv, das sie nachvollziehen konnte. »Ich mag Miles auch nicht sonderlich und seine Vorgehensweise in den letzten dreizehn Jahren gefällt mir noch weniger. Aber ich weiß immer gern, was ich unterstütze. Was genau hoffen Sie zu verändern?«

»Die Abhängigkeit vom Haus der Schatten. Wenn Sie mich unter Vertrag nehmen und falls das Haus Prospero am Ende dieses Umschwungs die Ungesehene Welt anführt, müssen Sie mich darin unterstützen, diese Abhängigkeit zu beenden. Sie verstehen, warum ich dafür die Unterstützung eines anderen Hauses brauche.« Es war das Haus Merlin gewesen, genauer gesagt, Ians Urgroßvater, der das Haus der Schatten gegründet hatte. Er hatte den Zauber in Gang gesetzt, der es Angehörigen der Ungesehenen Welt ermöglichte, auf ein Reservoir zuvor gesammelter Macht zurückzugreifen und so ihre Magie ohne persönliche Nachteile bis auf eine Opfergabe pro Haus und Generation zu wirken. Seither war das Haus Merlin ununterbrochen an der Macht gewesen, auch wenn das Rad des Schicksals sich tatsächlich gedreht hatte.

Miranda erwiderte in sachlichem Ton: »Ich denke, darauf könnte ich mich einlassen. Gibt es noch etwas, was Sie wollen?«

»Nein. Nur Ihre Unterstützung und nur unter den besagten Umständen.«

»Dann akzeptiere ich Ihre Bedingungen«, sagte sie. »Haben Sie noch Fragen?«

»Ich habe Greys Namen auf der Liste der Kandidatenhäuser

gesehen. Wie soll ich in einem Duell mit ihm verfahren?« Er hielt die Frage wie auch seinen Tonfall sorgfältig neutral.

Miranda zuckte nicht einmal mit der Wimper, als sie bestätigt sah, dass Grey am Umschwung teilnehmen würde. Nichts anderes hatte sie von ihm erwartet. »Sollte er Prospero herausfordern, verfahren Sie so mit ihm, wie es die Vertragsbedingungen vorsehen.«

Eine sehr höfliche Antwort, die bedeutete, sollte es zu einem tödlichen Duell zwischen ihrem Haus und Grey kommen, durfte Ian ihn töten. Ian wartete einen Moment. Als Miranda dem nichts hinzufügte, sagte er: »In Ordnung. Verlangen Sie eine magische Demonstration?«

»Ich habe Sie aufwachsen sehen, Ian, und kenne Ihre magischen Fähigkeiten zur Genüge. Den Vertrag unterzeichne ich gerne, falls das auch für Sie gilt.«

»Ich habe es schon getan.« Er lächelte, öffnete die rechte Hand und spreizte die Finger. Die oberste Schublade ihres Schreibtischs glitt auf.

Sie fand ein Blatt schweres Papier darin: die Standardvereinbarung. Nur die Zahlungsbedingungen hatte er geändert. Ganz unten seine Unterschrift; die Tinte war noch nicht trocken. »Und wenn wir uns nicht einig geworden wären?«

»Dann wäre das Blatt leer geblieben und ich wäre enttäuscht gewesen.«

Er hatte diesen Zauber gewirkt, während er ihr hier gegenübergesessen hatte. Sehr elegant – sie hatte es nicht einmal gespürt. Lächelnd zeichnete Miranda die Vereinbarung gegen, im sicheren Wissen, dass ihr Haus diesen Umschwung nicht nur überleben, sondern triumphieren würde. »Wunderbar«, sagte sie. »Das Haus Prospero weiß Ihre Dienste zu schätzen.«

»Ich denke, das wird es tatsächlich.« Wieder dieses knappe Neigen des Kopfes, ehe er ging.

Miranda sah ihm hinterher und hörte, wie das Haus die Türen hinter ihm schloss. »Danke«, sagte sie zum Haus. »Das dürfte interessant werden.«

Falls das Haus dazu eine Meinung hatte, behielt es sie für sich. Der Spiegel blieb leer.

Harper schickte ihren neuesten Lebenslauf ab, rollte den Kopf von einer Seite zur anderen, bis es im Nacken knackte, und lehnte sich auf ihrem Schreibtischstuhl zurück. Sie schloss die Augen und hielt mit den Zehenspitzen gerade so eben die Balance, ohne ganz nach hinten zu kippen. Schließlich ließ sie sich seufzend wieder nach vorn fallen. In den letzten Monaten hatte sie bei verschiedenen alteingesessenen Anwaltskanzleien nach etwas gesucht, was üblicherweise »Abteilung Spezialprojekte« genannt wurde. Ihre Recherche hatte einige Zeit in Anspruch genommen, weil das im Allgemeinen nicht im Briefkopf aufgeführt wurde. Wenn eine Kanzlei eine solche Abteilung besaß, bedeutete das fast immer, dass sie die juristischen Belange mindestens eines der großen Häuser in der Ungesehenen Welt betreute. Auch Magier brauchten offenbar Juristen.

Für eine solche Kanzlei zu arbeiten, zu der beinahe sicher mindestens ein Magier in beratender Funktion gehören würde, wäre eine Möglichkeit, Zugang zur Ungesehenen Welt zu erlangen, und zwar die mit den größten Erfolgsaussichten. Zwei der Kanzleien, denen sie in letzter Zeit ihren Lebenslauf geschickt hatte, waren schon während des Jurastudiums an sie herangetreten, ehe sie auch nur von der Welt der Magier gewusst hatte. Beide hatten ihr geantwortet, sie freuten sich, nun von ihr zu hören. Bei einer dritten Kanzlei hatte sie noch diese Woche ein Vorstellungsgespräch.

Sie würde tun, was nötig war, um einen Weg hineinzufinden, denn sie musste ein Versprechen einlösen.

An der Wand über ihrem Schreibtisch hing ein gerahmtes Foto von Harper und der Frau, die ihre beste Freundin gewesen war: Rose Morgan. Sie hielten einander im Arm und lächelten – sie strahlten regelrecht. Rose war diejenige gewesen, die Harper gelehrt hatte, eine Kerze magisch zu entzünden, die Frau, die die Tür zur Ungesehenen Welt einen Spaltbreit für sie aufgestoßen und ihr einen Blick hinein gewährt hatte.

Vor zwei Jahren hatte jemand sie ermordet und Harper hatte ihre Leiche gefunden.

Sie wäre beinahe noch rechtzeitig gekommen. Immerhin rechtzeitig genug, um einen Mann zu sehen – sein Gesicht von Schatten verdunkelt –, der sich neben Rose' Leiche erhob, die Hände voller Blut. Rechtzeitig genug, um zu sehen, wie er mit ebendiesen blutigen Händen eine Tür aus der Dunkelheit erschuf, hindurchtrat und verschwand. Selbstredend glaubte ihr niemand. Sie waren liebenswürdig gewesen, hatten es auf den Schock geschoben, den sie erlitten hatte, als sie ihre beste Freundin ermordet aufgefunden hatte, doch sie hatten sie nicht ernst genommen. Unterm Strich verstand sie die Polizei sogar. Wenn sie die Geschichte von jemand anderem gehört hätte, hätte sie demjenigen auch nicht geglaubt.

Die Polizei fand keinerlei Spuren. Harper glaubte auch nicht, dass sie je welche finden würde – Rose hatte gesagt, das, was die Ungesehene Welt am besten könne, sei, ihre Geheimnisse zu wahren. Und so hatte Harper beschlossen, einen Weg in diese Welt hineinzufinden.

Sie würde einen Weg hineinfinden und sie würde in Erfahrung bringen, wer Rose getötet hatte, und dann konnte sie ihrer besten Freundin endlich Gerechtigkeit widerfahren lassen.

Harper berührte Rose' Foto, dann wandte sie sich wieder ihrem Computer zu. Sie gab ein Passwort ein, öffnete die geschützte Datei, in der sie Informationen über Magie und Magier sammelte, und markierte die Stelle, an der sie jene Frau gestern hatte zaubern sehen, auf dem Stadtplan. Rose hatte gesagt, Magier neigten dazu, sich alle in denselben Stadtgebieten anzusiedeln, sodass sich Enklaven bildeten – das magische Gegenstück zur Billionaires' Row, einer Reihe von Wolkenkratzern mit superluxuriösen Eigentumswohnungen. Harper standen nicht genügend Daten zur Verfügung, um Vermutungen anzustellen – noch nicht. Die meisten Einträge hatte sie in der Nähe des Central Park vorgenommen, doch dorthin ging nun wirklich jeder, daher maß sie dieser Häufung keine allzu große Bedeutung bei. Aber sie konnte beinahe, wie aus dem Augenwinkel, erkennen, wie sich Muster herausbildeten.

Dann sah sie nach ihren automatischen Suchaufträgen. Die meisten Ergebnisse, die dabei herauskamen, waren unbrauchbar, doch heute war da ein Link zu einem neuen Zaubertrick von Penn & Teller. Nicht direkt die Art von Magie, nach der sie suchte, doch sie setzte sich für später ein Lesezeichen. Es machte immer Spaß, ihnen zuzusehen.

Dann ein YouTube-Video. Siebenundzwanzig Sekunden lang und unter dem Titel »Sxxxy Hogwarts« hochgeladen. Wahrscheinlich nichts und sie würde es ziemlich sicher bereuen, wenn sie den Link anklickte, doch das Video dauerte nur siebenundzwanzig Sekunden und sie musste es sich auch nicht bis zum Ende ansehen, falls es wirklich grauenvoll war.

Sie startete es. Gleich darauf setzte sie sich auf und wechselte zur Vollbildanzeige. Da war die Kirchturmspitze der Trinity Church, unscharf, am rechten Bildrand.

Es war die Kreuzung, an der sie gestern gewesen war.

Die Aufzeichnung ruckelte, war kurz gestört, und dann: sie. Die Magierin. Sie stand auf der Kreuzung und Autos flogen um sie herum.

Autos. Flogen.

Sogar der Anblick von aufgezeichneter Magie genügte, um Harper Kopfschmerzen zu verursachen, aber sie sah es sich an, wieder und wieder. Adrenalin zuckte wie Blitze durch ihre Adern. Dies war es, wonach sie gesucht hatte.

Fliegende Autos. In der Luft, als wäre das gar nichts. Der Hammer! Beinahe atemlos verfolgte sie die Szene.

Dann hängte das Video sich auf. Die Fehlermeldung besagte, es gebe ein Problem beim Puffern. Harpers Internetverbindung brach zusammen. Sie wusste es. Sie wusste, was das bedeutete, wusste, dass die Ungesehene Welt wieder einmal ihre Geheimnisse wahrte. Harper verfluchte sich dafür, dass sie keinen Screenshot gemacht hatte; dann hätte sie jetzt wenigstens ein Bild vom Gesicht der Frau.

Als ihre Internetverbindung wieder stand, war das Video verschwunden.

Harper lehnte sich zurück und mahnte sich zur Ruhe. Es war bloß ein Video gewesen, das ihr bestätigte, was sie ohnehin bereits gewusst hatte: Magie existierte und sie war so nahe herangekommen, dass sie beinahe mit einer Magierin hätte Kontakt aufnehmen können.

Dennoch. Seit zwei Jahren versuchte sie es nun und noch nie war sie so nahe dran gewesen. Was Rose mit ihrer Bemerkung, die Ungesehene Welt sei gut im Wahren ihrer Geheimnisse, meinte, hatte sie erst richtig begriffen, als sie nach der Beerdigung mit Rose' Eltern hatte sprechen wollen. Obwohl sie bereits zweimal zum Abendessen bei ihnen gewesen war, hatte sie ihr Haus nicht wiederfinden können, nicht ohne Rose. Na ja, die Adresse hatte sie durchaus gefunden, doch anstelle des eleganten Privathauses in einem ruhigen Wohnviertel befand sich dort ein Apple Store in einem Geschäftsviertel. Als sie die Telefonnummern in Rose' Kontakten anrief, hatte es am anderen Ende der Leitung nur gerauscht.

Allmählich war ihr klar geworden, dass die einzige Möglichkeit, Hilfe zu finden, darin bestand, einen anderen Magier aufzuspüren und diesem persönlich zu sagen, was sie in jener Nacht gesehen hatte. Das Video bewies, dass es ihr beinahe gelungen war.

Harper rieb sich die Augen und ließ die Schultern rollen. Dann stand sie auf, um Kaffee zu kochen. Sie hatte noch Verträge zu prüfen.

Grey stand auf dem abgetretenen Teppichboden in einem Flur, der nach Schimmel und gekochtem Kohl stank. Er legte die Hand auf das Schloss an seiner Wohnungstür, erzeugte ein Klicken im Rachen und hob damit die Schutzzauber auf. Das Metall unter seiner Hand wurde kalt. Er schloss auf, öffnete die Tür und trat ein.

Dann betätigte er das nutzlose Druckknopfschloss am Türknauf, legte die kaum weniger nutzlose Kette wieder vor und reaktivierte die Schutzzauber, die streng genommen einen Verstoß gegen die Vorschriften in seinem Mietvertrag darstellten. »Das Gebäude hat Schutzzauber und die sollten ja wohl reichen. Ich muss doch in die Wohnung kommen, falls es einen Wasserrohrbruch gibt oder so«, hatte sein Vermieter gesagt.

Grey hatte genickt, den Mietvertrag unterschrieben und trotzdem persönliche Schutzzauber installiert. Angesichts der Höhe seiner Miete waren die seines Vermieters vermutlich in etwa so vertrauenswürdig wie diese Kette.

Heute fügte er noch eine zweite Ebene persönlicher Schutzzauber hinzu. Er steckte Reißnägel in die Fensterrahmen und spannte dazwischen dünnen Draht übers Glas. Schließlich stellte er sich in die Mitte der Wohnung und klatschte in einem eigenartigen Rhythmus in die Hände. Mit einem Mal stank es nach heißem Metall.

Er musste würgen und griff zwischen den Drähten hindurch, um die Fenster zu öffnen. »Scheiße!« Er hatte sich den linken Handrücken aufgeschürft. Zu viel Aufwand, die Drähte abzunehmen und den Zauber noch einmal zu wirken – sollte sich der Gestank seines Zaubers doch mit den ganzen anderen Gerüchen in dieser Wohnung vermengen. Nach ein, zwei Minuten würde man es gar nicht mehr merken.

Er hasste diese beschissene Wohnung mit ihren knarrenden Böden, der unentwegt laufenden Toilettenspülung und dem massiven Schabenproblem. Sobald dieser Umschwung vorüber war und er sein eigenes Haus hatte, war er hier weg. Er klopfte mit der Hand auf eine Spiegelscherbe an der Wand. »Bald.«

Diese Spiegelscherbe war auch der Grund für die zusätzlichen Schutzzauber, obwohl Privatwohnungen eigentlich tabu sein sollten, außer während eines laufenden Duells. Er würde niemals jemanden sehen lassen, wie er hier lebte – selbst Laurent war noch nicht bei ihm gewesen –, und ein Duell würde Grey in diesem Rattenloch ganz bestimmt nicht ausrichten.

Doch die Spiegelscherbe war Beleg dafür, dass bei einem Umschwung nicht immer alles so lief wie geplant, und erinnerte ihn stets an das, was ihm geraubt worden war. Der Spiegel hatte zu einem Zauber gehört, der schiefgegangen war. Als er zersprungen war, hatte eine der größeren Scherben seinen Vater getroffen und sofort getötet, und diese kleinere Scherbe, die Grey nun seit dreizehn Jahren aufbewahrte, hatte sich in seine Schulter gebohrt. Damals war er zwölf gewesen.

Seine Magie hatte sich von dieser Verletzung nie vollständig erholt. Doch er hatte gelernt, das zu kompensieren. Grey öffnete einen Schrank über dem Herd und holte ein beinahe leeres Schraubglas heraus, in dem ein Knöchelchen klapperte. Er gab es in einen Mörser und sprach einen schroffen Satz voller Konsonanten. Die Luft im Raum wurde blitzartig heiß und das

Knöchelchen zu Staub. Grey gab genügend Honig hinzu, um den Staub zu binden, und etwas Wein, um den Geschmack zu überdecken. Schließlich verdünnte er das Ganze mit Wasser, um es trinkbar zu machen.

Das Knochenmehl blieb ihm dennoch in der Kehle kleben und schmeckte eher sandig als süß. Doch in diesem Knochenmehl war Macht gespeichert – Magie, die seine eigene verstärken würde.

Grey stellte den Mörser in die Spüle zum übrigen Geschirr. Er würde bald losziehen müssen, um seine Vorräte aufzufüllen, doch dies sollte ihn durch die erste Prüfung des Umschwungs bringen. Und wenn alles vorüber war – wenn er sein eigenes Haus hatte, vielleicht sogar Zugriff auf die komplette angesammelte Macht der Ungesehenen Welt –, würde er darauf nicht mehr angewiesen sein. Dann hätte er endlich das, was ihm zustand.

3

Miles Merlin – silberne Löwenmähne, eine Nase wie eine Klippe und strahlend blaue Augen, denen nichts entging – war das gegenwärtige Oberhaupt der Ungesehenen Welt. Doch wie alle übrigen Magier war auch er der Drehung des Schicksalsrads unterworfen. Der Umschwung barg für das Haus Merlin die gleichen Risiken wie für jedes andere Haus: Verlust von Macht und Vorrangstellung im Gegenzug für die Aussicht auf einen Prestigegewinn. Es war ein herrliches, vergnügliches Spiel, ganz nach seinem Geschmack.

Obwohl offiziell als eine Reihe einzelner Duelle organisiert, in denen jeweils zwei Häuser – bereits etabliert oder im Kandidatenstatus – gegeneinander antraten, war der Umschwung viel mehr als das. Es ging um Strategie: Welche der Häuser sollte man früh herausfordern, welche dagegen konnte man sich aufsparen, bis die Regeln ein Duell auf Leben und Tod verlangten? Und sobald der Umschwung offiziell begann, würden diese Fragen nicht mehr im Alleingang bedacht werden. Allianzen zwischen den Häusern würden geschmiedet, Versprechungen gemacht, Kandidaten ohne Haus umworben werden. Doch der heutige Abend – der heutige Abend war der Stille gewidmet. Heute Abend wollte er für sich allein Pläne schmieden.

Er saß am Kopfende seines weißen Marmorküchentischs, ließ sich das Steak und die Kartoffeln schmecken, die er selbst zubereitet hatte, und wischte dabei durch die Sammlung von Bildern auf seinem Tablet. Jeder, der am Umschwung teilnahm, musste seinen Champion offiziell benennen und registrieren. Er hatte die aktuelle Teilnehmerliste vor sich und suchte nach Schwachpunkten. Das war ihm der liebste Teil am Umschwung, diese Zeit kurz vor dem Start, wenn man das Gefühl hatte, alle Trümpfe, alle Möglichkeiten, in der Hand zu halten.

Beim letzten Mal hatte er gesiegt und dem Haus Merlin erneut den Platz an der Spitze der Ungesehenen Welt gesichert, seine Position hier gefestigt und seinen Einfluss auf Ereignisse in der magielosen Welt ebenfalls. Er hatte nicht etwa gesiegt, weil er der beste Magier war – in diesem Punkt machte er sich nichts vor. Vielmehr hatte er gesiegt, weil er fähig war, Schwachstellen zu erkennen und auszunutzen. Weil er clever genug war, gefährliche Häuser gegeneinander aufzuhetzen und sich dann so lange herauszuhalten, bis sich der Staub gelegt hatte.

Doch dieser neue Umschwung war sehr früh gekommen – das bisher kürzeste Intervall. Zu früh. So vieles war ungeklärt, ungewiss, sogar in seinem eigenen Haus. Er hatte gedacht, mittlerweile würde Ian sich entschuldigt haben, würde zurückgekommen sein. In der Hoffnung auf diese Rückkehr hatte er die Benennung seines Champions aufgeschoben. Und nun saß er hier und wartete noch immer, nur wenige Stunden vor dem Ablauf der Meldefrist.

Merlin aß beim Lesen, schnitt hauchdünne Scheiben von seinem *rare* gebratenen Steak ab. Der Umschwung war nicht nur die richtige Zeit, um den Einfluss des Hauses Merlin auf direktem Wege zu vergrößern. Er war auch die richtige Zeit, um subtil vorzugehen. Um die Ungesehene Welt – sowohl direkt als auch weniger direkt – in die gewünschte Richtung zu lenken. Auf der Teilnehmerliste würde er Personen finden, die ihm dabei helfen würden, manche von ihnen sogar freiwillig. Er machte sich Notizen, markierte Namen, mischte seine Karten und Strategien.

Dann stutzte er. Laurent Beauchamps hatte eine Außenseiterin engagiert. Merkwürdig, das. Eine magische Begabung, die nicht aus einem der Häuser stammte, war schon ungewöhnlich genug, doch dass sich da nun zwei solche Menschen gefunden hatten und zusammenarbeiteten, war umso ungewöhnlicher. Merlin aß einen Bissen und spülte ihn mit einem ausgezeichneten Burgunder hinunter. Dieses Paar würde man im Auge behalten müssen, falls die beiden die Eröffnungsrunde überstanden. Es lohnte sich immer, eine neue Quelle von Magie zu erforschen, sie womöglich sogar für sich selbst zu erschließen. Und sollte das nicht möglich sein, grenzte man sie aus. Schließlich gab es so etwas wie Standards.

Merlin klickte die nächste Seite an und hätte sich beinahe verschluckt. Er spuckte das halb zerkaute Stück Fleisch in die Serviette und legte die Gabel nieder. Betrachtete erneut das Foto. Verzog den Mund und schob den Teller beiseite. Jetzt so zurückzukehren, nachdem er sein Erbe weggeworfen hatte und jahrelang verschwunden geblieben war. Angeschlichen zu kommen wie ein Hund, der an Miranda Prosperos Tafel bettelt!

Miles Merlin presste sich die Hand auf den Leib. Diese Neuigkeit war ihm auf den Magen geschlagen.

Dennoch: Ian war ein cleveres Bürschchen. Jetzt, wo er seinen kleinen Anfall von Bockigkeit überwunden hatte und in die Ungesehene Welt zurückgekommen war, würde er seine Entscheidung, den törichten Bruch mit seiner Familie, noch bereuen. Und wenn es so weit war, würde es vielleicht ganz nützlich sein, einen Verbündeten im Inneren des Hauses Prospero zu haben: Die Entscheidungen der Champions während der Duelle waren verbindlich. Und sollte er sich weiterhin weigern, Vernunft anzunehmen, konnte es nicht allzu schwer sein, ihn in die von Miles gewünschte Richtung zu lenken. Sein Sohn war schon immer zu weichherzig gewesen.

Merlin machte sich eine Notiz auf seinem Tablet: Er würde seiner Tochter Lara morgen beim Frühstück sagen, dass sie anstelle ihres Bruders der Champion des Hauses Merlin sein würde. Ian hatte viele Fehler, doch er liebte seine Schwester und würde sie niemals verletzen. Diese Zuneigung erwiderte Lara zwar, doch Weichherzigkeit war ein Charakterfehler, den sie nicht mit Ian gemein hatte. Was bedeutete, dass das Haus Merlin das Haus Prospero so oder so in einem Duell bis zum Tode besiegen konnte. Das würde seine Position im Umschwung stärken.

Na bitte. Schon fühlte er sich besser. Er beschloss, sich einen Nachtisch zu gönnen.

Ians Schutzzauber wurden wieder aktiv, als er die Tür hinter sich zumachte und abschloss. Bald würde sich herumsprechen – falls es nicht schon geschehen war –, wer der neue Champion des Hauses Prospero war. Sein Vater würde fuchsteufelswild sein und es gab viele Menschen, die sich Miles Merlins Gunst erwerben wollten.

Wie schnell konnte ein Zauber schiefgehen, wie leicht ein fehlgeleitetes Stück Magie unvorhergesehene und ach so tragische Folgen zeitigen. Man befand sich im Umschwung – Unfälle kamen nicht nur vor, sie wurden geradezu erwartet und wenn jemand wusste, wie man dem Vorschub leisten konnte, dann sein Vater. Miles hatte wahrscheinlich bereits eine Liste von Personen erstellt, nach Rang geordnet, an die er sich hinsichtlich des Problems mit seinem widerspenstigen Sohn wenden konnte.

Ian machte sich ein Caprese-Sandwich und setzte sich dann mit dem Laptop auf seine Dachterrasse, hoch oben über der Stadt, über dem Lärm und den Menschenmassen, umgeben von welkenden Herbstblumen, den Central Park grün und üppig unter sich. Er konnte auch die Schatten sehen, die sich auf dem Reservoir zusammenballten. Von hier oben sahen sie nach nichts aus, wobei sich daran auch dann nichts änderte, wenn man direkt am Ufer des Sees stand. Das Haus der Schatten beherrschte die Kunst, sich verborgen zu halten. Doch Ian wusste, dass es dort war, auch wenn er es nicht sehen konnte, und es war böse. Es hätte niemals erschaffen werden dürfen und es existierte schon viel zu lange.

Er drehte seinen Stuhl so um, dass er mit dem Rücken dazu saß.

Nachdem er sein Sandwich gegessen hatte, öffnete er die Datei mit den wenigen Informationen über die eine Magierin, die er nicht kannte: Laurent Beauchamps' Champion, Sydney. Kein Nachname. Das Video, das er hatte, setzte erst ein, als der Zauber schon begonnen hatte, deshalb konnte er nicht sehen, wie sie ihn vorbereitet hatte. Doch die Mühelosigkeit, mit der sie dort stand, und die Präzision, mit der sie den Zauber steuerte, waren unglaublich.

Er hielt das Video an und vergrößerte das Bild. Sie war nicht einmal ins Schwitzen geraten.

Ian wusste nichts über sie. Sie entstammte keinem der Häuser und war auf keine der üblichen Schulen gegangen, doch sie war definitiv ausgebildet worden. Was bedeutete, dass sie wahrscheinlich eine aus dem Haus der Schatten war. Und das war interessant. Er hatte nichts darüber gehört, dass in letzter Zeit jemand von dort entkommen war, nicht einmal von Verenice. Vielleicht hatte Sydney sich versteckt gehalten, hatte bis jetzt gewartet, um von sich hören zu machen. Das Überraschungsmoment war eine ebenso nützliche Waffe wie jede andere.

Wer sie auch war, wo sie auch herkam, er bezweifelte, dass sie jetzt noch ein Geheimnis war. Erneut schaute er sich das Video an. Jemanden wie sie hatte er noch nie gesehen.

Ian sichtete die Liste der bereits ergangenen Herausforderungen. Er wollte sie zaubern sehen. Er wollte *sie* sehen. Jemand, der zu solcher Magie fähig war, war es wert, dass man ihn kennenlernte, vorzugsweise bevor man sich in einem Duell gegenüberstand.

Ian klappte den Laptop zu und lehnte sich zurück. Die Luft war schwül und elektrisch aufgeladen. Ein Gewitter stand bevor. Er war bereit.

»Ich würde es vorziehen«, sagte Laurent, »Grey nicht direkt herauszufordern.«

Sydney sah zu ihm hoch. Sie saß auf der Fensterbank und unter ihr breitete sich die ganze Stadt aus.

Laurents Penthouse lag noch weit höher als ihre eigene Wohnung im sechsten Stock, und nach der Dunkelheit und der Enge im Haus der Schatten fand sie hoch gelegene, offene Räume berauschend.

So viel Himmel unter sich zu haben war einfach herrlich. Die Sonne, die Weite, alles voller Möglichkeiten.

»Gibt es dafür einen besonderen Grund?«, fragte sie. Shara hatte ihr Akten mit Hintergrundinformationen zu den Schlüsselfiguren der Ungesehenen Welt und ihrer jeweiligen Geschichte gegeben, zu allen, denen sie voraussichtlich begegnen würde, wie auch zu den Beziehungen zwischen ihnen. Daher wusste sie, dass die beiden Männer befreundet waren. Doch zwischenmenschliche Beziehungen waren immer mehr als die dürren Fakten in einer Akte.

»Er ist mein bester Freund. Das klingt vielleicht lächerlich, weil hier lauter Freunde und Familien gegeneinander antreten, aber er war derjenige, der mir gesagt hat, dass ich ein Magier bin. Und seitdem war er immer für mich da.« Laurent zuckte die Achseln, tat die eigenen Worte ab.

»Sie sind auch nicht hier aufgewachsen?« Das wusste sie ebenfalls schon, doch sie wollte seine Antwort hören.

»Hier im Sinne von: in der Stadt? Doch, natürlich. Hier im Sinne von: in der Ungesehenen Welt? Nicht mal ansatzweise. Nein, ich war schon mit der Mittelschule fertig, als mir endlich auffiel, dass ich mehr Glück als Verstand hatte, besonders wenn ich laut aussprach, was ich mir wünschte. Will sagen: Ich habe lange geglaubt, dass die Sache mit dem Penny, den man in den Brunnen wirft und sich dazu was wünscht, wahr ist.« Er grinste, und sein gesamtes Gesicht leuchtete auf.

»Und wie sind Sie darauf gekommen?« Aufrichtig neugierig. Es hatte nie eine Zeit gegeben, da Sydney sich ihrer Magie nicht mindestens ebenso bewusst gewesen wäre wie ihrer Haut. Diese Magie hatte sie schon immer ausgemacht.

»Ich habe mir gewünscht, einen Zauberer kennenzulernen. Als ich am nächsten Morgen aufwachte, hatte ich das dringende Bedürfnis, in den Handschriftenlesesaal der New York Public Library zu gehen – es war wie ein Juckreiz in meinen Gedanken. Grey war der einzige Leser dort – er hatte den Saal mit einem Schutzzauber belegt, sodass niemand, der nicht über Magie verfügte, hineinkonnte. Als ich reinkam, erklärte er mir sehr liebenswürdig, dass ›Zauberer‹ die falsche Bezeichnung ist.«

»Sehr liebenswürdig«, wiederholte Sydney und stieg von der Fensterbank, um sich Blutorangensaft nachzuschenken. Es war eine Frühstücksbesprechung und Laurent hatte ein fürstliches Mahl serviert. »Ganz bestimmt.«

»Nun ja, in gewisser Weise. Jedenfalls war er derjenige, der mir alles erklärt hat, sodass ich mir nicht mehr so komisch vorkam. Und dann, als ich beschloss, dass ich das alles haben wollte – wozu ich circa fünf Sekunden brauchte, denn welcher Vierzehnjährige wäre nicht gern ein Magier –, da war er derjenige, der mich den Leuten vorstellte, der dafür sorgte, dass ich beim Mittagessen nicht allein saß, als ich dann mit den anderen zur Schule ging. Er gab mir das Gefühl, dass ich hierhergehöre.«

»Also gut. Sie wissen, dass ich eine bessere Magierin bin als er.« Sie hatte Grey noch nicht zaubern sehen, aber das brauchte sie auch gar nicht. Sie wusste, was sie war und wozu sie fähig war. Wegen eines Magiers, der sich sozusagen als magisches Pendent eines schlechten, aber reichen Schülers durchs Leben mogelte, machte sie sich keine Sorgen.

»Ja. Und falls es so weit kommt, werde ich Sie auch nicht bitten, zu zögern oder sich zurückzuhalten, aber ... er ist wie ein Bruder für mich. Deshalb würde ich es gern vermeiden.« Laurent zuckte die Achseln. »Ich meine, das Beste, was passieren kann, ist, dass Sie ihn aus dem Rennen werfen, und dann bin ich dafür verantwortlich, dass er nicht das bekommt, was er wirklich und wahrhaftig will. Und das hier will er wirklich und wahrhaftig – er bereitet sich schon auf den Umschwung vor, seit Miranda ihn enterbt hat.«

»Und falls eine Herausforderung unumgänglich wird?« Kein Haus war gezwungen, ein anderes herauszufordern, und im Frühstadium des Umschwungs, ehe die Duelle tödlich wurden, konnte man eine Herausforderung auch ablehnen, wobei das schwerwiegende Konsequenzen für den Ranglistenplatz des fraglichen Hauses hatte. Die Gesamtzahl der Häuser blieb im Allgemeinen stabil – bei den letzten drei Umschwüngen waren es dreizehn gewesen, und in diesem Umschwung wetteiferten nun siebenundzwanzig etablierte und Kandidatenhäuser miteinander, sodass auch das Abschneiden in den ersten Runden zählte.

Danach zählte nur noch, dass man am Leben blieb.

Laurent atmete geräuschvoll aus. »Bitte halten Sie die Interaktion nichttödlich.«

Sie nickte. Wie gesagt: In den frühen Runden würde das einfach sein. Der Schwierigkeitsgrad der Herausforderungen war gestaffelt – zu Beginn handelte es sich um kleine Kunststückchen zum Beweis für Können, Nuancierung und Raffinesse. Falls beide Parteien sich im Vorfeld darauf einigten, konnte auch ein solch frühes Duell bis zum Tod ausgefochten werden, aber vorgeschrieben war es nur für die letzte Runde. Sydney war sich sicher, dass Grey bis dahin längst ausgeschieden sein würde. Und falls nicht – nun, darüber würde sie mit Laurent diskutieren, wenn es so weit war. »Selbstverständlich. Wie gesagt, ich bin besser als er. Ist da sonst noch jemand, auf den ich achten sollte?«

»Nein. Alles ist erlaubt, richtig?«

»So in etwa«, sagte Sydney. »Wie fangen wir an?«

»Ich habe das Haus Dee herausgefordert«, erwiderte Laurent. »Es ist so alt und von jeher so mächtig, dass ein Sieg gegen dieses Haus ganz hübsch Aufsehen erregt. Und magisch so stark, dass es jedem, der mich für leichte Beute hält, eine Warnung sein wird.«

Das war eine gute Strategie, die sie selbst auch vorgeschlagen hätte, und zwar aus genau denselben Gründen. »Bevorzugen Sie eine bestimmte Strategie?«

»Das überlasse ich ganz Ihnen.«

Sydney lächelte.

Als sie im herbstlich grauen Licht nach Hause ging, überlegte Sydney, ob es in ihrem Leben jemanden gab, dessen Freundschaft ihr ebenso wichtig war wie Laurent die von Grey, jemanden, für den sie erwägen würde, ihre Ziele zu opfern.

In ihrer ersten Zeit im Haus der Schatten war es ums reine Überleben gegangen. Damals hatte sie nicht einmal das Wort Freundschaft gekannt, geschweige denn ein Gefühl damit verbunden. Als Sydney älter wurde und sich immer deutlicher zeigte, dass sie alles, womit das Haus der Schatten sie zu brechen versuchte, in Macht für sich selbst umwandeln konnte, machte sie das nur noch einsamer; sie wurde von ihren Mitopfern getrennt. Die anderen waren Futter. Sydney würde ein Phönix sein, geschaffen, um sich aus der Asche zu erheben.

Ein Phönix war ein Solitär.

Sie begegnete einer Gruppe junger Mädchen, die eine Einheit bildeten, so undurchdringlich wie ein Geheimnis. Lachend, lächelnd. Hier eine Hand in der Tasche einer Freundin, da ein Arm um eine Schulter geschlungen, dort ein Kopf in den Nacken gelegt; die Gesichter entspannt. Keine von ihnen argwöhnisch, keine misstrauisch. Die Luft zwischen ihnen weich und durchlässig, als könnte jede von ihnen jederzeit ins Leben einer der anderen schlüpfen und dort sicher ruhen.

Sie waren so schön, so fröhlich – es tat weh, sie anzusehen, und daher wandte Sydney den Blick ab, lief schneller, als sie an dem dichten Knäuel Freundinnen vorbeiging, und ihre Schuhe klapperten laut über den Bürgersteig.

Falls es das war, was Freundschaft bedeutete, dann nein. Das hatte sie nie gekannt.

In einem dunklen, stillen Teil des Central Park, noch dunkler und stiller infolge wohlüberlegter Anwendung von Magie, stand Grey über eine Leiche gebeugt und verzog beim Anblick der Sauerei vor sich den Mund.

Selbst lebendig war die junge Frau nicht sonderlich hübsch gewesen. Wobei das keine Rolle spielte. Grey war es nicht um ihr Aussehen gegangen. Vielmehr hatte er sie ausgewählt – sich neben sie an die Theke gesetzt, ihr Drink auf Drink spendiert und vorgegeben, an dem interessiert zu sein, was sie erzählte, damit sie sich an ihn lehnen, seine Hand halten, mit ihm das

Lokal verlassen würde –, weil da diese hauchzarte Spur von Magie in ihrem Blut war. Gerade genug, um sich in der Ungesehenen Welt zu halten; nicht genug, um dort von Bedeutung zu sein.

Er hatte auf die harte Tour gelernt, dass es leichter war, wenn sie keine großen magischen Kräfte besaßen. Sie neigten dazu, sich zu wehren, sobald sie begriffen, was Grey tat, und je stärker ihre magischen Kräfte waren, desto schwerer war es, sie zu überwältigen.

Die erste junge Frau – diejenige, deretwegen Miranda ihn enterbt hatte –, war eine mächtigere Magierin gewesen, als er gedacht hatte. Sie hatte sich gewehrt. War ihm entkommen. Hatte Leuten davon erzählt. Es hatte Konsequenzen gegeben. So unerfreuliche Konsequenzen, dass er fast ein ganzes Jahr gewartet hatte, ehe er es erneut versuchte.

Diese hier hatte sich nicht gewehrt. Sie hatte sich an ihn geschmiegt, hatte geschnurrt und gelächelt, als er sie im Park geküsst hatte. Hatte gekichert und an seiner Gürtelschnalle gezerrt, während er sie in die Dunkelheit manövriert hatte, wo die Wahrscheinlichkeit einer Störung geringer war. Hatte verwirrt geblinzelt, als er ihr die Hände um den Hals gelegt, die Worte gesprochen hatte, die die Dunkelheit enger um sie zogen und sie beide verbargen, die sie am Leben erhielten, bis das Ritual nicht mehr erforderte, dass sie atmete. Sie war noch viel weniger hübsch jetzt, da das Ritual beendet war.

Er kniete sich neben sie und schnitt mit einem Messer ihre Hände auf. Dann griff er durch noch warmes Blut, noch warme Muskeln, und zog ihre Fingerknochen heraus, wobei er immer wieder Sehnen durchschneiden musste. Vor allem in diesen Knochen sammelte sich in der Regel die Magie, da die Hände so häufig benutzt wurden, um Zauber zu fokussieren. Der letzte Daumenknochen löste sich mit einem hörbaren Schmatzen und die leere Fleischhülle fiel zu Boden. Blut und Schmutz spritzten auf seine Schuhe und seine Manschetten.

»Oh, Scheiße!« Ärgerlich wischte er über seine Kleidung und rieb die Flecken dabei noch tiefer ins Gewebe. Egal. Es war dunkel. Niemand würde es sehen. Wenn er nach Hause kam, konnte er die Sachen waschen oder sie notfalls auch entsorgen.

Er sammelte die Knochen ein, steckte sie in einen Beutel, den er in seiner Jackentasche verstaute, und drückte zuletzt die knochenlosen Finger der Frau, um sich zu vergewissern, dass er nichts übersehen hatte. Damit besaß er sicherlich genug Vorräte, bis die Duelle tödlich wurden. Mal sehen, wie es lief – er mochte es nicht, wenn er nicht wenigstens eine kleine Reserve hatte.

Wobei – er konnte jederzeit Nachschub besorgen. Das war noch etwas, was er gelernt hatte. Es gab immer noch eine weitere junge Frau, die niemand vermissen würde.

Er schnitt eine Tür in die Luft, trat hindurch und ließ die Tote zurück.

4

Die früheste Erinnerung, die Sydney sich gestattete, handelte vom Erlernen der Magie, und als Erstes hatte sie Stillezauber gemeistert. Danach kamen Zaubersprüche für Verdunkelung und Ablenkung an die Reihe – solche, die Unsichtbarkeit vortäuschten, die Leute dazu brachten, den Blick abzuwenden, etwas nicht zu sehen, zu ignorieren, zu vergessen. Echte Unsichtbarkeit kam später – aber nicht viel später.

Danach – nachdem sie die Namen von neun Eigenschaften und dreizehn Graden der Stille gelernt hatte, nachdem sie sich angeeignet hatte, wie man sich in Schatten hüllen, sich in eine Mauer falten oder in einen Baum treten und die Rinde hinter sich zuziehen konnte –, erst danach hatte Sydney gelernt, andere Magie zu wirken. Und diese anderen Zauber kombinierte sie immer, ausnahmslos, mit jenen Sprüchen, die sie verbergen sollten – nicht nur unsichtbar machen, sondern ganz und gar verschwinden lassen. Die Ungesehene Welt war stolz auf ihre Unsichtbarkeit; das Haus der Schatten war das Gerücht, das sich um seine Geheimnisse rankte. Selbst nachdem Sydney das Haus der Schatten verlassen hatte, war sie ein Geheimnis geblieben, etwas Verborgenes, hatte bis zum Umschwung warten müssen, um sich zeigen zu dürfen.

Heute Abend plante Sydney, gesehen zu werden.

Der Umschwung wurde immer offiziell mit einem Fest eröffnet – ein Vorwand für die Häuser und Kandidaten, sich bei Waffenstillstand zu begegnen. Das erste Duell würde dort ausgefochten werden, doch der Tradition gemäß würde es wenig mehr als ein freundschaftlicher Wettstreit sein. Eher Glamour denn Gehässigkeit. Eine Finte, die die Stärke möglicher Gegner ausloten sollte.

Sydney glaubte nicht an Finten.

Sie betrat Haus Dee in einem Kleid von der Farbe frischen Blutes mit farblich dazu passendem Lippenstift. Es war nicht etwa so, dass sich keine Köpfe nach ihr umdrehten, als sie über den Marmorboden schritt, oder keine Blicke der Bewegung ihres Handgelenks folgten, als sie ein Glas Champagner von einem Tablett pflückte. Doch man schenkte ihr nicht mehr Aufmerksamkeit als jeder anderen schönen Frau. Im Moment war das in Ordnung so. Ein Beleg dafür, dass sie bisher gute Arbeit geleistet hatte. Bald genug würde sie im Zentrum der Aufmerksamkeit stehen.

Das Haus Dee in seiner architektonischen Inkarnation war alt und elegant. Seine Räumlichkeiten sollten daran erinnern, dass dieses Bauwerk – und seine Bewohner – schon eine Weile Bestand hatte und höchstwahrscheinlich auch fortbestehen würde. Die opulente Ausstattung in warmen Farben sollte Macht und Reichtum ausstrahlen. Licht glitzerte auf Gläsern und Kerzenständern, beleuchtete kostbare, farbenprächtige Tapeten, wärmte die Bienenwachspolitur auf den Möbeln. Alles atmete Establishment und Tradition.

Ein Lächeln im Gesicht, das Glas in der Hand, schritt Sydney zwischen den Gästen hindurch und blieb am Rande eines Grüppchens stehen, um zu lauschen, während die Creme der Ungesehenen Welt in Smoking und Abendrobe gesellschaftsfähige Mienen aufsetzte und über sie tratschte.

»Irgendein Niemand, und obendrein repräsentiert sie das

Haus eines Emporkömmlings. Hätten Sie gedacht, dass er eine Außenseiterin engagiert? Mit solcher Magie wird er nicht einmal den heutigen Abend überstehen.«

»Beauchamps hat Vermögen, nicht wahr? Und er ist mit dem Prospero-Erben befreundet. Man sollte meinen, dass er sich etwas Besseres leisten kann.«

»Vergessen Sie nicht, dass er nicht mehr der Prospero-Erbe ist. Miranda hat ihn vor die Tür gesetzt und seinen Namen aus dem Stammbaum gelöscht. Er geht auch als Emporkömmling in diesen Umschwung.«

»Ach. Was wird Miranda tun?«

»Ihn töten wahrscheinlich. Sie hat Ian Merlin engagiert.«

Dieser Name glich einer starken Beschwörungsformel, die ein Raunen bis in die hintersten Ecken des Raums schickte. Sydney stellte ihr halb volles Glas auf ein Tablett. Dies würde die Dinge komplizieren. Der ehemalige Erbe eines Hauses, verbündet mit der größten Feindin seines Vaters. Schon wegen der Verbindung des Hauses Merlin zum Haus der Schatten hatte es sich gelohnt, Ian Merlin im Auge zu behalten – aber auch, weil er einer der wenigen Magier war, die so stark waren, dass Sydney sie für eine echte Herausforderung hielt. Und jetzt war er gerade noch deutlich interessanter geworden.

Von dieser Wendung der Ereignisse würde Shara erfahren wollen und auch Sydney selbst würde ihre Strategien überdenken müssen, doch das waren Erwägungen für später, nicht für jetzt. Jetzt ging es um persönliche Erwägungen.

Sie ging weiter durch den Raum und hielt Ausschau nach Miranda Prospero.

Dort.

Gerader Rücken und elegante Kleidung, dunkles Haar mit einer dicken weißen Strähne darin. Angeblich war diese Strähne während des letzten Umschwungs über Nacht weiß geworden – in der Nacht, nachdem ihr Mann getötet worden war, ein Zeichen ihrer Trauer. Diamanten tropften von ihren Ohren und glitzerten wie Eis an ihren Händen. Sie strahlte Macht aus.

Sydney trat zurück, aus Mirandas Blickfeld heraus. Später würde früh genug sein für diese spezielle Begegnung.

Nun schritt Elizabeth Dee in die Mitte des Raums, um den Umschwung offiziell zu eröffnen. »Wir danken Ihnen allen, dass Sie heute Abend zu uns gekommen sind, während wir das erste Duell ausrichten und diese neue Drehung des Schicksalsrads feiern.«

Sydney ließ die Rede über sich hinwegspülen, blendete die ständigen Erwähnungen des Schicksalsrads ebenso aus wie die zuckersüße Darstellung des Umschwungs als Ereignis, das dafür sorgen sollte, dass die Ungesehene Welt von den stärksten und fähigsten Magiern geleitet wurde. Beim Umschwung mochte es ja um manches gehen – einzelne Duelle mochten sogar durch magische Kraft und Können entschieden werden –, doch die stärksten und fähigsten Magier zu finden, war garantiert nicht sein Zweck.

Als Elizabeth die Worte sprach, mit denen das Duell offiziell begann, schaltete Sydney sich wieder ein: »Das Haus Dee akzeptiert die Herausforderung des Kandidatenhauses Beauchamps.«

Die Zauberkategorie war im Rahmen der ausgesprochenen und akzeptierten Herausforderung vereinbart worden. Heute Abend handelte es sich um Einflussnahme. Als herausgefordertes Haus hatte Dee die Wahl, ob es als Erstes oder als Zweites zaubern wollte. Nicht so entscheidend in dieser Frühphase, wo alle nur mit Aufwärmübungen, mit einem kollektiven Fehdehandschuh rechneten, doch je weiter der Umschwung fortschritt, desto mehr würde dieser Punkt an Bedeutung gewinnen. Nachdem man den Zauber des Gegners gesehen hatte, konnte man den eigenen immer noch abwandeln, ihn auffälliger oder schöner machen, die Erwiderung justieren. Sydney hatte gewusst, dass das Haus Dee sich dafür entscheiden würde, als Erstes zu zaubern, weil man sich vermutlich sicher war, dass man sich wegen der Mietmagierin eines Kandidatenhauses keine Sorgen zu machen brauchte.

Sydney würde ihre Erwiderung nicht noch justieren müssen. Sie wusste genau, was sie hier und heute tun würde.

Das Haus Dee war stolz darauf, dass es sich durch einen hauseigenen Champion vertreten ließ. Selbstverständlich nicht durch die Erbin – es bestand kein Grund, leichtsinnig zu werden –, aber durch ihren jüngeren Bruder. Bryce Dee trat vor, legte Smokingjacke und Manschettenknöpfe ab und krempelte die Hemdsärmel hoch. Sydney verzog kaum merklich den Mund. Er sollte nicht auf Effekthascherei setzen, wenn das alles war, was er zustande brachte.

Bryce hob die Hände und zwinkerte, und alle Kellner hoben gleichzeitig ihre Silbertabletts mit den Getränken über die Köpfe. Sie blickten nach rechts, nach links, stampften mit den Füßen auf. Bryce ließ sie zwischen den Gästen hindurchmarschieren wie ein Cheerleader-Team.

Die Zauberkategorie für dieses Duell war wie gesagt Einflussnahme. Der Zauber war angemessen. Gekonnt durchgeführt. Die scharfen Bewegungen und laut hallenden Schritte machten ihn ziemlich imposant, und es war eine clevere Idee gewesen, das Servicepersonal zu benutzen – die Uniformen gaben ein ansprechendes Bild ab –, doch das alles war rein oberflächlich. Zudem zitterten Bryce die Arme und Schweißflecken zierten sein Hemd unter den Achseln. Zu viel sichtbare Anstrengung für einen so simplen Zauber.

Sydney sah, dass die übrigen Magier das ebenfalls erkannten. Miranda Prospero machte sich nicht einmal die Mühe, ihre Verachtung zu verhehlen.

Er hätte die Jacke wirklich anbehalten sollen.

Als Bryce zum Schluss kam, gab es höflichen Applaus.

»Die Herausforderin, für das Kandidatenhaus Beauchamps.«

Sydney trat nicht vor, sondern krümmte lediglich die letzten drei Finger der linken Hand und vollzog eine Vierteldrehung des Handgelenks.

Eine unsichtbare Geige ertönte und spielte einen Walzer.

Sydney bewegte die rechte Hand, beugte die Finger im spitzen Winkel. Dann klopfte sie zweimal mit dem linken Absatz auf den Boden und sprach das Wort, das den vorbereiteten Zauber auslöste.

Alle hier versammelten Mitglieder der Ungesehenen Welt wendeten sich der Person neben sich zu und begannen, in Paaren zu tanzen.

Alle bis auf Sydney, die lächelnd beobachtete, wie die Magier die von ihr ausgewählten Figuren tanzten, und den Mann, der nun durch die Menge kam und an ihre Seite trat: dunkelhaarig und mit markanten Gesichtszügen; unter seiner Haut schlängelte sich Magie. Ian Merlin. Interessant, dass er von ihrem Zauber nicht betroffen war. Sie hatte ihn sehr spezifisch zugeschnitten.

»Sie scheinen«, sagte er, »einen Partner zu brauchen.«

Sydney sah ihn an. »Ich scheine wunderbar allein zurechtzukommen.«

»Sie werden Sie hinterher nicht so hassen, wenn Sie ebenfalls tanzen.«

»Und warum«, fragte sie, »sollte es Sie kümmern, ob sie mich hassen?«

»Weil Sie interessant zu sein scheinen.« Er reichte ihr die Hand.

»Das scheint mir ein guter Grund zu sein.« Sydney nahm Ians Hand und ließ sich von ihm in einem Tanz führen, der den der verzauberten Magier präzise imitierte. Er war ein guter Tänzer, anmutig und selbstsicher. Sie spürte seine Wärme durch seinen Smoking hindurch und in seiner Hand auf der nackten Haut an ihrem Rücken.

»Sie werden sehr wütend sein«, sagte Ian und betrachtete die tanzenden Magier.

»Die meisten von ihnen. Außerdem werden sie erkennen, dass mit mir nicht zu spaßen ist. Von nun an werden sie mich beachten – sie werden mich sehen, mich und meine Magie.«

»Und warum ist das so wichtig?«, fragte Ian. »Sie sehen aus wie eine Frau, die überall auffällt.«

»Auffallen«, entgegnete sie, »unterscheidet sich deutlich von gesehen werden.« Die Finger von Sydneys linker Hand flatterten an Ians Rücken: Sie beendete den Zauber.

Die Musik verklang und wich einer verblüfften Stille, die sich in Geflüster verwandelte und dann in Tumult. Sie ignorierte das alles. »Möchten Sie hier raus?«

Ian nahm ihre ausgestreckte Hand. »Ich bin nur gekommen, um Ihre Magie zu sehen.«

»Ich hoffe, es hat sich gelohnt.«

»Sehr sogar.«

Als sie auf die Straße traten, blieb sie stehen. »Nur um das klarzustellen: Ich habe Sie gebeten, mit mir zu kommen, weil ich mit Ihnen ins Bett will. Wie finden Sie das?«

Ian schluckte. »Gut. Finde ich gut.«

Sie lächelte und winkte ein Taxi heran.

Sydney schlüpfte aus Ians Bett, tappte durch den Flur in eines der Bäder, schloss die Tür hinter sich und drückte sich mit dem Rücken an die kühlen Fliesen. Die Nachwirkungen der Magie ließen sich nicht endlos aufschieben und ihr Zauber war groß gewesen. Der Preis musste bezahlt werden.

Hitze und Kälte durchzuckten und schüttelten sie, bis ihre Gelenke schmerzten. Blut tropfte ihr aus der Nase und rann ihr die Kehle hinab. Sie beugte sich vor und drehte den Wasserhahn auf, damit kein Geräusch, kein Anzeichen ihrer Schwäche, durch die Wände drang.

Dann atmete sie ein. Ließ den Schmerz anwachsen, bis er sie ganz ausfüllte, ließ ihn eins werden mit ihrem Atem und ihren Knochen, bis er nur noch ein dumpfes Pochen im Hintergrund war, das sich nicht mehr von dem Brennen an ihren Füßen abhob, wo sich an der Ferse eine Blase gebildet hatte, oder von dem viel angenehmeren Schmerz in ihren Schenkeln nach dem Sex. Nur ein Schmerz unter mehreren. Mehr nicht. Sie ließ es nicht zu.

Sie dachte an Bryce Dee, der bei seinem Zauber ins Schwitzen gekommen war, obwohl ihm ein ganzer Magiepool zur Verfügung stand. Stellte sich vor, wie er friedlich schlief, da sein Preis bereits bezahlt war.

Sie war eine von denen gewesen, die dafür bezahlt hatten, und nun zahlte sie den Preis für ihre eigene Magie.

»Sydney?« Ians Stimme, schläfrig und warm, aus dem Schlafzimmer. Sie drehte den Wasserhahn zu. Es gab angenehmere Arten, sich abzulenken.

Später ging Sydney zu Fuß nach Hause, siebenunddreißig Straßenzüge, in ihren Stöckelschuhen. Ians Angebot, ein Taxi zu rufen, hatte sie abgelehnt: »Ich mag die Nacht.«

Die Luft war kühl an ihren geröteten Wangen und die Entfernung gerade groß genug, um sich nach einem Zauber dieser Größenordnung und dessen Nachbeben endlich wieder geerdet zu fühlen. Der Schmerz war in den Hintergrund gerückt, doch Überreste von Magie brannten noch immer in ihrem Blut, während sie an der Wärme und dem Licht der Restaurants und

Bars und an wunderschön dekorierten Schaufenstern vorüberlief. Die Schaufenster waren regelrechte Schmuckstücke und sie ging langsamer, um sie zu betrachten: Farben und Muster wie ein Märchen auf Acid, darin die Mode der Saison. Sie sehnte sich nach solcher Schönheit: prächtig und bizarr. Wie die Magie hätte sein sollen.

Sechs Monate und dreizehn Tage. So lange war sie nun aus dem Haus der Schatten heraus. Nicht frei, noch nicht. Aber draußen. Es wurde leichter, daran zu glauben – letzte Woche hatte sie sich einen ganzen Tag lang nicht gefragt, ob dies der Tag sein würde, an dem Shara es sich anders überlegte, sie zwang, für immer zurückzukehren, und die Türen endgültig hinter ihr verschloss. Na gut, das war unmöglich – ihre Magie hatte diese Türen schon einmal aufgestoßen und konnte es wieder tun. Aber es gab eine Art von Angst, die sich nicht um die Wirklichkeit scherte, eine Angst, die im Geheimen fortlebte, und die schlug die Klauen in ihr weiches Inneres. Nachts war sie stärker und auch das hasste Sydney. Doch sie war jetzt lange genug draußen, um beinahe durchzuschlafen, meistens. Natürlich waren da immer noch die Albträume, aber es wurde leichter.

Leichter, aber noch nicht sicher. Nicht frei.

Noch nicht.

In ihrer ersten Nacht außerhalb des Hauses der Schatten hatte sie überhaupt nicht geschlafen. Sie hatte es nicht einmal versucht. Ihr Schatten hatte noch immer Dunkelheit geblutet von jenem ersten tiefen Schnitt, der notwendig gewesen war, um ihren Kontrakt zu unterschreiben, um die Größe ihrer Schuld gegenüber dem Haus auszudrücken, doch sie hatte die ganze Nacht im Freien gestanden, die Sterne betrachtet und sich ausgemalt, was sie tun würde, wenn sie sich ihre Freiheit wahrhaft verdient hatte.

Sie hatte sich ausgemalt, wie sie »Leck mich« hinter ihren Namen auf das schwere graue Papier kritzelte, wie sie die Flasche zerschmetterte, in der ihr Schatten in Tinte verwandelt wurde, wie sie den Füller entzweibrach. Hatte sich ausgemalt, wie sie Shara diesen Füller ins Herz rammte, oder in die Kehle oder in eine andere weiche, verletzliche Stelle. Sie hatte sich auf tausenderlei Art ausgemalt, wie diese Freiheit sich anfühlen würde. Dann hatte sie begonnen, Pläne zu schmieden, wie sie sie schneller erlangen könnte.

Wenn sie jetzt nachts nicht schlafen konnte, zählte sie keine Schafe, sondern stellte sich ein Streichholz und einen brennenden Kontrakt vor. Beim Einschlafen hatte sie dann ein Bild von aufsteigendem Rauch vor Augen.

Ein Taxi bremste neben ihr ab, doch sie winkte es weiter.

»Sind Sie sicher, Lady? Die Schuhe da sehen tödlich aus.«

»Das bin ich auch«, rief sie zurück. Das Fenster schloss sich, und der Wagen raste davon.

Ihr Herzschlag war jetzt beinahe wieder normal, ihre Muskeln ermattet und warm, das verbleibende Sprudeln der Magie nur noch ein dumpfer Schmerz in ihren Händen. Sie war sehr zufrieden mit ihrem Zauber – sie war mit der Nacht als Ganzes zufrieden. Das Rad des Schicksals drehte sich und sie würde dafür sorgen, dass die Ungesehene Welt sich dabei veränderte. Der heutige Abend war ein guter Anfang gewesen.

Zu Hause. Sydney ging durch die leere Eingangshalle ihres Wohnhauses zum Aufzug. Ihre Killer-Stilettos behielt sie an, bis sie in ihrer Wohnung war. Keine Schwäche, selbst hier nicht. Doch sobald sie die Tür hinter sich geschlossen hatte, tauschte sie Schuhe und Kleid gegen schwarze Leggings und ein übergroßes T-Shirt aus. Nahm sich einen Moment, um richtig anzukommen: Auf dem Bett lag ein mit Sternen bestickter Quilt und am Fußende stapelten sich Decken. Im Geschirrschrank standen

Gläser in allen möglichen satten Blautönen, denn selbst Gläser konnten schön sein – warum also nicht? Es gab ein Sofa aus dunkelrotem Samt und eine Skulptur aus Blättern – Messing, Bronze und Kupfer – an der Wand darüber. Ihr eigenes kleines Schmuckstück von einer Wohnung, eine Wirklichkeit gewordene Sehnsucht.

Zur Ruhe gekommen, kochte sie Kaffee. Nach Albträumen verlangte es sie nicht und es gab noch Arbeit zu erledigen.

Das Ergebnis wurde Laurent am nächsten Morgen mitgeteilt, kurz bevor der Rest der Ungesehenen Welt es erfuhr. Das »Privileg des Siegers«. Sydney fand, realistischerweise sollte man es vielleicht lieber »Die letzten ruhigen Minuten, bevor sie zu einer beweglichen Zielscheibe wurde« nennen, doch bis man das ausgesprochen hatte, dauerte es ein bisschen länger. Nicht dass sie sich beklagen wollte – es war genau das, was sie beabsichtigt hatte.

Die E-Mail erschien unter Verwendung derselben technomagischen Protokolle auf seinem Bildschirm wie die mit der Benachrichtigung über den bevorstehenden Umschwung. Dieser Zauber war ein Meisterstück der Kollektivmagie: eine vollständig anonyme Abstimmung unter sämtlichen anwesenden Magiern, und den Punktestand führte der Zauber auch gleich tabellarisch auf – wobei er überdies so konzipiert war, dass er Anomalien im Magiegebrauch kennzeichnete. Diese magische Vorrichtung regelte sämtliche Aspekte des Umschwungs und kein Haus konnte sich im Alleingang darüber hinwegsetzen. Der Bildschirm leuchtete, ja, er schillerte beinahe.

»Wir haben gewonnen!«, sagte Laurent, drehte sich auf seinem Stuhl um und lächelte sie an. Seine Freude war so ansteckend, dass Sydney zurücklächelte.

»Gut«, sagte sie. »Hätte mich auch gewundert, wenn nicht.«

»Ich wünschte, ich hätte es persönlich sehen können. Wie ich höre, haben Sie fantastische Arbeit geleistet.«

Er war nicht einmal zum Fest im Hause Dee eingeladen gewesen, obwohl dort seine eigene Herausforderung ausgetragen worden war. Die Dees waren ziemlich wählerisch, wenn es darum ging, wer sich als Mitglied der Ungesehenen Welt eignete. Außenseiter, die nicht einmal in dieser Welt geboren waren und die Frechheit besaßen, zu glauben, sie verdienten es, ein Haus zu gründen, standen nicht auf der Gästeliste der Dees, und sie hatten dafür gesorgt, dass Laurent das auch erfuhr.

»Das sind Snobs.« Sydney zuckte die Achseln, tat die gesamte Ungesehene Welt mit dieser einen Bewegung ab. »Aber Snobs, die Macht anerkennen. Ich wette, von nun an werden Sie zu allem eingeladen.«

»Sie haben Ihre Schutzzauber verstärkt und alle nötigen Vorsichtsmaßnahmen ergriffen?«, fragte Laurent. »Ich habe gehört, dass Unfälle während dieser Umschwünge mit voller Absicht geschehen – ich möchte nicht, dass Sie einem davon zum Opfer fallen.«

Sie lächelte wieder. »Nicht einmal Sie wissen, wo ich wohne. Ich komme zurecht.«

»Ich meine es ernst. Das soll jetzt nicht großkotzig klingen, aber ich habe Geld. Eine ganze Menge. Falls Sie sich zwischen Ihrer Miete und Ihrer Sicherheit entscheiden müssen, dann sollten Sie wissen, dass ich Ihre Sicherheit als Betriebsausgabe betrachte. Kaufen Sie, was immer Sie brauchen, und ich erstatte Ihnen das Geld, oder lassen Sie mich wissen, was Sie brauchen, und ich sorge dafür, dass Sie es bekommen.«

»Ich weiß, was Sie mir dafür zahlen, dass ich Sie repräsentiere, Laurent. Außerdem sitzen wir hier in Ihrer Fünfzimmerwohnung in der Upper East Side. Dass Sie Geld haben, ist kein Geheimnis.«

»Sydney.«

Laurent blickte so besorgt, dass sie ihm schließlich glaubte. »Sollte der Faktor Geld zum Hindernis für meine persönliche Sicherheit werden, lasse ich es Sie wissen. Aber glauben Sie mir, ich will das bis zum Ende durchstehen. Ich habe nicht die Absicht zu sterben – weder bei einem Unfall noch in einem Duell. Das Ziel besteht darin, dafür zu sorgen, dass Sie der Gründer eines Hauses sind, wenn das alles vorbei ist, und dafür muss ich am Leben bleiben. Ich habe Vorsichtsmaßnahmen getroffen und ich bin gut in dem, was ich mache.«

Er sah sie prüfend an. Schließlich nickte er. »In Ordnung.«

»Also, was ist der nächste Schritt?«, fragte sie.

»Ich habe darüber nachgedacht. Und mein erster Gedanke war, dass einiges dafür spricht, jetzt die mächtigen Häuser ins Visier zu nehmen. Um sie alle aus dem Weg zu räumen, bevor das Prozedere sich ändert und die Duelle tödlich werden.«

»Und Ihr zweiter Gedanke war?«

»Dass es eine subtilere Strategie gibt: Bloß weil ein Haus mächtig ist, heißt das nicht, dass sein Champion es auch ist. Viele der alten Häuser sind zu engstirnig, um einen externen Champion zu engagieren, und darunter leidet ihre Magie. Daher werde ich die Sache anders angehen.«

»Ich glaube, das ist clever«, sagte Sydney. »Dee ist eines der ältesten und am besten etablierten Häuser, aber Bryce' Zauber war ein Witz. Wollen Sie meinen Rat hören?«

Laurent nickte. »Natürlich.«

»Sie haben noch ein bisschen Zeit. Beobachten Sie, was in dieser Runde noch passiert, bevor Sie entscheiden, wen Sie in der nächsten herausfordern. Schauen Sie sich die Ergebnisse an, die Art der gewirkten Zauber, wer ausscheidet. Auch die Allianzen zwischen den Häusern werden sich verschieben. Haben Sie darauf geachtet, wie oft Ihr Handy gebimmelt hat, während wir uns unterhalten haben? Ich schätze, das waren zum großen Teil Oberhäupter von Häusern oder andere Kandidaten, die Sie auf einen Drink, zum Abendessen, zu Veranstaltungen einladen wollen, wo sie mehr über Sie erfahren und herausfinden können, ob Ihre Einstellung zur Magie sich mit ihrer eigenen deckt.«

Laurent sah aufs Display seines Handys, scrollte, nickte. »So viel zum Thema Subtilität. Ich habe damit gerechnet, sicher, aber ist es nicht ein bisschen zu früh, um sich zu fragen, was ich über Magie denke?«

»Eigentlich nicht. Nach gestern Abend fragen sie sich nicht nur, ob man Ihnen erlauben wird, ein eigenes Haus zu gründen. Sie fragen sich auch, was aus der Magie wird, falls Sie gewinnen.«

»Sie meinen, ob ich dann Lizenzgebühren von den Leuten verlange, damit sie Magie verwenden dürfen, oder was?« Lachend tat er die Vorstellung ab.

»Die Sache ist die: Das könnten Sie tun. Der Gewinner des Umschwungs wird Oberhaupt der Ungesehenen Welt. Falls Sie das sein sollten, wird Ihre Stimme großes Gewicht haben, wenn es darum geht, wie Magie verwendet wird und wer sie verwenden darf. Sie kommen von außerhalb – womöglich wären Sie daran interessiert, das Ganze etwas offener zu gestalten. Manche Häuser würden das gut finden. Andere fänden allein die Vorstellung so furchtbar, dass sie sich jetzt bestimmt wünschen, sie würden sich selbst repräsentieren, damit sie sie töten könnten, sobald es um Leben und Tod geht.«

Er zuckte zusammen.

»Aber wenn die Leute feststellen, dass Sie genauso denken wie sie und dass sie während der Herausforderungen die Drecksarbeit für Sie machen können, indem Sie diejenigen, die nicht so denken, aus dem Wettbewerb entfernen, dann kommen sie vielleicht zu dem Schluss, dass es besser ist, Sie zu unterstützen, als Sie herauszufordern.« Nicht alle Häuser trafen im Duell aufeinander. Der Umschwung war nie darauf angelegt gewesen, verbrannte Erde in der Ungesehenen Welt zu hinterlassen; er sollte sie nur ein bisschen durchschütteln. Manche Allianzen mussten erhalten bleiben. Nach allem, was sie bisher von Laurent wusste, besaß er strategisches Geschick. Und wenn er sich darauf konzentrierte, hätte sie selbst ein wenig mehr Zeit, um darüber nachzudenken, wie sie damit umgehen sollte, dass Ian Merlin für Prospero kämpfte, und wie viel von alledem Shara wissen musste. Sydney musste jetzt ihre eigenen Pläne überdenken.

Laurent lehnte sich an die Arbeitsplatte. »Miles Merlin hat schon das Sagen, seit ich hier bin. Die Art, wie er die Dinge angeht, ist alles, was ich über die Ungesehene Welt weiß, und über Magie, in welcher Form auch immer. Was vermutlich manche Leute auf die Idee bringen könnte, dass ich zufrieden mit dem Status quo bin, und ehrlich gesagt bin ich im Moment ganz froh, wenn sie das denken.«

»Aber?«, fragte Sydney nach.

»Sie nennen mich Außenseiter. Als wäre es ein Titel, bloß ein negativer. Weil ich nicht in einem der Häuser geboren wurde. Das Haus Dee hat mich gestern Abend nicht einmal reingelassen und niemand hat auch nur ein Wort dagegen gesagt. Ich bin der einzige Teilnehmer am Umschwung, dessen Haut dunkler als bleich ist, und ich wette jeden Dollar auf meinen Bankkonten, dass ich der erste Schwarze wäre, dem man ein eigenes Haus gibt.

Ich will Macht. Das will ich gar nicht leugnen. Aber es gibt noch einen Grund, warum ich hier dabei bin, denn es gibt andere Kinder wie mich, und die gehören auch hierher. Selbst wenn ich nicht die gesamte Ungesehene Welt für sie öffnen kann,

kann ich ihnen doch mein Haus öffnen und ihnen eine Zuflucht bieten.

Von daher: Klar, ich warte ab und sehe es mir erst einmal an, und wenn ich da besser durchblicke, entscheide ich, wen ich als Nächstes herausfordere.«

»Also gut«, sagte sie. »Eine andere Sache noch, nach der ich Sie fragen möchte – was ist mit Grey?«

»Ich sagte doch ...«

Sie fiel ihm ins Wort. »Ich weiß, was Sie gesagt haben. Dass er tabu ist. Ich will auch gar nicht, dass Sie das jetzt ändern, aber Sie sollten im Hinterkopf behalten, dass die Duelle ab einem bestimmten Punkt tödlich sein werden. Und man kann sich mit einem Haus oder einem Kandidaten nur einmal duellieren.«

»Also wäre es vielleicht besser, es früh zu tun und zu riskieren, ihn aus dem Wettbewerb zu werfen, als es später zu tun und zu riskieren, ihn zu töten.« Laurent wirkte unglücklich. »Das gefällt mir nicht, aber ich hab's kapiert. Ich denke darüber nach. Mehr kann ich nicht versprechen.«

»Mehr wollte ich ja auch gar nicht hören«, sagte Sydney, obwohl das eigentlich nicht stimmte. Wenn Laurent weiter so erfolgreich war, mochte das dazu führen, dass Grey ihn seinerseits herausforderte, und sie wollte, dass er das in Betracht zog und überlegte, wie er damit umgehen sollte. Aber jetzt war offensichtlich nicht der rechte Zeitpunkt für diese Unterhaltung. »Schicken Sie mir die nächste Herausforderung, wenn Sie sich entschieden haben, wer es ist.«

Bei der Erschaffung des Hauses der Schatten hatte man eine Reihe von Zaubern installiert. Einer dieser Zauber sah aus wie ein Engel.

Der »Engel der Wasser« krönte den in die rot gepflasterte Bethesda Terrace im Central Park eingelassenen Bethesda-

Brunnen. Weit ausschreitend, die Flügel gespreizt, eine Hand vorgestreckt, in der anderen eine Lilie. Sydney stand da und beobachtete die gurrenden Tauben, die auf den Flügeln der Statue aufgereiht saßen.

Die Statue an und für sich war nicht magisch. Sie war bereits da gewesen, bevor das Haus der Schatten erschaffen worden war – errichtet zur Feier sauberen Wassers, als Symbol der Frische, der Reinheit. Als Sydney davon erfahren hatte, war sie unglaublich wütend geworden, denn der Engel war nichts mehr von alledem, seit er zweckentfremdet worden war durch den Zauber, der das Haus der Schatten erschaffen hatte und die Magie lenkte, die von dort kam.

Wenn die Statue nicht ausgerechnet mit dem Haus der Schatten verbunden gewesen wäre, hätte Sydney sie schön gefunden. Doch da sie wusste, was die Statue war, konnte sie ihren Anblick selbst bei diesem Sonnenuntergang, der aus dem Himmel und den Wolken dahinter ein Aquarell machte, kaum ertragen.

Um einen Zauber zu brechen, musste man jedoch zunächst wissen, wie er funktionierte. Dafür musste sie mehr tun, als die Statue nur anzusehen.

Sydney ging um den Brunnen herum und behielt dabei die Statue am Rand ihres Blickfelds im Auge. In der Nähe des Engels waren die Schatten dichter als andernorts im Park. Doch dieser Effekt war sehr subtil. Einem Fotografen oder einem Maler – jemandem, der mit Licht arbeitete – mochte es vielleicht auffallen, doch den meisten Nichtmagiern wahrscheinlich nicht. Es war ein gut verborgenes Stück Magie.

Sie sprach ein Wort, mit dem sie die Luft wie einen Mantel um sich herum zusammenzog. Seine Silben brachen und fielen wie sanfter Regen. Dann streckte sie die Hand aus, spiegelte die Geste der Statue und *griff* in die Magie hinein, die darin verankert war.

Dunkles Kupfer und Fäule, das Gefühl gerinnenden Blutes zwischen ihren Fingern, und genau damit hatte sie auch gerechnet. Schattenmagie. Das hier kannte sie. Das konnte sie rückgängig machen.

Sie atmete ein, atmete aus und ließ sich tiefer hineinsinken.

Magie peitschte um sie herum wie Seile, wie Stacheldraht, verhakte sich in ihr, zog an ihr, senkte ihre Krallen in sie. Hungrig. Irgendein anderer Zauber, in die Schattenmagie verwoben. Irgendein anderer Zauber, der versuchte, ihr die Magie zu entziehen. Finger, die suchend nach ihrem Herzen griffen.

Mit zusammengebissenen Zähnen knirschte Sydney ein Wort heraus, das die Luft versengte und ihre Verbindung zu der Magie, die den Engel durchströmte, unterbrach. Sie fluchte; die Nachwirkungen dieses zweiten, verzehrenden Zaubers schmeckte sie wie Galle im Mund und gleich hinter ihren Rippen setzte sich ein dumpfer, hohler Schmerz fest.

Sydney kniff die Augen zusammen und nahm ihren Rundgang um den Brunnen wieder auf, diesmal in entgegengesetzter Richtung. Es war möglich, dass Shara von diesem anderen, diesem zweiten Zauber wusste. Dass dies ein weiterer Test war: Konnte Sydney ihn entdecken? Und falls ja, würde sie davon erzählen? Doch keine der Anweisungen, die Shara ihr gegeben hatte, keiner der Pläne des Hauses der Schatten beinhaltete diese Statue.

Es war also möglich, dass Shara nichts von diesem anderen Zauber wusste, und darüber lohnte es sich nachzudenken.

Es gab Gerüchte – Sydney kannte sie: Sie hatte den ersten Monat außerhalb des Hauses der Schatten damit verbracht, zu lernen, wie das Leben in der magielosen Welt funktionierte, und den zweiten Monat damit, so viel wie möglich über die Ungesehene Welt in Erfahrung zu bringen. Den Gerüchten zufolge war mit der Magie etwas nicht in Ordnung. Kleine Zauber misslangen, mussten mehrfach gewirkt werden oder hatten nicht ganz das erwartete Ergebnis. Es waren nur Gerüchte, doch davon genügend, um sicher zu sein, dass sie einen wahren Kern hatten.

Shara hatte ihr nichts davon gesagt.

Was logisch wäre, falls das Problem an dem Zauber lag, der im Engel verankert war. Wenn die Magie aus dem Haus der Schatten kam, war sie vermutlich in Ordnung, und dann das hier – Sydney wappnete sich und griff erneut hinein, vorsichtiger diesmal, und hielt knapp vor dieser hungrigen, lauernden Präsenz inne. Gerade nahe genug, um die Leere dahinter zu spüren.

Was es auch sein mochte: Dies war die Stelle, an der etwas schieflief.

Laurent traf sich dreimal die Woche frühmorgens mit Grey zum Joggen um das Central Park Reservoir. Seit etwa drei Jahren war Grey auf dem Fitnesstrip. Er hatte gesagt, wenn sie in besserer körperlicher Verfassung wären, würde das auch ihre Magie stärken – ein gesunder Geist in einem gesunden Körper und so weiter. Grey ließ sich ständig etwas einfallen, womit er seine Magie verbessern, womit er sie stärken konnte. Ein paar dieser Einfälle waren ein bisschen abgedreht, doch Joggen war ziemlich harmlos – bis auf das frühe Aufstehen –, und so erschien Laurent am Treffpunkt und joggte.

Sie liefen in einem Tempo, bei dem man sich problemlos unterhalten konnte. »Wie ist dein erstes Duell gelaufen?«, fragte Laurent.

»Gut. Auch ein Kandidat, irgendein Cousin zweiten Grades oder ein Stiefsohn der Familie Morgan, der ein eigenes Haus gründen möchte. Wegen irgendwas sauer auf Miranda und das wollte er an mir auslassen. Das Ganze wird übrigens viel weniger nervig für mich sein, wenn die Leute endlich kapieren, dass es ihr egal ist, wenn ich verliere. Aber ich hatte die Wahl der Magie. Ich habe Geografie genommen und einen Zauber mit einer sich entfaltenden Landkarte gewirkt, also habe ich gewonnen.«

»Cool. Was machst du als Nächstes?«

»Willst du meine Strategie klauen?« Grey lachte. »Ich knöpfe mir eins der großen Häuser von. Als Statement. Wenn ich das besiege, sehen alle, dass sie mich nicht verarschen können. Und du?«

»Ich gehe es methodisch an. Zuerst Treffen. Drinks. Das ganze Geschiebe hinter den Kulissen und dann entscheide ich mich. Du weißt ja, wie das ist.«

»Eigentlich nicht«, sagte Grey. Sie liefen gerade an einer dunklen Lücke zwischen einigen Bäumen vorbei, vor der die Überreste eines gelben Polizeiabsperrbands flatterten. »Niemand hat mich zu Treffen oder Drinks eingeladen.«

Laurent versuchte, seinen Fauxpas wettzumachen. Grey war immer dann am glücklichsten, wenn er sich vernetzt fühlte. »Na ja, wahrscheinlich denken die Leute, dich kennen sie schon gut genug, um direkt zu sein. Du bist hier geboren – ich bin ein Außenseiter, schon vergessen?«

»Stimmt«, sagte Grey und sah sich nach der dunklen Lücke zwischen den Bäumen um. »Das wird es sein.«

»Was ist denn da passiert?«, fragte Laurent und nickte in dieselbe Richtung.

»Kann ich nicht genau erkennen«, erwiderte Grey, drehte um und rannte einige Schritte zurück. Doch man sah nur das verdreckte Absperrband.

»Hast du von der ermordeten Frau gehört, der alle Fingerknochen fehlten? Vielleicht war das die Stelle, wo man sie gefunden hat.«

»Hm«, sagte Grey. »Vielleicht.«

»Total gruselig, oder? Ich meine, wer nimmt denn jemandem die Fingerknochen raus? Das ist ja wie von den Brüdern Grimm oder so.«

»Irgendwie schon.« Grey machte wieder kehrt.

»Jedenfalls, zurück zur Strategie. Hast du einen Tipp für mich?«, fragte Laurent. »Wem ich trauen kann und so?« Er sah Grey an, dass das die richtige Frage war.

»Du kannst eigentlich nichts falsch machen, wenn du einem Sieger folgst.«

»Du meinst Merlin?«

»Es ist das älteste Haus. Eine so lange Geschichte bedeutet Macht und Status. Außerdem kennt Miles alle Geheimnisse, alles, was hier passiert.«

»Ich dachte, deine Familie hasst ihn.«

»*Miranda* hasst ihn. Ein Punkt zu seinen Gunsten, wenn du mich fragst.«

Laurent lachte.

Sie beendeten ihre Runde und gingen langsam weiter. »Noch etwas«, sagte Laurent. »Ich dachte, es wäre vielleicht eine gute Idee, wenn wir uns jetzt schon gegenseitig herausfordern, während es noch um nichts geht.«

Grey hustete und spuckte Wasser auf den Boden. »Was soll der Scheiß? Jetzt, wo es noch um nichts geht? Wenn man zu oft verliert, rückt man nicht vor. Und womöglich wirft einer von uns den anderen raus. Vergiss es.«

»Schon vergessen.« Laurent trank aus seiner eigenen Wasserflasche. »Das alles ist so verrückt.«

»Verrückt oder nicht, besser, du checkst schnell, wie die Sache läuft, und komm mir bloß nicht noch mal mit so einem Scheiß.« Grey schlug seinem Freund auf den Rücken und ging zurück in Richtung seiner U-Bahn-Station. »Das Rad des Schicksals dreht sich weiter!«

Laurent blieb in der kühlen Luft stehen und der Wind trocknete den Schweiß auf seiner Haut. Das Rad des Schicksals drehte sich tatsächlich und nicht alle waren am Ende oben. Manche wurden einfach überrollt. Er schüttelte seine Glieder aus, die steif zu werden begannen, und machte sich auf den Heimweg.

»Heute irgendwas für mich, Henry?«, fragte Sydney, während sie durch die Eingangshalle ihres Hauses ging.

»Ja, Miss.«

Sie blieb stehen, hob eine Augenbraue. Normalerweise bestellte sie sich nichts nach Hause. Die Gesamtzahl der Personen, die ihre echte Adresse kannten, belief sich auf zwei, und sie konnte sich nicht vorstellen, dass Shara jemals die Post benutzen würde, daher war ihre Frage eher ein Ritual denn etwas, worauf sie ein Ja erwartete.

»Na ja, nicht etwas, sondern jemand, Miss. Sie hat gesagt, sie hat sich nicht angekündigt, und deshalb würde sie sich einfach hier hinsetzen und warten.«

Sydney verlagerte ihr Gewicht zurück auf die Absätze. Sie erwartete definitiv keinen Besucher. Nichts hatte ihre Schutzzauber ausgelöst, doch nicht jede unerfreuliche Überraschung musste mit Magie zu tun haben. Es würde leichter sein, Henry zu beschützen, wenn sie dichter bei ihm stand.

»Sie?«

»Ganz recht, Miss. Gleich da drüben.«

Die weißhaarige Frau trug schwarze Kleidung, perfekt zugeschnitten auf ihre aufrechte Gestalt. Ihr Lippenstift war so rot wie Sydneys und obwohl die Zeit Spuren auf ihrer Haut hinterlassen hatte, lagen darunter knochentief Macht und Schönheit. Sie erhob sich gelassen wie eine Königin. »Hallo, Sydney. Ich bin Verenice Tenebrae.«

Sydney kannte den Namen. Deshalb also waren ihre Schutzzauber nicht ausgelöst worden: Sie waren auf Magier abgestimmt, die Magie aus dem Haus der Schatten verwendeten.

»Danke, Henry. Alles in Ordnung.« Er nickte und Sydney trat auf die wartende Frau zu. Dabei beschwor sie mit der linken Hand eine leichte Stille, um sicherzustellen, dass niemand ihre Unterhaltung mit anhören konnte. »Tenebrae. Sie sind die andere, die aus dem Haus der Schatten herauskam.«

»So ist es.« Sie neigte den Kopf. »Freut mich, Sie kennenzulernen. Ich hatte gehofft, wir könnten uns unterhalten.«

So aus nächster Nähe waren die Anzeichen für Verenice' Herkunft unverkennbar – Sydney sah sie an sich selbst in jedem Spiegel: die Art, wie Verenice sich hielt, die gerade Linie ihres Rückgrats, der wissende Blick. Die Magie, die dichter unter der Oberfläche strömte als bei denen, die niemals ein Kanal für andere hatten sein müssen. Die unregelmäßig gezackten Ränder ihres Schattens. »Etwa eineinhalb Straßenzüge von hier gibt es eine sehr gute Bäckerei, falls Sie nichts gegen einen Spaziergang haben.«

»Ich liebe *pain au chocolat*. Und Sie wollen mich nicht in Ihrer Wohnung haben, sind aber zu diplomatisch, um es offen auszusprechen. Das verstehe ich durchaus.«

Sydney schwieg, denn es stimmte. Sie wollte Verenice nicht in ihrer Wohnung haben.

Als sie das Haus der Schatten verließ, hatte Shara ihr gesagt, sie solle nach Verenice suchen, und hinzugefügt, diese könne ihr helfen, sich in der Ungesehenen Welt zurechtzufinden. Sydney vertraute ohnehin nur wenigen Menschen, und jemandem, der ihr von Shara empfohlen wurde, schon gar nicht. Deshalb hatte sie nicht nach Verenice gesucht und war nun zwar nicht überrascht darüber, dass diese sie aufgespürt hatte, aber auch nicht gerade erfreut.

Unterwegs beobachtete sie Verenice, doch die ältere Frau gab nichts preis. Alles andere hätte Sydney auch schockiert. Wenn das Haus der Schatten eines war, dann gründlich in seiner Ausbildung.

Als sie saßen – Verenice mit einer heißen Schokolade zu ihrem Gebäck und Sydney mit Rosen- und Veilchen-Macarons –, sagte Verenice: »Meine Schuld ist getilgt. Vollständig. Das Haus der Schatten hat keine Macht mehr über mich und ich empfinde keine Loyalität gegenüber diesem Ort.« Das letzte Wort bitter wie Salz. »Ich bin aus eigenem Antrieb hier, weil ich neugierig auf Sie war, nicht weil Shara mich gebeten hätte, Sie auszuspionieren.«

»Ich bin wohl kaum jemand, bei dem sich Neugier lohnt«, erwiderte Sydney.

»Vierzig Jahre«, sagte Verenice und rührte ihre heiße Schokolade um.

»Pardon?«

»Ich habe das Haus der Schatten vor vierzig Jahren verlassen. Noch bevor Sie geboren wurden. Niemand vor mir und niemand zwischen mir und Ihnen hat das Haus durch diese Tür verlassen. Sie und ich, wir wissen beide ganz genau, was die andere ertragen musste, um jetzt hier sitzen zu können. Falsche Bescheidenheit steht uns nicht.« Dann blickte sie hoch und sah Sydney in die Augen.

»Schön. Dann sagen Sie mir doch, wie ich Ihre Neugier befriedigen kann.«

Verenice lächelte. »Ich mag Sie wirklich. So präzise. So vorsichtig. So sehr wie ich damals. Allerdings wollen Sie mehr, glaube ich. Nein, unterbrechen Sie mich nicht. Ich weiß, Ihnen ist unbehaglich, weil ich weiß, was Sie sind, und Sie wären eigentlich lieber nicht hier. Sie wollen abstreiten, ablenken, eine weitere Schicht ›Ich bin nicht zu sehen‹ um sich herumziehen.

Ich könnte wetten, dass Sie unsere Unterhaltung nur deshalb nicht abschirmen, weil Sie ihr keine Bedeutung beimessen wollen.

Aber ich habe Übung darin, zu sehen, und ich werde Ihnen sagen, was ich glaube. Ich glaube, Sie sind deshalb aus dem Haus der Schatten rausgekommen und arbeiten jetzt mit diesem gut aussehenden jungen Mann zusammen, weil das Haus es Ihnen befohlen hat – dass Sie sich als Champion unter Vertrag nehmen lassen, wenn auch nicht unbedingt von ihm – und weil Shara und das Haus kleine Stückchen von Ihnen abschneiden werden, langsam, falls Sie tun wie geheißen, und viel schneller, falls nicht.

Außerdem glaube ich, dass Sie noch etwas anderes vorhaben, und zwar nicht nur deshalb, weil Sie viel weniger auf Ihre Worte geachtet hätten, wenn Sie nichts vor Shara zu verbergen hätten. Die Ihnen wahrscheinlich gesagt hat, Sie sollten mich suchen, weil sie genau wusste, dass Sie das dann garantiert nicht tun würden, und sie Ihnen eine Verbündete vorenthalten wollte.«

Sie hatte eine Augenbraue fragend erhoben. Sydney wahrte eine ausdruckslose Miene, aber genau so etwas wäre typisch für Shara.

Verenice fuhr fort: »Ich möchte noch einmal betonen, dass ich nicht auf ihr Geheiß hier bin, dass ich nicht mehr mit ihr gesprochen habe, seit ich meinen Kontrakt abbezahlt habe, aber ich erwarte nicht, dass Sie mir glauben – ich an Ihrer Stelle würde es nicht. Doch ich weiß, wie Sie Ihren Beeinflussungszauber beim ersten Duell gefiltert haben – Sie haben ihn so angelegt, dass er nur auf diejenigen wirkte, die Magie aus dem Haus der Schatten verwenden, anstatt den Preis ihrer Magie selbst zu bezahlen. Möglicherweise haben Sie nach Verbündeten Ausschau gehalten.«

Und das kam der Wahrheit nahe, sehr nahe. Bloß hatte Sydney den Zauber so angelegt, um ihre Feinde zu zählen, nicht um Verbündete zu finden. Sie hatte sehen wollen, wie weit der Einfluss des Hauses der Schatten reichte, um zu wissen, wie groß das Feuer sein musste, wenn sie das Streichholz anriss. Offenbar war ein Großbrand vonnöten. »Sonst noch Spekulationen?«

»Ich glaube, Sie benutzen den Umschwung, um gegen das Haus der Schatten vorzugehen, und ich will Ihnen helfen.« Verenice' Hände lagen flach auf dem Tisch, wo Sydney sie sehen konnte. Natürlich musste eine Magierin nicht die Hände benutzen, um zu zaubern, aber sie dort so sichtbar und reglos liegen zu lassen war ein Signal an Sydney, dass keine Magie gewirkt wurde.

Und da schirmte Sydney ihre Unterhaltung doch ab: Sie tunkte einen Finger in den Tee und zeichnete rasch ein Symbol auf die Tischplatte.

»Angenommen, was Sie sagen, ist wahr, warum wollen Sie da hineingezogen werden? Sich gegen das Haus der Schatten zu stellen, wäre riskant. Gefährlich sogar. Wenn Sie aus allem raus sind, dann sind Sie doch in Sicherheit«, sagte Sydney und legte eine besondere Betonung auf das letzte Wort. Sie mochte Verenice nicht trauen, doch sie würde nie jemanden zurück in Sharas Fänge schicken.

Da veränderten sich Verenice' Züge und Sydney sah die Zeit und die Schmerzen, die sich darin eingegraben hatten. »Als ich die Tür des Hauses der Schatten aufstieß, war ich dreiunddreißig. Danach war ich zehn Jahre lang durch den Kontrakt gebunden. In diesen zehn Jahren plus den dreißig seither habe ich in der Ungesehenen Welt gelebt und dabei immer gewusst, was im Haus der Schatten vorgeht. Und ich wusste, dass ich es nicht ändern oder beenden kann. Nicht allein. Deshalb.«

Sydney sah sich in der eleganten Patisserie um, betrachtete die cremefarbenen, goldverzierten Wände, die Kellnerinnen in den schwarz-weißen Uniformen, die spitzenbesetzten Schürzen. Sie atmete den Geruch von Zucker und Butter, Zimt und Schokolade ein und dachte, wie weit sie beide doch von dort entfernt waren, wo sie begonnen hatten.

Wieder musterte sie Verenice' Schatten. Die Risse, die gezackten Ränder. So viel schlimmer als bei ihr, dabei waren schon ihre eigenen Schmerzen, wenn sie sich gestattete, sie zu spüren, wie ein anhaltender gellender Schrei, so, als würde ihr die Haut abgezogen, als wären da klaffende Wunden. Der Balsam für diesen Schmerz und für die Wut, die darunter glomm, war der Gedanke, dass sie etwas verändern konnte. Dem ein Ende setzen konnte. Dafür sorgen konnte, dass niemand mehr gebrochen und in Stücke geschnitten wurde, um anderen ihre Magie zu erleichtern.

Sie hätte beinahe verstehen können, warum das Haus der Schatten existierte, wenn es mehr gewesen wäre als bloß das. Wenn die Nutzung der Magie, die von dort kam, zu irgendeiner Verbesserung geführt hätte – wenn es die Menschen zu mächtigeren Magiern gemacht hätte. Die Leute waren gierig, besonders nach Macht. Doch die Magie, die aus dem Haus der Schatten kam, verlieh keine zusätzliche Macht. Sie machte niemanden stärker. Sie machte es nur einfacher, weil dieser Magiepool immer da war, und sie stellte sicher, dass der Gebrauch der Magie für diejenigen, die sich ihrer bedienten, keinen Preis hatte, weil jemand anderes ihn bereits bezahlt hatte.

Sydney war eine dieser anderen gewesen, die ersten fünfundzwanzig Jahre ihres Lebens über, und auch Verenice war eine davon gewesen, noch acht Jahre länger. Sydney spürte, wie sie innerlich zitterte. Verenice verdiente es, dass Sydney ihr diese Wahl ließ, auch wenn es die Sicherheit dieser Frau gefährdete.

Manchmal war Sicherheit nicht alles. Und sie musste Verenice nicht vertrauen, um sie benutzen zu können.

»Okay«, sagte Sydney. »Okay.«

Verenice nickte. »Lassen Sie mich wissen, wenn Sie sich entschieden haben, wie ich Ihnen von Nutzen sein kann.«

»Eine Frage.« Sydney konnte ihr zunächst die Fragen stellen, die Shara von ihr erwartete. Auf diese Weise wäre nichts verloren, falls sich herausstellte, dass Verenice doch nicht vertrauenswürdig war. »Vor wem muss ich mich am meisten in Acht nehmen?«

»Miles Merlin.« Verenice musste über die Antwort nicht einmal nachdenken. »Er ist jetzt schon wütend, weil sein Sohn keine Schattenmagie benutzen will. Mich hasst er, weil ich diejenige war, die Ian gezeigt hat, dass er sie nicht braucht. Und wenn er erst erfährt, was Sie sind, woher Sie stammen, wird er Sie ins Visier nehmen. Er wird subtil vorgehen, zu Anfang jedenfalls, aber unterschätzen Sie ihn bloß nicht. Er wird jede Bedrohung des Hauses der Schatten als Bedrohung seiner Macht empfinden, und das wird ihm nicht gefallen.«

»Sie sind diejenige, die Ian das gelehrt hat?«, fragte Sydney. Ein kurzer Moment der Überraschung, dann die Erkenntnis, dass es naheliegend war. Jemand musste es ihm beigebracht haben und die Auswahl war extrem eingeschränkt. »Ist er gut?«

»Sehr gut.«

»Dann noch eins. Haben Sie von Fällen gehört, in denen die Magie versagt hat?«

»Hier und da«, sagte Verenice. »Nichts Konkretes.«

»Bitte lassen Sie es mich wissen, wenn Sie etwas darüber hören. Es könnte hilfreich sein, davon zu wissen, falls ich tatsächlich etwas von dem plante, wonach Sie gefragt haben.« Diese Formulierung war vage genug, um sich herausreden zu können, sollte ihre Bitte Shara zugetragen werden.

Verenice sammelte ihre Sachen ein, dann zögerte sie. »Sydney … danke.«

»Wenn das hier zu Ende ist, wollen Sie mir vielleicht nicht mehr danken«, entgegnete Sydney.

»Wenn damit das Ende des Hauses der Schatten gemeint ist, dann doch.«

Am nächsten Tag schickte Sydney Verenice Blumen. Eine nette Geste, mehr nicht.

Bis auf das, was sie außerdem noch aussagte, etwas, was Verenice, wie Sydney wusste, verstehen würde: dass auch sie, Verenice, auffindbar war. Und da war noch die Sache mit dem in die Blumen verwobenen Zauber, der sie vom einen auf den anderen Moment hätte verwelken lassen, wenn es in Verenice' Wohnung Spuren von Schattenmagie gegeben, wenn sie doch mit Shara in Verbindung gestanden hätte. Und der Sekundärzauber, der so angelegt war, dass die Blumen üppig und in leuchtenden Farben erblühen würden, wenn diese Magie nicht gefunden wurde – ein unmissverständliches Zeichen des Misstrauens.

Verenice lächelte und schickte ihrerseits Blumen. Auf der Karte stand: *Möge unsere Freundschaft, wie diese Blumen, niemals welken.* Und, in die Mitteilung verwoben, ein eigener Zauber von ihr. Ein Loyalitätsgelöbnis, das es ihr unmöglich machte, direkt Magie gegen Sydney einzusetzen.

Sydney hielt die Karte in der Hand. Es gab Mittel und Wege – es gab immer Mittel und Wege –, um ein solches Gelöbnis zu umgehen. Verenice konnte ganz problemlos indirekt gegen Sydney vorgehen oder jemand anderem schaden, um es als Druckmittel gegen sie einzusetzen. Dennoch war dies – unaufgefordert – ein deutliches Signal und sprach dafür, dass sie ernst gemeint hatte, was sie gesagt hatte: Sie war nicht mehr an Shara oder das Haus der Schatten gebunden und würde Sydney unterstützen, sollte diese Unterstützung benötigen.

Es war ein guter Anfang.

5

Die Bar hatte ein ungezwungenes Ambiente. Sie lag nicht in der Einflugschneise der Finanzleute und war nicht trendy genug für die Hipster. Karamellfarbenes Holz, warmes Messing und alte rote Ziegelwände – einladend. Die blonde Frau, die in ihrem streng geschnittenen Etuikleid am Ende der Theke saß, war eleganter als das Lokal, aber sie scherzte mit dem Barkeeper und erkundigte sich bei der Empfangsdame nach der Kunstausstellung ihrer Schwester.

»Das ist also dein Stammlokal.« Sydney rutschte auf den Hocker neben Madison und bestellte einen Dirty Martini.

»Ich komme schon seit dem Jurastudium hierher. Will hat früher als Barkeeper gearbeitet, um für einen Teil der Studiengebühren aufzukommen. Dann kam er zu dem Schluss, dass er seine Plädoyers lieber hinter der Theke als vor Gericht hält. Am Ende hat er den Laden gekauft vor – wie lange ist das her? Zwei Jahre?«

Will nickte, während er ihre Getränke vor sie stellte. »Ich überlege, die Küche zu vergrößern, damit wir mehr als nur ein paar Snacks anbieten können. Mein Mann will ausgefallene Sandwichs und ein paar Desserts auf die Karte setzen.«

»Der Laden ist toll. Und Sie machen einen fantastischen Martini«, sagte Sydney.

»Danke. Gebt Bescheid, wenn ihr Hunger bekommt. Ich

habe was von diesem eingelegten Spargel, den du so magst, Mads.«

»Den kannst du gleich hierherschicken. Am besten das ganze Fass«, sagte Madison. »Weißt du, ich kann dem Zeug nicht widerstehen.«

Als Will ging, drehte sie sich wieder zu Sydney um. »Er hat begonnen. Der Umschwung.«

»Ja. Danke übrigens für deine Einschätzung von Laurent. Du hast recht – er ist ein guter Mensch, wenn auch ein bisschen naiv, was die Welt, in der er lebt, angeht.« Anstatt Sharas Anweisung zu folgen und sich an Verenice zu wenden, hatte Sydney selbst nach Angehörigen der Ungesehenen Welt recherchiert, die ihr möglicherweise helfen konnten, sich dort zurechtzufinden. Madison hatte zu Haus Prospero gehört und es wegen des Hauses der Schatten verlassen – das machte sie zur idealen Kandidatin. Dass Sydney sie mittlerweile aufrichtig gernhatte, war ein unerwarteter Bonus.

»Gern geschehen.« Madison lächelte Will dankbar an, als dieser ihnen einen Teller mit eingelegtem Spargel und verschiedenen anderen Kleinigkeiten hinschob. »Du solltest übrigens die gefüllten Paprika probieren. In meiner Jugend kannte ich Laurent kaum – er tauchte auf, kurz bevor ich abgehauen bin –, aber er kam mir immer wie einer von den Guten vor. Wie läuft die Zusammenarbeit?«

Sydney trank einen Schluck. »Bis jetzt bestens. Er hat ein Händchen für strategische Planung und das weiß ich zu schätzen.«

»Für dich geht wirklich nichts über einen guten Plan.«

»Je mehr, desto besser.« Sie hatte eine Menge Pläne. »Wir waren das Eröffnungsduell.«

»Habe ich gehört. In Gegenwart der Hausjuristen zu tratschen gilt nicht als Bloßstellung gegenüber der magielosen Welt, und über dich und deine Magie lässt sich gerade richtig gut tratschen. Hast du sie wirklich alle tanzen lassen? Bitte sag mir, dass es so was war wie der Zombietanz in ›Thriller‹.« Spöttisch hob Madison ihr Glas.

Sydney lachte. »Leider war es nur ein Walzer. Auf einen Zombietanz bin ich bei der Planung des Zaubers nicht gekommen. Schade eigentlich. Sonst noch interessanter Klatsch?«

»Dass Prospero Ian angeheuert hat, ist das andere große Thema. Alle finden es unglaublich, dass er seinen Platz im Haus Merlin aufgegeben hat, und warten darauf, dass Miles vor Wut platzt, weil Ian für Prospero arbeitet, anstatt ein eigenes Haus zu gründen.«

»Hat irgendjemand eine Ahnung, was da wirklich los ist?«, fragte Sydney.

»Ich habe nichts Ernstzunehmendes gehört«, erwiderte Madison. »Das meiste sind Verschwörungstheorien, von wegen, Merlin trickst bloß wieder alle aus und will eigentlich die Kontrolle über das Haus Prospero übernehmen. Totaler Quatsch. Falls Miranda auch nur eine Sekunde lang an Ians Loyalität zweifelte, würde sie ihm die Eingeweide herausreißen. Mit einem Löffel.«

»Warum – weißt du etwas?«

»Vielleicht. Ian benutzt keine Schattenmagie und ich würde wetten, dass er sein Haus deshalb verlassen hat.«

»Bloß deshalb?«

Madison hob die Hand. »Versteh mich nicht falsch. Ich sitze hier mit dir, weil ich dieses System zum Kotzen finde und nicht dazugehören will. Aber wir haben alle eine Wahl.«

»Bloß hat das Haus Merlin das Haus der Schatten damals gegründet und den Zauber erschaffen, der den Transfer der Konsequenzen möglich macht. Insofern vermute ich, dass Ian in diesem Fall keine große Wahl blieb.«

Madison nickte bedächtig. »Das stimmt. Und ich habe gehört, dass das Haus Merlin seine Verbindlichkeit noch immer in Blut bedient. Eines der wenigen älteren Häuser, die das noch tun.«

»Verbindlichkeit?«, fragte Sydney.

Madison betrachtete ihr leeres Glas, als könnte sie es durch reine Willenskraft wieder auffüllen. »Das ist die offizielle Bezeichnung für die Opfer. Blutverbindlichkeit bedeutet, es bleibt in der Familie, anstatt dass sie auf anderem Wege einen Säugling beschaffen.«

»Guck nicht so betreten. Es ist mir wirklich scheißegal, wie sie es nennen, damit sie sich besser fühlen oder weniger schuldig. Es gibt keine Bezeichnung, die das Ganze noch schlimmer machen könnte. Aber ich frage mich schon, ob Ian weiß, wen sein Haus geschickt hat, und ob er deswegen ein schlechtes Gewissen hat. Wobei nicht einmal das die Zusammenarbeit ausgerechnet mit Miranda erklären würde.«

»Offen gesagt gab es Gerüchte, es sei seine Mutter gewesen. Irgendetwas sei passiert, als Lara Merlin geboren wurde, irgendetwas Schlimmes, und da hat Miles seine Schuld mit seiner Frau bezahlt, anstatt sein neugeborenes Kind aufzugeben«, erzählte Madison.

»Ich war da noch zu jung, um es mitzubekommen, falls so jemand wie sie zu uns gebracht wurde, aber das würde es erklären. Besonders falls Ian alt genug war, um sich an sie zu erinnern, aber zu jung, um zu begreifen, was da geschah.«

»Na gut. Also, um zu einem weniger unappetitlichen Thema zu wechseln: Die Gerüchteküche besagt auch, ihr zwei hättet die Eröffnungsveranstaltung gleich nach dem Duell zusammen verlassen, ratzfatz und ziemlich eilig.« Madison ließ die Augenbrauen tanzen. »Gibt es da pikante Details? Bitte sag's mir, falls es pikante Details gibt.«

Sydney sah sie lächelnd über den Rand ihres Glases hinweg an.

»Es gibt pikante Details und du wirst sie mir nicht erzählen. Schon verstanden. Sonst noch was?« Madison aß die letzte eingelegte Spargelstange. »Ich sollte einfach Aktien von diesem Zeug kaufen.«

»Hör dich mal um, ob es irgendwas gibt, was ich über Verenice Tenebrae wissen sollte.« Sydney wollte ihr vertrauen, aber sie wollte auch keine unerquicklichen Überraschungen erleben. Rechtsanwälte wussten immer, wo die unerquicklichen Überraschungen warteten.

»Bist du ihr begegnet? Sie ist quasi eine Legende, weil sie aus dem Haus der Schatten entkommen ist.«

Erneut sah Sydney sie über den Rand ihres Glases hinweg an.

»Okay, schon gut. Du wohl auch. Aber wie ist sie?«

»Stark. Vielleicht sogar sagenhaft. Aber überprüf sie trotzdem für mich.« Sydney steckte Geld unter ihren Untersetzer und stand auf. »Frühstück nächste Woche?«

»Ich gebe dir Bescheid, falls ich nicht kann. Und Sydney: Pass auf dich auf.«

In der Frühphase des Umschwungs verlief alles in etwa so, wie Sydney es erwartet hatte: Häuser fochten Duelle aus, in denen sich der Groll über Beleidigungen beim Abendessen und verletzende Trennungen, der sich in den letzten dreizehn Jahren angestaut hatte, entladen konnte. Informelle Allianzen zwischen Häusern – Kandidaten- wie auch etablierten Häusern – bildeten sich, zerbrachen und bildeten sich neu, als erste Anzeichen dafür, wohin sich die Macht bei Ende des Umschwungs verlagern könnte, zu erkennen waren. Die Ungesehene Welt war voller geheimer Treffen, beschatteter Verhandlungen, verhüllter Drohungen und an Bedingungen geknüpfter Versprechen. Es war eine Übung im Intrigieren, verstanden als blutiger Kampfsport, bei dem bemerkenswert wenig echtes Blut floss.

Und dann lief es nicht mehr so wie erwartet.

Womöglich wäre man sogar einfach darüber hinweggegangen, wenn nicht einer der beteiligten Magier Ian gewesen wäre. Auch über Ian ließ sich, wie Madison es formuliert hatte, richtig gut tratschen. Irgendein törichtes Kandidatenhaus, das unter normalen Umständen wie Herbstlaub in den Umschwung hinein- und wieder hinausgeweht wäre, hatte das Haus Prospero herausgefordert. Das Duell wurde als so uninteressant eingestuft, dass Miranda nicht einmal zugegen war. Ian zauberte als Erster.

»Was ist die Magie der Wahl?«, fragte Sydney. Bei diesem Duell wurde weit weniger Aufwand getrieben als bei den meisten vorhergehenden, und das, obwohl das Haus Prospero beteiligt war. Kein Champagner, keine Kanapees, keine livrierten Kellner. Bloß ein großer offener Raum in einer Wohnung, die so bar jeder persönlichen Note war, dass es inszeniert wirkte.

»Zeit«, erwiderte Ian.

Das war eine schwierige, ambitionierte Wahl. Sydney warf einen Blick auf den Kandidaten, der gesammelt und mit ausdrucksloser Miene wartete. »Ich glaube, ich bin beeindruckt. Seine Wahl oder deine?«

»Seine. Aber ich hoffe, du wirst nicht allzu enttäuscht von dem sein, was ich daraus mache.«

»Bitte«, sagte Sydney, »du darfst mich gern beeindrucken.«

Ian grinste.

Das Duell begann.

Ian zog etwas kleines Braunes aus der Tasche, das wie ein Samenkorn aussah. Er legte es auf den Tisch und zählte von Mitternacht an rückwärts, benannte die Stunden und alle ihre Bruchteile. Während er sprach, keimte der Samen, das Grün streckte sich zu Trieben und dann zu Stängeln. Ian zählte weiter. Aus den Stängeln sprossen Dornen und Blätter und dann Knospen und Blüten. Rosenduft erfüllte die Luft.

Ian hörte auf zu zählen. Er sprach ein weiteres Wort und das Ticken von Uhren erschütterte die Luft. Die Rose entblühte, immer schneller, ohne dass auch nur ein Blatt gefallen wäre. Die Pflanze zog sich einfach wieder in sich selbst zurück.

Die Uhren hörten auf zu ticken. Nur das Samenkorn blieb zurück.

Während die zuschauenden Magier applaudierten, reichte Ian Sydney das Samenkorn. »Wenn du es einpflanzt, wird es wachsen.«

»Ich kaufe einen Blumentopf.«

Der andere Magier, Hawkins, begann mit seinem Zauber.

Nach etwa dreißig Sekunden merkte Ian auf. Er ging zu Hawkins. Blieb stehen. Ging einmal um ihn herum, besah sich seine Hände, sah, wie sie zuckten und sich verformten. Ein Finger renkte sich mit einem hörbaren Knacken aus.

»Können Sie den Zauberprozess anhalten?«, fragte Ian.

Hawkins schüttelt wild den Kopf; seine Hände bewegten sich weiterhin, sein Mund brachte noch immer die Worte des Zauberspruchs hervor. Blut tropfte wie Schweiß von seinen Schläfen, sickerte aus seinen Augen und Ohren. Ein weiterer Finger wurde ausgerenkt.

Ian wandte sich mit lauter Stimme an die Zuschauer. »Hier liegt ein Magiefehler vor. Das Haus Prospero gibt vorläufig auf, bis bewiesen werden kann, dass der Fehler in der Magie und nicht im Magier begründet lag, und auf unentschieden erkannt werden kann.

Bitte gehen Sie jetzt nach Hause, es sei denn, jemand möchte dem Mann dabei zusehen, wie er verblutet.«

Wäre dies irgendjemand anderes und nicht Ian gewesen,

hätten die Leute ihn wohl ignoriert und wären tatsächlich geblieben, um zuzusehen, wie Hawkins, der in einem grauenvoll verunglückten Zauber gefangen war, starb. Doch es war Ian und es war das Haus Prospero, das gerade aufgegeben hatte. Sollte kein Fehler in der Magie festgestellt werden, würde sich das negativ auf Prosperos Ranglistenplatz auswirken, und das würde herrlichen Gesprächsstoff abgeben. Also gingen sie.

Sydney blieb. »Wenn Sie gestatten, würde ich gerne versuchen, Ihnen zu helfen.«

Hawkins nickte verzweifelt. Er war nicht mehr fähig zu sprechen. Sydney hörte seine Zähne brechen, so fest biss er sie aufeinander. Sie legte Hawkins die Hände ans Gesicht, und die Schatten im Raum zogen sich um sie zusammen. Dann summte sie einen tiefen Ton. Brach ab. »Das ist … Was Ihnen da geschieht, liegt nicht an der Magie. Es ist ein Mangel.« Und unter diesem Mangel derselbe verzehrende Hunger, den sie in der Magie des Engels der Wasser gespürt hatte. Er legte sich auf sie wie ein Albdruck. »Es ist ein Mangel, der sich verhält wie … ich weiß auch nicht, wie ein schwarzes Loch. Er entzieht Ihnen Ihre Magie. Er wird … er wird so lange weitermachen, bis nichts mehr übrig ist. Bis er Sie aufgebraucht hat. Es tut mir so leid.«

Ian fluchte und wandte sich ab.

»Ich kann Ihnen den Übergang erleichtern«, bot sie Hawkins mit sanfter Stimme an.

Hawkins nickte.

Sydneys Worte waren sanft und leise, ein Schlaflied.

Hawkins' Augen schlossen sich; sein Körper zerstörte sich noch immer selbst, doch seine Miene war jetzt friedlich. Mit einem Mal stieß er einen zittrigen Atemzug aus, dann hustete er Blut. Sein Fleisch zersetzte sich, löste sich in zischenden, faulig riechenden Rauch auf; nur seine Knochen blieben in einem Haufen auf dem Boden zurück.

Ian boxte so wuchtig gegen die Wand, dass die Haut an seinen Knöcheln aufplatzte. Schmerz loderte in seiner Hand auf und schoss ihm ins Handgelenk. »Was für eine beschissene Verschwendung.«

»Gilt das nicht für alles hier?«, fragte Sydney. »Vergiss es. Rhetorische Frage.«

»Wenn er als Erster gezaubert hätte …«, setzte Ian an.

Sydney zuckte die Achseln. »Wahrscheinlich trotzdem dasselbe Ergebnis. Du verwendest nicht die gleiche Magie. Übrigens: Wenn ich es nicht vorher schon gewusst hätte, jetzt wäre ich mir sicher.«

Ian blickte verdutzt.

»Deine Nase blutet.«

Er suchte in seiner Tasche nach einem Taschentuch. Als er aufblickte und sich dabei das Tuch an die Nase hielt, um die Blutung zu stillen, war Sydney fort.

Sydney ließ sich in die Badewanne sinken. Das Wasser – so heiß, wie sie es gerade noch ertragen konnte – rötete ihre Haut. Es hatte sie nicht schockiert, dass der Umschwung mit dem Tod verbunden war. Ab einem bestimmten Punkt würde es sogar nur noch darum gehen. Aber zu spüren, wie Hawkins unter ihren Händen einfach *aufgehört* hatte … Das war so falsch, dass es widerwärtig war. Eine Verschwendung, genau wie Ian gesagt hatte.

Wasser rann ihr von den Fingern den Arm hinab, als sie nach dem Glas Wein griff, das sie auf den Badewannenrand gestellt hatte.

Sie hatte Hawkins nicht gekannt. Hätte sich unter anderen Umständen auch nicht groß für seinen Tod interessiert. In einem Duell mit tödlichem Ausgang hätte sie ihn, ohne mit der Wimper zu zucken, getötet. Doch den bitteren Geschmack, den sein Schicksal in ihrem Mund hinterlassen hatte, konnte sie auch mit Wein nicht fortspülen.

Der Zauber, der ihn getötet hatte, war eine Perversion, schlimmer als die, welche der Magie aus dem Haus der Schatten ohnehin schon innewohnte. Hier versagte nicht die Magie, nicht im eigentlichen Sinne, auch wenn es für die Zwecke des Umschwungs mit Sicherheit so gewertet werden würde. Vielmehr wurde die Magie verschlungen.

Das, was sie da gespürt hatte, war hungrig, und Sydney war sicher, dass sein Hunger noch lange nicht gestillt war.

6

Madison sah in den Lebenslauf auf ihrem Tablet und betrachtete dann erneut die Frau, die ihr gegenübersaß. Ende zwanzig, vielleicht auch schon dreißig, dachte sie. Geschmackvolles businesstaugliches Kleid. Schuhe, die interessant genug waren, um einen persönlichen Stil zu verraten, doch nicht so auffällig, dass die Seniorpartner Schnappatmung bekommen könnten. Schwarzes, modisch kurz geschnittenes Haar, gerade noch auf der bürogeeigneten Seite von punkig.

All dies war weit weniger wichtig als ein starker Lebenslauf, und den hatte sie: Juraabschluss mit Auszeichnung von der New York University, Referendariat beim Bundesrevisionsgericht, derzeit in einer soliden nichtmagischen Kanzlei angestellt. Dennoch. Manchmal zog ihre Abteilung ungewöhnliche Kandidaten an. Der Letzte, mit dem sie ein Vorstellungsgespräch geführt hatte, hatte einen völlig unauffälligen Lebenslauf gehabt und war dennoch in einer »Magierrobe« erschienen. Besagte Robe hatte verdächtig wie ein dunkelvioletter gesteppter Satinbademantel ausgesehen. Wahre Magier trügen nichts als ihre Roben, hatte er ihr erklärt und angeboten, es ihr zu beweisen.

Er hatte keinen Rückruf erhalten.

Die heutige Kandidatin wirkte glücklicherweise deutlich vielversprechender. »Ms Douglas – Madison Prospero. Ich freue mich, Sie kennenzulernen. Hier steht, Sie bewerben sich für unsere Abteilung Spezialprojekte.«

»Ich bin jetzt seit etwas über zwei Jahren in der Abteilung Trusts und Vermögen bei Alexander, Harad and Hill. Es wurde Zeit, dass das Rad sich weiterdreht«, sagte Harper und legte dabei besondere Betonung auf die letzten Worte.

»Es müsste wirklich eine bessere Losung geben.« Madison lachte. »Ich komme mir immer ein bisschen vor wie in der Parodie eines Agentenfilms statt in einem Vorstellungsgespräch. Aber da Sie die Losung kennen, gehe ich davon aus, dass Sie auch ein gewisses Talent demonstrieren können.«

Es gab drei einfache Zauber, mit denen die Kandidaten getestet wurden: Sie mussten entweder eine Kerze entzünden, einen kleinen Gegenstand levitieren – im Rahmen eines Vorstellungsgesprächs normalerweise einen Füller – oder die Illusion einer erblühenden Blume heraufbeschwören. Den meisten Nichtmagiern, die bereit waren, sehr, sehr hart daran zu arbeiten, gelang es irgendwann, einen davon ordentlich zustande zu bringen – das hatte eher etwas mit Willenskraft und Konzentration zu tun denn mit echtem magischem Talent. Doch diese Tests dienten nicht dem Herausfiltern von Nichtmagiern, sondern demselben Zweck wie die ein wenig peinliche Losung: Um sie zu kennen, musste der Bewerber sie von einem Angehörigen der Ungesehenen Welt gelernt haben. Sie waren der Beweis dafür, dass man genug wusste, um dazuzugehören, zumindest ganz am Rande.

»Ich kann eine Kerze entzünden«, sagte Harper und setzte sich aufrechter hin.

Madison stellte eine weiße Stumpenkerze auf den Schreibtisch und räumte einen Stapel Papiere auf den Boden. »Nichts für ungut, aber ich hatte einmal einen Kandidaten, der die Kerze verfehlte und eine gesamte Akte in Flammen aufgehen ließ.«

»Hat er den Job bekommen?«

»Wir haben das Vorstellungsgespräch nicht einmal zu Ende geführt – er war so erschrocken, dass er einfach gegangen ist. Jetzt kümmert er sich für eine komplett nichtmagische Kanzlei um Wertpapiere. Netter Kerl.

Sind Sie bereit?«, fragte Madison dann.

Harper nickte und fixierte die Kerze. Atmete ein und wieder aus. Legte die Hände auf den Schreibtisch und sprach die Worte des Zaubers.

Der Docht flackerte ein-, zweimal auf, dann brannte die Kerze. Harper kniff sich in den Nasenrücken, um die bereits einsetzenden Kopfschmerzen niederzukämpfen. »Als Juristin bin ich viel besser als mit Magie, das verspreche ich Ihnen.«

»Der Test soll lediglich bestätigen, dass Sie wirklich wissen, worauf Sie sich einlassen, und ich Ihnen das guten Gewissens zumuten kann. Glauben Sie mir, wenn ich Magie benötige, rufe ich einen Magier. Normalerweise würde ich Sie erst noch zu einem zweiten Gespräch einladen, aber wir befinden uns in einem Umschwung – das ist, kurz gesagt, ein obligatorischer und manchmal tödlicher magischer Kompetenzwettbewerb –, und deshalb ist im Moment nichts normal. Jeder will noch schnell sein Testament abändern und seine Finanzen umschichten; außerdem wurden allein diese Woche drei Scheidungen eingereicht und ich bin ziemlich sicher, zwei davon werden durchgezogen. Wir gehen unter in der zusätzlichen Arbeit. Ihr Lebenslauf ist phänomenal und ich glaube, ich könnte gut mit Ihnen arbeiten. Der Job gehört also Ihnen, wenn Sie ihn wollen.«

Harper ballte im Schoß die Fäuste. »Ja. Sehr gern.«

»Fein. Am Anfang wird es allerdings langweilig sein – im Grunde brauche ich im Moment vor allem jemanden, der sich um den ganzen Nichtmagierkram kümmert, den ich zurückstellen musste.«

»Ich verstehe«, sagte Harper. »Ich muss noch ein, zwei Vorgänge abschließen, aber am Montag kann ich anfangen.«

»Sie retten mir das Leben.« Madison stand auf und reichte Harper die Hand. »Willkommen in der Ungesehenen Welt, Abteilung Wellington & Ketchum.«

»Danke.« Harper ergriff Madisons Hand.

Es war noch früh am Tag, nicht einmal Mittag, daher fuhr Harper nicht sofort nach Hause, sondern unternahm noch zwei Abstecher. Zunächst kaufte sie in einem Blumenladen einen Strauß Sonnenblumen. Dann fuhr sie mit dem Zug bis weit über ihre Haltestelle hinaus zum Woodlawn Cemetery, wo sich Rose' Grab befand. Dort legte sie die Blumen an den Grabstein. »Ich wollte dir sagen, dass ich dich vermisse und dass ich heute einen Schritt weitergekommen bin. Einen echten Schritt weiter. Ich werde ihn finden, Rose. Versprochen.«

Laurent drückte die schwere Tür des Art-déco-Gebäudes in der Upper East Side auf. Drinnen empfing ihn ein Bediensteter mit weißen Handschuhen. »Sind Sie Mitglied, Sir?«

»Nein, aber Gast eines Mitglieds. Laurent Beauchamps. Ich bin mit Miles Merlin verabredet.« Sie standen in einem drei Stockwerke hohen Atrium, dessen Decke mit geometrischen Mustern verziert war. Die Wände waren dunkelgrün und sämtliche Lampen aus Messing. Offensichtlich von einem fantasielosen Inneneinrichter entworfen, um den Eindruck von Wohlstand und Macht zu erwecken. Oder von einem Inneneinrichter, der begriffen hatte, dass seine Kunden keine Fantasie hatten.

Der Bedienstete sah auf ein Tablet, dann nickte er knapp. »Sehr wohl, Sir. Mr Merlin ist bereits eingetroffen. Bitte folgen Sie mir.«

Milde enttäuscht ließ Laurent sich über den schwarz-weißen Schachbrettboden des Magierklubs führen. Er hatte gedacht, ein Privatklub für Magier wäre interessanter als einer für Fortune-500-Typen, aber bisher konnte er da keine Unterschiede erkennen.

»Mr Beauchamps. Ich freue mich, dass Sie Zeit für mich haben.« Auch Merlin erweckte lediglich den Eindruck eines wohlhabenden Geschäftsmannes, wenn auch in einem Anzug, der mehr Geschmack erkennen ließ als seine Umgebung. Krawatte und Einstecktuch hatten beinahe den gleichen Silberton wie seine Löwenmähne.

»Danke für die Einladung. Und bitte nennen Sie mich Laurent.« Er lächelte und reichte Miles höflich die Hand. Die Einladung hatte ihn nicht überrascht. Sydney hatte ihm ja prophezeit, dass genau dies eintreten würde, dass sich ihm die Türen in die Hinterzimmer der Ungesehenen Welt öffnen würden, und er war es Grey – und sich selbst – schuldig, diese Chance zu ergreifen. Wenn Miles die Person war, die hier über die größte Macht verfügte, war es wichtig, ihn persönlich kennenzulernen.

»Dann müssen Sie mich Miles nennen. Ein Drink?« Merlin ließ sich in den ledernen Ohrensessel zurücksinken und gab einem diskret wartenden Bediensteten ein Zeichen.

»Bourbon, pur.«

»Wir gestatten hier übrigens auch das Rauchen, falls Sie ein Zigarrenliebhaber sind«, sagte Merlin.

»Nein, aber lassen Sie sich durch mich nicht davon abhalten. Das scheint mir hier ein exzellentes Etablissement zu sein.« Auch dieser Raum wies hohe Decken, dunkles Holz und Messing auf. Dicke gemusterte Teppiche lagen alle im exakt gleichen Abstand auf dem polierten Holzboden und in Regalen an den Wänden standen ledergebundene Bücher. Laurent fragte sich, ob sie wirklich gelesen wurden oder bloß meterweise gekauft worden waren, weil die Lederrücken zum Dekor passten. Er murmelte rasch einen Zauber, der es ihm ermöglichen würde, die Titel aus der Ferne zu lesen: *Blütezeit der Lyrik. Die Bekämpfung des Baumwollkapselkäfers: Best Practices. Der Wiener Kongress.* Garantiert ungelesen.

Es waren nur wenige andere Männer anwesend, die größtenteils allein an ihren Tischen saßen – alle wahrten einen gewissen Diskretionsabstand, um einem die Illusion von Ungestörtheit zu lassen. Frauen waren nicht zu sehen, nicht einmal beim Personal. Schwer zu sagen, ob hier keine Frauen zugelassen waren oder es daran lag, dass – noch immer – kaum Frauen eigene Häuser führten. Die Ungesehene Welt konnte in ihrer Vorstellung, wie Macht auszusehen habe, ebenso engstirnig sein wie die magielose Welt, die sie überschattete, und die Häuser wurden nach wie vor fast immer von den Vätern an die Söhne vererbt.

Besagte Söhne schienen heute ebenfalls weitgehend durch Abwesenheit zu glänzen. »Jung« bedeutete in diesem Raum unter fünfundvierzig; der Großteil der Männer war sechzig und älter. Laurent sah nur einen, den er von der Schule her kannte. Alle waren weiß.

Einmal hatte er Grey gefragt: »Wenn dies die Ungesehene Welt ist, warum ist sie dann so klein?«

»Was?« Grey hatte ihn verständnislos angestarrt.

»Ich meine, das ist ja nur ein Haufen Leute aus New York City. Ihr alle lebt mehr oder weniger in denselben wenigen Straßenzügen und ich bin der einzige Neue seit wer weiß wie langer Zeit. Gibt es anderswo nicht auch Magier?«

»Klar. Aber so machen wir es eben und da wir nun mal hier sind, kommt es nur darauf an.«

Das war bereits eine unbefriedigende Antwort gewesen, als er fünfzehn war, und seither hatte sich daran nichts geändert.

»Mein zweites Zuhause«, sagte Merlin. »Ich schlage Sie liebend gern bei Ende des Umschwungs als Kandidat für eine Mitgliedschaft vor.«

»Falls mein Ranglistenplatz hoch genug ist, damit ich ein Haus gründen kann«, sagte Laurent. »Bis dahin kann noch viel geschehen.«

»Selbst in diesem frühen Stadium scheint mir das ein Ergebnis zu sein, auf das man setzen kann. Dieses Mädchen, das Sie da angeheuert haben, ist wirklich ziemlich beeindruckend. Ich wette, es macht Spaß, mit ihr zu arbeiten.«

»Sydney ist eine extrem talentierte Magierin, ja.«

»Natürlich, natürlich. Ich wollte nichts Ungebührliches andeuten«, erwiderte Merlin in einem Ton, der nahelegte, er habe genau das tun wollen und sei jetzt ein wenig überrascht, dass Laurent es mitbekommen hatte. »Selbstredend verdienen Sie Lob dafür, dass Sie sie gefunden haben. Diese Art von strategischem Denken sehe ich gern. Davon könnten wir in den Häusern mehr brauchen. Zu viele Traditionalisten, die glauben, es gebe nur eine einzige Herangehensweise.«

»Mir war gar nicht klar, dass das Anheuern eines Champions so neu ist. Das Haus Prospero tut es auch. Andere Häuser ebenfalls«, wandte Laurent ein.

»Nun ja, aber niemand weiß, woher Ihr Mädchen kommt.« Merlin beugte sich ein winziges Stück vor, so, als rechnete er damit, nun ein Geheimnis zu erfahren. »Es gibt so viele Gerüchte.«

»Bei mir wusste auch niemand, woher ich kam. Bisher hat es mir nicht geschadet.«

Merlin lächelte und nickte – ein Politiker, der Anerkennung zum Ausdruck brachte. »Das ist allerdings richtig. Dennoch, im Ernst, wo haben Sie sie gefunden? Ist sie wirklich eine Außenseiterin? Kannten Sie sie schon in Ihrem nichtmagischen Leben?«

»Sie hat auf eine Onlineanzeige geantwortet.«

Merlin stieß ein bellendes Lachen aus. »Nein. Im Ernst?«

»Sie haben ja selbst darauf hingewiesen: Ich bin neu hier. Kein Traditionalist. Ich habe den Posten öffentlich ausgeschrieben und ihre Antwort gefiel mir.«

»Tatsächlich. Und dann haben Sie sie einfach so engagiert?«, fragte Merlin. »Ohne sonst etwas über sie zu wissen?«

»Ich brauchte sonst nichts über sie zu wissen. Ich wusste, dass sie als Arbeitsprobe das mächtigste Stück Magie gewirkt hatte, das ich je gesehen habe, und dabei nicht einmal ins Schwitzen gekommen war.«

»Tja, nur schade, dass ich sie nicht vor Ihnen gefunden habe. Noch einen Drink?«

Laurent warf einen ostentativen Blick auf sein noch volles Glas und stand auf. »Ich fürchte, ich habe heute Abend noch eine gesellschaftliche Verpflichtung. Aber nochmals danke. Ich glaube, dieses Treffen war wirklich sehr nützlich.«

»Ganz meinerseits. Wir sollten das wiederholen – nächstes Mal vielleicht sogar mit Sydney. Wenn sie von nun an zu dieser Welt gehört, sollte ich sie kennenlernen.« Merlins geübtes Lächeln erreichte seine Augen nicht ganz.

»Das werde ich ihr ausrichten.« Laurent machte sich nicht die Mühe, das Lächeln zu erwidern. Was dieses Treffen auch gewesen sein mochte – um eine Allianz war es dabei nicht gegangen.

Schon während er den Raum verließ, schickte er Sydney eine Nachricht, um sie von Miles' Interesse zu unterrichten.

Gleich darauf leuchtete sein Display auf: *Gut.*

Sie trafen sich in einem Park, in der Kälte des nahenden Winters beide in Kolanis und Schals gehüllt. Ian war als Erster an Ort und Stelle; kurz darauf gesellte Lara sich auf der gegenüberliegenden Seite des Schachbretts zu ihm. »Ich bin froh, dass du dich endlich dazu durchringen konntest, dich zu melden«, sagte sie. »Ich dachte schon, du hättest deiner gesamten Familie den Rücken gekehrt.«

»Du wohnst immer noch im Haus. War doch klar, dass ich nicht einfach mal zum Abendessen vorbeischaue.«

»Ja, aber wie du siehst, ist es durchaus möglich, sich woanders zu treffen. Ich bin deine Schwester, Ian. Ich bin deine Familie.«

»Die Familie«, sagte er, »ist ja der Grund, warum ich weggegangen bin.«

»Und warum ich geblieben bin. Na gut. Streiten wir nicht wieder darüber. Schön dich zu sehen. Ich bin so froh, dass du wieder da bist. Also – spielen wir oder reden wir nur?«

»Wir spielen.« Ian setzte einen weißen Bauern als Eröffnungszug und drückte die Schachuhr.

»Dad ist davon überzeugt, dass es dir noch leidtun wird. Dass du zurückkommen, zu Kreuze kriechen und wieder ein Merlin sein wirst.« Lara hatte den zarten Knochenbau eines Vogels und scharfe Augen – ein Raubvogel mit kurzem, Ziggy-Stardust-rotem Haar. Sie machte ihren Zug und drückte auf die Schachuhr. »Oder noch besser, dass du ein so schlechtes Gewissen hast wegen deines – wie hat er das genannt? O ja, wegen deines schweren Verrats am Haus und der Familie, dass du es wiedergutmachen willst, indem du Prospero von innen heraus sabotierst, vorzugsweise während eines Duells.«

»Es tut mir nicht leid, dass ich weggegangen bin, und ich habe nichts dergleichen vor. Ich habe eine Entscheidung getroffen. Eine, die unser Haus schon vor langer Zeit hätte treffen müssen.« Ian ließ die Hand über einem Bauern schweben, setzte dann jedoch einen Springer.

»Er hat mich zum Champion eingesetzt. Zur Erbin vorerst auch, wobei ich vermute, wenn du tust, wie geheißen, kickt er mich sofort wieder vom Thron. Er hat mir das alles beim Omelett erzählt. Schinken und Gruyère. Ziemlich lecker sogar. Dad hat seine Macken, aber kochen kann er. Ich fühle mich selbstverständlich geehrt, dass ich Gelegenheit habe, unser Haus zu repräsentieren. Was nur gut ist, weil ich nämlich nicht gefragt wurde. Also, wenn du das tust, bist du in drei Zügen schachmatt.«

»Lara, seit du neun warst, habe ich dich nicht mehr beim Schach geschlagen. Ich habe sowieso nicht geglaubt, heute wäre mein Glückstag.« Er schlug einen Turm. Er zersprang zu Wörtern auf dem Schachbrett.

Die Magie versagt.

Laras Hand hielt inne, allerdings nur einen Moment lang, dann schlug sie einen Bauern.

Dads Schuld?

Und das war der springende Punkt: Angesichts der besonderen Verbindung ihrer Familie zum Haus der Schatten – angesichts von Miles' besonderer Verbindung – war das durchaus möglich. Es war das Haus Merlin, das den Zauber aufrechterhielt. Ein Springer zerbrach und löste sich auf.

Weiß nicht. Irgendeine Idee?

Sie zog den Läufer. Ein weiterer Bauer verschwand vom Schachbrett.

Nein. Werde achtgeben.

»Unser Haus …«, setzte Ian an. »Falls es Dads Schuld ist, falls das rauskommt, wird das Haus Merlin aufgelöst. Man könnte dir deine Magie nehmen, Lara.«

»Das ist mir klar.« Ihr Gesichtsausdruck blieb unverändert.

»Ich meine ja nur, du solltest vielleicht darüber nachdenken, ob er deine Loyalität wert ist.« Ein Turm zerschmolz zu Worten.

Sei vorsichtig.

»Er wird von mir verlangen, dass ich dich töte, weißt du?« Lara sah Ian in die Augen. »In einem Duell. Und beim Schach bin ich zwar besser als du, aber ich weiß auch, wer von uns beiden der bessere Magier ist. Also solltest du vielleicht ebenfalls darüber nachdenken, wem deine Loyalität gilt.«

Ian sah aufs Schachbrett, doch diesmal waren da keine Geheimbuchstaben, die ihm eine andere Botschaft übermittelt hätten.

»Denn darauf wird er es hinauslaufen lassen, Ian: Verrate deine Prinzipien oder ermorde deine Schwester. Du vergisst – Dad ist sogar noch besser im Schach als ich.« Lara streckte die Hand aus und warf seinen König um.

Diesmal beobachtete die ganze Ungesehene Welt Sydney. Der Saal, in dem das Duell stattfand, war gedrängt voll und die meisten Anwesenden machten sich nicht einmal die Mühe, so zu tun, als starrten sie sie nicht an oder als wäre es nicht ihr Name, um den es in ihrem Getuschel und ihren Spekulationen ging. Mit hoch erhobenem Kopf und klarem, grimmigem Blick schritt Sydney an ihnen vorüber.

Mittlerweile wurde das Wort »Schatten« geflüstert, wenn die Leute sie erblickten. Nur leise, gerade noch hörbar. Als wäre daran etwas Schändliches – als wäre sie diejenige, die sich schämen sollte. Was hier geflüstert wurde, konnte ihr nichts anhaben, besonders wenn die Leute so fantasielos waren, dass die schlichte Wahrheit ihnen als das Schlimmste erschien, was sich denken ließ, und wenn die Leute sie anstarrten, kümmerte das Sydney nicht.

Es war ein nichttödliches Duell und ihr Gegner ein weiterer Magier, der sich am Rand von Greys und Laurents Umfeld bewegte: Colin Blackwood war nicht zum Erben seines Hauses ernannt worden und wollte jetzt die Macht, die damit verbunden wäre, wenn er sein eigenes Haus gründete. Laurent erkannte ihn aus dem Magierklub wieder und beugte sich zu Sydney, um es ihr zu erzählen. »Außerdem war er neben mir der Jüngste dort, und zwar um circa eine Generation.«

Ihr bereits wachsamer Blick schärfte sich zusätzlich. »Das ist interessant. Hat Merlin mit ihm gesprochen, während Sie dort waren?«

»Nein, aber er saß nur ein paar Tische weiter und könnte durchaus alles mitgehört haben. Glauben Sie, die beiden sind irgendwie verbündet?« Laurent sprach leise und dicht an ihrem Ohr.

»Ist Merlin hier?«, fragte sie.

Laurent, der größer als Sydney war, suchte die Menge ab. »Ja – da hinten in der Ecke. Er redet gerade mit Colin.«

»Dann ja, ich glaube schon.« Wahrscheinlich war es nicht mehr als eine der üblichen Allianzen während eines Umschwungs, aber es war ein zu großer Zufall, um ihn zu ignorieren.

Nun wurde um Ruhe gebeten und die Raummitte leerte sich. Sydney hatte sich entschieden, als Zweite zu zaubern. Sie stand in der ersten Reihe, damit sie Colin beim Zaubern zusehen konnte.

Die Wahl des Zaubers war auf ein Schattenduell gefallen: Der Zaubernde würde ein Abbild seines eigenen Schattens erschaffen und sich dann damit duellieren. Sämtliche Waffen waren erlaubt, aber Degen waren bei diesem Zauber besonders beliebt – ein Fechtkampf war ein beeindruckendes Schauspiel. Die Idee dahinter war, dass das Abbild des Schattens bei kompetenter Durchführung des Zaubers aus eigenem Antrieb handelte und nicht bloß ein Spiegelbild des Magiers war, und das ließ sich leichter beurteilen, wenn die Waffen auf beiden Seiten Geschicklichkeit verlangten. Insofern dachten die Zuschauer sich nichts dabei, als Colin ein Florett heraufbeschwor und ein weiteres seinem Schatten gab. Niemand zeigte sich besorgt, als das Kampfgeschehen Colin und seinen Schatten näher und näher an die Zuschauer heranführte.

Nichts schien anders, als zu erwarten gewesen war, bis der Schatten sich von Colin abwandte und Sydney seine Klinge in die Schulter rammte.

Sie reagierte blitzschnell, wirkte mehrere Zauber, die das Schattenabbild zerstörten und sie selbst sowie die Umstehenden vor Colin schützten, der entschlossen schien, zu Ende zu bringen, was sein Schatten begonnen hatte.

Trotz der Schmerzen in ihrer Schulter hörte sie mehrere Stimmen rufen, das Duell solle aufgrund von Colins Angriff abgebrochen oder er solle gleich vollständig disqualifiziert werden. Allerdings machte niemand Anstalten, ihr mit Magie zu Hilfe zu eilen, sie zu schützen, Colin zu bannen, der noch immer mit der Waffe in der Hand auf sie einhieb – jedenfalls so weit sie es mitbekam. Die meisten standen schweigend da und warteten. Beobachteten.

Sie sprach ein Wort, das wie splitterndes Glas klang, und Colins Klinge zerbrach. Blut lief ihr den Arm hinab: Noch immer steckte die Klinge des Schattenabbilds in ihrer Schulter. Sydney wand Schatten zu Seilen und fesselte Colin damit an Händen und Füßen. Erst dann zog sie die Klinge aus ihrer Schulter und hielt sie in Angriffshaltung, so, als wollte sie sich nun ebenfalls duellieren.

Jetzt wirkte Sydney ihre eigene Version des Schattenduellzaubers. Die Schatten sämtlicher Magier im Raum lösten sich von ihren Besitzern und zogen blank. *»En garde!«*, rief Sydney. Dann: *»Prêtes? Allez!«*

Sie salutierte, und die Schatten tänzelten fechtend durch den Saal, zwischen den Leuten hindurch, um die Stühle herum; dunkle Klingen blitzten auf, und wenn sie aufeinandertrafen, klang das, als schlitzten Scheren etwas auf. Wenn ein Schatten fiel, spürte sein Besitzer dessen Wunden wie einen Phantomschmerz. Ein Stich in die Schulter, ein Riss in der Brust. Einige sahen sogar an sich hinab, fassten sich an den Leib, um sich zu vergewissern, dass sie nicht wirklich verletzt waren, nicht etwa infolge von Sydneys Magie tatsächlich bluteten.

Nach und nach wurde es stiller im Raum, bis Sydney allein und blutend in der Mitte stand. Alle Schatten waren gefallen. Bis auf einen: ihren. Schließlich hob sie die Klinge in ihrer Hand, machte einen Ausfallschritt, stach den verbleibenden Schatten ins Herz und beendete damit den Zauber. Sie brach die Klinge, die sie aus ihrer Schulter gezogen hatte, entzwei, ließ die Bruchstücke neben Colin zu Boden fallen und verließ ohne einen Blick zurück den Raum.

Sydney drückte den Handballen auf die Wunde in ihrer Schulter. Zweimal hatte sie bereits versucht, die Blutung zu stillen, doch ihre Zauber hatten sich lediglich als Behelfsmaßnahmen erwiesen. Noch immer steckte ein Schattenfetzen in ihrer Schulter – sie spürte, wie er über den Knochen schabte –, doch sie bekam ihn nicht zu fassen und jetzt zeigten sich auch die Konsequenzen ihres eigenen Magiegebrauchs. Zuckungen durchfuhren sie wie Fieberkrämpfe und weit mehr Blut, als ihr lieb war, tränkte ihr Hemd. Laurent hatte sie per SMS gefragt, wie es ihr gehe, ob sie etwas brauche. Sie hatte gelogen und ihm geschrieben, es gehe ihr gut. Es war nur eine kleine Lüge. Wahrscheinlich.

Sie beobachtete die Etagenanzeige des Aufzugs und hoffte, dass sie sich nicht täuschte.

Als die Tür sich öffnete, wartete Ian schon auf sie. Er blickte erschrocken und dann bewusst ausdruckslos.

»Ich habe deine Schutzzauber absichtlich ausgelöst«, sagte sie.

»Davon bin ich ausgegangen.« Ian legte den Arm um sie und trug sie halb in seine Wohnung. »Du weißt aber, dass dein Blut eigentlich in dir drinbleiben soll, oder?«

»Normalerweise behalte ich es auch in mir drin, aber da ist ein Magiebruchstück, das andere Vorstellungen hat. Wie sind deine Heilkräfte?«

Sein Griff wurde fester, dann entspannte er sich. »Gut genug, um dir zu helfen.«

Sie ließ sich in seinem Bad auf den angenehm kühlen Boden sinken und schloss erleichtert die Augen. Ian griff nach dem Saum ihres blutgetränkten Hemds und zögerte. »Das wird einfacher, wenn ich die Verletzung sehen kann.«

»Kannst du es aufschneiden?«, fragte sie. »Ich glaube nicht, dass ich beweglich genug bin, um es auszuziehen.«

Er benutzte die Schere aus seinem Medizinschrank. Zischte leise, als er ihre Schulter sah, aus der Rot, vermischt mit schwärzlichem Wundsekret, suppte. Die umliegende Haut war geschwollen und entzündet, die Wundränder waren ausgefranst. »Das tut wahrscheinlich gleich weh.«

»Es tut jetzt schon weh.« Sie sprach mit zusammengebissenen Zähnen.

»Es wird noch mehr wehtun.« Ian legte die Fingerspitzen sternförmig auf ihre Schulter, eine Hand von vorn und die andere von hinten, sodass die Wunde in der Mitte war. Hitze breitete sich dazwischen aus und magische Konstellationen erblühten auf ihrer Haut.

Er drückte fest zu, sprach messerscharfe Worte und das Innere ihrer Schulter wurde weiß. Schmerzen explodierten wie Feuerwerkskörper, ein Funkenregen auf ihrer Netzhaut. Sie atmete tief ein und wieder aus.

Zischend sprudelten Schatten aus der Wunde – die Säuberung eines Infektionsherds. Die Hitze verwandelte sich in Wärme und sternförmige Muster verknüpften verletzte Adern und Haut.

»Kann sein, dass eine Narbe zurückbleibt«, sagte Ian. Nun waren seine Hände sanft und wohltuend.

»Davon habe ich schon reichlich. Eine mehr fällt da gar nicht auf.« Sydney setzte sich auf und ließ die Schulter rollen, um ihren Bewegungsradius zu prüfen. »Viel besser. Ich danke dir.«

»Und war das jetzt die Folge misslungener Magie oder Absicht?« Ian begann aufzuräumen.

»Volle Absicht. Er hätte mich getötet, wenn er gekonnt hätte.« Noch immer zitterte sie erbärmlich. Sie schloss die Augen. Mittlerweile hatte sie die Folgen besser unter Kontrolle, aber die Nachwirkungen der Zauber, die sie heute gewirkt hatte, hatten sich bereits in ihren Knochen eingenistet und ihre Gelenke waren heiß und wie ausgehöhlt. »Trotzdem: Nichts, womit ich nicht fertigwürde. Kann ich mir für den Heimweg ein Hemd borgen?«

»Natürlich. Aber du musst nicht gehen, falls dir im Moment eher nach einer Dusche oder ein bisschen Bettruhe wäre. An deiner Stelle wäre mir das jetzt sehr willkommen, nach so einer Verletzung«, sagte Ian.

Ein Teil von ihr hätte diese Einladung gerne angenommen. Dieser Teil von ihr sehnte sich nach den Annehmlichkeiten einer heißen Dusche, sauberer Haut und eines warmen Körpers neben sich im Bett. Doch es gab Wichtigeres als das, wonach sie sich sehnte. »Nur das Hemd, danke. Und danke noch mal, dass du mich zusammengeflickt hast.«

»Ich würde ja sagen, jederzeit wieder, aber mir wäre lieber, du machst das nicht noch einmal.« Er reichte ihr ein weiches, sauberes Hemd aus einem Korb mit frisch gewaschener Kleidung. »Pass auf dich auf, Sydney.«

»Blut drinnen behalten, hab's kapiert.« Sie zog das Hemd über und ging.

Das Haus der Schatten atmete und Shara lebte im Zentrum seines Atems, spürte ihn wie ihren eigenen. Das Herz des Hauses schlug im Einklang mit dem ihren, auch seine Gedanken waren ihr so vertraut wie ihre eigenen und sie spürte seinen Schmerz. Shara war seine menschliche Inkarnation und das Haus war der Sitz ihrer Macht.

Das Haus der Schatten war unsichtbar, abgeschottet, so vergessen, wie ein solcher Ort nur sein konnte.

Sie ging durch die Korridore und ihre Schritte unterstrichen ihre Gedanken. Allein ihre Schritte. Die übrigen Bewohner des Hauses waren eingesperrt und Besucher gab es hier keine, jedenfalls nicht im engeren Sinne. Nur diejenigen, die kamen, um ihren Zoll zu entrichten, mit ausdrucksloser Miene und schweigend oder weinend und vorwurfsvoll. Als wäre es Shara, die von ihrem Opfer, von dem, was sie – letztlich – freiwillig gaben, profitierte, als hätten sie diese Entscheidung nicht selbst getroffen.

Das Haus seufzte, ordnete sich neu an. Der Korridor unter ihren Füßen verschob sich, wandte sich ab von den Räumen, in denen die Opfer, von Albträumen gequält, warteten, und hin zur großen Tür. Zur Außenwelt. Die Nacht war sehr kühl, der See ruhig.

Die Außenwelt. Die Ungesehene Welt. Sie hielten sie, Shara, hier verborgen wie ein Geheimnis, wie etwas Schändliches. Etwas, dessen Anblick man nicht ertragen konnte, obwohl sie einzig darauf hinarbeitete, ihnen die Schmerzen zu ersparen.

Sie trat näher an die Wellen heran, so nah, bis ihre Füße sie fast berührten. Bis der Zauber, der sie an diese Insel, an dieses Haus band, aktiv wurde und sie festhielt. Sie bleckte die Zähne und wich vom Ufer zurück.

Verborgen. Am Fortgehen gehindert. In Ketten gelegt. Doch sie hielt den Schlüssel zur Macht der Ungesehenen Welt in der Hand und sie beabsichtigte, ihn zu benutzen, um Macht für sich selbst zu fordern. Deshalb hatte sie Sydney dort hinausgeschickt. Shara hatte Strategien und Pläne entwickelt in der Hoffnung, dass Sydney sich bei Ende des Umschwungs in einer einflussreichen Position befinden würde – vielleicht sogar als Oberhaupt eines Hauses. Unter bestimmten Umständen wäre das möglich und sie trieb die Dinge nach Kräften in diese Richtung. Die Magie würde dann stärker sein – durch Shara. Das Haus der Schatten konnte wieder gesunden.

Und wenn es gesund genug, stark genug war, würde Shara Sydney befehlen, den Zauber zu brechen, der sie an diese Insel band. Dann würde sie ihren rechtmäßigen Platz in der Ungesehenen Welt einnehmen, Oberhaupt eines Hauses wie alle anderen, und ihre Präsenz dort würde die Leute ständig daran erinnern, woher die Macht der Ungesehenen Welt stammte und was sie dem Haus der Schatten – ihr – alles verdankten.

Shara ging wieder hinein.

Im Moment waren das Haus und die Magie nicht gesund. Das Haus war schwach und wurde immer schwächer. Das Gleichgewicht war gestört; der Zauber war irgendwie beschädigt. Er löste sich auf. Sie wusste nicht, warum oder wie.

Shara konnte den Zerfall nicht aufhalten.

Deshalb das mulmige Gefühl in ihrem Bauch, das Beben in ihrem Schritt. Es dürfte hier keine Magie geben, die sie nicht kontrollieren konnte, nicht in diesem Haus, das sie wie eine zweite Haut trug.

Zuweilen mussten Pakte erneuert, musste ein Name wieder und wieder unter einen Kontrakt gesetzt werden.

Sie selbst mochte nicht gezwungen sein, dieses Opfer zu bringen, doch sie wusste – o ja, sie wusste –, was es einen kostete.

Und sie wusste, instinktiv, was die Ungesehene Welt nicht wusste: dass Magie einem nur dann wirklich gehörte, wenn sie aus dem eigenen Schmerz, dem persönlichen Opfer geboren wurde.

Diese Magie gehörte ihr.

In einem Raum im Herzen des Hauses der Schatten nahm Shara ein Messer und schnitt sich in die Hand. Sie schnitt bis auf einen bestimmten Knochen und in diesen Knochen gravierte sie ihren Zauber ein, Buchstabe für Buchstabe, Wort für Wort.

Sie schnitt und schnitt und bot ihr Blut und ihren Schmerz als Opfergabe dar – nicht der Ungesehenen Welt, sondern dem Haus der Schatten. Sie schnitt und sie blutete, und beides war ein Gebet.

Als die Tür des Hauses sich geöffnet hatte, war Grace so nah gewesen, dass sie die kalte Luft draußen, die mineralische Beschaffenheit dieser Luft, halb überdeckt vom wässrigen Geruch des Sees, hatte riechen können. Nicht so nah jedoch, dass sie die Wellen hätte ans Ufer schlagen sehen können; ihrer selbst nicht so sicher, dass sie sich vollends durch die Tür nach draußen geschoben hätte. In die Freiheit.

Sie war zurückgewichen, hatte sich tiefer in die Schatten sinken lassen und beobachtet.

Jeden Schnitt, den Shara sich in Haut und Knochen beigebracht hatte, hatte Grace auf ihren eigenen Armen gespürt, ein Echo ihrer eigenen Narben. Ein Echo der Wunden, die sie an Gliedern gesehen hatte, so klein, dass darauf eigentlich kein Platz für die Glyphen, die dort eingraviert wurden, hätte sein dürfen, an Körpern, die nicht lange genug gelebt hatten, um die Blutung zu stillen und Narben zu bilden.

Grace ballte die Fäuste. Dann öffnete sie sie wieder, streckte die Finger, so weit sie konnte, und setzte den Schmerz der Magie frei, die sich dort ansammelte.

Einmal, in ihrer ersten Zeit im Haus der Schatten, hatte sie versucht, andere Opfer zu trösten. Da war ein Kind gewesen mit einem Haarflaum, so weich und weiß wie eine Pusteblume, das sie hochgehoben, im Arm gehalten, auf das sie trotz ihrer eigenen Schmerzen und ihrer Angst beruhigend eingeredet hatte. Alles, was ihr angetan wurde, wäre leichter zu ertragen gewesen, wenn sie bloß jemand anderem hätte helfen können.

Sie hatte die Schadenfreude des Hauses gespürt, als Shara ihr das Kind aus den Armen genommen hatte.

Erinnerungen waren zuweilen gnädig und so erinnerte sie sich nur an jenes weiße Haar und das Rot ihres eigenen Bluts auf der Haut des Babys, dort, wo ihre Hände es gehalten hatten, nicht aber an das, was danach gekommen war. Nicht daran. Zumindest nicht, solange sie wach war.

Grace hatte nie wieder versucht, jemanden zu trösten.

Doch sie konnte Augenzeugin sein: Jemand musste bezeugen, was das Haus tat. Und das Haus ließ sie gewähren, denn zu beobachten schmerzte. Auch jetzt sah sie genau hin, weil das, was Shara tat, bedeutete, dass das Haus verletzt war. Und weil Grace, wenn auch nur einen Moment lang, die Nacht hinter der Tür gerochen hatte. Es lag Winter in der Luft.

Raureif versilberte den Central Park, und Laurents und Greys Atem erzeugte Wölkchen, während sie joggten. »Meine ich das nur oder wird es dieses Jahr wirklich früher kalt?«, fragte Laurent.

»Demnächst müssen wir uns im Fitnessstudio treffen.« Grey klang erfreut. Laurent … war es nicht. Auf einem grauen Kunststoffstreifen zu laufen, der nirgendwohin führte, während man auf eine endlose Reihe Fernseher starrte, die alle denselben Kabelnachrichtenkanal zeigten, entsprach seiner Vorstellung von der Hölle in einer modernen Inszenierung von Dantes *Inferno*.

Die nächste Viertelmeile legten sie schweigend zurück. Schließlich fragte Grey: »Und wie war dein Treffen mit Merlin?«

»Okay. Irgendwie enttäuschend. Ich meine, ich hatte mir den Magierklub irgendwie, ich weiß auch nicht, magischer vorgestellt. Stattdessen war er bloß langweilig und antiquiert. Ich kam mir vor wie bei einem Vorstellungsgespräch an einer Universität.«

»Also kein großes Angebot einer Allianz oder so was in der Art?«

»Nicht einmal annähernd. Ich bin froh darüber – ich treffe lieber meine eigene Wahl. Wie du immer sagst, wenn die Tradition uns einengt, müssen wir abseits davon denken.« Sie blieben stehen, und Laurent bückte sich, um einen Schnürsenkel neu zu binden.

»Darüber sollten wir uns demnächst mal unterhalten«, sagte Grey. »Es gibt alles Mögliche, was man tun könnte, Wege, um die Magie zu stärken und die Ungesehene Welt mächtiger zu machen, an die die Leute noch nicht einmal denken.«

»Wir sind die Zukunft, richtig?«, sagte Laurent. »Darum geht es doch bei diesem Umschwung. Entrümpeln, was nicht funktioniert, neu einführen, was funktionieren könnte. Apropos: Wann ist dein nächstes Duell?«

»In zwei Tagen.«

»Komm doch hinterher bei mir vorbei. Wir sollten über unsere eigene Strategie sprechen. Wir brauchen keinen Merlin, um eine Allianz zu bilden.«

»Genau«, stimmte Grey zu. »Ich texte dir nachher und schlage dir was vor.«

Laurent winkte zum Abschied und Grey ging zur U-Bahn. Nach dem Debakel mit Miranda hatte er niemandem mehr erzählt, wie er seine Magie ergänzte. Vielleicht war es an der Zeit.

Schließlich hegte Laurent keine großen Sympathien für die Traditionen der Ungesehenen Welt und war vielleicht fähig, das Potenzial dessen, was Grey tat, zu erkennen. Nach der nächsten Herausforderung würde er eine Entscheidung treffen.

Draußen vor dem Magierklub schickte Miles seinen Chauffeur mit dem Wagen fort und ging zu Fuß durch die windgepeitschte Nacht nach Hause. Die Luft roch wie das Versprechen von Schnee und die Feuchtigkeit setzte seinen Gelenken zu.

Sie schmerzten.

Diese Wahrnehmung – mit Schmerzen in den Gelenken aufzuwachen, als Erinnerung an die eigene Sterblichkeit, die wie Smog auf ihm lastete – hatte ihm schon vor Jahren klargemacht, was da geschah. Die kleinen Zauber, die er irgendwann gar nicht mehr wahrgenommen hatte, weil er sie so häufig einsetzte, und die hätten verhindern sollen, dass er die Wehwehchen des Alters spürte, versagten. Und es gab nur eine mögliche Ursache für ein solches Versagen: Er büßte seine Magie ein.

Inakzeptabel natürlich. Niemand konnte ein Haus führen, wenn er nicht über Magie verfügte.

Als er erst einmal erkannt hatte, was geschah, hatte er Maßnahmen ergriffen, hatte etwas geändert. So viel Magie floss aus dem Haus der Schatten und der Engel der Wasser war der ideale Kanal dafür. Es war nicht allzu schwer gewesen, ein wenig davon abzuzweigen und für bestimmte Bedürfnisse zu speichern. Für seine Bedürfnisse.

Doch in letzter Zeit spürte er die Anzeichen erneut, in seinem Körper, in seiner Magie. Er kannte sie: die Langsamkeit, die Schmerzen, das Zittern, alles kehrte zurück. Anscheinend hatte das, was er für eine Dauerlösung gehalten hatte, nur vorübergehend funktioniert.

Heute hatte es wieder einen Fall von Magieversagen gegeben,

allerdings nicht in einem Duell. Und so konnte er sich auch nicht damit trösten, dass der Fluss der Magie ins Stocken geraten sei, weil die Worte eines Zauberspruchs nicht korrekt gesprochen worden waren oder ein Magier in einem kritischen Augenblick die Nerven verloren hatte. Es war ein Geschirrspülzauber gewesen, im Magierklub. Einer dieser tausendfach eingesetzten Zauber, über die man kaum nachdenken musste. Anstelle sauberer Gläser war das Ergebnis ein Haufen noch immer schmutziger Glasscherben gewesen.

Die Magie verging.

Der Wind frischte auf und trieb ungestüm Plastiktüten und Laub vor sich her. Es wurde kälter und dann stürzte Regen vom Himmel – harter, wütender Regen, an der Grenze zu Hagel.

Hier, wo niemand es sehen und niemand davon erfahren würde, bewegte Miles die Hand in der Tasche und sprach leise – der Wille zählte mehr als der Laut – ein Wort.

Der Regen teilte sich und sparte ihn aus.

Erleichtert atmete Miles auf. Noch verfügte er über genügend Magie. Heute verfügte er noch über genügend Magie.

Dennoch.

Seine Gelenke schmerzten.

7

Grey lehnte sich an die raue Ziegelmauer des Gebäudes und zog die heraufbeschworene Illusion enger um sich. Mehr als der unangenehme Druck der Mauersteine an seiner Seite, mehr als der faulige Gestank, der von den Müllsäcken an der Ecke aufstieg, mehr als die tausend potenziellen Ablenkungen und Ärgernisse, die sich den Bürgersteig mit ihm teilten, zählte in diesem Augenblick, dass niemand mitbekam, wie schwer er verletzt war, besonders nicht hier in der magielosen Welt. Wenn jemand seine Wunden sähe, zöge das Komplikationen nach sich wie Krankenhaus, Ärzte und Erklärungen, die ohnehin niemand glauben würde. Besser, er hielt sich verborgen, auch wenn das manches erschwerte, zum Beispiel das Gehen.

Das Duell war schlecht gelaufen. Nein. Das Duell war voll in die Hose gegangen. Seine Gegnerin war die Erbin des Hauses Morgan gewesen. Violet, so hieß sie. Oder Daisy. So was in der Art. Alle Töchter in diesem Haus waren nach Blumen benannt. Er hatte gedacht, niemand wisse etwas von seiner Beziehung mit Rose, aber da hatte er sich offenbar geirrt, denn was ein relativ leichtes Duell hätte sein sollen, hatte blutig geendet. Petunia oder Begonia oder wie sie heißen mochte hatte eine Dornröschen-Illusion erschaffen und ihn in einen Wald aus Dornen gehüllt, aus dem er sich mühsam hatte hinauskämpfen müssen. Er hatte es geschafft, doch die Dornen hatten sich in seine Haut gebohrt und tiefe Risse hinterlassen, als er sich endlich hatte befreien können.

Überdies hatte das letzte Mädchen nicht so viel Magie in den Knochen gehabt, wie er gedacht hatte, und so war er geschwächt in dieses Duell gegangen. Hatte nicht genügend Macht gehabt, um sich zu heilen, nachdem er seinen eigenen Zauber gewirkt hatte. Daher hatte er auf Heilung verzichtet und sein Bestes getan, um seine Schwäche und die Wunden zu verschleiern, damit niemand erfuhr, wie schlimm es um ihn stand.

Grey tat noch einen Schritt und biss die Zähne zusammen, um nicht vor Schmerzen aufzuschreien. Er drückte die Hände fester auf die Wunden in seinem Bauch und zuckte zusammen, als Blut über seine Finger strömte und er die weichen Ränder offener Wunden spürte. Dennoch glaubte er, nicht mehr so stark zu bluten, wollte sich aber auch nicht umdrehen, um nachzusehen, ob er eine sichtbare Blutspur hinterließ – wenn man eine Illusion zu genau betrachtete, genügte das manchmal, um sie zusammenbrechen zu lassen.

Noch zwei Straßenzüge bis zu Laurents Haus. Bis dorthin konnte er es schaffen. Er stieß sich von der Mauer ab und spürte, wie die Beine unter ihm nachzugeben drohten. Zwang sie, sich wieder zu straffen und ihn verlässlich zu tragen. Mehr oder weniger verlässlich.

Er würde seine Magievorräte auffüllen müssen. Und zwar bald. Laurent würde er einstweilen noch nicht erzählen, wie er da herankam – im Moment konnte er es sich nicht leisten, mit ihm zu teilen.

Grey stolperte zwischen den Menschen auf dem Bürgersteig hindurch wie ein Betrunkener, die Arme eng um den Bauch geschlungen, als könnte er so das Blut am Fließen hindern. Er blickte starr nach unten auf seine Füße – immer einen vor den anderen. Als er die Eingangshalle von Laurents Haus betrat, zitterte er am ganzen Körper. Immerhin war er nicht gestürzt.

»Ich fürchte, hier können Sie nicht bleiben«, sagte der Portier und trat auf Grey zu, als wollte er ihn zurück nach draußen scheuchen.

Na toll. Irgendein ahnungsloser Neuling. Der Tag wurde immer besser. »Ich bin Grey Prospero. Ich stehe auf Laurent Beauchamps' genehmigter Liste.«

»Ganz sicher nicht.« Empört plusterte sich der Portier auf.

»Schicken Sie mich rauf.« Grey verbrauchte Energie, die er nicht hatte, um den Türsteher zu verzaubern, damit er den Aufzug für ihn rief, anstatt Zeit damit zu vergeuden, mit dem Mann zu streiten. Im Aufzug sackte er gegen die Wand, und oben angekommen, ließ er sich schwer gegen Laurents Tür fallen.

Laurent hörte den dumpfen Aufprall, sah durch den Spion und riss die Tür auf. »Scheiße. Scheiße! Grey, wach auf!«

Als Laurent Grey in die Wohnung zog, öffnete dieser die Augen. »Duell. Verletzt. Erzähl's niemandem.«

»Ja, dass du verletzt bist, sehe ich. Das viele Blut überall war mein erster Anhaltspunkt. Wie meinst du das, erzähl's niemandem? Wieso ist das niemandem aufgefallen?«

»Illusion.« Er hustete, und Blut befleckte seinen Mund.

»Du hast eine Illusion gewirkt, um ... Weißt du was? Später.« Laurent zog Greys Hemd hoch und schluckte. Grey sah aus, als wäre er mit einer Peitsche voller Rasierklingen bearbeitet worden. »Okay. Das ist ... das ist ja gar nicht so schlimm. Ich kann dir helfen. Aber ich glaube, du solltest mich jemanden anrufen lassen. Das könnte ein bisschen über die Heilmagie hinausgehen, die wir in der Schule gelernt haben.«

Grey schüttelte den Kopf und bereute es sofort. »Keine Anrufe. Dann wissen sie, dass ich verletzt bin.«

»Ja. Und dann flicken sie dich wieder zusammen. Besser, als

ich es kann.« Er sprach langsam und deutlich, ebenso sehr um sich selbst zu beruhigen, wie auch in der schwindenden Hoffnung, Grey zu überzeugen. Natürlich verfügte er über Grundkenntnisse, aber dieses blutige Chaos aus Rissen und Kratzern war weit entfernt von den präzisen Schnittwunden, an denen er unter Aufsicht seine Heilzauber geübt hatte.

»Nein. Sie würden es weitererzählen.«

»Wem denn erzählen? Sei kein Idiot!« Als Laurent versuchte, das Blut abzuwischen, um sich zumindest einen Überblick über das Ausmaß der Verletzungen zu verschaffen, waren seine Hände im Nu klebrig.

»Dem nächsten Haus, das mich herausfordert.«

»Dann Sydney. Lass mich wenigstens sie anrufen.«

Grey packte Laurent am Arm und hinterließ dort einen blutigen Abdruck. »Dann wüsste sie es. Und würde sich daran erinnern. Wenn du mich herausforderst.«

»Werde ich nicht.«

»Du hast gesagt, es ist gar nicht so schlimm.« Seine Stimme wurde leiser, war kaum mehr als ein Flüstern.

»Ich habe eben gelogen, du verdammter Idiot.« Argumente würden nicht helfen, würden nicht das Blut stillen, das ihm mit jedem von Greys zunehmend unregelmäßigen Pulsschlägen über die Hände strömte. Er wusste nicht, ob überhaupt genug Zeit blieb, um auf jemanden zu warten. Laurent holte tief Luft, beruhigte seinen Atem, verlangsamte seinen Herzschlag von panischem Galopp zu etwas, das annähernd ruhig war. Er hoffte inbrünstig, dass er das nicht vermasselte und sein bewährtes Glück seine mangelnde Erfahrung mit größeren Heilzaubern ausglich. Dann sprach er die Worte, die die Blutung verlangsamen, durchtrennte Adern wieder zusammenführen, die Infektion aus dem Körper treiben würden. Er beugte die Finger zu Formen, die schmerzhaft gewesen wären, wenn in seinem Kopf

Platz für anderes als die Sorge gewesen wäre, ob er die Hände ruhig genug hielt, und heilte seinen besten Freund Stück für Stück.

Hinterher brannte Schweiß in seinen Augen und er zitterte, als hätte er selbst Fieber, aber Grey war zusammengeflickt, die Blutungen waren gestillt und seine Augen klar.

»Hast du«, fragte Laurent mit heiserer Stimme, »dein Duell wenigstens gewonnen?«

»Nach all dem«, sagte Grey und setzte sich auf, »will ich das schwer hoffen.«

Später. Als Laurent das Blut im Flur aufwischte und den roten, verschmierten Handabdruck von seiner Wohnungstür entfernte, während er sich sehr bemühte, nicht darüber nachzudenken, dass es Greys Blut war, was er da abwusch, Greys Blut auf der Kleidung, die er wechseln musste, und dass dieses Blut aufgrund von Magie dorthin gekommen war, und er beim bloßen Gedanken an Magie so wütend wurde, dass er im Moment nicht einmal einfache Reinigungszauber wirken wollte, weshalb er nun hier wie ein Nichtmagier schrubbte.

Als seine Wohnung wieder beinahe normal aussah und nicht mehr, als hätte jemand in seinem Flur eine Not-OP durchgeführt. Als nirgendwo mehr Blut war außer in seiner Erinnerung. Als er sich die Hände erneut wusch.

Als wieder alles sauber war, konnte er endlich über das, was geschehen war, nachdenken. Vielleicht konnte er der Sache jetzt ins Auge sehen.

Er wusste natürlich, dass in der Ungesehenen Welt manchmal ein raues Klima herrschte, und er wusste, dass der Umschwung Risiken barg, potenziell tödliche Risiken. Aber die Leute hier behandelten den Tod offenbar wie eine Fechtpartie. Sicher, es wurden Waffen eingesetzt, aber wenn das Duell vorbei war, verabschiedete man sich einfach und ging nach Hause. Laurent hatte ja selbst erlebt, wie Sydney im letzten Duell verletzt worden war und dann den Raum verlassen hatte, als handelte es sich nur um einen Kratzer. Er hatte sich davon anstecken lassen – hatte sich gestattet, den Tod als rein hypothetische Möglichkeit zu betrachten, der sie am Ende doch alle entgehen würden.

So war es aber nicht. So war es ganz und gar nicht.

Erneut wusch er sich die Hände.

Laurent bestellte Essen – denn er musste einfach etwas tun, und dies konnte er tun: Er konnte warme Styroporbehälter mit *rare* gebratenen Hamburgern, Pilzen, karamellisierten Zwiebeln und dünnen Pommes frites mit einer Art Trüffelsoße bestellen. Nachdem das Essen geliefert worden war und er ihnen beiden einen Whiskey eingeschenkt hatte, sagte Laurent: »Du hättest sterben können.«

»Es war kein Duell bis zum Tod. Ist nur ein bisschen aus dem Ruder gelaufen.« Grey zuckte die Achseln und aß weiter. »Mann, ich bin am Verhungern.«

»Ein bisschen aus dem Ruder gelaufen.« Laurent legte seinen halb gegessenen Burger auf den Teller. »Ich bin ziemlich sicher, dass ich vorhin meine Hand auf deinem Dünndarm hatte. Das ist doch wohl mehr als nur ein bisschen aus dem Ruder gelaufen.«

Grey trank einen Schluck. »So was passiert. Mir geht's gut. Keine große Sache.«

Laurent starrte ihn an. »Wie meinst du das, keine große Sache? Das war eine nichttödliche Herausforderung. Ich dachte, es gäbe Regeln. Vorsichtsmaßnahmen. Sicherheitsvorkehrungen, was weiß ich, verdammt noch mal!«

»Sieh mal, vielleicht war dir ja nicht klar, worauf du dich da eingelassen hast. Vielleicht ist es dir immer noch nicht klar –

schließlich bist nicht du derjenige, der dabei irgendwelche Risiken eingeht. Aber bei einem Umschwung geht es nicht um Vorsichtsmaßnahmen und Sicherheitsvorkehrungen. Es geht um Macht und darum, dafür zu sorgen, dass du stark genug bist, um sie zu beanspruchen.«

Laurent stellte sein Glas auf die Marmorarbeitsplatte. Ein großes magisches Duell, der Wettbewerb um mehr Macht: So etwas fand er toll. Er blühte auf dabei – diese Wohnung und das Haus seiner Eltern waren das Resultat. Jeder materielle Komfort, den er sich nur wünschen konnte. Er hatte gedacht, er würde auch den Umschwung toll finden. »Bloß weil Sydney sich an meiner Stelle in Gefahr begibt, bedeutet das nicht, dass ich das alles nur für einen Jux halte, Grey. Ich weiß, was der Umschwung ist. Ich versuche bloß, mir darüber klar zu werden, ob ich immer noch finde, dass es sich lohnt.«

»Ob es sich lohnt? *Sich lohnt?* Die Gründung eines Hauses entscheidet darüber, ob man in dieser Welt echte Macht hat oder ein Nichts bleibt. Das lohnt sich mehr als alles andere. Wenn du nicht immer so verdammt viel Schwein hättest, hättest du das längst kapiert.«

»Wenn ich nicht immer so verdammt viel Schwein hätte.«

»Das ist es doch, was du am besten kannst, oder? Glück haben.« Grey zuckte die Achseln. »Manche von uns müssen arbeiten.«

»Verstehe. Tja, ich bin froh, dass wir das geklärt haben«, sagte Laurent.

Grey schob seinen Teller von sich. »Hör mal, tut mir leid. Ich hätte das nicht sagen sollen. Das sind die Schmerzen. Aber das könnte meine einzige Chance sein, wieder in die Ungesehene Welt aufgenommen zu werden, wieder richtig dazuzugehören. Und das ist mir wichtig.

Ich hasse es, wie die Leute mich im Moment ansehen – so,

als wäre ich ein Nichts, wo ich nicht mehr an Mirandas Rockschößen hänge. Als fragten sie sich, ob ich wirklich hierhergehöre. Ich wurde in diese Welt hineingeboren – ich war der Erbe eines Hauses! Niemand gehört mehr hierher als ich. Ich habe diese mitleidigen Blicke satt. Und im Umschwung kann ich das ändern.«

Grey hatte Laurent nie erzählt, warum Miranda ihn enterbt hatte, sondern hatte behauptet, er habe Stillschweigen gelobt. Damals hatte Laurent Greys Entscheidung, nicht gegen seine Enterbung zu kämpfen, verstanden. Um sie anzufechten, hätte er beweisen müssen, dass Miranda unfähig war, das Haus Prospero zu führen, und das schien unmöglich. Doch nun fragte Laurent sich, ob es Grey nicht ein wenig von seiner Verbitterung genommen hätte, wenn er damals dagegen angegangen wäre. »Klar. Ich kapier's. Hauptsache, du vergisst nicht, dass ich auf deiner Seite bin.«

»Jedenfalls so gut du kannst.«

Laurent musste an seine Unterhaltung mit Sydney denken, in der er sehr genau die Umstände dargelegt hatte, unter denen Grey herausgefordert werden durfte, und erwiderte nichts.

Ein Diner diesmal, so früh, dass die Morgenröte noch nicht ganz verblasst war. Dennoch war Sydney vor Madison eingetroffen und hatte ihren in Sirup getränkten French Toast bereits halb aufgegessen, als die Anwältin auf die gepolsterte Bank ihr gegenüber rutschte.

»Also, was macht deine Schulter? Moment mal. Im Ernst? Das isst du? Bist du insgeheim erst zwölf?«

»Ich mag Sirup«, erwiderte Sydney. »Und aus der ersten Hälfte deiner Frage schließe ich, dass du von dem Blackwood-Duell weißt. Alles in Ordnung – alles verheilt. Hast du gehört, was jetzt mit Colin passiert?«

»Was mit ihm passiert?« Madison winkte eine vorbeikommende Kellnerin herbei, um Kaffee zu bestellen.

»Weil er sich nicht an die Vereinbarungen gehalten hat. Weil er versucht hat, einen tödlichen Ausgang herbeizuführen. Nenn es, wie du willst.«

Verstehen zeichnete sich auf Madisons Gesicht ab. »Sydney, es wird gar nichts passieren.«

Sydney legte die Gabel hin. »Er hat versucht, mich zu töten. In einem nichttödlichen Duell. Womit er gegen die Regeln verstoßen hat, die zu Beginn des Ganzen verschickt wurden. Von der Ungesehenen Welt festgelegte Regeln. Und du sagst, nichts wird passieren.«

»Ach, richtig. Ich vergesse immer wieder, dass du noch nie einen Umschwung mitgemacht hast, und Laurent ist auch neu, und keiner hat euch erzählt, wie es läuft.«

»Das wird mir jetzt nicht gefallen, stimmt's?«, fragte Sydney.

»Stimmt. Wird es nicht. Erstens war es während eines sanktionierten Duells. Was dabei als zulässiges Verhalten gilt, ist ziemlich schwammig definiert, und die Leute mischen sich nicht gerne ein. Das Rad des Schicksals, bla, bla, bla. Außerdem bist du die bessere Magierin und deshalb ist dir ja auch nichts passiert. Dass er verloren hat, gilt als ausreichende Bestrafung – er ist jetzt ausgeschieden.«

Sydney schenkte sich Kaffee nach. »Und zweitens?«

»Die Abteilung Spezialprojekte hat keine Sektion für Straffälle.«

Sydney war fassungslos.

Madison seufzte. »Was ich meine, ist: Selbst unter normalen Umständen verfügt die Ungesehene Welt nicht über ein Strafrechtssystem. Es gibt nur einen Haufen Leute mit außergewöhnlicher Macht, die alles selbst in die Hand nehmen. Wenn die Ungesehene Welt beschließt, dass jemand eine Grenze überschritten hat, gibt es entweder soziale und ökonomische Sanktionen – Enterbung ist da sehr beliebt – oder das Äquivalent von Selbstjustiz. Und im Moment ist Umschwung, was bedeutet, die Umstände sind nicht normal: Die ganze Veranstaltung steht im Zeichen von Umsturz und Veränderung. Dass Colin nicht mehr im Wettbewerb ist, genügt. Und falls man zu dem Schluss kommt, dass es nicht genügt, würde es mich nicht überraschen, wenn ich in den nächsten ein, zwei Wochen hören würde, er habe einen Unfall gehabt. Aber offizielle Konsequenzen wird es nicht geben. Weder jetzt noch später.«

Sydney stach auf ihren French Toast ein. »Diese Leute!«

Madison hob die Hände. »Ganz deiner Meinung. Ich würde ja gerne den ganzen Morgen darüber plaudern, wie sehr sie mich ankotzen, aber ich muss bald los, wenn ich nicht zu spät zur Arbeit kommen will. Also sollte ich dir vielleicht lieber die Frage beantworten, wegen der du mich herbestellt hast.«

»Ja, tut mir leid.«

»Kein Problem. Also, du wolltest wissen, ob sich das Haus Prospero irgendwie ungewöhnlich verhält. Was es, wie sich herausgestellt hat, tatsächlich tut. Miranda lässt unsere Kanzlei zwei unterschiedliche Szenarien ausarbeiten: eines, in dem sie ihr gesamtes Anlagenportfolio fast ausschließlich auf die Ungesehene Welt betreffende Werte verlagert, und eines, wo fast jede Anlage nichtmagisch ist.

Also, das könnte einfach bloß Vorsicht oder Neugier von ihrer Seite sein und ich werde mir die Prospero-Akten noch genau ansehen, um herauszufinden, was das Haus bei den letzten Umschwüngen getan hat, aber es ist jedenfalls sonderbar.«

»Du wirst mir erklären müssen, warum das sonderbar ist. Sind finanzielle Umschichtungen während eines Umschwungs nicht normal?« Sydney goss noch mehr Sirup auf ihren Teller.

Madison erschauerte. »Das machst du bloß, damit mir die

Zähne wehtun. Das weiß ich genau. Und ja – die Teilnahme am Umschwung ist normalerweise eine teure Angelegenheit, sogar dann, wenn man nicht noch viel Geld für einen Champion hinblättert. Außerdem verändern sich häufig auch die geschäftlichen Allianzen, wenn sich die magischen verändern, insofern ergibt es Sinn, dass sie verschiedene Szenarien durchspielt.

Aber dass sie in Erwägung zieht, ihr Geld komplett aus der Ungesehenen Welt abzuziehen, das ist sonderbar. So etwas würde ich erwarten, wenn die Gefahr bestünde, dass das Haus aufgelöst wird. Und – hast du schon gehört, dass das Haus Greenfield aufgelöst wurde?«

Sydney legte die Gabel hin. »Was haben die denn so Schlimmes getan?«

»Anscheinend haben sie versucht, deinen Demonstrationszauber für Laurent im Rahmen einer Herausforderung nachzuerschaffen. Wie sich herausgestellt hat, ist es gar nicht so einfach, einen fliegenden Bus zu steuern: Sieben Nichtmagier sind im Krankenhaus gelandet und sie alle sagen, es hätte sich haargenau so angefühlt, als wäre der Bus aus der Luft gefallen.«

»Das genügt also, um ein Haus aufzulösen, aber Colin kann ... Weißt du was? Egal«, sagte Sydney. »Also – Prospero?«

Madison nickte. »Prospero rangiert zurzeit an zweiter Stelle. Es besteht keine unmittelbare Gefahr, dass es wegen schlechter Performance aufgelöst werden könnte, und Miranda ist viel zu vorsichtig, um Ian zu erlauben, dass er irgendeinen Scheiß baut, der zu einer Bloßstellung gegenüber der magielosen Welt führen würde, mal abgesehen davon, dass er dafür auch zu gut ist. Deshalb ergibt es keinen Sinn, die Anlagen komplett in die magielose Welt zu verschieben. Ich gehe dem nach.«

»Ich glaube, dabei kann ich dir vielleicht helfen. Was wäre, wenn nicht allein das Haus Prospero in Gefahr wäre, sondern die gesamte Ungesehene Welt?«

»Was?«, fragte Madison in schneidendem Ton.

»Wenn etwas mit der Magie nicht in Ordnung wäre. Was möglicherweise der Fall ist. Ehrlich gesagt bin ich mir da fast sicher – ich weiß bloß noch nicht genau, was oder wie schlimm es ist. Aber es ist offensichtlich so schlimm, dass es den Leuten auffällt. Wie viel weißt du über das Versagen der Magie?«

»Gab es noch mehr Fälle als den bei Ians Duell mit – wer war das noch? Hawkins?«

»Ja. Verenice sagte, auch normale Zauber gehen jetzt manchmal drunter und drüber. Neulich gab es einen Vorfall im Magierklub. Also ist auf jeden Fall etwas nicht in Ordnung. Und falls Miranda glaubt, die gesamte Ungesehene Welt sei in Gefahr …«

»… dann ergibt die Umschichtung ihres Anlageportfolios auf nichtmagische Werte durchaus einen Sinn. Scheiße, verdammt, Sydney.«

»Eben.«

»Na schön, jetzt muss ich aber wirklich los.«

»Danke, Madison.«

»Gern geschehen.« Sie zog einen Streifen Bacon durch den Sirupsee auf Sydneys Teller und ging.

Ein leises Läuten unterbrach Miranda bei ihrer Arbeit am Schreibtisch. Sie sah in ihren Spiegel.

Miles Merlin steht vor der Tür. Die Worte erschienen in gestochener Kursive, eine präzise Nachbildung ihrer eigenen Handschrift.

»Miles …« Miranda lehnte sich zurück und legte die Fingerspitzen aneinander. Dann stand sie auf. Er führte garantiert nichts Gutes im Schilde, doch es war immer möglich, dass sie den Gerüchten, die er verbreiten wollte, etwas Nützliches entnehmen konnte. »Ich lasse ihn selbst herein.«

Lächelnd öffnete sie die Haustür. »Miles! Was für eine Überraschung!«

»Miranda.« Er sah sich im Eingangsbereich um, betrachtete die geschwungene Treppe, das mit Bienenwachs polierte Holz und die cremeweißen Kerzen auf den Tischen und in den Leuchtern. Spiegel reflektierten weiße Blumen und Tapeten mit William-Morris-Muster. »Ich vergesse immer, wie traditionsbewusst dieses Haus ist.«

»Ich war niemals so technologieverliebt wie du, Miles. Aber ich bin sicher, du bist nicht hier, um über Inneneinrichtung zu sprechen.« Sie führte ihn durch einen Korridor, der von Nischen mit Marmorskulpturen griechischer Göttinnen gesäumt wurde, in ein Wohnzimmer.

»Nein, ich bin hier, weil ich nicht wusste, ob dir schon jemand von Greys letztem Duell erzählt hat.« Er setzte sich ihr gegenüber.

Miranda saß auf der Stuhlkante, hoheitsvoll wie eine Herzogin: gerader Rücken, Knie zusammen, die Füße dezent angezogen. »Kann ich dir etwas anbieten? Kaffee, Tee, Wasser? Das Haus bereitet dir gern etwas zu.«

»Ach, hast du das automatisieren lassen?« Er sah sich um, so neugierig geworden, dass er von dem abgelenkt wurde, was er ihr erzählen wollte.

»Nein, solche Aufgaben wurden schon immer durch die Magie des Hauses erledigt. Ich sehe keinen Grund, das zu ändern, solange es so gut funktioniert.« Und das war ein Seitenhieb, wenn auch ein höflicher. Die stärkeren Häuser, die eine enge Bindung an ihre Oberhäupter hatten, konnten solche Magie vollbringen. Das Haus Merlin konnte es bekanntlich nicht. Miranda vermutete, dass Merlin unter anderem deshalb so viel Zeit in seinem Klub verbrachte und in seinem Haus diese ganze Technik installiert hatte, sodass es dort aussah wie am Set eines

Science-Fiction-Films. Sicher sollte der teure Hightechglanz nur von der Frage ablenken, warum das älteste Haus eigentlich nicht magiebetrieben war.

»Für mich nichts, danke. Dies ist kein Höflichkeitsbesuch. Hast du das von Grey gehört?« Verlegen jetzt und daher ungeduldig.

»Ich wollte gerade Tee nachbestellen. Bist du sicher, dass du keinen möchtest?«, fragte Miranda beißend höflich.

»Wirklich nicht.«

»Eine Kanne Tee bitte, Lady Grey.« Eigentlich war ihr gar nicht nach Tee, doch sie wollte Miles möglichst lange aus dem Konzept bringen.

Selbstverständlich.

Der Tee folgte unmittelbar auf diese Bestätigung im Spiegel und das leise Klingeln. Sogleich duftete es nach Lavendel und Bergamotte.

»Danke für deine Geduld«, sagte Miranda. »Wie du dir vielleicht denken kannst, da du erst kürzlich etwas Ähnliches durchgemacht hast, ist unser Verhältnis seit der Enterbung angespannt. Weder reden Grey und ich miteinander noch nehmen wir Anteil am Leben des anderen. Wie du daraus schließen kannst, habe ich sein Fortkommen im Umschwung nicht weiter verfolgt.«

»Es war ein Duell mit dem Haus Morgan.« Merlin beobachtete ihr Gesicht mit Augen so scharf wie die des Falken, dessen Namen er trug. »Etwas ging, nun ja, nicht direkt schief. Sagen wir, es ist übers Ziel hinausgeschossen. Es war ein Dornröschen-Zauber. Ich glaube, solche Dornen habe ich noch nie gesehen. Man hätte fast denken können, sie wollten ihn verletzen.«

Miranda wahrte eine sorgsam ausdruckslose Miene. Bloß weil Magie sie davon abhielt, über die Umstände von Greys

Enterbung zu sprechen, bedeutete das nicht, dass sie sich nicht daran erinnerte.

Sie wusste auch, dass Rose Morgan ein Jahr später unter Umständen ermordet worden war, die denen, welche besagte Enterbung ausgelöst hatten, nahe genug kamen, um sie frösteln zu machen.

Sie hatte nicht nachgefragt. Sie würde niemals danach fragen.

»Ich weiß, du bist ein viel beschäftigter Mann, Miles. Insofern weiß ich wirklich zu schätzen, dass du dir trotzdem die Zeit genommen hast, mir dies persönlich zu sagen. Aber ich weiß nicht recht, warum du glaubst, ich müsste das erfahren – er hat doch überlebt, sonst hätte ich bereits davon gehört.« Derselbe höflich interessierte Tonfall, mehr nicht.

»Ja, ja, er hat überlebt – das Duell wurde sogar zu seinen Gunsten gewertet. Aber er war, auch wenn er es zu verbergen suchte, ziemlich schwer verletzt. Und seine Gegnerin war die ältere Schwester dieses Mädchens, das damals ermordet wurde. Grey war seinerzeit mit ihr ausgegangen, glaube ich – oder irre ich mich?« Er zupfte seine Manschetten zurecht.

Und damit lag der Anlass seines Besuchs auf dem Tisch. Merlin hockte, die Finger voller Fäden, in seinem Spinnennetz und hoffte, sie darin zu fangen. »Noch einmal, Miles, Grey gehört nicht zu meinem Leben und ich nicht zu seinem. Das ist jetzt seit Jahren so. Ich achte nicht darauf, mit wem er Beziehungen pflegt. Mir ist nicht klar, was du noch von mir erwartest.«

Merlin schwieg einen Augenblick. Zwei. Dann schüttelte er den Kopf. »Möglicherweise habe ich die Macht der mütterlichen Gefühle doch falsch eingeschätzt. Gleichwie – ich finde selbst hinaus.«

»Kommt nicht infrage. Ich bringe dich zur Tür«, widersprach Miranda und ging ihm voran.

Als er fort war, stand sie da, die Hand an der Tür, die sich ihrem Sohn nicht mehr öffnen würde, und verbannte den Grund dafür sehr sorgfältig aus ihren Gedanken.

Manchen Dingen konnte man einfach nicht ins Auge blicken.

Harper hatte einige ihrer Kolleginnen nach der Bar gefragt. Sie wusste, es gab eine, denn dies war New York, und in dieser Stadt gab es für jeden Geschmack irgendwo eine Bar. Sie hatte albern gelächelt und gekichert und gewitzelt, sie suche einen Kerl mit ein bisschen Magie im Stab, bis sie sicher war, dass die anderen sie für eine Art Magiergroupie hielten. Aber sie hatten ihr eine Adresse genannt: »Houdini's Elephant. Das ist neben einem Zauberladen.«

Sie hatte sich in einen Push-up-BH und ein Minikleid gezwängt, Lipgloss aufgetragen und war früh genug in der Bar eingetroffen, um einen Eckplatz zu ergattern, von dem aus sie die anderen Gäste unauffällig beobachten konnte.

Um eingelassen zu werden, hatte sie beweisen müssen, dass sie eine Kerze entzünden konnte, und da hatte sie gewusst, dass sie am richtigen Ort war. Im Moment behandelte sie die daraus resultierenden Kopfschmerzen mit einem exzellenten Wodka Gimlet und beobachtete die Leute.

Es war vermutlich eine bescheuerte Idee, sich selbst als Köder hier hinzusetzen. Ihr fielen auf Anhieb fünf gute Gründe dagegen ein, nicht zuletzt der, dass sie am Ende tot sein könnte. Aber sie hatte Gerüchte gehört – Frauen wurden ermordet, auf eine Weise, die sie an Rose' Tod erinnerte – und Details, die zu den Teilen des Polizeiberichts passten, die sie eigentlich nicht hätte lesen dürfen. Grauenvolle Details.

Überdies fiel es ihr unerwartet schwer, für Wellington & Ketchum zu arbeiten und zu wissen, dass sie damit ganz nahe dran war, es fast geschafft hatte, aber die Wahrscheinlichkeit, dass sie herausfand, wer Rose getötet hatte, trotzdem nicht größer war als vorher. Daher hatte sie die innere Stimme, die genau wusste, wie bescheuert ihr Einfall war, zum Schweigen gebracht, denn vernünftig zu sein wäre in diesem Fall einfach zu frustrierend gewesen.

Sie wartete und beobachtete, und der Abend schleppte sich dahin, das Glas wurde immer leerer und Harper hatte immer weniger das Gefühl, dass sie in dieser Bar etwas Nützliches in Erfahrung bringen würde. Es waren nur wenige Gäste da und die wirkten allesamt … durchschaubar: Magie, die so aggressiv zur Schau gestellt wurde, dass sie unecht wirkte. Sie fragte sich, ob dieser Eindruck der Wahrheit entsprach, und beugte sich zur Barfrau vor. »Dieser Typ da hat sich jetzt schon dreimal die eigenen Haare angezündet.«

Die Barfrau verdrehte die Augen. »Der ist ständig hier. Die Sache mit den Haaren ist sein einziger Partytrick. Normalerweise gehört noch ein Witz dazu, von wegen, wie heiß er ist. Dreimal ist noch harmlos für den. Dem passiert nichts.«

Die Mätzchen eines Betrunkenen waren mit Magie wirklich nicht unterhaltsamer als ohne. Harper erwog, noch einen Drink zu bestellen, entschied sich aber dagegen. In der Kanzlei gingen sie in Arbeit unter und sie wollte bei dem nichtmagischen Kram möglichst schnell zeigen, was sie konnte, weil sie hoffte, dass Madison sie dann bald an Vorgänge heranließ, die direkt mit Magie zu tun hatten. »Ich lasse es für heute gut sein«, sagte Harper daher.

»Seien Sie vorsichtig. Einige Frauen wurden belästigt – manchmal sogar Schlimmeres –, nachdem sie die Bar verlassen hatten. Nehmen Sie vielleicht lieber ein Taxi.«

»Was meinen Sie mit Schlimmeres?«, fragte Harper.

»Schlimmeres im Sinne von ermordet. Fingerknochen ausgerissen.« Die Frau erschauerte.

»Fingerknochen?« Das kam ihr bekannt vor: Grauen erfasste

sie – ein Kloß in ihrem Hals, der ihr das Atmen schwer machte. Rose waren die Hände aufgeschlitzt worden, so, als hätte jemand ihr die Knochen herausnehmen wollen.

»Als wären sie ihrer Magie wegen getötet worden. Was bedeutet, dass dieser Widerling Magierinnen stalkt. Also wie gesagt: Seien Sie vorsichtig. Nehmen Sie ein Taxi.«

Dankbar für diese Warnung, legte Harper noch einen Zwanziger auf ihr Trinkgeld drauf. »Danke. Sie auch.«

Draußen blieb sie stehen, ließ sich die kalte Luft um die Nase wehen und den Kopf durchpusten. Sie überlegte, ob sie nach der Enge und dem Lärm in der Bar nicht doch zu Fuß nach Hause gehen sollte. Es war nicht allzu weit. Doch dann dachte sie an ihre geschwollenen Füße und überschlug, wie hoch die Wahrscheinlichkeit war, dass sie in diesen Schuhen rennen konnte. »Du bist eigentlich keine Superheldin«, sagte sie sich und winkte ein Taxi heran.

Grey verließ Colin Blackwoods Party früh und mit schlechter Laune. Colin – ausgerechnet Colin, der nicht einmal seine zweite Herausforderung überstanden hatte, der von diesem Chick, das Laurent da angeheuert hatte, regelrecht gedemütigt worden war – hatte damit geprahlt, dass er zu Miles Merlins innerem Zirkel gehöre und man ihm nach Ende des Umschwungs einen Platz im Haus Merlin versprochen habe, und Grey hatte dabeistehen und zuhören müssen.

»Du solltest mal mit ihm reden, Grey. Ich habe gehört, deine letzte Herausforderung war heftig.« Voller gekünstelten Mitgefühls.

»Nicht allzu heftig – ich habe gewonnen.«

»Trotzdem. Miles kann dir helfen. Ich lege ein gutes Wort für dich ein.« Colin lächelte und Grey hätte ihm am liebsten die makellosen Zähne eingeschlagen.

Er hatte etwas halbwegs Höfliches gemurmelt und war gegangen.

»Ich konnte es auch nicht erwarten, da rauszukommen.« Sie war kurvig und dunkelhaarig und Grey war sicher, dass er sie kannte. Er zermarterte sich das Hirn, und als es einen Namen ausspuckte, wusste er, dass es doch sein Glücksabend war.

»Hayley? Hayley Dee?«

»Wow, ich hätte nicht gedacht, dass du dich an mich erinnerst. Auf der Highschool war ich total in dich verknallt.« Sie lächelte und trat näher. Ihr Gesicht war vom Alkohol gerötet und sie war ein wenig unsicher auf den Beinen. Jetzt erinnerte er sich auch daran, dass sie auf der Schule ein paar Jahre unter ihm gewesen war. Keine nennenswerte Magie.

Perfekt.

»An die niedlichen Mädchen erinnere ich mich immer. Hast du Lust, irgendwo noch was trinken zu gehen?«

»Sehr gern«, erwiderte sie.

Er benötigte mehr Magie und sie besaß gerade eben genug davon. Grey sorgte dafür, dass sie nie in einer Bar ankamen.

8

Das nächste Magieversagen ereignete sich in aller Öffentlichkeit und war mit nichts anderem zu verwechseln.

Es geschah vor den Augen beinahe der gesamten Ungesehenen Welt. Ein weiteres Fest, mit dem implizit eine Veränderung in der ersten Phase des Umschwungs eingeläutet und der Erfolg derer gefeiert wurde, die noch im Wettbewerb waren. Ein subtiler Hinweis darauf, dass die echten Herausforderungen – im Gegensatz zu denen, mit denen nur kleine Streitigkeiten ausgetragen oder jahrzehntealte Gerüchte gerächt wurden – bald beginnen würden. Die Duelle waren nach wie vor nicht tödlich, doch von nun an waren sie ernst.

Der Abend sollte zivilisiert und vornehm ablaufen. Sogar die Wahl der Magie für das heutige Duell war zivilisiert: Illusion. Die ideale Begleitung zum Champagner, der in hauchdünnen Schalen perlte, und den wie Skulpturen angerichteten Köstlichkeiten, auf Tellern, deren Cremeweiß exakt das gleiche wie das der Bienenwachskerzen im Tischschmuck war.

Sydney hatte recht behalten mit ihrer Voraussage, dass Laurent nach ihrer Performance im ersten Duell zu allen Partys eingeladen werden würde. Es schien zunehmend wahrscheinlich, dass nach Ende des Umschwungs ein Haus Beauchamps gegründet würde. Besser, man lernte ihn jetzt schon kennen, um sein Vertrauen und seine Freundschaft zu genießen, wenn er an die Macht kam. Damit er sich später womöglich sogar denen, die ihn willkommen hießen, als er noch ein Außenseiter war, verpflichtet fühlte. Laurent wusste genau, wie diese Freundlichkeit einzuschätzen war, und so schlug er die meisten Einladungen aus, doch da er der Herausforderer dieses Abends war, stand er nun hier, hochgewachsen und elegant in seinem Smoking.

Mit wachen grauen Augen beobachtete Sydney, wie die Oberhäupter der Häuser und ihre Erbinnen sich Laurent vorstellten und ihn zum Tanz aufforderten, sich dicht zu ihm beugten und ihm etwas zuflüsterten, während sie um die kleinen Stehtische am Rand des Saals herumstanden. Miles Merlin, fiel ihr auf, war nicht hinübergegangen, um seine Aufwartung zu machen. Vielmehr beobachtete er sie. Das war in Ordnung. Sie war hier, um beobachtet zu werden. Sydney winkte und freute sich, als Merlin sie ostentativ ignorierte.

Sie spürte Ian neben sich, noch bevor sie seine Stimme hörte. »Du siehst gut aus.«

»Blut drinnen diesmal, und schau: nicht mal eine Narbe.«

Ihr Kleid, eine tief ausgeschnittene schwarze, von hauchdünnen Trägern gehaltene Kreation, war Beleg für ihre Worte.

»Besser als gut.« Ian lächelte. »Und welche famose Aktivität hast du heute Abend für sie geplant? Wirst du die ehrwürdigen Oberhäupter sämtlicher Häuser wie Hühner gackern oder eine Arie singen lassen?«

»Nichts dergleichen«, sagte Sydney. »Ich glaube, ich würde gern eines Tages einmal eine Oper sehen, und das, was aus den Kehlen dieser Bande käme, würde diesem Wunsch wahrscheinlich ein Ende setzen. Außerdem ist die Magieart bei diesem Duell Illusion.«

»Wirst du unsere Albträume auf die Wände projizieren wie Spielfilme?«

»Keine schlechte Idee. Falls ja, verspreche ich dir, dass ich dir zuerst Popcorn kaufe.«

»Und neben mir sitzt und bei den gruseligen Stellen meine Hand hältst?« Er rückte so dicht an sie heran, dass sie die Wärme seiner Haut spürte.

»Es gäbe nur gruselige Stellen. Darum geht es bei Albträumen schließlich.«

Er rückte noch näher und beugte sich zu ihr, als wollte er ihr ein Geheimnis zuflüstern, wurde jedoch durch die Ankündigung des Duells davon abgehalten. Sydney pflügte durch die Menge und stellte sich neben Laurent. Die Repräsentantin des herausgeforderten Hauses wurde angekündigt und das Zaubern begann.

Es war eine Vierjahreszeitenillusion. Keine Punkte für Originalität, doch die war auch nicht nötig, wenn die Magie kompetent ausgeführt wurde. Es war ein komplizierter, anstrengender Zauber, der ein hohes Maß an Kontrolle erforderte, um die Illusion vollständig zum Leben zu erwecken und zugleich die subtilen Übergänge von einer Jahreszeit in die nächste zur Geltung zu bringen. Eine gute Wahl. Sydney beobachtete die Hände der Frau, die sich zu den erforderlichen Formen dehnten und beugten. Sie war gut – ihre Finger waren selbst in Extremhaltungen anmutig; alles wirkte mühelos.

Traditionsgemäß begann die Illusion mit dem Frühling – Gras, Bäume und Blumen wuchsen langsam aus dem glänzenden Holz des Bodens. Blüten öffneten sich, Blätter entrollten sich, die Luft war voll vom Duft des Wachstums. Die Ausführung war wunderschön und verriet gewaltige Macht – die Illusion bezog weite Teile des Saals mit ein und war am anderen Ende ebenso üppig und detailliert wie direkt neben der Frau, die den Zauber wirkte. Ein zweiter Satz Bäume wuchs aus Wänden und Tischen. Die Luft wurde wärmer, aromatischer, grüner. Sie fühlte sich beinahe elektrisch an – die ersten Anzeichen eines nahenden Unwetters.

Mit einem Mal versteifte Sydney sich. »Hier stimmt was nicht.«

»Sind Sie sicher?«, fragte Laurent.

Sie schubste ihn. »Ja. Gehen Sie. Raus hier. Sofort.«

»Es ist unhöflich …«

»Besser unhöflich als tot.« Sie wartete nicht erst auf seine Antwort, sondern ging durch den Saal zu ihrer Gegnerin.

Anstatt dass der Frühling seinen Höhepunkt erreichte und in das Flirren eines herrlichen Sommers überging, barsten echte Ranken in den Saal, krochen aus dem Boden, griffen nach Tischen, Stühlen, den Füßen der zuschauenden Magier – die Illusion nahm jede Möglichkeit wahr, sich fester in der Wirklichkeit zu verankern. Bäume wuchsen immer schneller und Donnergrollen ließ die Fensterscheiben erbeben. Der grüne Duft, der in der Luft lag, war nicht mehr angenehm, sondern erstickend.

Das war kein Mangel, sondern ein Übermaß an Magie – zusätzliche Macht, von irgendwoher bezogen, die unaufhaltsam wie eine Lawine immer solider wurde.

Sydney erhob die Stimme, um sich trotz der entgeisterten Rufe, trotz des Tosens der sich entfaltenden Magie Gehör zu verschaffen. »Beauchamps gibt auf in der Erwartung, dass man ein Magieversagen feststellen wird, und empfiehlt allen Anwesenden, den Raum zu verlassen, ehe der Wald alles überwältigt.«

Niemand rührte sich.

Äste krümmten sich aus der Decke. Dielen flogen durch die Menge. Ein Baum platzte aus dem Boden, direkt in einen dünnen Mann in einem Smoking hinein, und tötete ihn, bevor er auch nur vor Schreck nach Luft schnappen konnte.

Da kam Bewegung in die Zuschauer.

Die Luft war erstickend schwül. Wind heulte. Das Wachstum des Waldes verlief so schnell, dass man es trotz des Lärms, den die Magier bei ihrer Flucht machten, hören konnte.

Sydney stemmte sich gegen den Strom und ging weiter auf die Zaubernde zu. Ians Hand schloss sich um ihren Arm. »Kannst du mir sagen, warum du deinen eigenen Rat nicht befolgst?«

»Sieh sie dir doch an.« Sie riss sich los.

Die Magierin stand im Zentrum des Zaubers und der Wald wollte sie sich einverleiben. Ein Baum, ein knorriges, krummes Ding, wuchs durch sie hindurch – die Äste ragten grauenvoll rot und feucht aus ihr heraus.

Ihr Mund stand offen, stieß ein nicht enden wollendes schrilles Geheul aus.

»Sie lebt noch«, sagte Ian entsetzt.

»Die Magie wird sie in diesem Zustand halten. Sie wird sich in ihr verankern. Sie als Gefäß benutzen. Die Frau wird furchtbar leiden, aber nicht sterben. Niemand hat so etwas verdient. Wenn ich den Zauber breche, kann ich ihr helfen.« Sydney trat vor, legte der Frau die linke Hand aufs Herz und die rechte Hand auf den Baum.

»Sydney, nein!«

Ein gewaltiger, durchdringender Knall ertönte. Dann herrschte Stille.

Der Zauber war zum Stillstand gekommen.

Sie atmete ein.

Mit einem Mal war Sydney ein ganzer Wald. Sie war Wurzeln und Laub, Erde und Himmel. Grün und Frühling waren Blut in ihren Adern, Luft in ihrer Lunge.

Von einem Herzschlag zum anderen war sie ganz Magie. Die Magie eines vollständigen Universums, in einen winzigen Hurrikan gefasst, der durch die Luft fegte: Strömungen und Muster, eine unvermittelt lesbare Sequenz. Er sang in ihren Knochen und ordnete die Sterne neu an. Sie streckte die Hand aus und berührte sein Herz.

Es durchlief sie wie ein elektrischer Schlag. Sie zog alles in sich hinein. Sie nahm es in sich auf. Sie wurde.

Sie atmete aus.

Als die Magie verschwand, hinterließ sie ein Vakuum, das Ian stolpern ließ. Er sah sich im Raum um. Die Illusion war zusammengebrochen. Ranken und Bäume waren noch da, doch nun waren sie grau und versteinert, nicht mehr lebendig. Das Einzige, was sich bewegte, waren Flammen: Ein umgestürzter Kerzenleuchter hatte ein Tischtuch in Brand gesetzt. Ian goss einen Krug Wasser darüber aus und löschte ihn.

Es war völlig still. Kein heulender Wind, keine tosende Magie. Sydney hatte den Zauber nicht nur unterbrochen, sie hatte ihn vollständig beendet.

Sydney.

Die Magie. Sie war nicht einfach verschwunden. Sie war irgendwohin. Er sah zur Raummitte, wo der Zauber begonnen hatte. Wo der Körper einer Frau, der ein Baum aus dem Herzen wuchs, ebenfalls zu Stein geworden war: eine kalte Statue.

Sydney stand so still da, dass auch sie wie eine Statue wirkte. Er war sich nicht einmal sicher, ob sie noch atmete. Um sie herum flirrte es wie heiße Wüstenluft über Asphalt.

»Wie kommt es, dass du nicht tot bist?«, fragte er.

Sie drehte sich um und ihre Augen waren so grün wie das Herz des Waldes. Sie bemerkte seinen Blick und nach kurzem Zögern wurden ihre Augen wieder grau. »Ich bin eine aus dem Haus der Schatten. Ich habe ein wenig Erfahrung im Abziehen von Macht.«

Zu viel, um jetzt darüber nachzudenken, dass sie seine Vermutung laut ausgesprochen hatte, dass ihre Anwesenheit hier beinahe ein Ding der Unmöglichkeit war. Das Ehrfurchtgebietende daran – der potenzielle *Nutzen*, den man aus ihrer Herkunft ziehen konnte – verblasste neben der Fülle anderer Wunder am heutigen Abend. »Diese Macht. All diese Macht. Der gesamte Zauber.« Ian breitete die Arme aus, dann deutete er auf den steinernen Wald, der gerade eben noch grün und im Wachstum begriffen gewesen war. »Du hast das in dich aufgenommen.«

Sydney nickte. Sie streckte die Arme aus, schüttelte die Hände und Funken stoben von ihren Fingern. Mit einem schmalen Lächeln beobachtete sie, wie sie zu Boden schwebten.

Angst stieg in ihm auf. Er wusste nicht, sollte er wegrennen oder vor ihr niederknien.

»Du bewahrst das *in* dir.« Das hätte nicht möglich sein dürfen – das war ja, als tränke man einen Ozean, als kleidete man sich in einen Sturm. Flüchtig überlegte er, ob er einen Messzauber wirken sollte, weil er neugierig war, wie viel Magie wirklich hier im Raum gewesen war, doch dann ging ihm auf, dass er womöglich tot wäre, ehe er das zweite Wort gesprochen hätte, falls Sydney seine Absicht falsch deutete.

Noch immer trieben grüne Flecken wie Glühwürmchen über ihre Pupillen.

»Wie geht es dir?«, fragte er weit gelassener, als ihm zumute war.

»Ein bisschen seltsam. Als ob unter meiner Haut ein Fluss strömte. Ich glaube, mein Herz ist auch kurz stehen geblieben.« Ihre Stimme klang wie losgelöst von ihrem Körper. »Aber das geht schon in Ordnung. Ich brauchte es in dem Moment nicht.«

»Na, wenn sonst nichts ist.« Wenn er einfach so tat, als wäre alles völlig normal, als wäre sie nicht gerade vor seinen Augen zu etwas anderem geworden, dann konnte er sich vielleicht nach und nach einen Reim darauf machen. Er bot ihr den Arm.

Sie schüttelte den Kopf. »Ich glaube, es wäre keine gute Idee, mich jetzt zu berühren.«

»Warum nicht?«

Sie legte den Kopf schräg, wie ein Raubvogel. »Weil ich das Blut in deinen Adern höre und den Geschmack deiner Magie auf meiner Zunge habe, und ich könnte beides von jetzt auf gleich zu mir rufen.«

Ian musste sich sehr beherrschen, um nicht vor ihr zurückzuweichen, nicht zu fliehen wie ein Fuchs vor den Jagdhunden. »Ja. Natürlich. Logisch. Wir verschieben das mit dem Berühren auf ein andermal.«

»Gute Nacht, Ian.« Sydneys Stimme klang wie das Herz eines dunklen Waldes, dicht und voller Geheimnisse.

Als sie durch den zerstörten Saal, durch die steinernen Trümmer der Magie, die hier am Werk gewesen war, davonging, schimmerte die Luft hinter ihr grün und Ian lief ein eisiger Schauder der Angst über den Rücken.

Sydney stand, noch immer in dem schwarzen Kleid, das sie für das Duell angezogen hatte, in der kalten Eingangshalle des Hauses der Schatten und drückte Geheimnisse an sich, spürte, wie sie sich um ihre Knochen wanden. An der Hand, fiel ihr auf, hatte sie einen Fleck vom Blut der anderen Magierin. Noch etwas, woran sie nicht denken würde, nicht, solange sie hier war.

Den Ruf hatte sie auf dem Heimweg gespürt – als hätte jemand ein brennendes Streichholz an die gezackten Ränder ihres Schattens gehalten. Sie war ihm sofort gefolgt und dabei hatte sie jeden Schritt gehasst, der sie hierhertrug, doch sie hatte gewusst, wenn sie wartete, würde es nur schlimmer werden; überdies wäre es schwieriger, etwas vor dem Haus zu verbergen. Es gab so vieles, was sie vor dem Haus verbergen musste.

Etwa einen Monat, nachdem sie das Haus verlassen hatte, hatte sie einmal versucht, dem Ruf zu widerstehen. Sie war draußen, hatte sie sich gesagt, jenseits der großen Tür. Es war ja nicht so, als hätte Shara sie persönlich zurückholen können, da der Zauber sie an die Insel band. Sydney würde warten und erst dann gehorchen, wenn es ihr passte.

Selbst damals war sie nicht so töricht gewesen, zu glauben, sie könne den Ruf vollständig ignorieren.

Und so war ihr Tag dahingegangen. Und so hatte das Haus der Schatten reagiert.

Es hatte wie ein Juckreiz begonnen, der über ihre Haut kroch. Ganz schwach, nicht mehr als ein Ärgernis.

Dann hatte das Gefühl sich verstärkt: Insekten – Hunderte, Tausende von Beinen. Mittlerweile hatte Sydney erkannt, was da geschah, und war entschlossen, dem zu widerstehen. Wenn sie nur lange genug wartete, würde es aufhören.

Sie hielt noch einen weiteren halben Tag durch – bis ihre Haut geschwollen und blutig war, voller Striemen, verursacht von etwas, was sie nie gesehen hatte, von Schrecken, die aus ihrem Kopf heraufbeschworen worden waren. Bis sie glaubte, sie werde sich gleich die Haut vom Leib kratzen, nur um sich Erleichterung zu verschaffen.

Da ging sie zum Haus der Schatten.

Shara hatte den Zauber erst nach ihrer Unterhaltung mit Sydney beendet.

Seither hatte Sydney es nie wieder aufgeschoben, dem Ruf des Hauses zu folgen.

Als Sydney nun vor Shara stand, brannte Magie wie Fieber in ihrem Blut. Sie merkte, dass sie es fast nicht mehr verheimlichen konnte. Zwar wäre es keine Katastrophe, falls Shara entdeckte, dass sie diese Magie in sich aufgenommen hatte, doch solange das Haus nichts von ihr wusste, konnte es Sydney auch nicht befehlen, sie einzusetzen, konnte sie nicht dem Zehnten zuschlagen, den sie ihm für einen Handel schuldete, dem sie nie zugestimmt hatte. Wenn das Haus nichts davon erfuhr, gehörte diese Magie ihr allein. Sydney war schon einmal stärker als das Haus gewesen – diesmal würde sie es auch sein. Sie ließ das Fieber brennen.

»Das Haus verlangt Aufklärung«, sagte Shara.

Schweißperlen traten auf Sydneys Schläfen. Ihr Herz setzte mehrere Schläge aus, die es für nicht notwendig erachtete. Beiläufig fragte sie sich, ob das Übermaß an Magie, das sie absorbiert hatte, auch aus ihr Bäume hervorbrechen lassen würde. Ob sie spontan einen Wald gebären würde. Sie biss sich in die Wange, um nicht in lautes Lachen auszubrechen, das sie nicht erklären müssen wollte. Als Shara ihr keinen weiteren Hinweis gab, nahm Sydney die potenzielle Konsequenz in Kauf und fragte: »Aufklärung worüber?«

»Über deine bisherige Performance und deinen aktuellen Rang im Umschwung.«

Schikane also. Nichts, was von Bedeutung wäre. Das Herunterleiern von Informationen, die Shara garantiert schon hatte, der Ruf lediglich ein Vorwand, um Sydney daran zu erinnern, dass sie nicht – noch nicht – frei war. »Das Kandidatenhaus Beauchamps steht derzeit an der Spitze. Ich bin ungeschlagen.«

»Dank ...« Shara lächelte versonnen und zuckersüß.

»Dank der Ausbildung, die ich hier erhalten habe.« Ein Herzschlag. Magie in ihren Händen, so heiß, dass Sydney sich bezähmen musste, um nicht nachzusehen, ob sie Brandblasen hatte. Es war eine ziemlich große Menge Magie gewesen, die sie da in sich aufgenommen hatte. Die Magie einer ganzen Jahreszeit. Konnte man Magie in Jahreszeiten messen? Würde die Magie eines Winters sich anders anfühlen – kälter, vielleicht, und kristallin – als dieser erhitzte Frühling, der in ihr erblühte?

Sharas Stimme schabte über ihre Gedanken. »Und dafür …«

»Und dafür bin ich dankbar.« Einen Herzschlag lang – zwei – erwog Sydney, mit ihrer Magie nach Sharas Herz zu greifen und es zum Stillstand zu bringen. Wenn Shara tot wäre, wäre Sydney frei, allerdings nur frei von Shara, und die Frage, was aus dem Haus der Schatten würde ohne seine menschliche Inkarnation, war sie noch nicht zu beantworten bereit. Außerdem fühlte es sich an, als hätte sie Glühwürmchen im Blut, was vielleicht nicht die beste Voraussetzung für das Wirken von Todesmagie war. Sie konnte warten.

»Das wäre dann alles.« Shara reichte ihr das Messer und den Füller, damit sie den Kontrakt erneut unterzeichnete. An Sharas Händen waren Wunden, die noch nicht verheilt waren. Sydney erkannte das Muster wieder – ein Ritual zur Extraktion von Magie. Ein Ritual, zu dem man sie selbst so oft gezwungen hatte.

Im Haus der Schatten gab es niemanden, der Shara zu irgendetwas zwingen konnte.

»Geht es dir gut?«, fragte Sydney. »Die sehen schmerzhaft aus.« Nicht dass sie das kümmerte – Shara sollte bloß wissen, dass sie es bemerkt hatte.

»Wir bringen alle unsere Opfer«, erwiderte Shara. Doch sie zog die Hände weg und verbarg sie.

Das Stück Schatten, das Sydney sich abschnitt, hatte dunkelgrüne Ränder. Shara sagte nichts dazu. Vielleicht fiel es ihr nicht auf.

Als Sydney den Central Park wieder verlassen hatte, war sie der Magie so überdrüssig, dass sie ein Taxi herbeiwinkte. Sie traute ihren Füßen nicht zu, sie ohne Zwischenfälle nach Hause zu tragen. Als das Taxi vor ihrem Haus hielt, zahlte sie dem

Fahrer den doppelten Preis und löschte sich dann aus seinem Gedächtnis.

Sie schaffte es noch bis hinauf in ihre Wohnung, verschloss die Tür hinter sich und brach dann auf dem Boden zusammen, verirrt im Traum des Waldes, eingehüllt in die dicke grüne Decke seiner Magie.

Wären die Blicke der Ungesehenen Welt in dieser Nacht auf den Engel der Wasser gerichtet gewesen anstatt auf ihre eigenen Magieangelegenheiten, dann hätten sie ein Wunder erlebt.

Frühlingsgrün schoss, gänzlich unpassend um diese Jahreszeit, in die Luft. Ranken wanden sich um die Statue. Ein leichter Regen ließ kleine Wellen auf dem Wasser entstehen und der Duft von Frühlingsblumen – Flieder, Pfingstrosen, Hyazinthen – erfüllte die Luft.

Und dann.

Das Heulen eines Sturms, Wind, der hohe Wellen über den Brunnen trieb und die Vögel aus der Luft holte, als wären sie in einen Tornado geraten. Als wäre da etwas Hungriges, das die Klauen ausstreckte, weiter ausstreckte.

Und dann.

Ein Knacken. Der Frühling kam zum Stillstand und zerschellte dann wie Stein. Der Wind hatte sich gelegt, die Luft war wieder die des Winteranfangs.

Zarte Schneeflocken segelten durch die Dunkelheit.

9

Sydney schlug die Augen auf und hob den Kopf vom Boden. Ihre Wohnung. Ihr Flur. Ein Summen unter ihrer Haut. Macht, neu und grün in ihrem Blut.

Das Licht, dachte sie, war anders als bei ihrer Heimkehr. Die Magie oder deren Nachwirkungen konnten sich auf ihr Sehvermögen ausgewirkt haben. Nein. Das war es nicht. Es war einfach Tag geworden. Zeit war vergangen. Als sie sich aufsetzte, drehte sich ihr der Kopf und ihre Knochen protestierten. Alles tat weh – die Innenseite ihrer Haut, ihre Haarwurzeln, ihr Blut. Für diese neue Magie, die sie da erlangt hatte, hatte sie einen hohen Preis bezahlt.

Dann rümpfte sie die Nase. Offenbar war ziemlich viel Zeit vergangen: Sydney lag in ihren eigenen Ausscheidungen. Sie zog ihr Telefon aus der Handtasche. Drei Tage. Siebenundvierzig zunehmend besorgte Nachrichten von Laurent. Sie beantwortete die letzte: *Alles gut. Erklärung folgt.* Dann flüsterte sie einen zweizeiligen Code, während sie auf Senden drückte, und aktivierte damit den Zauber, der beweisen würde, dass die Nachricht wirklich von ihr stammte und sie sie freiwillig verschickte.

Das Läuten ihres Telefons, das unmittelbar darauf folgte, ignorierte sie. Ebenso wie die Mitteilungen, dass sie Nachrichten von Ian, von Verenice erhalten hatte.

Drei Tage. Es ging ihr nicht direkt gut.

Hinten im Rachen, halb überdeckt von Galle und einem schalen Geschmack, nahm sie noch immer das Grün der Magie wahr, die sie absorbiert hatte. Es schmeckte nach Pflanzensäften und frischem Gras.

Es schmeckte nach Freiheit.

Die neue Magie lief wie elektrischer Strom durch ihren Körper. Sie war sich ihrer auf eine Weise *bewusst*, wie das bei ihrer eigenen Magie nie der Fall gewesen war. Alles war schärfer, heller, elektrisch.

Sie zog das ruinierte Kleid aus und schrubbte sich damit den gröbsten Schmutz vom Leib. Dann wirkte sie eine Reihe von Zaubern auf den besudelten Boden, und während sie die Hände zu den verschiedenen Formen beugte, fiel die Anspannung von ihren Schultern ab. Die neue Magie war direkt hier unter ihrer eigenen, ja, aber sie war unter Kontrolle.

Sie gehörte ihr.

All diese Macht und sie beherrschte sie. Sydney schloss die Augen, stand einfach da und ließ den Funken dieser neuen Magie unter ihrer Haut entlanglaufen, spürte ihn in ihren Adern und Sehnen. Schließlich reckte sie sich, stellte sich auf die Zehenspitzen und rollte auf die Fersen ab: Sie richtete sich in ihrer Haut ein. Die neue Magie reckte sich ebenfalls und strömte wie eine Flutwelle durch ihren Körper.

Herrlich.

Zum ersten Mal, seit sie, dreizehn Jahre zuvor, in der kalten Dunkelheit ihres Zimmers im Haus der Schatten die ersten Ansätze ihres Plans ersonnen hatte, glaubte Sydney, dass sie dessen Umsetzung überleben würde. Auf dem Weg zur Dusche schnappte sie sich eine Flasche Champagner aus dem Kühlschrank und trank ihn, während das Wasser über ihren Körper strömte und sie reinwusch.

10

Miles Merlin betrat einen Raum, der so grell und steril wie ein Labor war, und schloss hinter sich ab. Zwar war er in Fragen der Einrichtung nicht so traditionsbewusst wie Miranda, doch eine Tradition der Ungesehenen Welt hielt er hoch: Er war der festen Überzeugung, dass jeder Magier einen abgeschiedenen Ort haben sollte, an dem er ungestört seine Magie wirken konnte.

Dieser Raum – Weiß, Chrom, grelles Neonlicht – war seine persönliche Version eines Magierturms.

Nachdem er sich vergewissert hatte, dass niemand hereinkonnte, sah er als Erstes nach seinem Magiespeicher, wie er es mittlerweile immer tat. Er legte die Hand auf das Pad, das seine Fingerabdrücke scannte, und mit mechanischem Zischen öffnete sich ein Schloss. Hier war keine Magie am Werk; es gab keine Schutzzauber, die den Zugang verwehrten. Wenn er hier Magie einsetzte, würde er riskieren, den Schrank eines Tages nicht mehr öffnen zu können.

Nun, da die Tür offen war, schmeckte er die Magie, die er gesammelt hatte – metallisch, ganz hinten im Rachen –, spürte sie in den Zähnen summen. Er zählte die Gläser, überprüfte die Siegel. Es war alles da – gut verschlossen und mit Silber gebunden.

Hier, allein, ließ er die Schultern entspannt nach vorn sacken. Dann schloss er die Schranktür und verriegelte sie wieder. Einstweilen, solange er seiner eigenen Macht noch traute, genügte es, sie zu besitzen. Es würde – da war er mittlerweile sicher – der Tag kommen, an dem der Besitz dieser Magie nicht mehr genügen würde und er das, was dort war, einsetzen, nach und nach aufbrauchen musste. Doch bis zu diesem Tag – hütete er seinen Vorrat.

Und er konnte ihn vergrößern.

Er ließ sämtliche Knöchel knacken und streckte die Finger. Dann griff er nach einer kleinen Statue, einer Miniaturausgabe des Engels der Wasser.

Merlin hatte diese Statue angefertigt, nachdem er seinen neuesten Handel mit dem Haus der Schatten geschlossen hatte. Er hatte eine handliche Stellvertreterin für das Original gewollt, denn er benötigte regelmäßig Zugang zu den Zaubern, die im Engel verankert waren, und da war es einfacher gewesen, den Fluss der Magie von hier aus zu lenken, als in den Park zu gehen und mit der echten Statue zu interagieren. New York City ignorierte ja eine Menge, aber es wäre vielleicht ein bisschen viel verlangt gewesen, dass die Leute einen Mann ignorierten, der im Central Park regelmäßig Magie wirkte. Überdies hasste er es, bei der Arbeit gestört zu werden.

Er streckte die Hände aus und griff nach der Magie, die durch die mit der Statue verbundenen Zauber strömte. Griff weiter aus, wackelte mit den Fingern wie ein lächerlicher Varietézauberkünstler. Doch irgendetwas – irgendetwas fühlte sich falsch an. Merlin brach den Zauber ab, konzentrierte sich neu und begann von vorn.

Fluchtend brach er den Zauber ein zweites Mal ab. Irgendetwas stimmte da nicht. Die Magie, die dort hätte sein müssen, direkt zu seiner Verfügung, war nicht da. Nun ja, da war ein dünnes Rinnsal, doch das war weniger als die Hälfte – vielleicht nicht einmal ein Drittel – dessen, was normalerweise durch die Hände der Statue strömte. Diesmal versagte nicht seine Magie, sondern mit dem Zauber, der im Engel verankert war, stimmte etwas nicht.

Mit der Magie stimmte etwas nicht. Nicht speziell mit seiner. Mit der Magie ganz allgemein.

Miles unterdrückte die aufkeimende Panik und ging jeden potenziell nützlichen Zauber, der ihm einfiel, durch – Stärkungszauber, Entdeckungszauber, Zauber zum Entlarven der Machenschaften seiner Feinde, Zauber zum Enthüllen verborgener Dinge. Er zauberte so lange, bis seine Schläfen schweißnass waren und ihm die Hände zitterten. Bis er spürte, wie die Magie ihm unter den Händen zerrann, und er wusste, wenn er jetzt keine Pause machte und sich erholte, bliebe ihm nichts übrig.

Er packte die Statuette und schleuderte sie gegen die Wand, wo sie zerschellte. Die Magie war nicht mehr da und er hatte keine Ahnung, wohin sie verschwunden war.

Dann stand er da, starrte die Scherben an und zwang sich, sich zu beruhigen, atmete tief und langsam, bis er spürte, wie das wilde Pochen seines Herzens sich beruhigte. Etwas Nasses, schwerer als Schweiß, rann ihm übers Gesicht, tropfte zu Boden. Rot auf dem sterilen Weiß.

Ein Klopfen an der Tür. »Dad, ist alles in Ordnung?« Lara.

Er betastete seine Stirn, wo ein Bruchstück der Statue ihn verletzt hatte, und murmelte die Worte, die die Wunde schlossen. Atmete erleichtert auf, als sie tatsächlich heilte.

Daraufhin öffnete er die Tür, ging hinaus und zog sie halb hinter sich zu, damit Lara die Unordnung nicht sehen konnte. »Alles gut. Mir ist nur etwas hingefallen.«

»Ich helfe dir gern, falls du etwas brauchst.« Sie versuchte, ihm über die Schulter zu spähen.

»Nein, ich denke, ich mache eine Pause.« Er trat vollends auf den Flur und zog die Tür hinter sich zu.

»Bist du sicher?« Ihr ganzes Gesicht eine einzige Frage.

»Ja.«

Er musste nachdenken. Wenn die Magie fort war, musste sie irgendwo anders hinfließen.

Vielleicht funktionierte die Statue selbst nicht richtig. Er würde nachsehen. Vor die Tür gehen, wieder einen klaren Kopf bekommen. Danach würde er entscheiden, was zu tun war.

Lara wartete, bis sie sicher war, dass ihr Vater das Haus verlassen hatte. Er hatte nie explizit gesagt, dass das verschlossene Zimmer am Ende des Flurs privat war, tabu, aber der Umstand, dass er es verschlossen hielt, ließ sehr deutlich darauf schließen. Und sie hatte ihrem Vater stets seine Geheimnisse lassen wollen.

Nun jedoch schien ihr das nicht mehr ratsam. Sie legte die Hand auf das Schloss und krümmte die Finger gegen den Uhrzeigersinn. Das Schloss öffnete sich. Lara hielt den Atem an und wartete auf einen Alarm, auf Schutzzauber, auf irgendetwas. Als nichts geschah, betrat sie den Raum.

Zerbrochene weiße Gipsteile waren über den Boden verstreut. Sie ging in die Knie, sichtete die Fragmente – ein Arm, ein Teil von etwas, was ein Flügel gewesen sein mochte –, dann schob sie so viele, wie sie finden konnte, auf einen Haufen. Sprach ein Wort, das einen klebrigen Nachgeschmack in ihrem Mund hinterließ, und klatschte in die Hände. Die Fragmente fügten sich zusammen, und eine fast vollständige Nachbildung des Engels der Wasser stand vor ihr. Lara beugte die Hände zu verschiedenen magischen Formen, doch an dieser Statue war nichts Besonderes, soweit sie es beurteilen konnte. Sie löste den Zauber und die Einzelteile fielen zurück auf den Boden.

Dann hob sie die Hände mit den Handflächen nach außen und suchte nach Spuren von Magie. Eigentlich müsste dieser Raum voll davon sein – Miles' Magieübungen, die Zauber, die er hier gewirkt hatte, müssten sie hinterlassen haben. Doch der

Raum fühlte sich so steril an, wie er aussah. Nur eine Stelle – ein Schrank – strahlte ein wenig Magie aus, und selbst die fühlte sich seltsam an. Irgendwie schwer, wie ein Brocken oder ein Klumpen.

Sie konnte sich keinen Reim darauf machen.

Das Schloss am Schrank war biometrisch und es mochte zwar Zauber geben, die es öffnen würden, doch Lara kannte sie nicht. Sie sah sich um, vergewisserte sich, dass alles so aussah wie bei ihrem Eintreten, ging hinaus und schloss die Tür hinter sich ab.

Dann schickte sie ihrem Bruder eine Nachricht: *Wir müssen reden.*

Verenice Tenebrae hatte sich in einem Brooklyner Brownstone einen Zufluchtsort voller luxuriöser Dinge eingerichtet: satte Farben, kunstvoll gewirkte Teppiche, Ledersessel mit Kaschmirdecken. Sie hatte jeden einzelnen Raum so komfortabel und gemütlich, wie sie konnte, ausgestattet. Im Haus der Schatten hatte es keine Annehmlichkeiten gegeben. Nun, da sie darin schwelgen konnte, tat sie es rückhaltlos.

Doch bei allem Luxus, mit dem Verenice sich umgab, war das, was sie am meisten schätzte, die Stille. Im Haus der Schatten war es laut gewesen, permanent, und diese Geräuschkulisse hatte sie als bedrückend und erstickend empfunden. Dort hatte es niemals Ruhe gegeben, geschweige denn Frieden. Hier konnte sie Stille haben und das kostete sie aus. An manchen Tagen waren in ihrer Wohnung keine anderen Geräusche als ihre Schritte und ihr Atem zu hören. Solche Tage waren noch immer wie ein Wunder für sie.

Sie hatte es still, doch sie war nahe genug an der Ungesehenen Welt, um deren Gerüchte zu vernehmen, wenn sie denn wollte.

Anfangs hatte sie daran gedacht, die Stadt zu verlassen. Die gesamte Ungesehene Welt hinter sich zu lassen. War auch wirklich fortgegangen am Tag, nachdem sie ihren Kontrakt mit dem Haus der Schatten zum letzten Mal unterzeichnet hatte: Sie hatte sich ins nächste Flugzeug gesetzt, war über den Atlantik geflogen und dann auf die Isle of Skye gereist, weil sie weit weg zu sein schien und weil ihr der Name gefallen hatte.

Skye war tatsächlich weit weg gewesen, und sehr ruhig, und sie war ein Jahr dort geblieben, während sie wieder zu sich gefunden hatte. Sie hatte neu gelernt, wer sie war, wenn niemand da war, der sie zwingen konnte, jemand anderes zu sein, und dann hatte sie beschlossen, wer sie sein wollte. Daraufhin hatte sie sich wieder in ein Flugzeug gesetzt und war zurückgekehrt.

Eines, was sie über sich selbst herausgefunden hatte, war, dass sie ihre Feinde am liebsten dort hatte, wo sie sie sehen konnte.

Außerdem hatte sie nie die Hoffnung aufgegeben, dass noch jemand fähig sein würde, die Tür des Hauses der Schatten aufzustoßen und als freier Mensch fortzugehen. Sie hatte da sein wollen, wenn es so weit war, um demjenigen zu helfen, diesen Schwellenzustand zwischen vollständig gebunden und noch nicht ganz frei zu meistern, der ihr so gefahrvoll und fremd erschienen war, als sie das Haus zum ersten Mal verlassen hatte. Sie hatte gewartet und gewartet. Aus Jahren waren Jahrzehnte geworden, in denen das Haus Merlin in zwei weiteren Umschwüngen gesiegt und seinen Pakt mit dem Haus der Schatten wiederholt erneuert hatte. Doch niemand war freigekommen.

Wenn Verenice an das Haus der Schatten dachte, wenn sie aus den Albträumen erwachte, in denen sie gezwungen wurde, zurückzukehren, und sich atemlos und panisch im Bett aufsetzte, dann stellte sie sich das Haus als Rachen vor, voller Zähne und hungrig und endlos. Irgendwann gab sie die Hoffnung auf, dass es jemals noch jemanden ausspucken würde.

Dann Sydney.

Verenice lebte ganz bewusst an der Peripherie der Ungesehenen Welt – so nahe, dass sie mitbekam, was dort vorging, und zugleich so zurückgezogen, dass die Magier kaum noch an sie dachten. Sydney jedoch war ins Zentrum getreten, als gehörte diese Welt ihr. Sie lud die Luft um sich herum elektrisch auf.

Plötzlich wieder Hoffnung zu haben war beängstigend.

Als Sydney nun vor Verenice' Tür stand, fiel Schnee, verwandelte die Äste der Bäume in Schwarz-Weiß-Skulpturen und deckte die gesamte Stadt mit Stille zu. Sie hob ihr Gesicht den Flocken entgegen und stand still da, während sie sich in ihren Wimpern verfingen und auf ihrem Haar sammelten.

»Sie sind noch nicht lange genug draußen, um schon einmal Schnee gesehen zu haben, nicht wahr?«, fragte Verenice. Sie beobachtete Sydney, die sich langsam um sich selbst drehte, das Gesicht dem herabfallenden Schnee entgegengehoben, und versuchte, diese Frau, die aussah, als wäre sie kaum zwanzig, mit der furchterregenden Verkörperung von Macht in Einklang zu bringen, von der Ian ihr bei seinem Besuch vor einigen Tagen erzählt hatte. »Als wäre das Kanalisieren all dieser Magie nichts Besonderes für sie. Ich konnte die Auswirkungen sehen – Scheiße, ihre Finger haben tatsächlich Funken gesprüht –, aber es ging ihr ... gut«, hatte er erzählt, den Blick in die Ferne gerichtet, als stünde er noch immer in jenem Raum, der sich in der Zeit, die es Sydney gekostet hatte, das Herz einer Frau zum Stillstand zu bringen, von einem lebendigen in einen Wald aus steinernen Statuen verwandelt hatte.

Die beiden Bilder passten nicht zusammen, doch Verenice wusste gut, dass das nicht viel heißen wollte.

»Ich habe das Haus der Schatten diesen Sommer verlassen.«

Sydney streckte eine Hand aus und wartete, bis sich ein wenig Schnee darauf angehäuft hatte, formte ihn zu einem Stern und schleuderte ihn – funkelnd – zurück gen Himmel. »Ich hatte natürlich Schnee gesehen. Es gibt jetzt Zimmer, die zum Himmel hin offen sind – Sie wissen ja, wie das Haus sich verändert. Und es gab Magie, für die man draußen sein musste, außerhalb des Hauses, besonders seit Shara beschlossen hatte, dass sie mich hier beim Umschwung einsetzen würde, falls ich mir meinen Weg hinaus verdiente. Da durfte ich nicht unwissend bleiben. Aber auf der Insel zu sein, selbst unter freiem Himmel, oder hier, das ist ein großer Unterschied.«

»Ja«, sagte Verenice, »das ist es.«

»Mir ist gar nicht in den Sinn gekommen, dass Schnee schön ist. Er war nur eine andere Art von kalt. Das hier – das sieht aus wie herabschwebende Federn.« Staunen in Sydneys Stimme; ihr Blick noch immer zum Himmel gerichtet.

»Ich habe natürlich Mäntel, die warm genug sind, um diese Unterhaltung draußen zu führen, falls Sie gern durch den Schnee spazieren möchten«, bot Verenice an.

»Danke. Aber nein, den Spaziergang mache ich später. Ich glaube, diese Unterhaltung führen wir lieber drinnen.« Sie folgte Verenice hinein.

In Verenice' Bibliothek brannte ein Feuer und außerdem bereitete sie heiße Schokolade zu. »Ich halte viel davon, jegliche Annehmlichkeiten zu genießen, wie Sie sicher verstehen.«

Sydney nickte. »Ich habe Decken. Wolle. Daunengefüllt. Kaschmir. Diesen alten Quilt mit den Sternen darauf, den ich gefunden habe. Denn wissen Sie, mir wurde dort nie warm. Das Haus ließ es nicht zu. Manchmal stapele ich die Decken, die ich nicht brauche, am Fußende meines Betts, nur damit ich weiß, dass sie da sind, dass ich bloß die Hand ausstrecken muss, um mich in ihre Wärme zu hüllen, wenn mir danach ist.«

Verenice blieb mit dem Rücken zu Sydney stehen. Das war das Persönlichste, was die junge Frau ihr je erzählt hatte, und sie wollte den Augenblick nicht zerstören. Daher gab sie ein Stück ihrer eigenen Geschichte preis, während sie die heiße Schokolade anrührte. »Bei mir ist es das Essen. Vor allem Süßigkeiten. Ich kann das Haus nicht ohne Schokolade in der Handtasche verlassen.«

»Immer noch?« Sydneys Stimme war so leise wie der Schnee.

»Immer noch.«

Schweigen trat ein und Verenice brach es erst, als sie die heiße Schokolade in große Tassen goss und eine davon Sydney reichte. »In Ihrer E-Mail schrieben Sie, Sie hätten Fragen zur Magie. Geht es um das, was bei dem Duell passiert ist? Ian erwähnte, es sei sehr ... intensiv gewesen.«

»Ian? Er hat es Ihnen erzählt?«

Verenice sah, dass Sydney sich verschloss und das Vertrauen, das sie gefasst hatte, wieder der für die Öffentlichkeit bestimmten Maske wich. »Ja. Er hat sich große Sorgen um Sie gemacht. Hatten Sie ihn denn gebeten, es geheim zu halten?« Verenice hob eine Augenbraue.

»Nein. Mir war bloß nicht klar, dass Sie beide sich so nahestehen. Er hätte mich fragen können. Wie es mir geht.«

»Er hatte Angst.« Verenice stellte ihre Tasse ab.

»Wovor?«

»Vor Ihnen. Vor dem, was aus Ihnen geworden ist.«

Sydney spürte nach der Magie gleich unter ihrer Haut, die ihr gehörte und zugleich auch wieder nicht. Sie träumte jetzt in Grün. »Vielleicht sollte er das auch.«

»Ich weiß, es steht mir nicht zu, das zu sagen, aber es besteht ein Unterschied zwischen der, die Sie sind, und dem, was das Haus der Schatten aus Ihnen gemacht hat. Lassen Sie sich nicht vollständig vereinnahmen.«

»Gerade Sie müssten wissen, dass ich im Moment keine Wahl habe zwischen der, die ich bin, und dem, was das Haus der Schatten aus mir gemacht hat. So lange, bis dieser Kontrakt erledigt ist.« Ihre Stimme klang bitter wie Salz.

»Sydney, was verlangt Shara von Ihnen?«

Stille. Solche Stille in ihrem Haus.

»Verzeihen Sie«, sagte Verenice dann. »Ich hätte nicht fragen sollen. Worüber wollten Sie mit mir sprechen?«

»Wie viel wissen Sie über die Zauber, die im Engel der Wasser verankert sind?«, fragte Sydney.

»Abgesehen davon, dass es nur einer sein dürfte?«, fragte Verenice zurück.

»Vielleicht sollten wir diese Unterhaltung doch draußen führen.«

Der Park war still. Nicht menschenleer – das war er nie –, doch er strahlte Verlassenheit aus, darüber wie eine Decke der graue Winterhimmel. Unter ihren Schuhen knirschte Schnee und der Engel war mit Weiß überzogen.

»Ich warte immer noch darauf, dass ich es hier schön finde«, sagte Sydney. »Diesen Teil des Parks – den Platz, den Brunnen, die Statue. Ich weiß, eigentlich ist es schön. Aber wenn ich das alles betrachte, sehe ich nur das Haus der Schatten dahinter lauern. Sonnenuntergang, Schneefall, spielt alles keine Rolle. Ich hasse diesen Ort.«

»Als ich rauskam, habe ich versucht, Männer kennenzulernen. Ehe ich merkte, dass ich auf diese Art der körperlichen Beziehung nicht sonderlich erpicht bin. Aber da war ein sehr netter Mann – er war liebenswürdig und er sah gut aus, und wenn ich jemanden gewollt hätte, dann hätte er das sehr gut sein können«, erzählte Verenice. »Er führte mich hierher – ein Spaziergang, Sommer, Eiscreme … Mir wurde übel – richtig übel. Insofern nein, ich hege auch keine große Sympathie für diesen Platz.«

»Würden Sie etwas für mich tun? Ich wüsste gern Ihre Meinung zu dem, was Sie an der Magie hier spüren.«

»In Ordnung.«

»Strecken Sie Ihre Fühler behutsam aus«, sagte Sydney. »Es könnte unangenehm werden.«

Verenice zog die Handschuhe aus und schloss halb die Augen. Sie flüsterte etwas und am Ende stieg ihre Stimme an wie bei einer Frage. Dann stolperte sie rückwärts, glitt auf dem Schnee aus, ballte die Fäuste, brach ihren Zauber ab. »Was *ist* das?«

»Ein Problem.« Sydney hatte den Arm um Verenice gelegt und stützte sie, bis sie das Gleichgewicht zurückerlangt hatte. »Ein großes, glaube ich.«

»Es fühlt sich *falsch* an – als wäre da etwas in die Magie des Hauses der Schatten eingebunden, aber anstatt die Magie hindurchströmen zu lassen, wird es verzehrt. Etwas nährt sich davon.«

»Ich hätte eher gesagt, da drin ist etwas, das sich von Magie ernährt, als umgekehrt, aber ja, *falsch*. Ich bin mir noch nicht darüber im Klaren, warum oder ob ich es überhaupt wissen will.« Sydney zupfte ihren Schal zurecht und steckte die Hände tiefer in die Taschen.

»Warum nicht?«, fragte Verenice.

»Wenn die Magie selbst krank oder kaputt ist, oder was auch immer hier *falsch* ist, dann will ich es natürlich wissen. Natürlich will ich es in Ordnung bringen. Aber wenn das Haus der Schatten krank ist, dann werde ich mit Freuden zusehen, wie es stirbt.«

Miles Merlin hatte nasse Füße, und seine Slipper waren ruiniert. Das Boot, mit dem er fuhr, leckte, und zwar so besorgniserregend, dass er einen Reparaturzauber versucht hatte, damit er nicht womöglich noch zum Haus der Schatten schwimmen musste. Seine Magie hatte versagt. Dennoch hielt das Boot entgegen seinen Befürchtungen und erreichte die Insel. Er kletterte hinaus auf das Kiesufer. Die Tür zum Haus der Schatten öffnete sich und Shara trat wie ein Phantom aus dem dunklen Inneren.

»Ich dachte, wir hätten eine Abmachung«, sagte er.

»Die haben wir. Und das Haus der Schatten hat seinen Teil der Abmachung eingehalten.« Sharas Stimme war so eisig und hart wie Stein.

»Meine Magie wird schwächer. Wieder einmal. Unsere Abmachung sollte das in Ordnung bringen.«

»Die Abmachung hat es dir ermöglicht, den Zauber, der im Engel verankert ist, so abzuwandeln, dass du direkt auf die Opfer zugreifen und ihre Magie zu deinem persönlichen Gebrauch nutzen kannst anstatt bloß im Rahmen des Zaubers, der der Ungesehenen Welt den Gebrauch ihrer Magie erleichtert.« Sie kam näher, so nahe, dass er trotz des schwachen Lichts Narben an ihren Händen entdeckte. »Dieser Zauber arbeitet noch. Eine etwaige Schwäche liegt am Magier, nicht an der Magie.«

Damit würde er sich nicht zufriedengeben. »Es muss etwas anderes geben, was ich tun kann.«

»Ich hatte so darauf gehofft, dass du das sagen würdest.« Ein Lächeln wie ein Riss im Eis eines zugefrorenen Sees. »Nimm das Haus der Schatten vollständig in die Ungesehene Welt auf. Gib mir echte Macht, und ich werde den Zauber selbst erneuern und ihn mit Freuden so kanalisieren, dass deine Versorgung dauerhaft gewährleistet ist. Wie du weißt, Bruder, kann das Haus der Schatten in vielerlei Hinsicht nützlich sein.«

»Bring mich durch den Umschwung«, entgegnete er. »Ich brauche lediglich genügend Magie dafür und dann können wir darüber reden.«

»Wir reden jetzt darüber. Wer nicht über Magie verfügt, kann kein Haus führen, Miles. Das weißt du.«

Die Mauern des Hauses drängten sich näher. Die Luft wurde drückender und sein Atem rasselte.

»Na schön. Na schön, wenn das Haus Merlin am Ende des Umschwungs an der Spitze rangiert, werde ich darauf bestehen, dass das Haus der Schatten als vollwertiges Mitglied aufgenommen wird.«

»Ausgezeichnet«, sagte Shara. Das Haus Merlin hatte seine Führungsposition in der Ungesehenen Welt bisher in jedem Umschwung verteidigt, seit das Haus der Schatten gegründet worden war. Falls ihre eigenen Pläne scheiterten, wäre ein Zusammenschluss mit dem Haus ihres Bruders eine gute Alternative, auch wenn Miles' Macht derart geschwunden war. »Da wäre nur eine weitere Bedingung.«

»Was willst du denn noch?«

»Du musst diesen Kontrakt unterzeichnen.«

Als das Boot, das nun noch mehr leckte, falls das überhaupt möglich war, ihn wieder am anderen Ufer absetzte, war Miles sicher, dass ihm die Füße abgefroren waren. Seine Zehen brannten vor Kälte in den nassen Schuhen, doch als er einen klitzekleinen Zauber riskierte, um sie aufzutauen, begannen seine Schuhe zu qualmen. Er hüpfte von einem Bein aufs andere, dann steckte er die Schuhe in eine Schneewehe.

Shara drüben im Haus der Schatten lachte jetzt garantiert über ihn.

Man durfte diese Frau da nicht herauslassen.

Sein Schatten schmerzte nach dem absurden Ritual, dem sie ihn unterzogen hatte – eine weitere Gelegenheit zur Häme, wo eine normale Unterschrift oder seinetwegen sogar Blut gewiss genügt hätten. Doch einen Vorteil hatte die Sache: Sie brachte ihn zu der Frage, wer wohl sonst noch Kontrakte mit dem Haus der Schatten unterzeichnet hatte, wer sonst noch Schulden bei Shara haben mochte.

Er wusste, was geschah, wenn ein Schattenmagier freikam.

Sydney hatte noch eine Magieschuld gegenüber dem Haus der Schatten. Es war möglich – oder zumindest denkbar –, dass die Magie, die sie so erfolgreich im Umschwung einsetzte, eigentlich dem Haus der Schatten gehörte und somit der Ungesehenen Welt. Der Umstand, dass sie frei herumlief und diese Magie einsetzte … nun, kein Wunder, dass die Magie ganz allgemein versagte, wenn so viel Macht abgezapft wurde. Und sollte sie sterben, schien es folgerichtig, dass ihre Magie ans Haus der Schatten zurückginge – jeder wusste ja, dass ein Tod während des Umschwungs die Verpflichtung des fraglichen Hauses aufhob – und die Magie ganz allgemein danach nicht mehr versagen würde.

Das klang doch überaus logisch und Miles brauchte eigentlich auch nur einen, dem er das weismachen konnte. Es war Umschwung – da konnte jeder sterben.

Eine kühle Brise wehte durch Ians Wohnung. Seine Schutzzauber waren unversehrt, doch seine Balkontür stand einen Spaltbreit offen. Langsam ging er durch den Raum, einen fast vollendeten Abwehrzauber in der Hand.

Sydney stand in Mantel und Schal gehüllt auf dem Balkon.

»Du hältst wohl nichts von Anklopfen? Oder davon, zu warten, bis jemand zu Hause ist, der dich reinlässst?«, fragte er und entließ die gespeicherte Magie.

»Ich vergewissere mich lieber, dass ich jederzeit gehen kann, sollte das nötig sein. Wenn ich allein reinkomme, komme ich auch wieder raus.«

»Darin liegt eine gewisse verquere Logik. Und was führt dich auf meinen Balkon?«

»Er hat eine schöne Aussicht.« Sie wendete dieser den Rücken zu und sah ihn an. »Und Verenice hat gesagt, du hättest dir Sorgen um mich gemacht.«

»Das habe ich auch.«

»Ich bin es nicht gewohnt, dass man sich um mich sorgt.« Sie zuckte die Achseln. »Ich wusste nicht, dass ich mich melden muss.«

»Das musst du auch nicht. Es ist ja nicht so, als hätte ich irgendwelche Ansprüche auf dich. Aber ich bin froh, dass du es getan hast.« Er zögerte. »Tja, jetzt hatten wir doch kein Popcorn und keinen Horrorfilm. Ich könnte wahrscheinlich beides besorgen.«

Die Anspannung fiel von ihr ab. »Ich habe versprochen, deine Hand zu halten, nicht wahr?«

»Wir könnten das überspringen und gleich zum Rummachen übergehen. Ich bin da ganz entspannt.« Er lächelte und hielt ihr die Tür auf.

Sie kam herein. Blieb stehen. Drehte sich um. »Die Sache ist die: Ich hätte eigentlich sterben sollen. Ich wurde weggegeben, um zu leiden, um aufgebraucht zu werden, und am Ende sollte ich dann sterben, damit alle mich und das, was das Haus der Schatten ist, vergessen können. Damit sie vergessen, was es tut. Wie verdammt wenig dabei für sie rausspringt.«

»Sydney, ich ...«

»Lass mich zu Ende reden. Wenn man sowieso sterben soll, sieht niemand nach, wie es einem geht. Niemanden kümmert's, was passiert. Man ist ganz allein. Und das ist in Ordnung, denn ich bin gut im Alleinsein. Ich weiß, wer ich bin und was ich mir zutrauen kann, und deshalb muss ich sonst niemandem vertrauen. Tatsächlich ist es mir lieber so.

Und dir, ausgerechnet dir, zu vertrauen, mich bei dir zu melden oder was auch immer, ist eine ganz schlechte Idee, denn wir befinden uns im Umschwung, und einer von uns könnte am Ende den anderen töten.« Eine einfache, brutale Wahrheit.

»Sydney.« Sehr sanft legte er ihr die Hände auf die Schultern und sah ihr in die Augen. »Das würde ich nie.«

»Das kannst du nicht wissen. Du kannst nicht wissen, woher eine Herausforderung kommen mag.«

»Da hast du recht. Das kann ich nicht. Aber das ist heute Abend nicht unser Problem. Heute Abend geht es um Popcorn und um einen Horrorfilm, und, Sydney, wenn du mich lässt, halte ich die ganze Zeit deine Hand. Okay?«

»Okay«, sagte sie. »Okay.«

Es war das letzte nichttödliche Duell, erneut im Hause Dee – der Abschluss eine Reverenz an die Eröffnung. Das Publikum war so glamourös wie beim ersten Mal, allerdings nicht so vielköpfig, und der Glanz hatte jetzt etwas Grimmiges. Diesmal beherrschten nicht perlender Champagner und Tratsch den Raum, sondern Strategien und gebleckte Zähne.

Als Sydney heute zwischen den versammelten Magiern hindurchging, folgten ihr aufmerksame Blicke. Man machte ihr Platz, senkte die Stimme.

»Und dabei bin ich nicht einmal die Abendunterhaltung.« Sie glitt an ihren Platz neben Laurent und nickte Grey an dessen anderer Seite zu. »Wie gefällt es Ihnen, der neue Star zu sein, Laurent?«

Er hob sein Glas und das Licht vergoldete seinen Champagner. »Es gefällt mir gut. Danke, dass Sie mich in diese Position gebracht haben.«

Sie stieß mit ihm an und trank.

Das Kandidatenhaus Beauchamps rangierte komfortabel an der Spitze des Klassements. Der einzige Magier, der dieser Führungsposition noch gefährlich werden konnte, trat heute

Abend an, da Prospero das Haus Hermann herausgefordert hatte. Das Magiethema war »Öffnungen«. Sowohl Miles als auch Lara Merlin waren zugegen. Miles beobachtete Ian und Lara beobachtete ihren Vater. Miranda hielt am anderen Ende des Raums Hof.

Seit Sydney die Magie des aus dem Ruder gelaufenen Vierjahreszeitenzaubers absorbiert hatte, hatte sie kein Duell mehr ausgetragen. Sie hatte zu einer Balance mit ihrer neuen Macht gefunden: Ihre Augen verfärbten sich nicht mehr grün und von ihren Händen stoben keine Funken mehr. Doch das Bewusstsein, dass diese Magie gleich unter ihrer Haut lauerte, in ihr, aber doch nicht sie, blieb. Ihre Hände sehnten sich unablässig danach, diese Magie einzusetzen.

Das Duell begann. Angelica Hermann zauberte als Erste, ein elegantes Kleinod von Magie, das eine Reihe von Uhren aufblätterte, ihr Uhrwerk offenlegte, Zahnrädchen in den Orbit wirbelte wie in einem Planetarium. Es bewies Präzision und Kontrolle, anmutig und elegant. Sydneys Beifall war aufrichtig.

Ian trat in die Raummitte. Eine scharfe Bewegung der linken Hand. Ein dumpfer Knall – es klang, als wären Tausende von Türen zugeschlagen. Der Lärm war enorm und das Haus erbebte in seinen Grundfesten.

Seine Finger bewegten sich, krümmten sich. Er sprach ein Wort und Sydney spürte es in ihrer Brust, wie ein Fenster, das aufschwang. Aus Licht und Schatten meißelte es Türen heraus, die überall im Raum erschienen, mitten unter den zuschauenden Magiern.

Ein weiteres Wort, scharf und nach Messing riechend.

Die Türen sprangen auf.

Jede führte in eine andere Welt – dichte Wälder und glitzernde Eislandschaften, kreisende Sterne und ein Himmel aus Stahl und Beton. Düfte und Geräusche drangen aus diesen Welten herein; jede war einzigartig. Die Magier wandelten umher und spähten durch die Türen. »Aber ich warne Sie, gehen Sie nicht hindurch – ich könnte nicht für Ihre Rückkehr garantieren«, sagte Ian.

Nachdem alle Gelegenheit gehabt hatten, einen Blick auf Stürme und Ozeane, Lavendelfelder und Museen voller kostbarer Juwelen zu werfen, ließ Ian die Hände sinken.

Die Türen schlossen sich.

Die erste Phase des Umschwungs war vorüber.

11

Sydney biss die Zähne zusammen, während das Boot sie durch den eisigen Regen, in den der Schnee sich verwandelt hatte, zum Haus der Schatten trug. Sie war sicher, dass Shara sie wieder einmal nur deshalb zu sich rief, um zu beweisen, dass sie es konnte, und um ein weiteres Stück von ihrem geschundenen, ausgefransten Schatten abzuschneiden. Sie ärgerte sich über die Kälte und die Dunkelheit und darüber, dass sie Sharas Launen unterworfen war. Das Boot scharrte über den Strand und sie stapfte ins Haus.

Durchnässt und bis auf die Knochen durchgefroren, war sie dankbar dafür, dass das Haus ihr nicht noch einen Umweg aufzwang, sondern sie direkt zu Shara führte.

»Ab jetzt gehen die Duelle bis zum Tod«, sagte Shara. Die Luft um sie herum knackte und brach regelrecht auf vor Kälte.

»So ist es«, erwiderte Sydney. Magie wie Frühling unter ihrer Haut, grün und feucht. Nicht direkt Wärme, nicht hier, aber ein Schutz gegen die allerschlimmste Kälte.

»Daher verlangt das Haus eine Herausforderung: das Haus Prospero.«

Na bitte. Dies war der Plan. Dies war von Anfang an der Plan gewesen. Als Shara ihr erklärt hatte, wie das Haus sie im Umschwung einsetzen würde, war diese spezielle Herausforderung als einzige explizit erwähnt worden. Sydney hatte zugestimmt, weil es ihr damals nichts bedeutet hatte, weil sie damals nur gesehen hatte, wie gut das in ihre eigenen Pläne für den Umschwung passte. »Verlangt das Haus dafür einen bestimmten zeitlichen Rahmen?«

»Es muss bald geschehen, zwar nicht sofort, aber falls das Haus den Eindruck bekommt, dass du dir zu lange Zeit lässt, wird es Konsequenzen geben. Ich vermute, sie würden dir nicht gefallen.«

Shara krümmte die Finger und Sydney spürte Hunderte von Beinchen über ihre Haut krabbeln. Sie gestattete sich nicht, zu erschauern. »Gibt es sonst noch etwas?«

»Ich hätte gedacht, du würdest dich mehr freuen, Sydney.«

»Ich freue mich immer, dem Haus dienen zu können.« Worte, die von ihr erwartet, Gefühle, die von ihr verlangt wurden.

»Und deshalb erhältst du auch diese Gelegenheit – zur Rache an dem Haus, das dich ausgestoßen hat. So empfindest du es doch, oder?« Ein Gesichtsausdruck, den manche ein Lächeln genannt hätten, allzu strahlend und liebenswürdig. »Dass du ausgestoßen und weggeworfen wurdest.«

Jahrelange Übung verlieh ihr die Kraft, eine ausdruckslose Miene zu wahren. Sie gönnte Shara nicht die Genugtuung, zu wissen, dass jedes Wort wie ein Messer gewesen war, in der Wunde umgedreht. »Ich habe kein Haus.«

»Bis auf das Haus der Schatten. Du wirst immer zu uns gehören.« Shara hob das Messer und den Füller.

Während ein weiteres Stück ihres Schattens abgeschnitten wurde, lehnte Sydney sich so fest sie konnte in den Schmerz, ließ sich ganz davon ausfüllen, ließ ihn alles werden, was sie wusste. Es schien, als hätte sie jedes Mal, wenn sie wieder durch diese Tür ging, mehr Geheimnisse, doch bis jetzt hatte sie sie alle gewahrt, und das würde sich auch heute nicht ändern. Besser, den Schmerz zu ertragen, als sich zu verraten.

Sie unterzeichnete und ging zurück hinaus in den Schneeregen.

Sydney wollte, dass Madison sich wohlfühlte, und so schlug sie vor, sich erneut in ihrem Stammlokal zu treffen. Eine vertraute Umgebung erschien ihr irgendwie besser geeignet für eine Bitte, deren Konsequenzen von Arbeitsplatzverlust bis Tod rangieren konnten. Zwar war Sydney sich ziemlich sicher, dass sie Madison vor Letzterem bewahren konnte, doch Drinks waren wohl angebracht.

»Ich brauche Informationen«, sagte Sydney, nachdem ihre Getränke serviert worden waren, »darüber, wie die Häuser vererbt werden.«

Sharas Forderung nagte an ihr. Nicht dass sie unerwartet gekommen wäre oder dass Shara oder das Haus der Schatten sich je die Mühe gemacht hätten, etwas zu erklären – man erklärt einer Waffe nichts; man zielt einfach damit und schießt –, doch sie wollte wissen, was bei dem Handel für Shara heraussprang. Gleichgültig, was sie gesagt hatte, diese Herausforderung verlangte sie nicht, um Sydney Gelegenheit zu ihrer persönlichen Rache zu geben. Daher wollte Sydney wissen, warum sie mit ihr in diese Richtung zielte.

»Ich vermute, du fragst nicht, weil Glückwünsche angebracht wären«, sagte Madison.

Sydney blickte erstaunt.

»Schon gut. Na ja, du musst ein bisschen spezifischer werden – unter welchen Umständen wird das Haus vererbt? Ich meine, außer im Fall eines konventionellen Testaments mit einem darin benannten Erben.«

»Fangen wir mit einem einfachen Fall an«, sagte Sydney. »Es gibt leibliche Nachkommen, aber keine benannten Erben.«

»Das ist einfach. Im Todesfall oder bei dauerhafter Unzurechnungsfähigkeit gilt die gesetzliche Erbfolge: zuerst der Ehepartner, dann leibliche Kinder.«

»Dauerhafte Unzurechnungsfähigkeit?«

»Schwerwiegende psychische Störungen oder ein Hirnschaden, der den Magiegebrauch beeinträchtigt oder den kompletten Verlust der Magie nach sich zieht. Es gibt juristische Verfahren und Sicherheitsklauseln, um so etwas festzustellen.«

Sydney rührte in ihrem Drink. »Was ist, wenn es einen leiblichen Erben gibt, der nicht anerkannt worden ist?«

»So was wie einen vermissten Erben?« Madison wurde munter. »So einen Fall wollte ich schon immer. Der grundlegende Beweis würde durch einen Perdita- oder einen der anderen Zauber geführt, mit denen man die Verwandtschaft nachweisen kann. Der Perdita-Zauber gilt als der genaueste und wird deshalb bevorzugt eingesetzt. Dann stellt man den Erben dem Haus vor – wenn das Haus ihn anerkennt und ihm vor Zeugen die Tür öffnet, ist die Sache unwiderlegbar.«

»Ihn anerkennt?«

»Die Gebäude haben magische Schlösser, die das Blut der Familien, denen sie gehören, erkennen. Wenn das Haus dir die Tür öffnet, gehörst du dorthin.«

»Interessant«, bemerkte Sydney. »Okay, was ist, wenn es einen leiblichen Nachkommen gibt, der aber enterbt wurde, und noch kein neuer Erbe benannt wurde?«

Madison trank einen großen Schluck von ihrem Martini. »Das ist jetzt aber nicht mehr rein hypothetisch, oder?« Es gab seit Menschengedenken nur ein einziges Haus, das eines seiner Kinder enterbt und keinen neuen Erben benannt hatte: Prospero.

»Nein«, sagte Sydney. »Ist es nicht.«

»Und gibt es einen weiteren leiblichen Erben, der den Test des Hauses bestehen würde?«

»Ja. Ich weiß, wie man diese Person finden kann, und ich weiß, sie würde das Haus führen.«

Madison schloss die Augen. »Ich brauche noch einen Drink.«

»Die gehen auf mich.«

»Sydney, das Haus, das wir beide so sorgsam nicht nennen, das ist ein großes, wichtiges Haus und es gibt *keinerlei* Anzeichen dafür, dass das gegenwärtige Oberhaupt seine Aufgaben niederlegen will. Ich weiß, du hast Pläne, große, beängstigende Pläne und an meiner Bereitschaft, dich darin zu unterstützen, hat sich nichts geändert, aber weißt du auch, was du da tust?«

»Ich glaube schon. Da ist noch jemand, mit dem ich reden muss, und viel wird davon abhängen, wie diese Unterhaltung verläuft. Und nein, in dieser Unterhaltung wird es nicht um die Ermordung des gegenwärtigen Oberhaupts gehen.«

»Das ist schon mal beruhigend.« Allerdings sah Madison nicht so aus, als hätte Sydneys Versicherung ihr Stresslevel gesenkt.

»Ich versuche nur, für alle Eventualitäten vorauszuplanen.« Sydney liebte Pläne und hatte gern mehrere parat, damit sie notfalls Teile davon neu kombinieren konnte. »Was du da über die Vererbung erzählt hast, deckt sich mit dem, was ich mir schon gedacht habe, aber gibt es während eines Umschwungs irgendwelche besonderen Vorkehrungen?«

Madison nahm sich noch etwas von dem eingelegten Spargel, den Will mit der zweiten Runde Getränke gebracht hatte. »Nein. Die gegenwärtigen Vererbungsregeln wurden nach dem letzten Umschwung in Kraft gesetzt. Seltsamerweise war es der Tod von Christopher Prospero, der dazu führte. Er hatte kein Testament gemacht und Grey war zu jung, um formell als Oberhaupt eingesetzt zu werden. Es war klar, dass das später geschehen würde, deshalb gab es keinerlei strittige Punkte, aber es war eine dieser Situationen, die den Leuten bewusst machen, dass es da etwas zu regeln gibt.

Interessanterweise hat Miranda allerdings, abgesehen davon, dass sie Grey enterbt hat, kein neues Testament gemacht.«

»Das ist wirklich interessant«, bemerkte Sydney.

»Ich habe das unangenehme Gefühl, mit ›interessant‹ meinst du eigentlich: ›Das löst wahrscheinlich drei, vier größere Explosionen aus.‹«

»Zwei. Ich bin mir ziemlich sicher, dass ich bloß zwei brauche. Und ich werde versuchen, dich da rauszuhalten. Aber jetzt mal im Ernst: Wenn du mir weiterhin hilfst, dann ist das möglicherweise kein risikofreies Unterfangen. Willst du aussteigen?«

»Kommt nicht infrage.«

»Na gut. Ich habe ein paar grundlegende Sicherheitsmaßnahmen für dich eingeleitet. Wenn du nachher die Bar verlässt, wirst du in deiner Handtasche einen Briefumschlag mit rotem Rand finden – und nein, ich kann ihn dir nicht einfach jetzt geben. Ich will, dass er dich erkennt, und je weniger Kontakt ich damit habe, desto besser.«

»Klingt ernst«, sagte Madison.

»Das ist es auch. Der Umschlag wird nach Rosen duften. Öffne ihn, sobald du in deiner Wohnung bist, nachdem du die Tür geschlossen hast.«

»Selbst aktivierende Schutzzauber?«, fragte Madison.

»Und zwar gute. Bis das alles vorbei ist, findest du jeden Dienstag einen solchen Umschlag in deinem Briefkasten. Mit rotem Rand und Rosenduft. Falls einer dieser drei Punkte nicht zutrifft, öffne ihn nicht. Und nachdem du ihn nicht geöffnet hast und wie ein geölter Blitz aus deiner Wohnung abgehauen bist, rufst du mich an.«

»Kapiert.« Madison schluckte schwer.

»Sieh mal, wenn es dir zu viel wird …«

Madison fiel ihr ins Wort. »Nein. Wirklich nicht. Ich bin bloß mental gerade in der Übergangsphase von ›Hey, ich komme mir vor wie eine Spionin, das ist ja cool‹ zu ›Diese Schweine jagen womöglich meine Katze in die Luft‹, und daran muss ich mich erst gewöhnen.«

»Ich schwöre dir, Madison, ich lasse nicht zu, dass irgendjemand – Schwein oder nicht Schwein – Noodle in die Luft jagt. Und weißt du was? Ich werde Noodle ein Schutzhalsband machen. Ich schicke es dir morgen per Boten in die Kanzlei.«

»Danke. Ehrlich.« Madison nickte. »Okay. Was noch?«

»Keine Ursache. Ich liebe diese Fellkugel. Jedenfalls, dein Büro ist wahrscheinlich sicherer als deine Wohnung – Prospero ist nicht das einzige Haus, das geschäftlich mit Wellington & Ketchum zu tun hat, und außerdem ist es eine gute Methode, zu viel nichtmagische Aufmerksamkeit auf die Ungesehene Welt zu ziehen, wenn man eine Anwaltskanzlei in die Luft jagt. Das geht ja gar nicht. Trotzdem: Jeden Mittwoch erhältst du eine E-Mail mit der Absendezeit 1.13 Uhr. Es wird ein Gedicht sein – ein paar Zeilen aus Seamus Heaneys *Sweeney Astray*. Der Anhang wird eine MP3-Datei sein. Lade den Anhang herunter und lass den Song einmal ganz durchlaufen. Du musst dabei den Lautsprecher nicht einschalten, aber lass den Song durchlaufen.«

»Ich habe gerade eine junge Anwältin eingestellt, die mich speziell bei der zusätzlichen Arbeit durch den Umschwung entlasten soll – viele Häuser wollen jetzt schnell noch ihre Angelegenheiten regeln. Sie wirkt vertrauenswürdig und ich hatte daran gedacht, ihr auch einen Teil der Arbeit im Rahmen deiner Projekte zu übertragen. Muss ich mir Sorgen um sie machen?«, fragte Madison.

»Ich werde die E-Mail so modifizieren, dass der Zauber auch sie abdeckt. Leite sie einfach einmal weiter, sobald du den Song abgespielt hast.«

»Danke. Sonst noch was?« Madison bedeutete Will, eine weitere Runde zu bringen.

»Kannst du herausfinden, warum Grey enterbt wurde?«

»Wahrscheinlich. Aber das wird ein bisschen dauern – so etwas wird nur in Papierform archiviert.«

»Bitte sieh nach. Ich glaube, es könnte wichtig sein. Und falls ich irgendetwas tun kann, um die Suche zu beschleunigen, lass es mich wissen.«

»Glaub mir, das werde ich.«

Sydney beglich die Rechnung und stand auf. »Pass auf dich auf.«

»Du auch.«

Sydney betrat Laurents Wohnung und hüllte sie in eine regelrechte Decke aus Schutzzaubern.

»Ich dachte, ich hätte die Tür abgeschlossen.« Laurent stand in der Küche, die rechte Hand zur Anfangshaltung eines einfachen Verteidigungszaubers gekrümmt.

»Das haben Sie auch. Ich habe sie wieder aufgeschlossen.«

»Oh.« Er beobachtete Sydney, die durch die Räume fegte wie ein sehr effizienter Hurrikan. Schließlich: »Ich lebe in einem gesicherten Gebäude.«

»Laurent«, sagte sie in einem Ton, der andeutete, gesicherte Gebäude stellten eine in etwa ebenso große Herausforderung für sie dar wie ein Schild mit der Aufschrift BETRETEN VERBOTEN an der Tür.

»Klar.« Kopfschüttelnd und ein wenig verwirrt. »Klar. Natürlich. Ich hatte vergessen, dass Sie die Hermine Granger der realen Welt sind. Sollte ich mir Sorgen machen, weil Sie hier einfach so hereinmarschieren können?«

»Falls es Sie tröstet: Es waren qualitativ sehr hochwertige Schutzzauber, insofern bezweifle ich, dass andere es auch können.« Sydney wirkte weitere Zauber. Sieh-fort- und Hör-mich-nicht-Zauber. Hintergrundrauschen und ein die Sicht trübendes Flirren in der Luft. Irgendetwas kompliziert und slawisch Klingendes, das siebenundvierzig Sekunden lang eine Windrose aus Rauch in der Luft hinterließ, von der Laurent vermutete, dass sie einen Kartografen verwirren sollte, wobei ihm nicht klar war, was so etwas in seiner Wohnung sollte.

»Sie sorgt dafür, dass Sie vorübergehend nicht per GPS auffindbar sind, weder für ein nichtmagisches noch für ein magisch verstärktes, und es verbirgt Sie vor Ortungszaubern«, beantwortete Sydney die Frage, von der Laurent gar nicht gemerkt hatte, dass er sie laut ausgesprochen hatte.

»Oh«, wiederholte er und hatte das Gefühl, tatsächlich unauffindbar geworden zu sein. Ihm war nicht klar, was das alles sollte, doch so hatte er sich seinen Morgen jedenfalls nicht vorgestellt.

»Ich muss Ihnen etwas erzählen und deshalb muss ich dafür sorgen, dass niemand mithören kann oder auch nur argwöhnt, dass Sie Bescheid wissen.«

»Kaffee«, sagte Laurent. Er hatte zwar den Verdacht, dass es eher eine Whiskey-Unterhaltung werden würde, aber es war 9.23 Uhr und es gab Grenzen. »Dafür brauche ich Kaffee.«

Als Sydney die Wohnung zu ihrer Zufriedenheit gesichert hatte, setzte sie sich auf einen seiner Barhocker. Laurent brachte ein Tablett mit zwei Cappuccinos und einem Teller voller Mandel- und Anis-Biscotti.

»Genau das«, sagte Sydney, »ist der Grund, warum ich es Ihnen erzähle.«

»Weil ich Kaffee gekocht habe?«

»Weil auf diesem Tablett zwei Tassen stehen. Weil Sie niemals auf die Idee kämen, es anders zu machen.« Sydney tunkte ihren Keks in den Kaffee und aß die Hälfte davon. Dann stellte sie ihre Tasse ab. »Was wissen Sie darüber, woher die Magie kommt?«

»Woher sie kommt?« Laurent schüttelte den Kopf. »Darüber habe ich noch nie richtig nachgedacht. Ich vermute, es ist irgendeine genetische Mutation oder so? Sie wissen schon, etwas, was erklärt, warum es meistens in der Familie liegt, aber hin und wieder auch jemand wie Sie oder ich auftaucht.«

»Das könnte ein Teil der Erklärung sein«, sagte Sydney. »Oder genauer gesagt, es könnte erklären, warum manche Menschen Zugang zur Macht haben und sie nutzen können, wenn sie erst einmal existiert, und andere nicht. Aber da kommt die Magie nicht her.

Im Grunde beginnt Magie mit einem Opfer. Man muss etwas aufgeben, um etwas zu bekommen, und weil die Magie und das, wozu sie Zugang gewährt, etwas so Großes sind, muss man auch ein großes Opfer bringen. Es muss etwas Wichtiges sein.

Das Opfer ist das, was in der Familie liegt.«

»Wie das?« Laurent schüttete seinen Kaffee hinunter und wünschte, sein Hirn würde endlich wach werden.

»Weil die Familien das Opfer auswählen. Jedes Haus erbringt ein Opfer, einmal pro Generation. Traditionell ist es das Erstgeborene.« Der sachliche Ton einer Lehrerin, die aus einem Schulbuch vorliest.

»Das erstgeborene Was?« Laurent stellte seine Tasse ab.

»Kind«, erwiderte Sydney. »Das erstgeborene Kind.«

»Nein.« Laurent stand auf. »Nein. Was soll das heißen? Das erstgeborene Kind opfern? Wie in irgend so einem beschissenen griechischen Mythos? Nein. Wir leben im einundzwanzigsten Jahrhundert. Das gibt's doch nicht.«

»Doch, das versichere ich Ihnen.« Sydney begegnete seinem Blick. »Ziemlich unbekümmert und ohne großes Aufhebens. Seit vier Generationen. Es brauchte dafür nur einen Magier, der erkannte, dass Magie wehtut. Dass man einen Zauber wirken kann, aber hinterher vielleicht schwach ist oder Fieber bekommt oder Blut hustet, je nachdem, womit der Körper das, was man gerade getan hat, ausgleicht. Wenn etwas, das eigentlich unmöglich ist, doch möglich wird, dann hat das Konsequenzen.

Deshalb hörten manche Leute ganz auf, Magie zu wirken, weil es hinterher wehtat. Und dann dachte jemand: Was wäre, wenn wir die Schmerzen loswerden könnten? Was wäre, wenn wir stattdessen jemand anders bezahlen lassen könnten? Und noch besser: Was wäre, wenn wir die Magie von diesen Kindern nehmen und sie in das magische Äquivalent eines Sammelbeckens packen könnten, aus dem jeder sich bedienen kann? Mühelos und ohne großen Aufwand.«

»Okay. Nehmen wir an, Sie haben recht. Ich meine, ich kapiere, dass man es lieber einfach und schmerzlos hat, aber Kinder, Sydney? *Kinder?*«

»Es ist leichter, jemanden aufzugeben, den man noch gar nicht kennengelernt hat.«

»Das ist ja total krank.«

»Allerdings.«

»Moment mal. Nicht jeder hat Kinder. Ich meine, angenommen, Sie haben recht – und das ist weit hergeholt, weil, ganz im Ernst, falls hier jemand ankäme und ein Kind von mir wollte, hätte er Pech gehabt. Oder würde man mich dann zwingen, mir ein Waisenkind von der Straße zu kaufen? ›Gratuliere zum Überleben des Umschwungs, Mr Beauchamps. So, und wo ist jetzt das Baby?‹« Er griff sich mit beiden Händen an den Kopf, als könnte er so verhindern, dass er den Verstand verlor.

»Genau das tun sie«, sagte Sydney. »Nicht sofort, aber es ist eine Bedingung für die Gründung eines eigenen Hauses.«

»Sie meinen das wirklich ernst.« Er ließ sich auf seinen Hocker fallen.

»Ja. Auf diese Bedingung wird nur dann verzichtet, wenn während eines Umschwungs ein Mitglied des Hauses gestorben ist – der Zauber ist so eingerichtet, dass er das ebenfalls als Opfer anerkennt, da man davon ausgeht, dass seine Magie ins Sammelbecken zurückfließt.«

»Deshalb regt sich hier niemand groß darüber auf«, sagte Laurent. »Weil ein verlorenes Duell eine total kranke Du-kommst-aus-dem-Gefängnis-frei-Karte ist.«

Sie nickte. »Genau. Ansonsten ist der Kauf eines Kindes nicht nur eine Möglichkeit für die, die keinen eigenen Nachwuchs bekommen können oder wollen, sondern auch für die, die zugleich ihre Blutlinie und ihren Zugang zu bequemer Magie sichern wollen. Wenn man genug Geld hat, kann man alles kaufen.«

»Aber Sie haben ›Opfer‹ gesagt.« Deutlich hörbares Entsetzen.

»Ja.« Leise, gelassen. Der Ton, mit dem die Ärztin einem mitteilt, es täte ihr ja sehr leid, aber der Tumor sei bösartig und eine Operation nicht mehr möglich.

»Sie meinen doch nicht, dass sie die Kinder wirklich töten, oder? Das können Sie nicht ernst meinen.«

»Nicht unmittelbar. Es ist ein längerer Prozess. Eine Extraktion oder Destillation, um möglichst klinische Termini zu verwenden. Klinische Termini erleichtern es, darüber zu reden, und so soll es auch sein, zumindest in der feinen Gesellschaft, denn die meisten Opfer überleben diesen Prozess nicht.

Der Ort, an den diese Opfer gebracht werden – er entzieht ihnen Magie. Durch Schmerz, durch Leiden. Durch alles, was die Magier der Ungesehenen Welt eigentlich selbst erdulden müssten, um Zugang zur Macht zu haben.

Tut es weh, Laurent, wenn Sie Zauber wirken?« Sanft, ach so sanft ihr Tonfall, als könnte Laurent an ihren Worten zerbrechen.

»Früher schon«, erwiderte er. »Ganz am Anfang. Bevor ich Grey traf und hier zur Schule ging. Ich bekam Kopfschmerzen davon. Migräne. Übelkeit, Auren, das volle Programm. Ich dachte, das hätte aufgehört, weil ich gelernt habe, wie es richtig geht.«

»Nein. Nicht deshalb hat es aufgehört. Es hat aufgehört, weil seitdem jemand anderes den Preis für Sie bezahlt.«

»O Gott.« Laurent schlug sich die Hand vor den Mund und stolperte aus dem Zimmer.

Sydney blieb reglos auf dem Barhocker sitzen und blickte hinaus auf die Stadt, während sie mit anhörte, wie er sich übergab, die Toilettenspülung betätigte, Wasser laufen ließ. Als Laurent zurückkehrte, waren seine Augen gerötet und seine Haut aschfahl.

»Nicht alle Kinder sterben daran«, fuhr Sydney fort, als hätte es keine Unterbrechung gegeben. »Die meisten allerdings schon. Sehr, sehr wenige von uns gehen einigermaßen ungeschoren daraus hervor. Je nachdem, wie man ›ungeschoren‹ definiert. Wir lernen, unsere eigene Macht zu nutzen und so einzusetzen, wie es sich die meisten in der Ungesehenen Welt nicht einmal vorstellen können.«

»Was ist ... Moment mal. Sie haben ›uns‹ gesagt. Sydney, Sie haben ›uns‹ gesagt. Sie waren doch nicht ...« Er sah aus, als wäre ihm schon wieder übel.

»Sicherlich haben Sie mittlerweile die Gerüchte gehört, das, was man sich über mich erzählt.«

Er nickte. »Sie seien eine Schattenmagierin, so was. Ich dachte, das sei so ähnlich wie Außenseiter.«

»Es heißt das Haus der Schatten, der Ort, an den wir gebracht werden. Und ja, ich komme von dort. Eines der Häuser hat mich geopfert.« Beinahe – beinahe hätte sie ihm auch gesagt, welches, doch es war zu früh, von ihm zu verlangen, dass er auch das noch verdaute. So vieles war ungeklärt. Und er stellte noch immer Fragen. »Ich habe mir den Weg hinaus verdient. Seit Menschengedenken hat es nur eine andere geschafft: Verenice Tenebrae.«

Laurent nickte bedächtig. »Ich wusste, dass sie etwas ganz Besonderes ist, dass die Leute über sie reden. Ich habe nicht darauf geachtet, warum. Warten Sie – *nur* Sie beide? Von ...«

»Vielen. So genau wollen weder Sie noch ich das wissen. Das Haus der Schatten existiert jetzt seit über hundert Jahren. So lange, dass die Leute sich an die Vorstellung gewöhnt haben, dass sie glauben, so hätte man das schon immer gemacht. So lange, dass die Leute traurig werden – ein bisschen –, wenn sie mal darüber nachdenken, aber du liebe Güte, vorher muss es so viel schlimmer gewesen sein.«

Er erschauerte. »Aber wenn das so selten vorkommt, wie sind Sie dann rausgekommen? Geht es Ihnen gut? Wenn Sie kein Opfer mehr sind, was sind Sie dann jetzt?«

Also erzählte sie es ihm. Erzählte ihm vom Haus der Schatten, erzählte ihm, wie sie alles über Magie gelernt, wie sie sich angeeignet hatte, sich vollständig zu verbergen. Erzählte ihm vom Kontrakt, der sie an das Haus band. Zeigte ihm die unregelmäßig gezackten Ränder ihres Schattens, von dem immer wieder Teile abgeschnitten wurden, um ihre Schuld zu tilgen. Nahm ein Tuch und rieb das Make-up von den Narben an ihren Händen und Armen, die Magie nicht verbergen konnte.

Laurent zuckte zusammen. Dann sagte er: »Okay. Wie viel?«

»Wie viel was?« Verdutzt.

»Um Ihren Kontrakt abzubezahlen.«

»Was spielt das für eine Rolle?« Ihr war nicht klar, warum er das wissen wollte.

»Weil ich Sie auslösen werde. Kommt nicht infrage, dass die Sie weiter in der Hand haben. Sie sind ein Mensch, verdammt noch mal – Sie dürften niemandem gehören!«

Sydney sah ihm lange fest in die Augen. »Das meinen Sie ernst, ja?«

»Selbstverständlich.«

Sie schloss die Augen. Hielt sie beinahe eine Minute geschlossen, bis sie ihren Atem zur Ruhe gebracht hatte und sicher war, dass keine Tränen strömen würden. Dann öffnete sie sie wieder. »Das ist wahrscheinlich das Netteste, was je ein Mensch zu mir gesagt hat. Aber so läuft das nicht. Als Bezahlung verlangt das Haus der Schatten Magie. Ergebnisse. Und es gibt etwas, was ich für das Haus tun muss.«

Sie erzählte ihm von Sharas letztem Befehl. Das meiste.

»Aber Sie würden doch gar nicht gegen Miranda kämpfen. Jedenfalls nicht direkt. Sie würden sich mit Ian duellieren. Er ist der einzige Magier im Umschwung, der Sie vielleicht töten kann. Ich meine, ich weiß, Sie sind gut. Brillant. Aber er auch – er war auf der Schule ein paar Jahre über uns. Ich kenne seine Magie«, sagte Laurent.

»Vor einem Monat wäre es vielleicht eng geworden. Aber jetzt nicht mehr.« Das tiefe Grün ihrer seltsamen neuen Magie schwirrte und kräuselte sich unter ihrer Haut. »Glauben Sie mir. Ich kenne meine Magie.«

»Ja, schon, aber, Sydney, Sie beide – ich will Ihnen ja nicht zu nahe treten, aber läuft da nicht was zwischen Ihnen beiden?«

»Ich wusste schon vor Beginn des Umschwungs, was man von mir verlangen würde«, sagte sie ausweichend.

»Was könnte dieses … dieses Haus der Schatten denn tun, wenn Sie sich weigerten, ihn herauszufordern?« Laurent lief vor seiner langen Fensterfront auf und ab.

»Es würde Folgen haben. Für mich. Sie wären wahrscheinlich … schmerzhaft.« Den Untertönen in diesem letzten Wort wollte man nicht zu genau nachspüren.

»Okay, Sie haben gesagt, als Bezahlung wird Magie verlangt.

Was wäre, wenn ich etwas von meiner Magie anböte? Ich bin ein guter Magier. Ich habe Macht. Ich kann kämpfen.« Der Kummer in seiner Stimme hatte sich in Zorn verwandelt.

»Jeder Kontrakt, den Sie abschlössen, könnte nur Sie selbst betreffen. Dieser Plan, das, was Shara erledigt haben will – sie wird dafür sorgen, dass ich es ausführe.«

Laurent blieb stehen. Drehte sich um. »Das ist wirklich ein beschissener Tag. Was soll ich tun?«

»Sprechen Sie die Herausforderung gegen das Haus Prospero aus und vertrauen Sie darauf, dass ich auf mich aufpassen kann.«

»Sind Sie sicher? Was ist, wenn ich einfach sage: Scheiß auf das alles? Wenn ich mich aus dem Umschwung zurückziehe, mich aus der gesamten Ungesehenen Welt zurückziehe? Wie kann ich überhaupt noch Magie einsetzen, jetzt, wo ich weiß, wo sie herkommt? Ich kann das nicht. Ich werde das nicht tun.« Er wischte sich die Hände an der Jeans ab, als wären sie besudelt.

»Ich kann es Sie lehren. Sie hatten früher Zugang zu Ihrer eigenen Macht und diese Macht ist noch immer da. Und ansonsten – das Einzige, was Sie jetzt für mich tun können, ist, weiter am Umschwung teilzunehmen.«

»Sind Sie ganz sicher, dass Sie das wirklich wollen, Sydney? Denn wenn nicht, tue ich alles, was ich kann – wirklich alles –, um Sie da rauszuholen.«

»Vielen Dank. Ehrlich. Aber es steht mehr auf dem Spiel als bloß das, was ich will.«

»Na gut. Wenn Sie sicher sind.«

»Das bin ich.«

Er rieb sich übers Gesicht, über die Haare. »Mein Gott, ich muss Grey davon erzählen. Er muss das erfahren.«

»Laurent.« Ihre Stimme klang sanft. »Grey ist in der Ungesehenen Welt aufgewachsen. Er war einmal Erbe eines Hauses. Er weiß es. Er weiß es seit Jahren.«

»Oh«, sagte Laurent. Dann noch einmal: »Oh.«

Sydney saß neben ihm auf der Couch, während seine Welt sich verwandelte. Nach einer Weile schüttelte er den Kopf. »Sonst noch was?«

»Ja«, sagte Sydney. »Lassen Sie mich Miranda die Herausforderung überbringen. Persönlich.«

»Klar, wenn Sie das wollen.« Er zögerte. »War es Ihre eigene Entscheidung, mich zu repräsentieren, oder hat man Sie dazu gezwungen, diesen Vertrag zu unterschreiben?«

»Das Haus der Schatten hat meine Teilnahme am Umschwung verlangt«, sagte Sydney. »Aber dass ich für Sie arbeite, war meine eigene Entscheidung. Ich würde mich wieder so entscheiden.« Sie stand auf, um zu gehen.

»Können Sie mir den Unauffindbar-Zauber hierlassen, wenn Sie gehen? Ich glaube, ich möchte eine Weile allein sein.«

»Klar.« Sie legte ihm einen Atemzug lang die Hand auf die Schulter. »Passen Sie auf sich auf, Laurent.«

12

Die Arbeit in der Abteilung Spezialprojekte war nicht so, wie Harper es erwartet hatte. Obwohl theoretisch in der Ungesehenen Welt dieser große, überwältigende Magierwettstreit stattfand, hatte sie in der Kanzlei bis jetzt keinen einzigen echten Magier zu Gesicht bekommen. Glaubte Harper zumindest. Abgesehen von den neuen, per E-Mail übersandten Schutzzaubern – die megacool waren und ihr nicht einmal Kopfschmerzen bereiteten wie die meiste Magie sonst –, war sie bisher auf nichts gestoßen, was auch nur entfernt magisch gewesen wäre. Die Arbeit hier war genau wie die in ihrer letzten Kanzlei: Überstunden und jede Menge Schriftstücke. Im Augenblick setzte sie ein Testament neu auf. Danach musste sie Zeiterfassungsbögen einreichen. Wie spannend.

»Harper, hätten Sie eine Minute?« Madison stand an der Tür.

»Sicher.« Als Madison die Tür hinter sich zuzog, hob Harper innerlich eine Augenbraue. Etwas Ernstes, Geheimes also.

»Was würden Sie davon halten, ein bisschen im Archiv zu arbeiten?«

Das Archiv. Der Ort, wo Dokumente, die die Ungesehene Welt betrafen, aufbewahrt wurden – Dokumente, die zu viel Magie beinhalteten, um sie im Computersystem zu speichern. Seit Harper hier arbeitete, suchte sie nach einem Vorwand, um dort hineinzugelangen. »Ich glaube, es wäre interessanter, als Standardurkunden zu überarbeiten.«

»Wahrscheinlich. Aber es besteht durchaus die Möglichkeit, dass es bloß eine andere Art von Frust wird. Haben Sie Lust?«

»Sicher.«

»Gut. Sie müssen das allerdings mit Diskretion behandeln, sogar innerhalb der Kanzlei. Es betrifft einen Fall, in dem Stillschweigen zur Vereinbarung gehörte.« Madison wirkte abgespannt – ihr Concealer konnte die dunklen Ringe unter den Augen nicht verbergen. Harper war ja selbst müde nach all den langen Arbeitstagen in den letzten Wochen und seit sie bei Wellington & Ketchum arbeitete, war Madison jeden Tag vor ihr in der Kanzlei gewesen und hatte immer erst nach ihr Feierabend gemacht.

»So was wie eine Geheimhaltungsvereinbarung?«, fragte Harper.

»Nein, so was wie ein Bannzauber, der die Beteiligten körperlich daran hindert, darüber zu sprechen. Die Anwälte, die direkt an der Aushandlung der Bedingungen beteiligt waren, müssten daran gebunden sein und ich weiß nicht genau, ob und inwiefern der Bann sich auch auf andere erstreckt.«

Okay, das war irgendwie cool. »Also kann es sein, dass ich Ihnen nicht mal sagen kann, was ich finde. Meinen Sie das?«

»Im Extremfall könnte es sein, dass Sie nicht mal lesen können, was Sie finden. Die Akte könnte so aussehen, als ob alle Seiten leer wären oder voller Lyrik oder Buchstabensalat. Und wegen des Bannzaubers kann ich Ihnen nicht einmal sagen, wie außergewöhnlich dieser Fall ist.«

»Kapiert. Und was ist das für ein Fall, bei dem es so viel Geheimhaltung gibt?«

»Die Enterbung von Grey Prospero. Es eilt, also schicken Sie mir ein Memo über alle Ihre laufenden Projekte und ich teile sie jemand anderem zu. Wenn Sie damit fertig sind, kommen Sie in mein Büro, und dann gebe ich Ihnen, was Sie brauchen, um ins Archiv zu gelangen.«

Irgendwie bezweifelte Harper, dass sie von einem Schlüssel sprach.

»Suche ich in dieser Akte nach etwas Besonderem?«, fragte Harper.

»Nein. Ich brauche nur die Akte selbst, wenn Sie sie finden. Aber machen Sie deswegen nicht den Fehler, zu glauben, das sei ein schnell oder einfach zu erledigender Auftrag. Das Archiv ist … merkwürdig.«

Harper benötigte zwei Stunden, um das Memo über ihre laufenden Projekte zu schreiben. Sie drückte auf Senden und ging in Madisons Büro.

»Als Erstes müssen Sie wissen, dass das magische Archiv vom nichtmagischen getrennt ist. Es liegt oben im achtunddreißigsten Stock.«

Harper tat ihr den Gefallen und konstatierte das Offensichtliche. »Das Gebäude hat nur siebenunddreißig Stockwerke.«

»Meistens stimmt das.« Madison reichte Harper ein Stück Plastik, das aussah, als hätte jemand eine elektronische Schlüsselkarte genommen und zu einem altmodischen Schlüssel zurechtgeschnitten. »Benutzen Sie den im Aufzug, dann gibt es achtunddreißig Stockwerke.«

Daraufhin schob sie einen kleinen durchsichtigen Behälter und eine weiße Kerze über den Schreibtisch. »Wenn Sie den Aufzug verlassen, klopfen Sie dreimal oben auf das Kästchen. Das wird den Zauber aktivieren, der Ihnen sicheres Geleit ins Archiv und wieder hinaus gewährt.«

»Sicheres Geleit?«

»Vertrauen Sie mir. Die Akten, die wir dort aufbewahren, sind die wichtigsten Dokumente, die diese Kanzlei besitzt. Kein

Unbefugter darf sie zu sehen bekommen. Das Ungesehene Archiv liegt im achtunddreißigsten Stock, weil der Boden dort mit einer magischen Selbstzerstörungsvorrichtung ausgestattet ist, die ausgelöst wird, falls sich jemand unerlaubt Zugang verschafft. Verwenden Sie den Zauber.«

Harper spürte, wie ihr die Knie weich wurden, und war froh, dass sie saß. »Eine magische Selbstzerstörungsvorrichtung.«

Madison nickte. »Sie würde das gesamte Archiv und alles – und jeden – darin vernichten. Theoretisch bliebe der Rest des Gebäudes verschont, aber wir haben keine Büros im achtunddreißigsten Stock eingerichtet. Vorsichtshalber.«

Harper überlegte, was es kosten mochte, ein gesamtes Stockwerk in einer Manhattaner Immobilie leer stehen zu lassen. »Ich … Sind Sie sicher, dass Sie das nicht besser jemandem mit mehr Magie übertragen wollen?«

»Die Zauber, die ich Ihnen gegeben habe, sind wie die selbst auslösenden Schutzzauber angelegt. Sie benötigen keine Magie. Befolgen Sie einfach meine Anweisungen. Aber wenn Sie sich dabei nicht wohlfühlen, übertrage ich es jemand anderem.«

Im Archiv wurde Geheimes aufbewahrt. Was bedeutete, wenn es in diesem Gebäude irgendwo etwas gab, das ihr helfen konnte, herauszufinden, was Rose wirklich zugestoßen war, dann dort. »Nein, ich kann damit umgehen. Dreimal oben aufs Kästchen klopfen für sicheres Geleit. Und die Kerze?«

»Sobald Sie dort sind, entzünden Sie sie einmal mit Magie. Damit wird das Licht im Raum aktiviert, und außerdem hilft sie Ihnen, die Akte zu finden. Viel Glück.«

Der Schlüssel funktionierte problemlos. Der Aufzug fuhr ohne Halt bis in den siebenunddreißigsten Stock, hielt kurz an und hüpfte dann die letzte Etage hinauf. Auf der Anzeige war keine Zahl zu sehen, sondern das Symbol eines Kästchens ähnlich dem, das Harper in der Hand hielt.

Harper trat aus dem Aufzug in einen grauen Betonraum, der – soweit sie das beurteilen konnte – leer war. Sie klopfte dreimal auf das Kästchen.

Rosafarbener Rauch, der nach Zuckerwatte roch, kräuselte sich aus dem Kästchen und verdichtete sich. Eine sehr lange Minute über sah Harper nichts als Rauch und betete, sie möge nicht selbst verdampfen. Als der Rauch sich lichtete, bemerkte sie, dass sie sich keineswegs in einem grauen Betonraum befand, sondern in einem Saal, der wie eine elegante Bibliothek aussah. Wie eine sehr große elegante Bibliothek, mit deckenhohen Fenstern und Grünpflanzen, die sich an den Wänden hinabrankten. Auf einem ausgetretenen Holzboden standen lange Tische, und es gab Akten. Regal auf Regal auf Regal voller Akten.

Harper wappnete sich für die Kopfschmerzen und entzündete die Kerze. Lampen leuchteten auf – Wandleuchter sowie ein gewaltiger Kronleuchter. Sie sah sich nach einem Bibliothekskatalog um, ihretwegen auch in Form von Karteikarten, nach irgendetwas, das ihr sagte, wo sie anfangen sollte. Nichts. Sie trat an ein Regal und zog eine Akte heraus – keine Beschriftung, nur leere Seiten. Harper musterte die Kerze – Madison hatte gesagt, sie werde ihr helfen, die Akte zu finden. Sie hielt sie in die Höhe – na bitte. Die Stellen der Akte, auf die Kerzenlicht fiel, wurden sichtbar.

Leider handelte es sich nicht um die Prospero-Enterbung, sondern hatte etwas mit dem Kauf des Grundstücks, auf dem heute das Haus Dee stand, zu tun sowie mit der Frage, ob Magie bei diesem Kauf eine Rolle spielen sollte. Auch die nächste Akte behandelte nicht die Prospero-Enterbung. Die übernächste ebenso wenig. Überdies waren die Akten völlig ungeordnet, jedenfalls soweit Harper das beurteilen konnte. Verträge standen neben Scheidungen, Testamente neben Lizenzvereinbarungen – offenbar war es möglich, sich einen Zauber patentieren zu lassen.

Sie zog ihr Telefon heraus, um Madison per SMS zu fragen, ob es einen weiteren Zauber gebe, der ihr das Ablagesystem erläutern würde. »Das kann nicht sein.« Der Sperrbildschirm zeigte noch immer dieselbe Uhrzeit an, zu der sie Madison ihr Memo geschickt hatte. Aber ihr Magen knurrte, was darauf schließen ließ, dass seit dem Mittagessen beträchtliche Zeit vergangen sein musste.

»Das ist ja total abgefahren.« Harper blies die Kerze aus und ging zurück zum Aufzug. Während sie nach unten fuhr, stellte die Uhr ihres Handys sich neu: 19.47 Uhr. Sie war beinahe vier Stunden im Archiv gewesen.

»Das tut mir leid«, sagte Madison. »Die Zeit da oben ist … komisch. Wir haben Armbanduhren – mechanische, die man noch aufziehen muss. Ich besorge Ihnen eine. Und machen Sie bitte weiter. Bestellen Sie sich heute Abend etwas zu essen in die Kanzlei und setzen Sie es auf die Spesenrechnung. Ich hätte daran denken müssen, Sie vorzuwarnen.«

»Danke. Und das Ablagesystem?«

Madison wich Harpers Blick aus. »Ich will sehen, was ich für Sie tun kann, aber das könnte ein Weilchen dauern. Ich muss außerhalb der Kanzlei Rücksprache halten. Fürs Erste suchen Sie einfach weiter und hoffen Sie, dass Sie Glück haben.«

Es war das erste Duell, das obligatorisch auf Leben und Tod ging – Lara Merlin trat gegen Bryce Dee an –, und der Raum war zum Bersten voll mit Magiern, die kreisenden Haien beängstigend ähnlich sahen. Fälle von Magieversagen waren weiterhin aufgetreten und hatten anscheinend sogar zugenommen, nicht nur während der Duelle, sondern auch im Alltag: Unkomplizierte Zauber – Freizeitmagie, Glamour- und Illusionszauber – funktionierten einfach nicht. Und während diese Fälle sich häuften, nahmen die Spekulationen über ihre Ursache zu.

Eine der Theorien, die besonders lautstark vorgebracht wurden, lautete, es sei irgendwie Miles Merlins Schuld – seine Magie sei schwächer geworden, ihm entgleite die Kontrolle, und ebenso wie dem Oberhaupt der Ungesehenen Welt ergehe es auch der Magie. Alles werde wieder ins Lot kommen, so wurde gemunkelt, wenn seine Tochter sterbe, um seine Schuld zu tilgen.

Sydney hätte am liebsten ausgespuckt. Sie hatte nichts für Miles übrig, doch für diejenigen, die die Kinder für die Sünden ihrer Eltern büßen lassen wollten, noch weniger.

»Hab gehört, das ist alles deine Schuld. Du hast unsere Magie gestohlen, als du von da abgehauen bist.« Ein älterer Mann mit gerötetem Gesicht, der wohl schon ein Gläschen zu viel gehabt hatte, baute sich vor Sydney auf. Sie ging um ihn herum, doch er packte sie am Arm und zog sie zurück. »Ich rede mit dir, du Schlampe!«

»Ich habe aber keine Lust, zuzuhören«. Sie beugte Zeige- und Ringfinger der linken Hand und der Mann riss seine Hand weg, als hätte er eine heiße Herdplatte angefasst. Nachdem sie ihn stehen gelassen hatte, hörte sie ihn noch wütende Verleumdungen murmeln, doch sein Selbsterhaltungstrieb hielt ihn davon ab, ihr zu folgen.

Hätte das heutige Duell zwischen zwei beliebigen anderen Häusern stattgefunden, Sydney wäre zu Hause geblieben. Sie hatte keine große Lust, zuzusehen, wie Menschen sich zum Vergnügen der Zuschauer gegenseitig auslöschten. Doch Ian, das wusste sie, liebte seine Schwester.

Sie ging weiter durch den Raum und gesellte sich zu ihm.

Er stand allein vor allen anderen, die Fäuste so fest geballt, dass die Knöchel sich weiß unter der Haut abzeichneten. »Ich musste kommen. Ich wollte nicht, aber ich konnte nicht wegbleiben.«

»Sie ist besser als er«, entgegnete Sydney in sachlichem Ton.

»Deine Schwester. Sie ist klug und sie denkt strategisch. Bryce glaubt, er hätte doppelt so viel Talent, wie er wirklich hat, und die anderen unterschätzt er.« Mit dem Handrücken berührte sie – nur ganz sachte – Ians Hand.

»Als sie klein war und gerade erst lernte, ihre Magie zu gebrauchen, hat sie uns immer diese Streiche gespielt«, erzählte Ian, ohne seine Schwester, die allein ganz vorn im Raum stand, aus den Augen zu lassen. »Sie nannte das ihre Spaßbomben. Lara erzeugte kleine Taschen aus Magie, die ausgelöst wurden, wenn man zum Beispiel eine Tür öffnete. Wenn die Bombe losging, regnete Glitzer oder Federn oder etwas ähnlich Albernes auf einen herab, und dann kicherte sie wie eine kleine Hexe. Ich habe sie immer absichtlich ausgelöst, nur um sie so lachen zu hören.

Aber die beste … Dad gab eine Dinnerparty. Sehr vornehm, die Oberhäupter der Häuser und so weiter. Lara hatte nur ›Party‹ gehört und verstand nicht, warum sie nicht auch dabei sein durfte. Also bastelte sie eine Spaßbombe voller kleiner Frösche – wie, weiß ich bis heute nicht. Die ließ sie platzen, als Dad sich auf seinen Stuhl setzte, und dann hüpften überall Frösche rum – auf die Teller, in die Wassergläser, den Leuten auf den Schoß …«

Sydney entwich der Beginn eines Lachens und biss sich fest in die Wange, um den Rest zurückzuhalten. »Ich glaube, ich könnte deine Schwester mögen.«

»Ich glaube, du würdest sie mögen«, sagte Ian.

Das Duell begann.

Zunächst schien es, als stünde Lara einfach nur da. So etwas kam vor: Manchmal begriff ein Magier erst dann, wie ernst ein Duell auf Leben und Tod war, wenn er sich schon mitten darin befand, und erstarrte. Bryce wirkte bereits irgendeinen Zauber – seine Hände und sein Mund bewegten sich und die Luft um ihn herum erbebte. Schließlich schleuderte er Lara irgendetwas Undefinierbares entgegen, wie man einen Softball wirft. Doch Lara hob lediglich eine Hand, um ihn abzuwehren, und tat ansonsten nichts.

Die Leute knurrten – wie hungrige Raubtiere.

Ian spannte sich immer mehr an, bis er förmlich vibrierte, doch Sydney sah weder ihn noch Bryce an, sondern konzentrierte sich ganz auf Laras Hände. »Oh, ich mag deine Schwester wirklich. Ich mag sie sehr«, flüsterte sie.

Ian starrte sie entgeistert an.

»Sieh doch«, sagte Sydney.

Bryce wischte sich mit dem Arm über die Stirn. Danach waren rote Flecken auf seiner Haut und seinem Ärmel. Und als hätte er damit den Einsatz gegeben, tropfte jetzt Blut von seinem Haaransatz, aus seinen Augen, seinen Ohren – immer schneller, bis er überall blutüberströmt und der Boden unter ihm rot war. In nicht einmal einer Minute brach er zusammen. In nicht einmal zwei Minuten war er tot.

Lara zupfte ihre Ärmel herab und verließ wortlos den Raum. Ian schaute ihr hinterher. Erst als er sie nicht mehr sehen konnte, suchte er nach seinem Vater.

Miles Merlin war gar nicht anwesend.

Als Miranda am nächsten Morgen ihr Arbeitszimmer betrat, wartete an ihrem Schreibtisch Sydney auf sie. »Sie brauchen Ihre Schutzzauber nicht zu überprüfen. Ich habe sie deaktiviert, nachdem das Haus mich eingelassen hatte.«

»Das Haus hat Sie *eingelassen.*« Mirandas linke Hand zuckte an ihre Seite.

»Ich habe lieb gefragt und es hat mir sofort die Tür geöffnet.« Sydney zog die Mundwinkel zu einem so strahlenden, unechten Lächeln hoch, dass es wie ein Zerrbild wirkte, und klimperte mit den Wimpern. »Und den Zauber, den Sie gerade beginnen, können Sie sich auch sparen – ich könnte Ihr Herz stillstehen lassen, bevor Sie ihn fertig hätten. Sie haben meine Magie gesehen, also wissen Sie, dass ich nicht übertreibe, und Sie sind klug genug, um zu wissen, wenn ich Sie tot wollte, hätte hier ein Zauber auf Sie gewartet, nicht ich. Also glauben Sie mir doch einfach, dass ich mich bloß zivilisiert mit Ihnen unterhalten möchte, und setzen Sie sich.«

»Ich vermute, es gibt einen Grund für dieses Theater.« Miranda setzte sich mit kerzengeradem Rücken auf einen der Stühle für Gäste und kreuzte die Beine an den Knöcheln. Sie ließ sich Zeit, glättete imaginäre Fältchen in ihrem Rock, wischte unsichtbare Flusen von ihrer Jacke. Schließlich blickte sie hoch in den Spiegel, doch der war enttäuschenderweise leer. Das Haus gab ihr keinerlei Hinweise. Sie würden später darüber sprechen müssen, warum es sie nicht vorgewarnt und – wichtiger noch – warum es Sydney überhaupt eingelassen hatte.

»Ich habe eine Botschaft für Sie und wollte sicherstellen, dass sie ankommt.« Sydney schob den Umschlag mit der Herausforderung über den Tisch.

Miranda rührte ihn nicht an.

»Die Herausforderung war Sharas Befehl. Sie sagte, damit wolle sie mir ermöglichen, Rache zu nehmen, wobei ich noch nie davon gehört habe, dass das Haus der Schatten sich dafür interessiert hätte, ob die Kinder sich an den Eltern rächen könnten, die sie dort zurückgelassen haben. Andererseits sind wir so wenige, dass ich mich auch irren mag. Jedenfalls, da Dad schon tot ist: Hab dich. Mom.«

Alle Farbe war aus Mirandas Gesicht gewichen. Nun war sie ebenso blass wie ihre Seidenbluse. »Ich finde das überhaupt nicht witzig.«

»Fand ich auch nicht, als ich davon erfuhr. Shara sagt einem nicht, welches der Häuser einen weggegeben hat. ›Ihr gehört jetzt alle zum Haus der Schatten. Nur das zählt.‹ Das hat sie denen von uns, die lange genug lebten, um nachzufragen, immer wieder erzählt. Ich glaube, wir sollten uns für etwas Besonderes halten anstatt für etwas, was man einfach weggeworfen hat.

Aber bis ich fortgehen konnte, bis ich das Haus davon überzeugt hatte, dass ich stark genug war, um lebend über die Schwelle zu treten, tja, das hat gedauert. Es gab Prüfungen zu bestehen, Geheimnisse in Erfahrung zu bringen.

Ich habe eine Menge Geheimnisse in Erfahrung gebracht. Dennoch frage ich mich: Lag es daran, dass Grey ein Junge war? Und ihr wart einfach so konservativ, dass ihr dachtet, die Jungs in der Feudalzeit damals hätten recht gehabt mit dem Erstgeburtsrecht? Oder habt ihr einfach eine Münze geworfen, um zu entscheiden, welches eurer Kinder das Haus der Schatten aufreiben durfte, um an seine Magie zu kommen?« Sydney trommelte mit den Fingern auf Mirandas Schreibtisch.

»Du.« In Mirandas Ton stritt Unglaube mit Hoffnung. »Am Leben.«

»Ja. Ich. Am Leben. Tut mir leid, Mom.« Ein rasches, beiläufiges Achselzucken. »Warum hätte das Haus mich sonst einlassen sollen?«

»Was du da andeutest, ist ausgeschlossen.« Den Blick unverwandt auf Sydneys Gesicht gerichtet.

»Ich wundere mich, dass du das zugibst. Ich dachte, Menschen wie ich wären die Märchen, die ihr euch über das Haus der Schatten erzählt, damit ihr euch besser fühlt: ›Aber manche kommen doch wieder raus!‹ Wobei es nur zwei von uns gibt. Verenice und mich. Und es ist ja nicht so, als würden die anderen einen schönen langen Urlaub machen. Aber weißt du, zwei sind mehr als einer, von daher, ja, *manche* von uns kommen da raus.«

»Shara hat es mir versprochen. Ich habe sie angefleht. Ich

habe sie bestochen. Und sie hat mir versprochen, dass sie mir Bescheid gibt, falls meine Tochter da rauskommt«, sagte Miranda.

»Shara sagt vieles, wenn der Tag lang ist. Ich habe gelernt, dass es klüger ist, nichts zu glauben, was nicht schriftlich festgehalten wurde. Das Haus der Schatten liebt seine Kontrakte.« Sydneys Stimme triefte vor Sarkasmus. »Wie gesagt, das Haus hat mich reingelassen, und ja, ich habe es auf die altmodische Art gemacht und ihm mein Blut gegeben. Aber falls das nicht genügt, kann ich jetzt sofort durch Magie beweisen, wer ich bin, wenn du dich damit einverstanden erklärst.«

»Ein Perdita-Zauber?« Miranda wusste nicht, wie es möglich sein sollte, dass das Haus sich geirrt hatte; sie hatte schreckliche Angst davor, dass es recht behalten könnte.

»Scheint mir zweckmäßig.«

»Gut. Ich nehme an, du hast etwas Scharfes zur Hand.«

»Immer.« Sydney sprach ein Wort, das an der Luft zerschellte, und fuhr mit dem Fingernagel über ihren Daumen. Die Haut teilte sich in einer präzisen Linie. Sie drückte drei Blutstropfen auf Mirandas Schreibtischauflage, winkte ihre Mutter zu sich und wiederholte den Vorgang bei ihr. Mirandas Hand zitterte. Sydney sprach einen Vers und Lilienduft erfüllt den Raum.

Das miteinander vermischte Blut färbte sich golden.

Miranda wich einen Schritt zurück, dann noch einen, bis sie gegen ihren Stuhl stieß. Sie setzte sich. »Ich habe sie angefleht, mir Bescheid zu sagen.« Sie schloss die Augen. »Ich werde die Herausforderung nicht annehmen.«

»Doch«, sagte Sydney, »das wirst du. Und du wirst verlangen, dass das Duell bald stattfindet.«

»Ian könnte dich töten.«

»Unwahrscheinlich«, erwiderte Sydney. »Außerdem: Glaubst du wirklich ernsthaft, Shara würde mich weiter frei herumlaufen lassen, wenn ich gegen ihre Wünsche handelte? Ich werde dir diese Frage beantworten, da du über ihren Charakter offenbar nicht richtig im Bilde bist: Das würde sie nicht. Sie würde mich ganz flott entsorgen. Ich bin noch immer an das Haus der Schatten gebunden – tilge noch immer die Zinsen auf die Schuld, zu der ihr mich verdammt habt. Wenn sie also ›Spring‹ sagt, muss ich nicht einmal fragen, wie hoch, denn meine Muskeln spannen sich ganz unwillkürlich an.«

»Dein Vater.« Mirandas Stimme klang, als käme sie von sehr weit her, womöglich sogar aus der Vergangenheit.

»Was?« Ihr Tonfall so scharf wie der Zauber, der das Blut auf Mirandas Schreibtisch hatte tropfen lassen.

»Dein Vater war es, der dich dorthin gebracht hat. Er erzählte mir, du seist tot geboren worden. Ich fand erst beim letzten Umschwung heraus, was er getan hatte.« Zorn, noch immer. »Ich wollte keines meiner Kinder fortgeben. Ich hatte vorgehabt, einen ungewollten Säugling zu finden, um unsere Schuld zu begleichen. Aber dein Vater sagte, bei jemandem vom eigenen Blut bliebe die Magie reiner. Stärker. Er hat das getan.

Dafür habe ich ihn getötet. Bei einem Duell. Ich habe dafür gesorgt, dass ein Zauber fehlging.«

»Das ist ja alles gut und schön, aber letztlich spielt es keine Rolle, wer mich durch diese Tür getragen und dort zurückgelassen hat. Jemand hat es getan. Und du magst ihn getötet haben, damit du dich besser fühlst, aber es ist ja nicht so, als wärest du persönlich ins Haus der Schatten gegangen und hättest mich zurückgefordert, oder?«

Mirandas Blick war Antwort genug.

»Eben. Sie sollte dir Bescheid geben, wenn ich rauskomme, aber du hast nicht mal daran gedacht, mich vorher da rauszuholen. Nicht, wenn du dann für deine Magie leiden musst. Und du benutzt noch immer Schattenmagie – das ganze Haus stinkt danach. Ich habe dich tanzen lassen, wie fast alle verdammten Magier beim ersten Duell. Du würdest nicht dieses, es tut dir leid jenes – Worte sind billig und deine Taten sprechen eine andere Sprache. Vergib mir also, wenn ich mich nicht in deine Arme werfe. Mom.«

»Ich habe dich gerade erst wiedergefunden.« Tränen in Mirandas Augen.

»Und was jetzt? Soll ich jetzt glauben, dass du irgendeine wundersame Verbindung zu mir spürst? Dass du dich mies fühlst, weil ich das alles durchgemacht, das alles erlitten habe? Dass du es jetzt wiedergutmachen willst? Deine ganze Welt ist auf Leiden errichtet – dass ich das überlebt habe, ändert nichts daran.«

»So ist unsere Welt nun einmal«, sagte Miranda. »Das kannst du nicht ändern.«

»Und da irrst du dich. Nimm die Herausforderung an, Miranda. Falls du irgendeine Art von Beziehung zu mir willst: Damit fängt sie an.« Sydney stand auf und verließ das Arbeitszimmer ihrer Mutter.

Wortlos schloss das Haus die Tür hinter Sydney.

Als Sydney fort war, blieb Miranda noch eine Weile in der Stille ihres Arbeitszimmers sitzen. Irgendwann stand sie auf, ging um den Schreibtisch herum und setzte sich auf ihren eigenen Stuhl. Sie warf die Schreibtischauflage in den Papierkorb – das Blut für den Perdita-Zauber hatte sie ruiniert. Sie würde sie ersetzen müssen. Dann rückte sie die Gegenstände auf ihrem Schreibtisch gerade, bis alles wieder genau dort lag, wo es hingehörte.

Sie verzichtete darauf, das Haus zu fragen, warum es sie nicht vorgewarnt hatte, dass Sydney da war.

Stattdessen nahm Miranda ihren Füller und schrieb in ebenmäßiger Handschrift »Angenommen« unter die Herausforderung. In die Zeile für die Wahl der Magie schrieb sie ein weiteres Wort: »Todesmagie«.

Dann holte sie die ruinierte Schreibtischunterlage wieder aus dem Papierkorb. Sie würde benötigt werden, um das Ergebnis des Perdita-Zaubers zu belegen. Miranda griff zum Telefon und rief ihre Anwälte an.

13

»Ich freue mich so, dass Sie Zeit haben, sich heute mit mir zu treffen«, sagte Miles Merlin. »Und danke, dass Sie bereit waren, zu mir nach Hause zu kommen anstatt in den Klub. Was ich Ihnen mitteilen möchte, ist sehr delikater Natur, und ich hielt es wirklich für besser, das hier zu tun, wo wir ungestört sind.«

»Selbstverständlich.« Grey hätte den Magierklub, wo man sie zusammen gesehen hätte, vorgezogen; dennoch war er über die Einladung hocherfreut gewesen. Genau darauf hatte er gewartet: dass jemand seinen Wert als Verbündeter erkannte. Umso schöner, dass es sich dabei um Miles Merlin handelte, den größten Rivalen seiner Mutter.

»Aber bloß, weil wir uns in einer privateren Umgebung befinden, bedeutet das nicht, dass ich Ihnen keinen Drink anbieten kann. Sie sind ein Scotch-Trinker, nicht wahr?« Merlin stellte Gläser auf den Tisch.

»Pur bitte.« Noch geschmeichelter jetzt, da er wusste, dass Merlin sich die Mühe gemacht hatte, seine Trinkgewohnheiten in Erfahrung zu bringen. Dies war der Beginn seiner Rückkehr an seinen angestammten Platz, in den inneren Zirkel der Ungesehenen Welt. Während Grey wartete, sah er sich im Raum um. An den Wänden hingen Monitore, über die Daten und Bilder liefen. Überall passierte etwas, und alles war auf dem neuesten

Stand und high-end. Es sah nach Macht aus – wie der Raum, den er selbst gerne hätte.

»Ganz anders als das Haus Prospero, nicht wahr?«, bemerkte Merlin.

»Ja. Aber das hier – das hier fühlt sich mehr an wie die Zukunft. Ich fühle mich wohler in einem Haus wie diesem.«

»Das habe ich vermutet.« Merlin reichte Grey seinen Scotch. »Ich habe Sie hergebeten, weil ich – nun, zunächst, weil ich Ihr Fortkommen im Umschwung mit großem Interesse verfolge. Wie Sie wissen, hatten mein eigener Sohn und ich eine Meinungsverschiedenheit und sind getrennte Wege gegangen, aber im Gegensatz zu Ihnen hat er sich nicht dafür entschieden, es auf eigene Faust zu versuchen, um selbst ein Haus zu gründen. Mir wäre das lieber gewesen – zumindest hätte ich dann seine Ambitionen respektieren können.« Letzteres eine Nebenbemerkung, ein Geheimnis, wie man es einem Freund anvertrauen würde.

»Als ich Prospero verließ, wusste ich von Anfang an, dass ich darauf hinarbeiten wollte, beim nächsten Umschwung mein eigenes Haus zu gründen«, erwiderte Grey und überging dabei, dass er das Haus Prospero nicht freiwillig verlassen hatte. So klang es, als hätte er eine Wahl gehabt und sich für das ehrgeizigere Ziel entschieden.

»Kein Gedanke an eine Versöhnung mit Miranda also? Wobei ich mir das eigentlich auch nicht vorstellen kann nach dem, was geschehen ist.« Merlin schüttelte den Kopf, das Inbild eines Mannes, der sich an etwas erinnert, was er lieber vergessen würde.

Grey stellte sein Glas ab. »Die Enterbung wurde mit einem Schweigebann belegt.«

»O nein, nein, das meinte ich nicht. Ich bezog mich nicht auf Ihre Handlungen. Ich meinte das, was sie getan hat. Was sie

Ihrem Vater angetan hat.« Und jetzt sah Merlin Grey direkt in die Augen.

»Meinem Vater?« Greys Hand zuckte zu der Schulter, an der ihn die Scherbe des Spiegels, der seinen Vater getötet hatte, verletzt hatte.

»Ja, selbstverständlich. Stimmt«, sagte Merlin dann, »Sie waren ja dort. Ich entschuldige mich dafür, dass ich das Thema angeschnitten habe. Das weckt sicher schlimme Erinnerungen; das wollte ich nicht. Ich sollte lieber schweigen.«

»Wenn sie ihm etwas angetan hat, will ich es wissen.«

»Ich habe selbstverständlich keinen konkreten Beweis, sonst hätte ich offiziell etwas unternommen. Aber Sie und ich, wir sind Männer von Welt. Wir beide verstehen, dass manche Dinge besser nicht offiziell geregelt werden.« Merlin schenkte Grey nach. »Aber wie Sie sich erinnern werden, fand die Party im Hause Prospero statt. Und der Spiegel, nun, ich habe gehört, es sei einer der Spiegel Ihrer Mutter gewesen. Ich weiß nicht, warum sie zuließ, dass etwas, was ihr gehört, in einem Duell benutzt wird. Es sei denn.«

»Es sei denn, sie hätte etwas damit zu tun gehabt.« Greys Miene wurde grimmig. »Es sei denn, sie hätte ihn sabotiert, weil sie den Tod meines Vaters wünschte.« Das warf ein neues Licht auf seine verschwommenen Erinnerungen. Es schien ihm völlig plausibel und die offene Wunde seiner Wut auf Miranda bestärkte ihn darin.

Merlin legte Grey flüchtig die Hand auf die Schulter – auf ebendie Schulter mit der Narbe. »Ich bedauere nur, dass ich Ihnen nicht mehr sagen kann. Dass ich Ihnen nicht dabei helfen kann, das Enterbungsverfahren wiederzueröffnen oder irgendwie zurückzuerlangen, was rechtmäßig Ihnen gehört. Aber da so viel auf dem Spiel steht, konnte ich nicht schweigen – ich weiß, wie es ist, wenn die eigene Familie einen verrät.«

»Ich bin froh, dass Sie es mir gesagt haben.« Grey trank seinen Scotch aus. »Ich bin sein Sohn. Ich muss das wissen. Und Sie haben recht – manche Dinge werden besser nicht offiziell geregelt. Das ist ein zu starres Korsett – zu simpel.«

»Man sollte meinen«, sinnierte Merlin, mehr an sein Glas denn an Grey gerichtet, »dass jemand, der sich in einen früheren Umschwung eingemischt hat, sich gegen dergleichen schützt, aber manchmal, glaube ich, macht der Erfolg die Menschen blind. Sie werden selbstgefällig. Sind sich ihrer selbst zu sicher. Das macht sie anfällig für Fehler. Oder für Überraschungen. Duelle sind so unwägbar – man weiß nie, was beim nächsten Mal geschehen wird.«

»Es ist Umschwung«, sagte Grey. »Fehler passieren.«

Merlins Blick wurde so scharf wie der eines Habichts. »Allerdings. Doch falls es etwas gibt, was ich tun kann, offiziell, meine ich, zögern Sie nicht, mich zu fragen. Sie sind Ian vom Alter her so nahe – ich habe das Gefühl, wenn ich Ihnen helfen könnte, nun ja, dann wäre das fast, als würde ich ihm helfen. Zudem habe ich ein ureigenes Interesse daran, dass diejenigen, die den Umschwung überstehen – entweder um eigene Häuser zu gründen oder als Erben bereits etablierter Häuser –, wirklich das Beste der Ungesehenen Welt repräsentieren. Magie sollte denen vorbehalten sein, die sie verdienen.

Werde ich Sie bei Prosperos nächstem Duell sehen?«

»Wissen Sie«, sagte Grey, »ich hatte ohnehin vor, hinzugehen, um Laurent moralisch zu unterstützen. Aber jetzt, glaube ich, ist meine Anwesenheit dort noch wichtiger. Wobei: Wird das nicht schwer sein für Sie, da Ian das Haus Prospero repräsentiert?«

»Bei Duellen ist es, wie gesagt, so, dass man niemals weiß, was geschehen wird«, erwiderte Miles. »Und falls wirklich etwas schiefgeht – wir haben ja ohnehin so viele Probleme mit der Magie, dass das durchaus möglich wäre –, weiß man nie, was passieren oder wen es treffen könnte.«

»Das«, sagte Grey, »ist eine sehr treffende Beobachtung. »Danke nochmals, dass Sie sich mit mir getroffen haben.«

»Gern geschehen. Ich fand unsere Unterhaltung sehr konstruktiv.«

Grey hielt sich nicht mit Small Talk auf. Er wählte das erstbeste Mädchen, das allein in der Bar saß, ließ einen Zauber in ihr Getränk fallen und hatte sie innerhalb von fünf Minuten nach draußen gelotst.

Für Umsicht war keine Zeit, nicht jetzt. Er benötigte mehr Magie. Das Beauchamps-Prospero-Duell fand in zwei Tagen statt und er hatte Pläne für diesen Abend.

Er schubste das Mädchen um die Ecke in eine Gasse und sie stolperte. Als sie stürzte, zerrte er sie einfach durch faulende Abfälle und Schneematsch hinter einen Müllcontainer. Der Gestank dort war unerträglich, doch dadurch war auch die Wahrscheinlichkeit einer Störung geringer.

Sie wehrte sich nicht. Lag einfach da, die Augen vor Entsetzen weit aufgerissen, während er ihr die Knochen aus der Hand rupfte. Vermutlich war sein Zauber zu stark gewesen, wobei das so oder so keine Rolle spielte. Er wollte sie ja schließlich nicht wieder wecken, wenn er hier fertig war.

Der letzte Knochen löste sich mit einem Schmatzen und einer Blutfontäne. Er steckte ihn zu den anderen in die Tasche und sprach dann die Worte, die ihr den Atem rauben würden. Sie würde ganz still dahingehen und er wäre längst auf und davon.

Er hatte Magie vorzubereiten. Und ein Haus zurückzuerobern.

»Die Herausforderung zu erhalten war schlimm genug«, klagte Ian, während er in Verenice' Bibliothek auf und ab lief. »Aber Sydney will nicht einmal mit mir reden. Überhaupt nicht. Ich habe ihr getextet, sie angerufen, ihr E-Mails geschrieben, aber nichts. Keine Antwort. Und hier geht es nicht darum, wer den besseren Zauber hat. Es ist ein Duell auf Leben und Tod. Einer von uns stirbt am Ende. Ich habe keine Ahnung, wie ich damit umgehen soll.«

»Ich weiß nicht recht, warum du mich um Rat fragst«, sagte Verenice. »Mir scheint, du hast zwei Möglichkeiten: Entweder du duellierst dich, und zwar in der Absicht zu siegen, denn ich bin mir sicher, genau das tut auch Sydney. Oder du gibst auf.«

Er lief weiter auf und ab, ein Pendel, das wild durch den Raum schwang. »Das kann doch nicht alles sein. Ich habe das Gefühl, da steckt etwas dahinter. Als ginge es bei dieser Herausforderung noch um etwas anderes, etwas Geheimes. Und das würde ich wirklich gern erfahren, weil ich nämlich einer von denen bin, die deswegen vielleicht sterben müssen.«

»Und selbst wenn – inwiefern ändert das etwas an dem, was du tun musst?«, fragte Verenice. »Du hast einen Vertrag mit Miranda Prospero geschlossen. Du hast zugestimmt, als ihr Champion zu kämpfen, in dem Wissen, dass der Umschwung immer mit tödlichen Duellen endet, in dem Wissen, dass du, wenn du so weit kommst, dein Leben für dieses Haus riskieren würdest – dass du töten würdest. Es mag dir nicht gefallen, dass du gegen Sydney antreten musst, aber es kann keine große Überraschung gewesen sein.«

»Rational war mir natürlich klar, dass das möglich ist.« Er ließ sich in einen Sessel fallen und vergrub den Kopf in den Händen. »Aber dazu sollte es doch nicht kommen.«

»Sollte?« Verenice stellte ihre Teetasse ab. »Als ich das letzte Mal nachgesehen habe, warst du ein Erwachsener mit einem gewissen Verständnis davon, wie die Welt funktioniert. Wenn du jetzt nicht auch noch zum Orakel geworden bist, glaube ich nicht, dass ›sollte‹ dabei eine Rolle spielt.

Falls du damit jedoch meinst, dass du frustriert bist, weil deine Optionen beide schlecht sind, nun, das kann ich verstehen. Aber Tatsache ist, du hast die Wahl. Wenn du sichergehen willst, dass ihr das Ganze beide überlebt, dann gib auf und befasse dich hinterher mit Miranda. Ich nehme an, du hast ihr von deinem Dilemma erzählt, und es hat sie nicht tangiert, dass du gelegentlich mit deiner Gegnerin schläfst?«

Ian zuckte zusammen. »So habe ich es nicht formuliert, aber ja. Sie sagte nur, sie hätte mit Sydney gesprochen, und das Duell würde wie geplant stattfinden.

Ich meine, was zum Teufel soll das? Und warum spricht sie mit Miranda, aber nicht mit mir?«

»Hast du Sydney denn alle deine Geheimnisse erzählt? Weiß sie zum Beispiel über deine Tante Bescheid?«

»Nein.« Das konnte er nicht. Er hatte die Narben an Sydneys Armen gesehen und ihm war klar, die waren noch das Harmloseste daran. Ian wusste nicht, wie er ihr in die Augen sehen und ihr erzählen sollte, dass Shara seine Tante war.

»Dann kannst du ihr wohl kaum vorwerfen, wenn auch sie etwas für sich behält. Wie gesagt, du hast trotzdem die Wahl. Auch wenn sie dir nicht gefällt. Falls du aufgibst und man befindet, dass der Grund nicht unmittelbar etwas mit den Bedingungen der Herausforderung zu tun hat, ist das Schlimmste, was dir passieren kann, der Entzug deiner Magie. Und so unschön das wäre, würde ich doch meinen, dass ein Leben ohne Magie dem Tod immer noch vorzuziehen ist. Oder der Ermordung eines Menschen, für den man etwas empfindet.«

»Es würde mir leichter fallen, eine Entscheidung zu treffen – selbst eine schlechte –, wenn ich wüsste, was Sydney da treibt.

Laurent hat gesagt, die Herausforderung sei Sydneys Idee gewesen. Sie muss einen Plan haben, oder?«

»Die Herausforderung war Sydneys Idee?« Tee schwappte in Verenice' Untertasse.

»Sie hat sogar darauf bestanden, sie persönlich zu überbringen.«

Ehe Verenice das Haus der Schatten verlassen hatte, hatte sie erfahren, welches Haus sie fortgegeben hatte. Sie hatte ihren Familiennamen niemals benutzt, sondern einen anderen Nachnamen angenommen. Doch sie war sich sicher, dass auch Sydney wusste, wer sie fortgegeben hatte. Und nun war Verenice sich auch in Bezug auf etwas, was sie bisher nur vermutet hatte, sicher: dass diese Herausforderung auf Befehl des Hauses der Schatten erfolgt war und Shara Sydney aus einem bestimmten Grund gegen Prospero antreten ließ. Und dass es Sydney nicht erlaubt sein würde, aufzugeben oder Gnade walten zu lassen. Und dass sie Miranda vorher hatte wissen lassen wollen, wer sie war.

»Verenice? Sie hat doch einen Plan, oder?«

»Ja«, sagte sie, und ihre Stimme bebte, »ja, das hat sie. Ian, gib auf. Selbst wenn es bedeutet, dass Miranda auf Einhaltung des Vertrags besteht und man dir deine Magie entzieht. Sonst wird Sydney dich töten.«

»Das ist nicht sehr tröstlich.« Er setzte ein Grinsen auf – ein schwacher Versuch, die Stimmung aufzulockern.

»Das sollte es auch nicht sein.«

»Tja, ich muss gehen.« Er beugte sich über sie und küsste sie auf die Wange. »Danke, Verenice.«

Sie schloss die Tür hinter ihm. »Auf Wiedersehen.«

Sydney stand auf ihrem Balkon und betrachtete den Sonnenuntergang.

Um diese Jahreszeit wurde es früh dunkel – welch eine Veränderung gegenüber den schier endlosen blau-violetten Abenden, die sie erlebt hatte, als sie gerade aus dem Haus der Schatten gekommen war. Es war still oder jedenfalls so still, wie es in einer Großstadt sein konnte – das Hupen der Taxis und das Donnern der U-Bahn nicht mehr als Hintergrundgeräusche.

Magie schlängelte sich durch sie hindurch wie Ranken. Sie konnte sie unter ihrer Haut funkeln sehen.

Mittlerweile hatte sie sich daran gewöhnt, an das durchdringende Grün dieser Magie, daran, wie sie durch sie hindurchtoste, wenn sie nicht achtgab. Es war genug – mehr als genug –, um sie durch das morgige Duell zu bringen. Weiter als bis dahin gestattete sie sich nicht zu denken. Es würde Konsequenzen geben, doch die gab es ohnehin immer.

Ian hatte wieder und wieder versucht, mit ihr zu reden. Sie hatte unzählige unbeantwortete Nachrichten in ihrem Telefon. Doch mit ihm zu reden würde nichts ändern, daher ließ sie es bleiben. Das Haus der Schatten hatte ihr einen Auftrag erteilt und sie würde ihn ausführen.

Sie wollte Ian nicht töten. Sie würde ihn töten, falls sie musste.

Es stand mehr auf dem Spiel als bloß das, was sie wollte.

Zu ihren Füßen weinten die ausgefransten Ränder ihres Schattens.

Einstweilen war sie hier: im Freien, auf ihrem eigenen Terrain, über der Stadt, unter den Sternen. Sie würde den morgigen Abend überstehen. Und alles, was danach kam.

14

Harper leuchtete mit der Kerze auf das Blatt: PROSPERO, MIRANDA. IN DER SACHE ~~PROSPERO~~, GREY. Das war sie, die Enterbung. Wenn sie nicht so erschöpft gewesen wäre, nachdem sie seit zwei Wochen täglich zwölf Stunden im Archiv verbracht hatte, hätte sie jetzt einen Freudentanz aufgeführt. Madison hatte ihr einen Zauber besorgt, der ihr dabei half, die Akten zu sortieren, aber er war sehr grob: Wenn die Akte mit dem Haus Prospero zu tun hatte, brannte die Kerze blau und bei allem anderen rot. Was ja schön und gut war, bloß dass es zu Prospero *eine Menge* Akten gab – es war eines der ältesten Häuser. Und die Kerze unterschied nicht zwischen einer hundert Jahre alten Vereinbarung wegen verschwundener Kutschpferde und Akten, in denen es tatsächlich um Miranda ging. Es waren zwei lange Wochen voller Kopfschmerzen gewesen. Dennoch nahm sie sich nun die Zeit, zu grinsen und triumphierend die Faust in die Luft zu recken.

Offenbar war Grey wegen »(versuchter) unschicklicher Aneignung von Magie« enterbt worden. Harper verzog den Mund. Auf so etwas war sie hier bisher noch nicht gestoßen, und sie hatte schon einiges Merkwürdige gesehen, seit sie begonnen hatte, sich durchs Archiv zu wühlen – »unschickliches Wiedererscheinen« war bisher ihr Favorit gewesen. Aber dies klang bloß, als hätte sich jemand etwas ausgedacht, was offiziell klingen sollte.

Auf den ersten Seiten der Akte waren die rechtlichen Folgen seiner Enterbung im Einzelnen aufgeführt. Das Haus Prospero selbst sowie seine Angehörigen würde ihn nicht mehr anerkennen; er war nicht mehr der Erbe von Mirandas Gütern oder Vermögen, beweglich oder unbeweglich.

Und dann wurde deutlich, was er tatsächlich getan hatte.

Es war kein Polizeibericht – Fotos vom Opfer gab es keine und dafür war Harper zutiefst dankbar. Doch es gab eine Schilderung. In einer so kalten, unbeteiligten Sprache, dass sie die Passage zweimal las, damit ihr auch wirklich nichts entging.

Grey Prospero war enterbt worden, weil er versucht hatte, seine Freundin um ihrer Magie willen zu ermorden.

Nicht Rose. Eine andere Frau. Grace Valentine.

Nicht Rose. Doch unter so ähnlichen Umständen, dass sie es hätte gewesen sein können.

Harper wusste nicht, ob es gut oder schlecht war, zu wissen, dass noch eine Frau auf diese Weise verletzt worden war. So wie Rose verletzt worden war – so wie Harper es auch über andere Frauen gehört hatte. All die kleinen Details, die so gut passten, dass Harper das Bild, welches sie seit zwei Jahren zu verdrängen versuchte, lebhaft vor sich sah. Das Bild eines Mannes, der sich, das Gesicht im Schatten, über ihre Freundin beugte und ihr in die Hände schnitt. Auch Grace' Hände waren zerschnitten worden, doch sie hatte Grey abgewehrt und war entkommen, bevor er die Sache beenden konnte.

Harper entfuhr ein Schluchzen, das von den Wänden des Archivs widerhallte.

Sie drückte sich die Handballen auf die Augen, um die Tränen zurückzuhalten. Atmete stockend ein. »Deswegen bist du doch hier, weißt du noch? Das wird Rose helfen.« Ihre Stimme war zittrig und dünn, doch nachdem sie es ausgesprochen hatte, ging es ihr gleich besser.

Sie las weiter. Nirgendwo stand, was nach dem Enterbungsverfahren aus der Frau, aus Grace, geworden war. Harper fragte sich, ob es wohl möglich wäre, sie zu finden – um mit ihr zu reden.

Dann las sie einige Schlüsselparagrafen aus der Enterbungsurkunde laut, um den Bannzauber zu testen. Keinerlei Magie würgte ihre Worte ab und als sie die Akte in ihre Kuriertasche steckte, um sie mit nach unten zu nehmen, geschah auch nichts.

Sie ging direkt in Madisons Büro und schloss die Tür. »Ich habe die Akte gefunden. Und ich muss Ihnen etwas sagen.«

Sydneys Telefon klingelte. Zugleich erhielt sie eine SMS. Von Madison: *Geh ran. Notfall.*

Sydney nahm das Gespräch an. »Ich bin unterwegs zu einem Duell auf Leben und Tod gegen Ian. Ich hoffe also, dass es wirklich ein Notfall ist.«

»Glaub mir, Sydney, das ist etwas, was du wissen willst. Der blaue Fuchs frisst an Neumond Pies zum Frühstück.«

»Madison, bist du betrunken?«

»Scheiße. Nein. Bin ich nicht. Ich versuche nur, dir von der Sache zu erzählen, die ich für dich nachschauen sollte.« Sie klang frustriert.

Sydney überlegte. »Die Enterbung?«

»Ja. Das Meer überflutet die Zuckerwatte.«

»Der Bannzauber scheint noch zu funktionieren.« Es war beinahe, aber auch nur beinahe, lustig, dachte Sydney.

»Verdammt, ja. Aber Sydney, nichts Gutes wird in einem Haus aus dem Universum.«

Sydney blieb stehen. Kniff sich in den Nasenrücken. »Es ist nicht dasselbe, ob es für mich, persönlich, ein Notfall ist, oder ob es bedeutet, dass ich aufgeben soll, statt mich zu duellieren. Ich vertraue dir, Madison – was von beidem ist es?«

Madison zögerte, und dann atmete sie hörbar aus. »Trag dein Duell aus, Sydney. Gewinne. Dieses Problem ist hinterher immer noch da.«

Sydney legte auf und schaltete ihr Telefon aus.

Madison legte ihrerseits auf und wandte sich Harper zu. »Ich sehe Ihnen an, dass das, was ich gesagt habe, auch in Ihren Ohren wie Unsinn klang.«

Harper machte große Augen. »Das war bizarr. Und es bedeutet wahrscheinlich, dass es auch nichts nützen wird, wenn wir sie herkommen lassen, damit sie sich die Akte selbst ansieht.«

Madison sagte nichts.

»Richtig?«, fragte Harper.

Madison schüttelte den Kopf. »Sorry. Ich mache mir Sorgen. Sie haben recht. Ja – was gerade passiert ist, zeigt, dass der Bannzauber auf Menschen abgestimmt ist, nicht auf Orte. Sie würde die Akte nicht lesen können, wenn sie herkäme, und falls wir die Akte wundersamerweise aus dem Gebäude schmuggeln könnten, würde für Sydney immer noch Unsinn drinstehen.«

»Aber das ist doch gut, oder? Ich meine, jetzt nicht an und für sich, aber dass wir das wissen.«

»Schon. Ich habe bloß … ich habe bloß das grauenvolle Gefühl, dass ich Sydney gerade den falschen Rat gegeben habe.« Sie starrte in die Akte auf ihrem Schreibtisch wie in eine Orakelschale.

»Was hätten Sie denn sonst sagen sollen? Sie konnten ihr ja nun mal wirklich nicht erzählen, was in der Akte steht, und selbst wenn Sie es könnten: Es ist ja nicht so, als würde sie sich heute Abend mit Grey duellieren.« Harper lehnte sich an die Tür.

»Ich weiß. Aber irgendwas ist komisch. Es passt nicht alles zusammen und das gefällt mir nicht.«

»Sie wird aber doch siegen, oder?« Harper dachte an jene wenigen Sekunden Videofilm mit den fliegenden Autos und der Frau, die das anscheinend mühelos zustande gebracht hatte. Sie wollte sich den Magier, der diese Frau schlagen konnte, lieber nicht vorstellen.

»Müsste sie eigentlich«, sagte Madison. »Müsste sie eigentlich. Wie auch immer: Sie sollten nach Hause gehen – es ist schon spät und ganz offensichtlich können wir im Moment nichts tun. Ach, und das war großartige Arbeit, Harper. Vielen Dank.«

»Ich habe es für Rose getan. Ich meine, verstehen Sie mich bitte nicht falsch, ich mag diesen Job, aber ich habe es für sie getan.« Innerlich fühlte sie sich eigenartig ausgelaugt, als wäre das, was sie herausgefunden hatte, noch nicht richtig zu ihr durchgedrungen. Sie würde an diesem Wochenende Rose' Grab besuchen und es ihr erzählen. Kein stichhaltiger Beweis, keine Gerechtigkeit, noch nicht, aber Harper hatte es im Gefühl, dass sie nahe dran war.

»Das verstehe ich«, sagte Madison.

»Wie auch immer, gute Nacht.« Harper ging in ihr Büro, um einige Vorgänge abzuschließen und ihre Sachen zu holen. Es dauerte länger, als sie gedacht hatte. Immer war da noch eine E-Mail zu bearbeiten und ihr Verstand war so träge, als müsste sie durch Schlamm hindurchdenken. Als sie endlich bereit war zu gehen – bereit, nach Hause zu gehen, ein heißes Bad zu nehmen und das weltgrößte Glas Wein zu trinken –, hörte sie Madisons Telefon läuten, und gleich darauf sagte Madison: »O mein Gott!«

Harper ließ ihre Tasche fallen und rannte in Madisons Büro.

Diesmal gab es keine Party. Keinen Schnickschnack. Keinen Champagner, keine Abendgarderobe. Nur Sydney und Ian und zwischen ihnen den Tod.

Selbst jetzt, dachte Ian, wirkte Laurent nervöser als Sydney: unruhig, gestresst, verschlossen. Nicht sein normales gelassenes Selbst. Auch Miranda konnte Ian nicht deuten. Sie hatte geruht, heute zu erscheinen, was sie sonst bei keinem Duell getan hatte, das nicht mit einem gesellschaftlichen Anlass verbunden gewesen war. Wobei das bei diesem Duell in gewisser Weise wohl doch der Fall war, dachte er. Beinahe alle Häuser, Kandidaten wie etablierte, waren durch ihre Oberhäupter, Erben und Champions vertreten. Von wegen Blut gerochen und so. Miranda wirkte besorgt und derart auf Sydney konzentriert, als wäre sie selbst diejenige, die gegen sie antreten musste.

Sydney hingegen wirkte so ruhig wie immer, so, als stünden sie nur deshalb mitten im Raum, um sich die Hände zu schütteln oder Rezepte auszutauschen. Und nicht, um einander Zauber entgegenzuschleudern, bis einer von ihnen tot war. Ihm fehlten die Worte. Er kannte die Worte so vieler Zauber, doch er wusste kein magisches Wort, das ihm geholfen hätte, zu verstehen, was sie da tat.

Sie musste einen Plan haben.

Sein Vater war auch da – natürlich war Miles Merlin da. Ian wusste nicht, worüber Miles sich mehr freuen würde: wenn Prospero verlor oder wenn Sydney verlor, mal abgesehen davon, dass bei einem dieser Szenarien sein eigener Sohn starb. Lara stand mit ausdrucksloser Miene neben ihm. Ian hatte das Gefühl, er sollte etwas zu ihr sagen, doch abgesehen von »Ich versuche, nicht zu sterben« fiel ihm da nichts ein.

Er hatte ihr einen Brief geschrieben, vorsichtshalber. Verenice würde ihn ihr geben, falls. Seinem Vater hatte er nicht geschrieben.

Verenice stand ganz hinten im Raum, außerhalb des Gedränges, und beobachtete Sydney.

Dann stolperte Grey Prospero herein, sichtlich schlechter

Laune und womöglich betrunken. Er steuerte auf Miranda zu, doch Merlin zog ihn beiseite, flüsterte ihm etwas zu und Grey blieb stehen.

Ian fühlte sich losgelöst von den Leuten und seiner Umgebung, als schaute er sich durch ein Fenster einen Film an. Dieser Raum war so gewöhnlich.

Er wollte heute nicht unbedingt sterben. Sydney töten wollte er auch nicht.

Er wusste, was er zu tun hatte.

Die Uhr schlug die volle Stunde. Das Duell begann.

Sydney öffnete die Hand und Macht schoss wie ein Messer von ihr zu Ian.

Er stolperte rückwärts, schrie ein Wort, das die Luft kräuselte, und hob die Hand, um sich zu schützen, während er stürzte.

Eine rote Linie erschien auf seiner Hand, und Blut lief ihm den Arm hinab. »Sydney!«

»Tut mir leid. Hast du nicht mitbekommen, dass wir anfangen sollen?« Sie rollte Schatten zu Schnecken und ließ sie loskriechen. Die Schattenschnecken krabbelten an Ians Beinen hinauf und hielten ihn am Boden fest, als er versuchte, aufzustehen. »Oder hattest du einfach vor, dich nicht zu wehren?«

Hinter Sydney explodierte ein Fenster und Glasscherben flogen durch die Luft wie der Tod in Einzelteilen. Sie sah nicht einmal hin, hob bloß eine Hand. Die Scherben hielten in der Luft an, als hätten sie es sich anders überlegt. Dann verwandelten sie sich in Schneeflocken, die zu Boden segelten.

»Ian, gib dir mehr Mühe.« Ihr Gesicht war ein schrecklicher Anblick.

Ian beugte die Finger in so gewaltsamen Winkeln, dass sie

aussahen, als würden sie gleich brechen. Dann sprach er einen Satz, der ihm den Rachen versengte, Blut über seine Lippen spritzen und einen Drachen aus Feuer in die Luft steigen ließ.

»Danke. Das war ja, als wolltest du es nicht einmal versuchen.« Sydney hob die Hände und der Raum verfinsterte sich. Schatten krochen aus den Ecken, wuchsen, stiegen in die Luft und verdichteten sich. Die Schatten trugen Schrecken in sich. Während sie sich ausdehnten, spürte Ian, wie sich sein Herz verfinsterte, wie er sich immer einsamer fühlte. Der kleine Teil von ihm, der nicht darauf konzentriert war, seinen Zauber zu steuern, hörte irgendwo im Raum jemanden weinen. Nun nahmen die Schatten eine Gestalt an – das Negativ von Ians Drachen. Dieser Schattendrache öffnete seinen Rachen unmöglich weit und begann, Ians Feuerdrachen zu verschlingen.

Irgendwo im Raum ein Handgemenge. Ein Ausbruch von Magie, die nicht von einem von ihnen stammte – ein Zauber, der nicht hätte gewirkt werden dürfen. »Sydney!«, schrie Ian.

»Hab ihn!«

Er spürte, wie der Schrecken ihn losließ, während er zugleich seinen eigenen Zauber entließ. Spürte einen Schutzzauber über sich hinwegspülen wie eine Flutwelle und warf ihm seinen eigenen hinterher.

Der Drache, nunmehr ein vereintes Ding aus Feuer und Schatten, stürzte auf die versammelten Magier zu. Er brannte aus und verschwand noch im Fallen, und die Magie löste sich von ihm.

Während die Flammen erloschen, die Schatten sich verflüchtigten, zeigte sich, dass die Schutzzauber, die Ian und Sydney gewirkt hatten, beinahe genügt hatten. Fast alle im Raum waren unversehrt.

Nur Miranda Prospero lag reglos am Boden.

Sydney sprach in das entsetzte Schweigen hinein. »Haus Beauchamps gibt auf.«

Chaos brach aus.

»Was war das, verdammt noch mal?!«, fragte Ian und zog Sydney von der Menge weg.

»Du wirst deine Hand von meinem Arm nehmen und deine Frage neu formulieren müssen, Ian, sonst werden wir unser Duell inoffiziell fortsetzen. Und falls es dir nicht aufgefallen sein sollte: Ich war dabei, zu gewinnen.« Sie bebte vor Zorn.

»Es ist mir aufgefallen. Mir ist sehr wohl aufgefallen, dass du tatsächlich versucht hast, mich zu töten.«

»Ich weiß nicht, inwiefern dich das überrascht, angesichts der schriftlichen Herausforderung und so. Und selbst wenn das irgendwie überraschend gekommen wäre – du hast dich gewehrt. Allerdings kläglich.«

»Im Ernst?« Er starrte sie an. »Bist du jetzt wütend darüber, dass ich mich gewehrt habe, oder darüber, dass ich deinen hohen Maßstäben nicht gerecht geworden bin?« Er wandte sich von ihr ab, dann fauchte er: »Du hättest aufgeben können.«

»*Du* hättest aufgeben können. Ich konnte das nicht. Und bevor du dich jetzt aufs hohe Ross schwingst, Ian, sieh her.« Sie hob ihren Schatten und zeigte ihm die ausgefransten Ränder. »Das Haus der Schatten besitzt mich. Es *besitzt* mich.«

Entsetzen in seinem Blick. »Sydney, nein.«

»Hat Verenice dir diesen Teil nicht erzählt? Ich kann es ihr nicht verdenken – es ist irgendwie noch schlimmer, als überhaupt erst dorthin geschickt worden zu sein. Das Haus der Schatten besitzt mich, genauso wie meine Magie, und es hat mir befohlen, dieses Duell auszutragen, und ja, hätte ich mich geweigert, hätte es mich zwingen können. Es ist schlimm genug, dass ich am Ende aufgegeben habe.« Sie erschauerte.

»Und du bist nicht auf den Gedanken gekommen, mir davon zu erzählen? Dass du keine Wahl hattest, dass jemand dich zwingt? Ich habe versucht, mit dir zu reden, Sydney, um einen Ausweg zu finden. Ich habe es *versucht.*«

»Nein, ich bin nicht auf den Gedanken gekommen. Ich meine, was hätte ich denn sagen sollen? Gib deine Magie auf, damit ich dich nicht töten muss? Es ist mein Leben, mein Problem. Außerdem, was hättest du denn gemacht, wenn ich mit dir geredet hätte?«

»Ich hätte gleich zu Beginn aufgegeben.«

»Ach ja?« Ihr Zorn war verraucht; nun klang sie nur noch erschöpft. »Hättest du das wirklich getan? Und zugelassen, dass man dir deine Magie nimmt? Oder hättest du genau das getan, was du jetzt auch getan hast – ein paar zweitklassige Verteidigungszauber zu wirken in der Hoffnung, dass einer davon zufällig trifft, damit du dir einreden kannst, es sei Selbstverteidigung gewesen? Denn Verenice hat dir garantiert gesagt, dass ich dich töten würde, deshalb ist mir nicht klar, wieso es jetzt so wichtig ist, warum ich diese Entscheidung getroffen habe.«

Sie beobachtete, wie sich Beschämung in seinem Gesicht abzeichnete. »Das habe ich mir gedacht. Das eine – das *Einzige* –, worum ich dich hätte bitten können, was mir wirklich geholfen hätte, wäre gewesen, für mich zu sterben. Von daher, nein, es tut mir nicht leid, dass ich deine Nachrichten nicht beantwortet habe.«

Er fuhr sich durch die Haare. »Na schön. Na schön. Nur – hättest du mich wirklich getötet?«

Sie trat ganz dicht zu ihm, legte ihm die Hand in den Nacken und sah ihm in die Augen. »Ian. Du kennst die Antwort schon.«

Und weil er die Antwort tatsächlich kannte, weil er wusste,

wenn er die Augen schlösse, würde er nur wieder den Schrecken spüren, den die von ihr heraufbeschworenen Schatten in ihm geweckt hatten, fragte er nicht noch einmal nach.

Ein drückendes Schweigen trat ein. Mit einem Mal sah Ian Sydney über die Schulter. »Tut mir leid, das ist eine private Unterhaltung.«

»Verzeihen Sie die Störung. Ich heiße Madison Prospero und bin im Namen von Wellington & Ketchum hier. Ich muss dringend mit Sydney sprechen. Sofort.«

»Tja, das wirkt ja sehr offiziell«, sagte Sydney und ließ sich nicht anmerken, dass sie diese Juristin kannte. Madison wirkte steif und förmlich. Wahrscheinlich besorgt.

»Das ist es auch. Infolge der Ereignisse dieses Abends hat Miranda Prospero keinen Zugang zu ihrer Magie mehr. Die Gesetze der Ungesehenen Welt erlauben nicht, dass sie unter diesen Umständen ein Haus führt. Das Erbfolgeverfahren für das Haus Prospero wurde in Gang gesetzt.«

Sie reichte Sydney ein Bündel magisch versiegelter Papiere. »Dies ist Mirandas letztes Testament, in dem sie Sie zur Erbin des Hauses Prospero einsetzt. Da ist auch eine eidesstattliche Erklärung über das Ergebnis des Perdita-Zaubers, der beweist, dass Sie ihre leibliche Tochter sind. Das ist jetzt sicher alles ein bisschen viel auf einmal, aber wir sind im Umschwung und können deshalb nicht lange auf eine Antwort warten. Würden Sie bitte mit mir in die Kanzlei kommen?«

»Ja«, sagte Sydney.

»Sydney?« Ian trat einen Schritt zurück. »Du bist eine Prospero?«

»Nein«, sagte sie. »Ich gehöre zum Haus der Schatten. Aber ich bin eine aus dem Haus der Schatten, die weiß, wer sie fortgegeben hat.«

Unterwegs zum wartenden Auto schwieg Madison. Auch während sie und Sydney einstiegen, schwieg sie. Erst als der Wagen anfuhr, drückte sie den Knopf, der die Trennscheibe zum Chauffeur hochfahren ließ, und sagte: »Gib mir einen Dollar.«

»Einen Dollar?« Sydney war sichtlich verwirrt.

»Ja. Tu's einfach.«

Skeptisch behielt Sydney Madison im Auge, während sie in ihre Handtasche griff. »Ich habe nur fünf. Geht das …«

Madison pflückte ihr den Geldschein aus der Hand. »Damit habe ich einen Vorschuss erhalten. Wenn ich dich jetzt also frage, was du verdammt noch mal gewusst hast und seit wann, also nur zum Beispiel, dann kannst du es mir sagen, und es fällt unter die anwaltliche Schweigepflicht.«

»Ich wusste schon, bevor ich das Haus der Schatten verließ, dass Miranda und Christopher Prospero meine leiblichen Eltern sind. Und da ich außerdem weiß, dass du nicht blöd bist und genau aufgepasst hast, als ich dich nach diesen Vererbungsgeschichten gefragt habe, weiß ich auch, dass du nicht deswegen sauer auf mich bist.«

»Stimmt. Hast du gewusst, was heute Abend passieren würde?« Madisons Ton war völlig ausdruckslos.

Sydney setzte sich so hin, dass sie Madison in die Augen sehen konnte. Sie vollführte eine kleine Geste mit Zeige- und Ringfinder der rechten Hand und Stille hüllte sie ein – das Brummen des Motors, das Geräusch der Räder auf dem nassen Asphalt: alles fort. Zu hören war nur Madisons Atem, der nicht ganz so ruhig war, wie sie es sich gewünscht hätte. »Meinst du damit, ob ich versucht habe, Miranda zu töten, oder ihr, als das nicht funktioniert hat, ihre Magie genommen habe, damit ich ihr Haus erben kann?«

»Ja.«

»Das habe ich nicht getan. Möglicherweise hätte ich eins von beidem irgendwann später getan. Wenn du willst, dass ich die Karten auf den Tisch lege, Madison, dann lass uns mit der Schwarzen Dame anfangen und es klipp und klar sagen: Ich habe kein Problem mit dem, was heute Abend passiert ist, es tut mir nicht leid und genauso wäre es, wenn derjenige, der sich da in unser Duell gemischt hat, es geschafft hätte, sie zu töten. Aber ich war es nicht und ich werde jeden Eid darauf schwören, den du von mir verlangst, dass es während des Duells heute Abend eine magische Einmischung gab und diese Einmischung Mirandas Magieverlust verursacht hat. Ian und ich haben beide gespürt, wie ein Dritter einen Zauber gewirkt hat, aber wir waren zu sehr damit beschäftigt, ihn halbwegs sicher abzuwehren und die Zuschauer zu schützen, um mitzubekommen, wer oder wie.«

Wieder Schweigen. Dann: »Okay.« Kurzes Zögern. »Jemand hat sich eingemischt?«

»Ja. Vermutlich mehr als einer – bevor der Zauber gewirkt wurde, kam ein bisschen Unruhe unter den Zuschauern auf. Noch einmal: Ich hatte anderes im Kopf und habe nicht weiter darauf geachtet, aber es war so laut, dass ich es hören konnte, was bedeutet, dass andere Magier es auch gehört haben müssten. Ich habe die Magie, die den Zauber unterbrochen hat, nicht erkannt, also war es niemand, mit dem ich mich schon duelliert habe. Wer es auch war: Sie haben versucht, Ians und meine Magie umzuleiten. Ich bin mir ziemlich sicher, dass es tödlich sein sollte – sie haben nicht versucht, etwas an dem zu ändern, was wir gezaubert hatten, sondern wollten es nur umlenken. Und – in diesem Punkt bin ich mir zwar nicht ganz so sicher, aber ich glaube, Miranda war das beabsichtigte Ziel.«

»Würdest du die Magie wiedererkennen?«, fragte Madison.

»Ja.«

»Gut. Du wirst das alles beschwören müssen. Ich lasse jemanden zu uns in die Kanzlei kommen – Syd, deine Hände!«

Sydney sah auf ihre Hände. Ihre Nagelbetten waren blutüberströmt. Rote Tropfen fielen von ihren Fingerspitzen auf ihre Hose und den Rücksitz. Also schlug er bereits zu, der Rückstoß der Magie, der sich anfühlte wie ein Messer in ihren Gelenken. »Die Nachwirkungen der Magie. Es gibt immer Konsequenzen.«

»Das passiert *immer*?«

»Zumindest so etwas Ähnliches. Je größer der Zauber …« Sie brach ab, öffnete das Fenster, streckte den Kopf hinaus und übergab sich. »… desto schlimmer. Würdest du den Fahrer bitten, mich nach Hause zu bringen?« Sydney lehnte sich zurück und schloss die Augen.

»Ja. Natürlich, Sydney. Kann ich sonst noch etwas für dich tun?«

»Was war der Notfall? Vorhin.«

»Das ist doch jetzt egal.«

»Okay.« Während die Nachwehen der Magie ihren Körper beutelten, schloss Sydney die Augen und schlief ein.

Als Ian erwachte, duftete es nach frischem Kaffee und gebratenem Bacon. Das kam unerwartet, denn er lebte allein. Behutsam stand er auf und tappte in die Küche.

»Du musst unbedingt Lebensmittel einkaufen«, sagte Lara.

»Tut mir leid. Ich war ein wenig von meinem womöglich bevorstehenden Tod in Anspruch genommen. Der bedeutet hätte, dass ich kein Essen mehr benötige. Wenn ich allerdings gewusst hätte, dass du mich besuchen willst … Wie bist du hier reingekommen?«

Sie trug zwei Teller mit Bacon, Eiern und Hash Browns zum Tisch. »Ich bin gestern Abend vorbeigekommen. Nach dem

Duell. Ich habe schon in der Lobby gewartet, als du eintrafst. Es ging dir … nicht gut.«

»Die Konsequenzen der Magie«, sagte er zwischen zwei Bissen Kartoffelpuffer. »Schlimmer noch durch das, was während des Duells passiert ist.«

»Genau deshalb bin ich übrigens hier«, sagte sie. »Du musst erfahren, was passiert ist.«

»Ich nehme an, du meinst den Teil am Ende mit Miranda, denn alles andere habe ich so weit mitbekommen.«

Sie nickte. »Es war Dad. Er hat sie geschubst. Nicht mit Magie. Mit den Händen. Schlimm also.«

Ian legte die Gabel hin. »Ja, nennen wir es für den Anfang so.«

»Aber ich glaube nicht, dass er derjenige war, der den Zauber manipuliert hat. Ich glaube, das war Grey. Und ich glaube, Dad hat Miranda geschubst, weil er wusste, was Grey vorhatte. Oder zumindest, dass er irgendetwas vorhatte.«

»Ich sehe schon, es bleibt nicht bei schlimm.«

Lara warf ihm einen scharfen Blick zu.

»Entschuldige. Aber warum sollten die beiden zusammenarbeiten? Grey ist ein Trottel. Aber viel mehr auch nicht«, sagte Ian.

»Stimmt. Aber das Endergebnis ist, dass Dads größte Rivalin ihre Magie eingebüßt hat und das Haus Prospero entweder aufgelöst wird oder an Grey geht …«

»Falsch.« Ian tunkte mit einer Scheibe Bacon Eigelb auf. »Sydney war eine Prospero. Bevor sie zum Haus der Schatten gehörte. Ich war dabei, als die Anwältin vorbeikam.«

»Ach du Scheiße«, sagte Lara.

»Kann man so sagen.«

»Ian, das Komische ist … das Allerkomischste daran ist … Dad hat sie geschubst. Mit den Händen, nicht magisch. Es wäre mir gar nicht aufgefallen, wenn ich nicht neben ihm gestanden hätte, er muss also gedacht haben, in der Menge sieht das keiner – aber warum nicht Magie benutzen? Es wäre viel leichter zu verbergen gewesen.«

»Wann hast du ihn das letzte Mal zaubern sehen?«

»Das ist schon eine Weile her. Ian, ich glaube, es steht schlimm. Also, richtig schlimm.«

»Inwiefern?« Ian sah auf seinen Teller, als staunte er darüber, dass mit einem Mal kein Essen mehr darauf lag.

»Ich bin in seinen Turm eingebrochen – ich hatte dir geschrieben, dass wir reden müssen, aber du bist beschissen im Beantworten von Nachrichten.«

Er zuckte zusammen. »Tut mir leid.«

»Jedenfalls, der springende Punkt ist, im gesamten Raum ist so gut wie keine Magie. Nicht einmal Rückstände, wie man es erwarten würde, wenn jemand da drin einfache Zauber wirkt. Nur in einem biometrisch verschlossenen Schrank – wohlgemerkt: nicht magisch, sondern biometrisch verschlossen –, nur da drin ist ein bisschen Magie.«

»Ich bin mir nicht sicher, ob ich dir folgen kann. Du weißt doch, wie Dad sein Science-Fiction-Gedöns liebt.« Ian schenkte sich nach und hoffte, dass der Kaffee sein Hirn auf Trab brachte.

»Allerdings, das weiß ich, ich lebe schließlich in diesem Haus. Das ausschließlich mit diesem Science-Fiction-Gedöns betrieben wird. Als ob …«

»Als ob Dad über keine Magie mehr verfügte«, sagte Ian bedächtig und begriff plötzlich. »Deshalb ist das Schloss biometrisch. Er traut sich nicht mehr zu, Schutzzauber aufzuheben.«

Lara nickte. »Ich arbeite an einem Zauber, mit dem ich dieses Schloss knacken kann. Was ich von dir wissen will, ist Folgendes: Falls ich beweisen kann, dass er seine Magie eingebüßt hat, wirst du mich darin unterstützen, ihn als Oberhaupt des Hauses abzusetzen?«

»Ich weiß zwar nicht, inwiefern dir das nutzt, da ich ja offiziell nicht mehr zum Haus gehöre, aber sicher. Alles, was du brauchst.«

»Gut. Jetzt muss ich los. Ich hab zu tun, einen Putsch planen und so.«

»Danke fürs Frühstück.«

»Ich bin froh, dass du nicht tot bist«, sagte Lara. »Und jetzt kauf dir endlich was zu essen, verdammt noch mal!«

15

Madisons Bürotür flog auf und knallte gegen die Wand. »Ms Prospero, es tut mir leid, ich habe ihm gesagt, er muss zuerst einen Termin vereinbaren.«

Grey stand mit zornesrotem Gesicht an der Tür und ihre Sekretärin hinter ihm. Dieser Besuch kam nicht gänzlich unerwartet, doch Madison hatte eigentlich zu einer früheren Uhrzeit mit ihm gerechnet. »Ich kann dir zehn Minuten geben oder du vereinbarst einen Termin.«

»Ich bin jetzt hier, oder?« Grey setzte sich auf den Stuhl für Gäste. »Ich muss wissen, ob der Scheiß, den ich gehört habe, stimmt.«

»Und welcher Scheiß wäre das wohl?«, fragte Madison.

»Dass diese Frau, diese Scheiß-Schattenmagierin, Prospero erbt. Dieses Haus sollte mir gehören.«

»Es stimmt zwar, dass Sydney jetzt das Oberhaupt des Hauses Prospero ist, aber was den zweiten Punkt betrifft, irrst du dich: Du wurdest vor drei Jahren in einem vollständig legalen und geprüften Verfahren enterbt. Womit du dich nach ausführlicher Rechtsberatung einverstanden erklärt hast, was durch deine Unterschrift belegt ist. Diese Kanzlei besitzt, wie du weißt, die Akte zu diesem Vorgang, und ich kann dir das Dokument vorlegen, solltest du dein Gedächtnis auffrischen müssen.«

»Ich weiß genau, was in der Akte steht«, sagte Grey. »Aber

ich müsste trotzdem einen Anspruch haben. Ich bin ein Prospero.«

Madison wünschte, sie wüsste nicht, was in der Akte stand, besonders jetzt, wo er in ihrem Büro saß. »Juristisch ist das nicht der Fall, fürchte ich. Du wurdest enterbt, und die Enterbung wurde nicht aufgehoben. Und selbst wenn Miranda kein neues Testament gemacht hätte – welches ich hier vorliegen habe, bezeugt und mit Blut verbürgt –, würde Sydney als Mirandas Tochter und nächster leiblicher Nachkomme trotzdem erben.«

»Sie lügt. Ich habe keine Schwester.«

»Du hast nicht nur eine Schwester, sondern einen Zwilling. Miranda hat unter Eid ausgesagt, dass sie vor fünfundzwanzig Jahren von einer Tochter entbunden wurde, die übrigens vor dir auf die Welt kam und dann ins Haus der Schatten gebracht wurde. Sie hat auch das Ergebnis eines Perdita-Zaubers beschworen, der Sydneys Abstammung belegt. Das Haus selbst hat sie heute Morgen offiziell anerkannt, vor drei Zeugen aus anderen Häusern. Ich habe eidesstattliche Erklärungen von ihnen, ebenso wie eine uneditierte Videoaufnahme. Du kannst dir das alles gern ansehen.« Madison schob eine Akte und ein Tablet über den Tisch.

Er rührte beides nicht an. »Ich werde das aufheben lassen.«

»Das kannst du gern versuchen. Aber nicht heute. Deine zehn Minuten sind um und ich habe zu arbeiten.«

»Schlampe!« Er knallte die Tür hinter sich zu.

Madison schrieb Sydney eine Nachricht: *Diese zusätzlichen Schutzzauber, die du erwähnt hast? Ich will sie.*

Die Antwort kam postwendend: *Erledigt.*

Der Whiskey schwappte in Greys Glas, während er vor Laurents Fenstern auf und ab ging. »Wusstest du das? Als du sie angeheuert hast?«

»Ich habe dir doch gesagt, ich hatte keine Ahnung, wer sie war. Glaubst du ernsthaft, ich hätte deine verschollene Schwester die ganze Zeit für mich arbeiten lassen, ohne dir davon zu erzählen? Sie war die dritte Magierin, die ich mir angesehen habe, und danach habe ich mir niemand anderen mehr angesehen, weil ihre Magie so stark war. Über Persönliches haben wir nicht gesprochen – damals nicht und jetzt tun wir es auch nicht, weil das ihre Angelegenheit ist und mich nichts angeht. Ich weiß nicht einmal, wo sie wohnt«, erwiderte Laurent.

»Sie ist ein biologischer Unfall – wenn überhaupt –, nicht meine Schwester, und sie lebt jetzt in meinem Haus, richtig?« Grey knallte das Glas auf die Arbeitsfläche, ohne darauf zu achten, dass der Whiskey überschwappte.

»Ich verstehe nicht, warum du dich so aufregst. Du hattest der Enterbung zugestimmt. Du hättest dagegen angehen können. Und Sydney könnte sie rückgängig machen – sie wird einen Erben benennen müssen, wahrscheinlich schon bald, da wir im Umschwung sind.« Was ihm sonst noch durch den Kopf ging, behielt Laurent für sich: dass Grey vielleicht ein wenig Mitleid mit Sydney haben könnte nach allem, was Miranda ihr angetan hatte, was die Ungesehene Welt anscheinend seit Generationen ihren Kindern antat, um sich das Leben leichter zu machen.

»Ich will nicht der Erbe sein. Nicht schon wieder. Das Haus sollte mir gehören. Vielleicht erkennt es sie nicht an. Vielleicht lässt es sie nicht einmal rein. Meine Juristenschlampe von einer Cousine hat gesagt, es hätte sie anerkannt, aber vielleicht hat sie gelogen.« Er stürzte den restlichen Whiskey hinunter.

»Ist das plausibel? Ich meine, hör dir doch mal selbst zu.«

»Ich weiß nur, dass diese Frau aus dem Nichts aufgetaucht ist, und jetzt ist sie das Oberhaupt eines Hauses. Meines Hauses. Man dürfte ihr überhaupt nicht erlauben, zu uns zu gehören, zumal sie aus dem Haus der Schatten kommt. Weißt du, was das für ein Ort ist?« Grey grinste höhnisch.

»Weißt du es?«, fragte Laurent zurück.

»Die Schattenmagie ist verdorben. Sie ist nicht wie unsere Magie. Wer sie benutzt, dem kann man nicht trauen. Außerdem sagt Miles, dass sie die Ursache für das Versagen der Magie ist.«

Laurent wusste, dass er seine nächste Frage bedauern würde, doch er stellte sie trotzdem. »Wie ist das möglich?«

»Weil ihre Magie immer noch da drin sein sollte. Sie hat sie mitgenommen, als sie gegangen ist, und jetzt können wir sie nicht nutzen.« Im Brustton der Überzeugung.

»Das klingt – weißt du was? Egal.« Laurent ging ans andere Ende des Raums und machte dabei einen großen Bogen um den tobenden Grey.

Grey schien das nicht aufzufallen. »Prospero sollte mir gehören und ich werde es ihr abnehmen. Du kannst mir dabei helfen oder du stellst dich mir gefälligst nicht in den Weg.«

Der Aufzug klingelte. Grey drehte sich um. »Erwartest du jemanden?«

»Ja. Dein Taxi. Du bist betrunken und du stehst unter Schock, und du bist seit Jahren mein bester Freund, deshalb will ich dir das alles durchgehen lassen und setze dich einfach nur in ein Taxi. Dann werde ich so tun, als hätte diese Unterhaltung niemals stattgefunden, und vielleicht sind wir dann morgen immer noch Freunde.«

Sanft schob Laurent Grey in den Aufzug und trat zurück, als sich die Tür schloss.

»Du verstehst das nicht«, sagte Grey.

Nein, dachte Laurent, ich verstehe das nicht. Er nahm sein Telefon und schickte Sydney eine Nachricht, um sie vor dem Mann zu warnen, den er für seinen besten Freund gehalten hatte, der aber, da war er sich ziemlich sicher, morgen nicht mehr sein Freund sein würde, morgen nicht und niemals wieder.

Die Rezeption rief in Mirandas Zimmer an. »Eine Verenice Tenebrae möchte Sie sehen, Ma'am.«

Miranda überlegte. »Schicken Sie sie bitte rauf. Ach, und lassen Sie uns einen Imbiss aus der Küche kommen. Sandwichs und Petits Fours.« Es war noch immer ungewohnt für sie, solche Aufträge anderen Menschen anstatt direkt ihrem Haus zu erteilen. Alle ihre Spiegel wirkten merkwürdig leer, wortlos und stumm.

»Vielen Dank, dass Sie bei mir vorbeischauen«, sagte Miranda, als sie Verenice in ihre Suite führte. »Ihr Kleid ist entzückend. Ist das Vintage?«

»Ihre Umgangsformen haben Sie sich bewahrt, wie ich sehe. Ich hoffe, Sie haben auch ein Rückgrat aus Stahl, denn das werden Sie brauchen, nachdem Sie Ihre Magie eingebüßt haben. Sie wissen doch, dass sie nicht zurückkehrt, oder?«, sagte Verenice in sachlichem Ton.

Miranda nickte. »Ich habe gespürt, wie die Verbindung abbrach. Es ist ganz nützlich, die Leute darüber im Ungewissen zu lassen, deshalb habe ich es nicht offiziell bestätigt. Woher wussten Sie es?«

»Wir im Haus der Schatten werden sehr gut darin, Magie zu spüren. Ich wusste es, sobald ich eingetreten war. Sydney weiß es auch, da bin ich sicher.«

»Ja. Es schien mir nicht richtig, es ihr nicht zu sagen, zumal sie jetzt die Verantwortung für das Haus trägt, aber sie wusste ohnehin bereits davon, genau wie Sie.«

Ein Klopfen an der Tür kündigte den Zimmerservice an. Die beiden Frauen saßen schweigend da, während der Kellner das Bestellte servierte. Miranda zeichnete die Rechnung ab, und als sie hochblickte, sah sie, dass Verenice Whiskey aus der Minibar in ihre Teetassen goss. »Ich muss doch sehr bitten.«

»Sie haben Ihre Magie und Ihr Haus verloren. Sie haben Ihre Tochter gefunden, die vermutlich nicht allzu viel mit Ihnen zu tun haben will und im Moment regelmäßig ihr Leben riskiert. Tee ist da nicht das richtige Getränk.« Verenice trank einen Schluck Whiskey aus ihrer Porzellantasse.

Miranda setzte sich mit leerem Blick. Dann nahm sie ihre Tasse und stürzte den Whiskey hinunter.

Verenice schenkte nach.

»Warum besuchen Sie mich?«, fragte Miranda.

»Weil ich mich an eine Unterhaltung erinnert habe, die wir vor Jahren geführt haben, auf der Beerdigung Ihres Mannes. Sie fragten mich nach dem Haus der Schatten, was unter den gegebenen Umständen ein sonderbares Gesprächsthema war, aber dann wollten Sie wissen, ob ich glaubte, dass es noch jemand dort herausschaffen könne. Beim Sichten eines Nachlasses findet man alles Mögliche und da Sie gerade erst zum Oberhaupt des Hauses Prospero geworden waren, tja, da habe ich mir so meine Gedanken gemacht. Und jetzt weiß ich es, deshalb wollte ich sehen, wie es Ihnen geht.

Wie geht es Ihnen, Miranda?«

Miranda verdünnte den Whiskey in ihrer Tasse mit Tee und trank einen Schluck; mit jeder Bewegung gewann sie ihre Beherrschung weiter zurück, als raffte sie einen Schleier um sich. »Ich habe mich natürlich gefreut, dass Sydney noch lebt. Und ich freue mich, dass sie auch jetzt noch lebt. Alles andere wird sich ergeben.«

Verenice war sich sicher, dass da noch mehr war – wie sollte es auch anders sein? Es war ja keineswegs so, als würden Mirandas Probleme sich in Wohlgefallen auflösen. Doch an ihren Worten erkannte sie, dass diese Frau alles gesagt hatte, was sie für den Moment sagen wollte. »Außerdem bin ich hier, weil ansonsten sicher niemand gekommen ist, wie ich die Ungesehene Welt kenne.«

»Ach, ein paar haben es versucht.« Miranda schob die Kanten eines Sandwichs exakt übereinander und platzierte es genau in der Mitte ihres Tellers. »Miles Merlin, um sich daran zu weiden. Die Dees, aus demselben Grund. Der ganze Beerdigungsspaß, bloß mit einer lebenden Hauptperson. Ich wollte keinen von ihnen sehen.

Ich glaube, das ist das Gute daran: Ich muss nie wieder höflich zu irgendeinem miesen Speichellecker sein.« Sie verzog den Mund zu einem angedeuteten Lächeln.

»Wenn Sie mit Höflichsein fertig sind, könnten Sie mir ja sagen, warum Sie mich haben heraufkommen lassen, obwohl ich mich nicht angekündigt hatte«, sagte Verenice.

»Wegen Sydney.« Und nun begann die sorgfältig arrangierte Fassade zu bröckeln. »Weil Sie mir sagen sollen, dass es Sydney gut gehen wird. Dass das, was ihr geschehen ist, dort drin, dass es keine Rolle spielen wird.«

Verenice stellte ihre Tasse ab. »Ich denke, das hängt davon ab, was Sie unter ›gut gehen‹ verstehen. Ich habe beispielsweise noch immer Albträume. Es hat fast ein ganzes Jahr gedauert, bis ich nicht mehr jedes Mal, wenn ich die Augen schloss, das Schreien hörte. Im Haus der Schatten wird viel geschrien.« Ihre Stimme klang distanziert, nachdenklich. »Und natürlich ist sie noch nicht frei. Nicht ganz. Sie ist immer noch an das Haus der Schatten gebunden, so lange, bis sie in seinem Auftrag genügend Magie gewirkt hat und es die Schuld als getilgt betrachtet, die sie angehäuft hat, indem sie dort gelebt hat.«

»Die Schuld?«, fragte Miranda. »Aber sie hatte doch keine Wahl.«

»Das spielt keine Rolle. Man hat uns Magie gelehrt. Hat uns

ausgebildet. Wir bekamen Kost und Logis. Und so schulden wir ihm etwas. Ich nehme an, mit dem Ende des Umschwungs wird sie frei sein – ihre Dienste für das Haus der Schatten im Rahmen des Umschwungs beinhalten viel große Magie in kurzer Zeit. Immer vorausgesetzt natürlich, sie überlebt. Was nicht gesagt ist – neben den normalen Risiken des Umschwungs könnte das Haus der Schatten ihr auch befehlen, zu verlieren.«

»Wie bitte?«, fragte Miranda entsetzt. »Aber dann würde sie sterben. Warum sollte das Haus der Schatten das wollen?«

»Weil es ihm möglicherweise nutzen würde.« Gelassen, unerbittlich. »Und bis wir wahrhaft frei sind, können wir nichts tun, was dem Haus der Schatten nicht nutzt.«

Miranda traten die Tränen in die Augen.

»Sie haben mich gefragt, weil Sie wussten, dass ich nicht lügen würde«, sagte Verenice. »Und es ist unwahrscheinlich, dass Shara sie derart verschwenden würde. Aber nicht unmöglich.

Um auf Ihre ursprüngliche Frage zurückzukommen: Ich habe alles überlebt, was mir aufgetragen wurde, und an den meisten Tagen mag ich mein Leben, von daher kann man wohl sagen, es ›geht mir gut‹. Sie können selbst entscheiden, ob das genügt, um Ihre Schuldgefühle zu lindern.«

»Glauben Sie, Sydney wird ihr Leben mögen?«, fragte Miranda, die Teetasse in der zitternden Hand völlig vergessen.

»Ich glaube, dass ich nicht die richtige Adressatin für diese Frage bin«, entgegnete Verenice sanft.

»Sie will nicht mit mir reden. Nicht richtig. Sie ist wie eine Fremde.«

»Miranda. Können Sie ihr das verdenken?«

Miranda presste die Lippen aufeinander, bis sie weiß wurden. Klappernd stellte sie die Teetasse ab. »Bitte verzeihen Sie, ich möchte jetzt allein sein. Aber ich bin Ihnen zutiefst dankbar für Ihren Besuch.«

»Wenn Sie mögen«, sagte Verenice, »kann ich wiederkommen.«

»Das würde mich freuen. Sehr sogar.«

Sydney erklärte sich einverstanden, ihn zu treffen, doch nur unter der Bedingung, dass sie den Ort auswählen durfte. »Im Metropolitan Museum of Art. Am Tempel von Dendur.«

Schweigen am anderen Ende der Leitung. »Aus irgendeinem bestimmten Grund?«, fragte Ian.

»Er ist schön.«

Als er den Saal betrat, war er erneut beeindruckt davon, wie schön es dort tatsächlich war – die Beschaffenheit des Lichts, das durch die Scheiben hereinfiel, die beruhigende Stille des reflektierenden Wassers, die Anmut und das hohe Alter des Tempels. Er stellte sich neben Sydney an den Rand des Wassers, hielt aber sicherheitshalber ein wenig Abstand zu ihr.

»Ich bin bereit, dich von deinen Verpflichtungen gegenüber dem Haus Prospero zu entbinden«, sagte sie. »Ich hatte noch keine Gelegenheit, mir den Vertrag genauer anzusehen, aber natürlich werde ich dir das Geld, das das Haus dir für deine bisherigen Dienste im Umschwung schuldet, zahlen.«

»Ich habe nicht den Wunsch, von irgendwelchen Verpflichtungen dir gegenüber entbunden zu werden. Außerdem war es keine finanzielle Vereinbarung. Ich diene deinem Haus als Champion in der Hoffnung, dass Prospero am Ende des Umschwungs eine möglichst machtvolle Position hat und die Beziehung der Ungesehenen Welt mit dem Haus der Schatten beenden kann.«

Etwas zuckte über ihr Gesicht, kaum merklich. Ihr Äquivalent eines offen stehenden Mundes. »Verstehe.«

»Weißt du, ich bin sicher, dass das Haus Merlin geholfen hat, das Haus der Schatten zu gründen«, erklärte er.

Sie nickte.

»Aber meine Familie ist nicht nur passiv darin verwickelt. Und das wäre schon schlimm genug. Aber Shara – Shara ist meine Tante.« Seine Hände fuhren zu den Narben an Sydneys Händen und Armen. Sie versteckte sie jetzt nicht mehr, da ohnehin jedermann wusste, wer sie war und woher sie kam, doch seine Scham hätte sie ihm auch durch Stoff hindurch wie durch ein Vergrößerungsglas gezeigt.

»Sie war es, die verlangt hat, dass wir das Haus Prospero herausfordern«, sagte Sydney. »Sie wusste, dass du sein Champion bist. Was sie will – was sie schon immer wollte –, ist Macht. Und zwar nicht nur die Art von Macht, die sie jetzt schon besitzt, über Leben und Tod und Schmerzen und Leiden. Sie will Macht, die jeder sehen kann. Shara findet, da die Ungesehene Welt ohne das Haus der Schatten nicht so funktionieren würde wie bisher, sollte es sie auch anführen. Sie sieht diesen Umschwung als Möglichkeit, das zu erreichen.«

»Da ist noch etwas, was du wissen solltest.« Er ging darüber hinweg, dass seine Tante seinen fast sicheren Tod befohlen hatte. Das war noch die geringste ihrer Untaten. »Lara und ich vermuten beide stark, dass Miles dabei ist, seine Magie einzubüßen, falls das nicht schon passiert ist. Und Lara weiß, dass er zumindest zum Teil die Störung bei unserem Duell verursacht hat.« Dann erklärte er Sydney, was Lara ihm erzählt hatte.

»Ich hatte vermutet, es sei Grey gewesen«, sagte Sydney. »Er hat keinen Zweifel daran gelassen, dass Prospero seiner Meinung nach ihm gehört. Vielleicht hat er gedacht, Miranda sei das Einzige, was ihm im Weg steht.«

»Aber warum sollte Miles ihm helfen?«

»Shara fände das sicher nützlich. Sie könnte einen Handel mit ihm abgeschlossen haben, Magie gegen Macht. Da Miles ebenso wenig wie Grey wusste, wer ich bin, könnte er ihm Prospero versprochen haben, während er eigentlich vorhatte, es im Gegenzug für mehr Magie Shara zu übergeben.«

»Geht das überhaupt?«, fragte Ian. »Ihm mehr Magie zu geben, meine ich.«

»Selbstverständlich. Es wäre nur eine Abänderung des bereits existierenden Zaubers. Man könnte ihn verstärken, die Zahl der Opfer erhöhen, ihnen mehr Magie entziehen – es gibt Mittel und Wege. Es gibt immer einen Weg. Die einzige Grenze ist das, was die Leute bereit sind, für das, was sie wollen, einzutauschen.«

»Ich will das Haus der Schatten zerstört sehen«, erklärte Ian.

»Das Haus Prospero nimmt deine weiteren Dienste gern an.« Sydney legte flüchtig die Hand auf seine. Drei Atemzüge lang, mehr nicht. Gerade lange genug, um zu bekräftigen, was gesagt worden und was ungesagt geblieben war in diesem geschichtsträchtigen Raum.

Shara sang, während sie mit dem Messer über Grace' Speiche ritzte. Kein Text, nur Sharas Stimme, die anstieg und abfiel, kontrapunktisch zum Kratzen des Messers, zum Blut, das vom Arm herabtropfte, in den Boden des Hauses sickerte und verschwand. Es war keine sonderlich wohltuende Melodie.

Der Gesang brach ab. Das Messer tat weiter seine Arbeit.

»Ich könnte dich ausbilden«, sagte Shara.

»Wenn das Haus es so will.« Die erwartete Antwort, von der Grace so wenig abweichen konnte, dass sie genauso aussagekräftig war wie Sharas wortloser Gesang.

»Ich werde Hilfe benötigen.« Shara ließ Grace' linken Unterarm fallen und nahm ihren rechten. Das Messer glitt unmittelbar vor der Ansammlung kleiner Knochen am Handgelenk ins Fleisch. »Es wird mehr Opfer geben, ein stärkeres Haus.«

Grace wurde übel, sie biss sich fest in die Wange und presste die Lippen aufeinander. Sie konnte nicht sprechen, nicht reagieren, hatte nicht die Möglichkeit, ihre Ablehnung herauszuschreien, sich beim bloßen Gedanken daran zu übergeben.

»Hier ist große Macht zu finden.« Shara beendete ihre Arbeit und wischte Grace' Blut von ihrem Messer ab. »Denk über mein Angebot nach. Das wäre dann alles.«

Auf dem Weg zurück zu ihrem Zimmer blieb Grace am Ausgang stehen. Hob die Hände und legte sie beinahe, aber nur beinahe, an die Haustür. Bald, gelobte sie sich. Bald.

16

Sydney saß neben Laurent an dessen Küchentisch. »Wie gesagt: Als du anfingst, Magie zu wirken – also bevor du zur Ungesehenen Welt gehört hast, bevor man dich in die Schule geschickt und verändert hat, was du da tust –, da hast du dich ausschließlich auf deine eigene Macht verlassen, nicht auf das, was aus dem Haus der Schatten kam. Und das bedeutet, du kannst lernen, zu diesem Stand zurückzukehren.«

Laurent trommelte mit den Fingern auf dem Tisch. »Gut. Ich meine, ich würde meine Magie nämlich vermissen, verstehst du? Ich weiß nicht, ob ich überhaupt noch wüsste, wie man ohne Magie lebt. Aber ich werde nicht etwas benutzen, was daraus entsteht, dass Menschen verletzt werden. Das kann ich nicht; ich könnte mir im Spiegel nicht mehr in die Augen sehen.«

Sie nickte. »Als Erstes werde ich dir beibringen, wie man mit den Gewohnheiten bricht, die die Ungesehene Welt dich gelehrt hat. Denk nach – was tust du zuerst, wenn du einen Zauber vorbereitest?«

»Das hängt eigentlich vom Zauber ab. Manchmal muss man die Worte lernen und manchmal baut man Gesten ein, oder es gibt Teile, die man komplett vorbereiten kann …«

Sie fiel ihm ins Wort. »Das meine ich nicht. Ich meine das Allererste – das, was bei allen Zaubern gleich ist.«

»Ach, du meinst den Fokus. Darüber denke ich gar nicht mehr nach. Das ist wie atmen.«

»Ja, genau das habe ich gemeint. Das musst du loswerden. Wie hat man es dich gelehrt?«

Laurent kippelte mit seinem Stuhl nach hinten, die Augen halb geschlossen. »Das versetzt mich zurück in mein erstes Highschooljahr. Ms Elizabeth Dees Unterricht in Elemente der Magie. Ich saß da mit einem Haufen ziemlich kleiner Kinder – ich war ja ein Außenseiter, deshalb habe ich die Grundlagen erst viel später gelernt, als wenn ich hier geboren worden wäre. Es war ärgerlich, denn da hockte ich mit diesen, tja, Kindergartenkindern zusammen, aber es war auch irgendwie cool, weil Ms Dee süß war, und sie hat mir ihre Comics geliehen. Da war diese ganze Reihe über magische Schlüssel ...« Er verstummte.

Sydney wirke höchst amüsiert.

»Um von dieser Abschweifung auf die Straße der Erinnerungen zurückzukehren, bevor ich mich vollends zum Narren mache – sie sagte, es sollte sich anfühlen, als streckte ich die Hand nach einer Verbindung aus. Ich sollte mir vorstellen, dass ich die Hand ausstrecke, und dann würde jemand anderes, jemand Starkes, sie ergreifen. Ich könne so viel Kraft, wie ich wollte, durch diese andere Hand beziehen, solange ich sie festhielte.

Grey hat mich deswegen oft total verarscht, denn ganz am Anfang habe ich immer die linke Hand gespreizt wie ein Tänzer, wenn ich begann, einen Zauber zu wirken.«

»Okay.« Sydney nickte. »Das ist gut. Damit können wir arbeiten. Wir fangen damit an, ein paar Zauber, die keine Handbewegungen erfordern, neu zu erlernen. Steh auf und steck die Hände in die Taschen.«

Laurent gehorchte.

»Such dir einen Zauber aus, der dir leichtfällt und bei dem

nicht die Gefahr besteht, dass du deine Wohnung abfackelst, falls er schiefgeht.«

Laurent nickte. »Levitation. Ich benutze die Orangen in der Schale.«

»Gut. Und jetzt denk nur an den Zauber. Nicht an den Fokus. Streck nicht die Hand nach irgendetwas aus. Und jetzt leg los.«

Sie sah ihn zittern, sah ihn darum ringen, die Hände in den Taschen zu lassen, nicht nach der Magie zu greifen, die ihm niemals hätte gehören sollen.

Laurent sprach die Worte des Zaubers, und eine Orange rollte aus der Schale und landete auf dem Tisch. Schweigend beobachtete er sie, bis sie still dalag. »Wow. Ich meine, im Ernst, wow. Bei so viel Macht verstehe ich gar nicht, warum ich mich nicht selbst repräsentieren wollte. Autos schweben lassen – nicht doch. Ich kann eine Orange rollen lassen.«

»Ich weiß. Im Moment ist alles schwach und ungeschickt, aber das wird besser – es bedeutet nicht, dass deine Magie schwach ist; es gehört nur zum Prozess des Neuerlernens. Und du hast es geschafft. Du hast deine eigene Magie gewirkt, ohne nach dem zu greifen, was aus dem Haus der Schatten kommt. Wie fühlst du dich?«

»Als bekäme ich gleich Kopfschmerzen, aber nichts Schlimmes.« Er ließ den Kopf von einer Schulter zur anderen rollen und schüttelte seine Hände aus.

»Okay. Versuchen wir es weiter.«

Nach einer Stunde waren Laurents Haaransatz und sein Hemd schweißnass. Nach zwei Stunden zitterte er. »Und jetzt habe ich ausgewachsene Kopfschmerzen.«

Doch außerdem konnte er nach diesen zwei Stunden zuverlässig Orangen aus der Schale levitieren. Er konnte die Höhe kontrollieren, in die er sie aufsteigen ließ, und sie sanft wieder absetzen. All dies konnte er, ohne nach der Magie aus dem Haus der Schatten zu greifen.

Sydney füllte ein Glas mit Wasser und reichte es ihm. »Ich weiß, es ist frustrierend. Es kommt einem vor, als hätte man einen großen Rückschritt und nur winzige Trippelschritte nach vorn gemacht. Aber du machst das toll. Und es wird von Mal zu Mal leichter werden.

Es bedeutet mir viel, unheimlich viel, dass du das machst. Danke.«

»Von nun an kann ich allein weiterüben. Jetzt, wo ich weiß, dass es darum geht, nicht nach dem Fokus zu greifen, kann ich das beibehalten. Es mit verschiedenen Zaubern ausprobieren. Es fühlt sich irgendwie gut an – mal abgesehen von den Kopfschmerzen –, zu wissen, dass ich das allein mit meiner eigenen Macht schaffe.«

»Sprich vielleicht mal mit Ian«, riet Sydney. »Er hat seine Magie auch neu erlernt – er kann dich vielleicht besser beraten als ich, weil er beide Seiten der Geschichte kennt.«

»Danke. Das mache ich.« Laurent nahm sein Telefon und speicherte eine Notiz in seinem Kalender. Dann sah er nach, ob er neue Nachrichten hatte. Entgeistert starrte er auf die E-Mail, die er gerade geöffnet hatte. Lud sie neu. Las sie noch einmal, denn es musste sich gewiss um einen Scherz handeln, oder wenigstens um ein Versehen. »Das wirst du nicht glauben.«

»Ach, ich wette, doch. Du hast eine Herausforderung erhalten. Ich wundere mich nur, dass es so lange gedauert hat.«

»Du hast recht, aber wie kann das überhaupt sein? Ich meine, ganz ehrlich, ich an seiner Stelle würde mich so weit wie möglich von dir fernhalten. Bevor dieser ganze Mist passiert ist, war Ian eindeutig auf der Verliererstraße, und der ist ja nun wirklich kein magisches Leichtgewicht.«

»Das Rad des Schicksals dreht sich weiter.« Sie zögerte.

»Nachdem ich jetzt Prospero übernommen habe, erhältst du wahrscheinlich eher noch mehr Herausforderungen, als du sonst erhalten hättest. Jetzt ist heraus, dass ich aus dem Haus der Schatten komme, und dabei ist ganz sicher niemandem wohl zumute. Die Leute, die Miranda nicht leiden konnten, werden überlegen, ob sie ihr schaden können, indem sie sich an mich halten, und das könnte bedeuten, dass sie es über dich versuchen. Ich werde dich nicht auf unseren Vertrag festnageln, falls du ihn beenden willst.«

Das wäre heikel, so spät im Umschwung, aber es gab Sonderfälle – Vorspiegelung falscher Tatsachen, Amtsmissbrauch –, in denen Laurent aus seinem Vertrag mit ihr herauskommen und seinen Status im Umschwung trotzdem beibehalten konnte.

»Gibt es einen Magier, der besser ist als du?«, fragte Laurent. »Denn soweit ich sehe, gibt es den nicht.«

»Unter den richtigen Umständen ist alles möglich. Unter den erwartbaren Umständen nicht.«

»Nicht einmal Ian?«

»Hast du nicht gerade gesagt, er sei eindeutig auf der Verliererstraße gewesen?« Sie hob eine Augenbraue.

»Schon, aber Rachedurst kann komische Sachen mit einem Kerl anstellen.«

»Ich weiß deine Sorge zu schätzen, aber ich habe aufgegeben, nachdem Miranda verletzt worden war, was bedeutet, dass das Haus Prospero offiziell gewonnen hat. Selbst wenn ich ein neues Duell wollte – beendete Duelle können nicht noch einmal ausgetragen werden. Insofern, denke ich, bin ich hier auf der sicheren Seite.«

»Dann nicht. Ich entlasse dich aus unserem Vertrag, falls du glaubst, die Arbeit für mich sei zu riskant, aber von mir aus werde ich ihn nicht beenden.«

»Dann wirst du mich nicht los«, erwiderte Sydney. »Ich traue niemand anderem zu, dich zu schützen. Und ich bin noch lange nicht fertig.«

Er war sich ganz und gar nicht sicher, ob sie nur vom Umschwung sprach. »Okay. Ich leite dir die Herausforderung weiter. Mach damit, was du willst. Dazu gehört auch eine Ablehnung, falls du diesen ganzen Scheiß satthast.

Und apropos Herausforderungen: Ich weiß, dass das möglicherweise nicht wichtig ist, da du jetzt ein Haus führst und selbst Herausforderungen aussprechen kannst, aber falls du jemals jemanden herausfordern musst – du weißt schon, weil du irgendeinen Plan oder so was am Laufen hast –, dann lass es mich einfach wissen. Ich unterstütze dich.«

»Das behalte ich im Hinterkopf«, sagte Sydney. »Danke.«

17

Die großen Häuser der Ungesehenen Welt, die Gebäude, die die Namen der Familien trugen, die in ihnen wohnten, waren mehr als bloß Konstruktionen aus Holz und Naturstein, Ziegelsteinen und Mörtel. Durchdrungen von Magie, waren sie selbst fortdauernde Zauber. Die Türen, die sich nur für Blutsverwandte der Familie, der das Haus jeweils gehörte, öffneten, waren bloß der Anfang. Die älteren Häuser, die Generationen hatten kommen und gehen sehen, hatten tiefere magische Bindungen an ihre Familien entwickelt. Es hieß, sie könnten sich sogar nach den Wünschen ihrer Bewohner neu anordnen. Prospero war ein solches Haus.

Sydney hatte damit nichts zu schaffen haben wollen. »Ich habe eine Wohnung«, hatte sie Madison gesagt. »Sie ist hübsch. Du weißt, dass sie hübsch ist, weil du mir geholfen hast, sie zu finden. Ich will dir sagen, was ich unter anderem daran mag: Außer dir und Verenice weiß niemand, wo sie ist. Sie redet nicht mit mir oder besorgt mir mein Essen, und sie ordnet sich verdammt noch mal nicht neu an, wenn ich mal nicht hinsehe – davon hatte ich mehr als genug im Haus der Schatten. Außerdem – hatte ich das bereits erwähnt? – weiß keiner, wo sie ist.«

»Schau, es gibt Leute, die dir das besser erklären könnten, aber soweit ich weiß, steckt mehr hinter der Führung eines

Hauses, als man auf den ersten Blick sieht. Du musst dich dem Haus formell vorstellen, und du musst regelmäßig dort sein. Sonst hört es auf, dir zu gehören.«

»Muss«, hatte Sydney gesagt.

»Tut mir leid, Sydney, aber ja.« Madison hatte sich etwas notiert. »Ich will versuchen, Genaueres in Erfahrung zu bringen, aber zunächst musst du dein Haus für dich beanspruchen. Du musst nicht dort leben; lass es einfach wissen, dass du ihm Aufmerksamkeit schenkst.«

Und so stand Sydney nun hier. Sie legte die Hand an die Tür. Etwas Scharfes stach ihr in die Fingerkuppe, so tief, dass es blutete. Der Geruch von Rauch und Orangen stieg ihr in die Nase und die Tür öffnete sich.

»Bringen wir es hinter uns«, sagte sie und trat über die Schwelle.

Oberflächlich betrachtet war es ganz anders als das Haus der Schatten. Es gab keine finsteren, beengten Räume, keine Inseln der Kälte, die einem auflauerten und folgten. Nichts, was einem das Gefühl gab, dass ein falscher Schritt den Tod bedeuten konnte. Kein Weinen, keine Schreie, keine Blutflecken, die als Warnung dienen sollten. Als Gebäude war Prospero alles, was das Haus der Schatten nicht war: sehr hohe Decken, poliertes helles Holz, kunstvoll gewirkte Teppiche. Glänzendes Messing und Bienenwachsduft. Wärme und Stille. Überall Weiß, als würde der Schmutz dann nicht wagen, sich irgendwo niederzulassen.

Sydney spürte die Aufmerksamkeit des Hauses, während sie durch Korridore ging, Treppen hinauf- und hinabstieg, Türen und Schränke öffnete. Sie erkannte sich hier in nichts wieder. Nicht in den Stühlen am Küchentisch, nicht in den Gemälden an den Wänden, nicht in den offenen, gut ausgeleuchteten Räumen, in denen wunderschön arrangierte Blumen dufteten, nicht im bitteren Nachgeschmack versiegter Magie. Das alles hatte nichts von den Umständen, unter denen sie aufgewachsen war, nichts von dem, was sie erlebt hatte.

Und dennoch hatte sie Angst. Sie hatte Angst, ein Geräusch zu verursachen und die Stille zerreißen, die über dem Haus lag. Angst, irgendetwas zu berühren, einen Stuhl oder ein Glas zu verrücken und die herrschende Ordnung zu stören. Angst, dass der kleinste Fehler den Zorn des Hauses heraufbeschwören könnte. So hatte sie lange genug gelebt.

Miranda war in ein Hotel gezogen. Sydney hatte deutlich gemacht, dass sie selbst nicht den Wunsch hegte, im Hause Prospero zu leben, und Miranda auf jeden Fall dort wohnen bleiben und das Haus für sich allein haben konnte, doch Miranda hatte gesagt, darum gehe es nicht. »Das Haus – es ist wie ein Teil von mir. Oder war es jedenfalls. Dort zu leben und von der Magie abgeschnitten zu sein, unfähig zu sein, die Verbindung zu spüren, die Gegenwart des Hauses, dafür bin ich nicht bereit. Ich weiß nicht, ob ich je bereit dafür sein werde.«

Doch für Sydney war es genau diese Verbindung – der Eindruck, dass das Haus beobachtete, wartete –, was sie so stark an das Gefühl erinnerte, welches das Haus der Schatten ihr eingeflößt hatte, und das war ihr zu viel. Die Prospero-Version war nicht so sinister, gewiss, aber dennoch nur eine Variante desselben Prinzips.

Und da war noch etwas. Die Magie, die gesamte Magie im Haus, war wie die meiste Magie in der Ungesehenen Welt durch ihre Verbindung zum Haus der Schatten kontaminiert.

Miranda hatte ihr die Sache mit den Spiegeln erklärt. Sydney stellte sich vor einen dieser Spiegel. »Kannst du mich hören?«

Ja.

»Ich muss deine Magie ändern. Dir meine geben.«

Warum?

Wie erklärte man einem Haus, was moralisches Handeln war? Sie hätte gelacht, wenn es nicht so wichtig gewesen wäre.

Bist du mit meinen Diensten nicht zufrieden?

»Doch, doch. Aber – du bist jetzt mein Haus. Diese Magie, die ich dir geben will, ist das, was mich ausmacht.«

Sehr wohl. Ein Zögern. *Wird es wehtun?*

Darüber hatte sie gar nicht nachgedacht. »Ich weiß es nicht.«

Schweigen. *Ich bin bereit.*

Sydney hoffte, dass sie es auch war. Sie legte die Finger auf den Spiegel und spürte, wie seine Oberfläche sich unter ihren Händen verflüssigte, bis sie darin einsanken. Spürte etwas Scharfes über ihre Haut kratzen, etwas Kaltes sich in ihre Knochen einätzen.

Spürte das Flattern eines lebendigen Herzschlags. Spürte die verdorbene Magie des Hauses der Schatten, die dieses Herz einhüllte. Allein von der Berührung wurde Sydney übel. Dennoch entfernte sie die diversen Schichten dieser verdorbenen Magie, bis nichts mehr davon übrig war in diesem Haus. Ihrem Haus.

Als sie die Hände aus dem Spiegel zog, schimmerte er wie flüssiges Silber.

Sie nahm ein kleines Messer, packte den ausgefransten Rand ihres Schattens und schälte ein weiteres Stück davon ab. Im Schatten konzentrierte sich die Magie eines Menschen ebenso wie in den Fingerknochen, und da Sydney nicht beabsichtigte, hier zu leben, musste sie ihr Haus auf andere Weise dazu veranlassen, ihre Magie zu akzeptieren und seine eigene Magie daran anzupassen. Dies war der schnellste Weg. Sie ließ den Schattenfetzen in den Spiegel fallen, sprach ein Wort, das wie verbranntes Glas roch, und beobachtete, wie die Oberfläche des Spiegels sich wieder verfestigte.

»Alles in Ordnung?«

Sie wartete. Schweigen. Dann:

Ja.

Es war nicht die elegante Kursivschrift von vorher, sondern Sydneys eigenes hastiges Gekritzel.

»Gut.« Dann sah sie sich um, betrachtete das Weiß, den Glanz, die Förmlichkeit des Hauses.

Sie ging zurück durch den Flur und die Treppe hinab. Dicht vor der Haustür blieb sie stehen. Sagte: »Das ist nicht mein Zuhause. Es tut mir leid, aber ich kann hier nicht bleiben.«

Und ging.

Das Haus Prospero schloss die Tür hinter ihr und es hallte hohl in seinen leeren Räumen wider.

Es wollte nicht leer sein. Der Sinn seines Lebens war der Dienst an seiner Familie und es hatte mit angesehen, wie diese Familie immer weiter schrumpfte – bis nur noch dies blieb: leere Korridore und geschlossene Türen, dazu eine feine Staubschicht, die sich wie ein Schleier über alles legte. Kein Leben im Haus, keine Stimmen, keine schlagenden Herzen.

Es gehörte dieser Frau, doch sie war fort.

Das Haus war einsam.

Es überlegte, was es über die Frau wusste, die gerade gegangen war, was es über sie erfahren hatte, als sie ihm sanft die Hände aufs Herz gelegt hatte. Als sie ihm ein Stück von sich selbst gegeben hatte. Schließlich begann das Haus, sich nach ihrem Vorbild umzugestalten.

Einen Block von Prospero entfernt blieb Sydney stehen. Da war es wieder, das wohlvertraute, verhasste Gefühl, der Ruf zum Haus der Schatten, der unter ihrer Haut juckte. Die eingeschnittenen Ränder ihres Schattens brannten.

Sie hatte gewusst, dass der Ruf erfolgen würde, wie er immer erfolgte. Hatte gewusst, dass die Frage bloß war, wann, nicht ob. Hatte auch gewusst, dass sie sich immer diese Frage stellen würde, den Rest des Umschwungs über, so lange, wie es noch dauerte, bis das Haus entschied, dass sie sich ihre Freiheit verdient hatte.

So lange, wie das Haus es für richtig hielt.

Sie hatte es satt, die Entscheidungen dem Haus der Schatten zu überlassen.

Sydney sammelte Magie in ihren Fäusten, umklammerte sie wie Blitze und marschierte wie ein Gewitter durch die Stadt.

Am Ufer des Sees entzündete sie die obligatorischen Streichhölzer. Eines. Zwei. Drei. Die Magie gleich unter ihrer Haut ahmte die Flammen nach. Sydney stieg ins Boot, lauschte dem Knarren des Holzes und den Wellen, die an die Bootswände schlugen. Den Blick auf das Haus der Schatten gerichtet, das immer größer vor ihr aufragte. Sie konzentrierte sich ganz darauf, bis sie nichts sah als dieses Haus.

Das Boot schrammte ans Ufer und zerbrach. Sie stieg aus den Trümmern. Das Haus der Schatten öffnete ihr die Tür.

Sydney trat nicht ein, sondern blieb dicht vor der Tür stehen und entfesselte die Magie in ihren Händen. »Ich fordere das Haus heraus!«

Das Haus antwortete.

Als die Zeit gekommen war, da Sydney das Haus der Schatten verlassen sollte, waren die Prüfungen streng gewesen. Man hatte von ihr verlangt, unter widrigen Umständen die unterschiedlichsten Zauber zu wirken – Magie, die sowohl subtil als auch komplex war. Bei Kälte und Regen. Erschöpft. Halb verhungert. Unter körperlichen Schmerzen und voller Angst.

Sie hatte das Haus verlassen. Sie hatte ihre Freiheit gewonnen. Doch sie kannte ihre Magie und wusste noch genau, wie knapp es damals gewesen. Es hatte Momente gegeben, da es auf Messers Schneide gestanden hatte und sie beinahe hätte bleiben müssen.

Heute war es anders. Heute war sie ein Hurrikan.

Sydney wirkte Magie, die die Antwort auf alles war, was sie hinter dieser Tür je hatte erdulden müssen. Sie sprach Worte, die wie Messer durch Wände schnitten, und meißelte Symbole der Freiheit in die Grundmauern. Beugte die Hände zu Symbolen des Lösens und Kettensprengens. Krümmte die Finger und ließ Fensterscheiben zerspringen, ließ Licht ins Haus, schrie Worte der Helligkeit, bis noch die hinterste Ecke erleuchtet war.

Bis keine Schatten mehr übrig waren.

Sie griff in die Magielinien hinein, die wie Spinnennetze alles umfingen und einhüllten und den Magiern, die bereit waren, andere leiden zu lassen, Frieden und Schmerzlosigkeit schenkten. Ein Wort schnitt durch sie hindurch, gefolgt von einem Wind, der wie ein Sturm durch den Central Park fegte, der Äste abbrach, Bäume entwurzelte und die Menschen Schutz suchen ließ.

Der Engel der Wasser erbebte auf seinem Sockel und die steinerne Lilie fiel ihm aus der Hand.

Sydney holte die Opfer heraus, die wenigen, die noch übrig waren, brachte sie in Notfallambulanzen, Feuerwachen, an Orte, an denen man ungewollte Kinder ruhigen Gewissens zurücklassen konnte.

Es genügte nicht, sich selbst zu befreien. Nie wieder sollte hier jemand gefangen sein.

Sydney krümmte erneut die Finger, und die große Haustür barst und fiel aus den Angeln.

Sie trat ein.

Als sie die Schwelle überschritt, veränderte sich die Atmosphäre: Jetzt versuchte das Haus der Schatten nicht mehr, Sydney und ihre Magie hereinzuzerren, sondern bemühte sich verzweifelt, gegen Sydney zu bestehen. Es wand sich und veränderte seine Gestalt – verschob Korridore, zog Wände hoch, ließ Böden einbrechen –, doch Sydney lief einfach weiter.

Während sie durchs Haus ging, wirkte sie selbst Magie: Sie fixierte die Gestalt des Hauses, öffnete seine Türen, ließ seine Grundmauern zerfallen. Etwas riss und etwas kreischte. Sydney hob die Hände und das gesamte Gebäude erzitterte. Schlösser öffneten sich. Balken lösten sich. Das Haus der Schatten war eine Hölle und dies war Sydneys Höllenfahrt.

Nochmals griff sie aus. Dort schlug das Herz des Hauses. Sie nahm es in die Hand.

»Genug!« Shara, zitternd. Nicht vor Wut – vor Anstrengung. Selbst jetzt bewegte sie noch die Hand und versuchte fieberhaft, Magiefetzen zusammenzuraffen, um zu verhindern, dass das Haus einstürzte. Dass es starb.

»Genug«, wiederholte sie. »Das Haus der Schatten willigt ein, dich aus deinem Kontrakt zu entlassen.«

»Ich will ihn brennen sehen«, sagte Sydney. Nicht nur den Kontrakt. Alles. Auch das Haus selbst.

»Das ist unnötig – das Wort des Hauses ist bindend«, sagte Shara.

Sydney drückte zu und das Herz des Hauses setzte einen Schlag aus.

»Na schön.« Shara hob die Hand und das Dokument erschien darin, mit Sydneys Unterschrift darunter, immer wieder, in verschiedenen dunklen Farbtönen, die keine Tinte waren. Shara schnippte mit den Fingern und es entzündete sich.

Sydney spürte, wie die Ketten, die sie ans Haus der Schatten gefesselt hatten, zerbrachen, barsten, zu Asche zerfielen, als das Papier verbrannte. Sie tat einen Atemzug und zum ersten Mal, soweit sie sich erinnern konnte, gehörte er ganz allein ihr.

»Sind wir dann hier fertig, du undankbares Balg?«, fragte Shara.

Sydney bog die Finger zu einem letzten Stück Magie. Die Glasflasche, die ihren Schatten aufgenommen hatte, das Messer, mit dem er gestutzt worden, der Füller, mit dem der Kontrakt unterzeichnet worden war – auch sie gingen in Flammen auf und verbrannten. »Ja.«

Als die letzte Flamme erloschen war, machte Sydney kehrt und verließ das Haus der Schatten.

Ohne einen Blick zurück.

Shara stand in den Trümmern ihres Hauses, die Hände mit Asche bestäubt. Innerlich spürte sie, wie das Haus zerfiel, als lösten ihre eigenen Knochen sich von den Sehnen. Das Haus der Schatten brach zusammen. Langsam noch, doch wenn dem nicht Einhalt geboten wurde, würde es immer schlimmer werden. Ihr Zuhause starb und sie würde mit ihm sterben. Denn das einzige Stück Magie, das Sydney unangetastet gelassen hatte, war selbstverständlich – selbstverständlich – der Zauber, der Shara daran hinderte, fortzugehen. Sydney hatte einen grausamen Charakterzug und das Haus der Schatten hatte sie gelehrt, ihn zu nutzen.

Licht fiel durch die Risse, die Sydney in die Wände gesprengt hatte, und die Magie – die Magie, die die Opfer band, die Magie, die alles erschuf –, sie löste sich auf. Langsam noch, doch der Prozess würde sich beschleunigen und bald wäre nichts mehr da. Shara blickte auf ihre Hände, auf die Narben, die stellenweise durch die Asche schimmerten, und fragte sich, ob sie jemals die Macht erhalten würde, alles wieder aufzubauen. Das Haus Merlin hatte den ursprünglichen Zauber gewirkt, doch Miles – sie lachte, schroff und verbittert –, sie bezweifelte, dass er seine Aufhebung auch nur bemerkt hatte. Und selbst wenn:

Sie wusste am besten von allen, dass er nicht die Macht hatte, ihn erneut zu wirken.

Das Versagen der Magie würde jetzt schnell und ungebremst erfolgen. Miles' Blick – er wäre dies alles nicht wert, aber sie freute sich schon darauf. Sie freute sich darauf, ihn vor sich stehen und betteln zu sehen. Es war wichtig, sich an die kleinen Freuden zu klammern.

Shara setzte sich inmitten der Ruinen hin und lachte, bis das Lachen in Weinen überging.

Als Sydney nach Hause kam, stellte sie sich unter die Dusche, bis das Wasser nur noch lauwarm war. Sie wollte die Schatten, jeden Fetzen davon, von sich abwaschen. Es würde nicht gelingen, ebenso wie ihr eigener Schatten niemals wieder ganz sein würde, doch jetzt, heute – während die Überreste ihrer Zauber noch in ihren Händen schmerzten – würde es genügen, seine Spuren mit heißem Wasser zu tilgen.

Sie drehte den Hahn zu, trat auf den beheizten Boden des Badezimmers und hüllte sich in Handtücher.

Dann bemerkte sie das Gekritzel auf dem Spiegel, ein Abbild ihrer eigenen Handschrift, wie es auch auf den Spiegeln im Hause Prospero erschien.

Grace Valentine ist hier.

Sie wusste nicht, wer das war.

Sie braucht Hilfe.

Das war ja gar nicht unheimlich. »Hier in meiner Wohnung oder hier im Haus Prospero?«

Im Haus. Verzeihung. Pause. *Bitte komm. Sofort.*

»Kannst du sie schon einmal einlassen?« Sie suchte sich bereits frische Kleidung heraus.

Ja.

Sydney öffnete die Tür und erkannte das Haus Prospero nicht wieder.

Fort waren das makellose Weiß und die sterile Eleganz. Dieses Haus wirkte wie das Innere eines Waldes – dunkles Holz und Buntglas, sattes Grün. Bäume, die aus den Wänden wuchsen. Alles dunkel, still wie ein Geheimnis und warm.

»Du hast das getan? Warum?«, fragte sie.

Ein leises Klingeln und Worte auf einem Spiegel.

Einsam. Bitte bleib.

Einsamkeit, das verstand sie. »Okay. Danke – es ist wunderschön, wirklich. Wir reden später darüber. Ich … ich werde versuchen, häufiger herzukommen. Vielleicht übernachte ich auch ein-, zweimal hier. Aber jetzt muss ich erst einmal Grace sehen.« Wer das auch sein mochte.

Badezimmer. Oben. Erste Tür.

Sydney eilte an Lampen vorüber, die wie Kletterrosen geformt waren, und eine Treppe hinauf, die mit einem abgetretenen Läufer mit Knotengartenmuster ausgelegt war. An der Badezimmertür blieb sie stehen und staunte. Der Name hatte ihr nichts gesagt, weil sie einander nie vorgestellt worden waren, aber sie kannte die Frau. Drei Jahre zuvor war sie als Opfer ins Haus der Schatten gebracht worden, die einzige Erwachsene, die Sydney je zu diesem Zweck hatte ankommen sehen. Es war ihr seltsam erschienen, fehl am Platze, doch sie hatte lange zuvor gelernt, keine Fragen zu stellen. Sie hatte die Frau nie wiedergesehen und angenommen, dass sie wie die meisten Opfer nicht überlebt hatte.

»Sydney?« Grace war tropfnass und völlig verdreckt. Sie zitterte und roch nach Seewasser. An ihrer linken Hand waren zwei Nägel blutig eingerissen. »Gott sei Dank.«

»Nicht dass ich mich nicht freuen würde, Sie zu sehen, und glauben Sie mir, ich bin froh, dass Sie aus diesem Horrorhaus raus sind, aber was machen Sie hier? Entschuldigung, das kann warten. Nehmen Sie doch erst mal ein Bad und säubern Sie sich.« Sie drehte die Wasserhähne auf und deutete auf den Schrank. »Ich vermute, da drin ist Erste-Hilfe-Zeug – das Haus scheint an alles zu denken und ich würde so etwas dort verwahren. Möchten Sie etwas zu essen oder zu trinken? Suppe. Ich lasse das Haus Suppe machen. Mögen Sie Minestrone?«

»Klar.«

»Minestrone und Wein, bitte. Vielleicht auch ein wenig Brot.«

Sie spürte, wie das Haus den Auftrag bestätigte, erfreut, etwas zu tun zu haben.

»Ist Miranda hier?«, fragte Grace. Sie hinterließ bei jedem Schritt kleine Pfützen, die das Haus sofort entfernte.

»Nein. Aber ich kann sie bitten, zu kommen, wenn Sie sie brauchen.« Sydney öffnete einen Wäscheschrank und legte Handtücher heraus, dazu einen Schlafanzug. Das Haus war wirklich mit allem ausgestattet. »Na bitte, der sollte passen.«

»Nein, das ist es nicht. Ich will bloß ... ich will nicht, dass Grey mich findet. Miles Merlin übrigens auch nicht.«

»Grey ...«, setzte Sydney an. Die Narben an Grace' Händen und Armen. Die Akte, über die Madison nicht sprechen konnte. Die völlig zerrüttete Beziehung zwischen Miranda und Grey. »Also, wir beide haben einiges zu besprechen. Unter anderem, dass die Aufgabe, Sie vor Grey zu schützen, jetzt vermutlich mir zufällt. Aber wenn Sie können, erklären Sie es mir doch bitte.«

Grace kletterte in die Badewanne. »Vor drei Jahren griff Grey Prospero mich an. Er wollte meine Magie – er wollte sie aus mir herausschneiden, sich meine Knochen nehmen.«

»Dann stammen die Narben nicht aus dem Haus der Schatten?« Sydney zeigte Grace ihre eigenen, die beinahe genauso aussahen.

»Doch. Ich habe mich gegen ihn gewehrt, konnte fliehen und bin zu Miranda gegangen, die mich hier versteckt hat, bis zur Enterbung. Sie hat versucht, mir zu helfen, so gut sie konnte jedenfalls. Aber Miles …« Ihre Stimme brach.

Sydney wartete. Sie hatte sich von der Badewanne abgewandt. Manchmal war es leichter, über etwas Schlimmes zu sprechen, wenn man seinem Gegenüber dabei nicht in die Augen blicken musste.

Sie hörte ein Plätschern und Grace fuhr fort: »Als Oberhaupt der Ungesehenen Welt hat Miles die Enterbung abgesegnet. Und er sagte Miranda, er werde mich irgendwo sicher unterbringen. Er brachte mich ins Haus der Schatten. Um eine Schuld zu begleichen, sagte er. Die Magie, die Bindung … es geht schnell. Ich konnte … ich konnte mich nicht wehren.«

»Keiner von uns kann das. Es ist aussichtslos. Sie haben das Einzige getan, was Sie tun konnten, Grace. Sie haben überlebt.«

Ein Schluchzen jetzt. Sydney streckte die Hand nach hinten und Grace hielt sie fest, während sie weinte.

Als sie weitersprach, war ihre Stimme heiser vom Weinen. »Danke. Als ich also heute rauskam, habe ich einen Zauber gewirkt. Um Sie zu finden. Um mich bei Ihnen zu bedanken. Und weil … weil ich jetzt nicht weiß, wohin.«

»Sie können gern hierbleiben. Es ist der sicherste Ort, der mir einfällt – seit der Enterbung lässt das Haus Grey nicht mehr ein, und ich kann dafür sorgen, dass es auch Miles keinen Zutritt gewährt. Offen gesagt würden Sie mir einen Gefallen tun, da das Haus ein bisschen einsam ist und ich mich noch nicht richtig daran gewöhnt habe. Ich glaube, es wird sich über die Gesellschaft freuen. Ich werde Ihnen also ein paar Sachen vorbeibringen und dann sehen wir weiter. Aber darüber können wir auch morgen sprechen, nachdem Sie sich ein bisschen ausgeruht haben.« Sydney stand auf.

»Hatten Sie immer schon vor, es zu zerschlagen?«, fragte Grace. »Das Haus der Schatten?«

»Ich habe vor, es zu begraben«, gab Sydney zurück. »Und die Erde hinter mir mit Salz zu bestreuen.«

18

Sydney schob die behandschuhten Hände in die Taschen und wippte sachte auf den Zehenspitzen, während sie auf den Beginn des Duells wartete. »Im Freien. Im Januar. Wer kommt denn auf so was?

Laurent sah sie an. »Sydney. Bitte sag, dass du die Herausforderung wirklich gelesen hast.«

»Ich wurde ... abgelenkt. Außerdem war doch klar, dass ich nicht ablehnen würde.« Sie hatte sie gelesen, noch am selben Tag, als er sie ihr weitergeleitet hatte. Bloß war in der Zwischenzeit eine ganze Menge Bedeutsames geschehen. Sie hatte viel um die Ohren gehabt.

»Das bringst aber auch nur du fertig: Stehst hier, blickst womöglich dem Tod ins Auge und erklärst mir, du seist abgelenkt gewesen.«

Sydney zuckte die Achseln. »Wir haben alle unsere Talente.«

Laurent schüttelte den Kopf. »Also, wer, das ist in diesem Fall Eliot Vincent. Kandidatenhaus. Auf der Schule ein Jahr über uns und wahrscheinlich ein weiterer von Merlins Verbündeten. Er ist richtig gut in physikalischer Magie, insofern vermute ich, dass du hier draußen stehst, damit er den Schnee und die Kälte als Waffen gegen dich einsetzen kann.«

»Siehst du? Ich musste sie gar nicht lesen – du hast mir alles erzählt, was ich wissen muss. Und ich hasse die Kälte.« Dennoch zog sie die Handschuhe aus und reichte sie Laurent.

Der Tag war bitterkalt mit einem schneidenden Wind, der die Haut regelrecht peitschte, sämtliche Lücken in der Kleidung zu finden schien und bis in die Knochen und Gelenke kroch. Nicht viele trotzten dieser Witterung.

Eliot Vincent trug keinen Mantel, keinen Schal, keinen Hut – vermutlich ein zarter Wink: Er war robust genug und hatte so etwas wie wärmende Kleidung nicht nötig. Gelassen und locker stand er in der Kälte.

Sydney rieb die Hände aneinander, um sie zu wärmen. »Bringen wir es hinter uns.«

Das Duell begann.

Der Schnee unter Sydneys Füßen zuckte und wogte in die Höhe, sodass sie das Gleichgewicht verlor. Als sie es zurückerlangt hatte, war der Schnee zu spiegelglattem Eis geworden. Sie rutschte aus und stürzte hart zu Boden.

»Oh, gut gemacht«, murmelte sie, doch da brach das Eis zu Splittern und Scherben auf, so scharf, dass sie ihr die Haut aufrissen. Sie hinterließ überall auf dem Eis rote Blutflecken und hörte die Zuschauer murmeln.

»Also gut. Das reicht.« Das Eis um Sydney herum schmolz. Langsam zuerst, doch dann ging es rasend schnell. Die Luft erwärmte sich. Grüne Schösslinge barsten aus der Erde und griffen nach Eliots Füßen. Seine Hände verwandelten sich in Zweige. Rinde ersetzte seine Haut und Laub platzte aus ihm heraus. Er wurde zu einem wunderschönen Baum, zu einer Buche in voller Blüte. Frühling mitten im Winter.

Sydney ging zurück zu Laurent, der ihr ein Tuch reichte, mit dem sie sich das Blut aus dem Gesicht wischen konnte. »Flüchtig habe ich mir doch Sorgen gemacht.«

»Er war gut. So gut, dass er den Umschwung hätte überstehen müssen. Indem ich ihn in einen Baum verwandelt habe, konnte ich wenigstens ein bisschen von ihm am Leben erhalten.« Sie streckte die Hand aus. »Könnte ich bitte meine Handschuhe zurückhaben? Ich hasse die Kälte wirklich.«

Miles Merlin saß in einer ruhigen Ecke des Magierklubs, Grey ihm gegenüber. »Es gibt da etwas, was ich hochinteressant finde. Man hat im Verlauf des Umschwungs eine Reihe von Leichen gefunden. Mädchen, auf die verschiedene Zauber gewirkt wurden, während man sie tötete. Besonders delikat: In allen Fällen wurden die Fingerknochen entnommen. Es sieht beinahe so aus, als würde da jemand Leute ermorden, um die Magie aus ihnen herauszuschneiden.«

»Das klingt wirklich interessant«, sagte Grey mit ausdrucksloser Miene. Unter dem Tisch hielt er die Hände starr in der Eröffnungshaltung eines Abwehrzaubers. Er konnte sich nicht erinnern, wann er Miles zuletzt hatte zaubern sehen, aber der Mann war das Oberhaupt der Ungesehenen Welt. Er musste stark sein. Besser, Grey war vorbereitet.

Michael Dee kam mit einem Bourbon in der Hand zu ihnen herüber. »Und was beabsichtigen Sie, wegen des Versagens der Magie zu unternehmen, Merlin?«

Miles schaltete seinen Charme ein: ein Politiker am Verhandlungstisch. »Ich untersuche selbstverständlich die Ursachen. Aber – verzeihen Sie, Grey, ich weiß, sie ist Ihre Schwester – es scheint ganz so, als könnte Sydneys Anwesenheit bei uns etwas damit zu tun haben.«

»Schatten sollten im Schatten bleiben.« Dee lachte, als fände er seinen Witz sehr gelungen.

»Da haben Sie völlig recht«, sagte Miles.

»Dann fahren Sie fort.« Dee hob sein Glas in ihre Richtung und büßte im Überschwang ein wenig Bourbon ein.

»Seien Sie mir nicht böse, aber ich habe diesen Tisch gewählt, weil ich ungestört sein wollte. Also, wo war ich? Ach ja. Wirklich merkwürdig ist, dass diese ermordeten Mädchen allesamt unbedeutende Magierinnen aus unbedeutenden Häusern waren. Sie verfügten kaum über genügend Magie, um sich in der Ungesehenen Welt zu behaupten. Insofern verstehe ich eins nicht: Wenn man sich schon die Mühe macht, jemanden um seiner Magie willen zu töten und die Magie aus seinen Knochen zusammenzukratzen, warum dann jemanden wählen, der so wenig davon hat?« Miles nahm seine Gabel und klopfte damit an seinen Teller, sodass Kapern von seinem Bagel mit gebeiztem Lachs rollten.

Vorsichtshalber schob Grey seinen Stuhl ein Stück zurück, um mehr Bewegungsfreiheit zu haben. »Ich verstehe nicht, warum Sie das mich fragen.«

»Eine rein theoretische Erörterung, mehr nicht.« Merlin lächelte und drapierte rote Zwiebeln auf seinem Lachs. »Wir denken so selten gründlicher über die Quellen unserer Macht nach. Falls dies eine solche Quelle ist, sind wir es uns selbst – und der Magie – schuldig, zu überlegen, wie man sie am besten nutzen kann. Denn wie Sie wissen, gab es in letzter Zeit einige Probleme mit der Magie. Gestern Abend beispielsweise hat sie bei einem Duell sogar komplett versagt.«

»Komplett?«, wiederholte Grey.

»Sicher war das einer der Gründe für Dees Besuch gerade eben. Beide Magier versuchten zu zaubern, aber nichts – *nichts* – geschah. Und wir alle kennen andere Fälle, in denen die Magie fehlging oder nicht so stark war, wie sie hätte sein sollen«, fuhr Merlin fort. »Nun ist es zwar so, dass diese Vorkommnisse drastisch zugenommen haben, seit Sydney unter uns weilt, aber das bedeutet nicht notwendigerweise, dass sie Magie aus dem Haus der Schatten bezieht, um ihre Performance hier zu verbessern. Es könnte auch schlicht ein Zeichen dafür sein, dass es an der Zeit ist, nach alternativen Magiequellen zu suchen. Falls hier etwas im Schwange ist, tut man gut daran, vorbereitet zu sein.«

Da entspannte sich Grey. »Ich würde meinen, wenn man versuchte, auf diese Art Magie aus Knochen zu sammeln, würde man Personen mit geringerer Magie wählen, weil das die Erfolgsaussichten erhöht. Es ist wie mit den Opfern: Sie werden als Säuglinge fortgeschickt, bevor ihre Magie die volle Stärke erreicht hat, aber doch nur deshalb, weil es dann leichter ist, sie ihnen zu entziehen. Man will niemanden, der sich womöglich wehren könnte.«

»Nun, dass ist auf jeden Fall bedenkenswert, wobei ich nicht weiß, ob es uns hilft, mit der Frau, die behauptet, Ihre Schwester zu sein, fertigzuwerden. Was sie auch sonst sein mag, sie ist eine außerordentlich starke Magierin.« Merlin schüttelte den Kopf, als machte dieses Problem ihn sehr traurig.

»Glauben Sie wirklich, sie ist der Grund für das Versagen der Magie?«, fragte Grey. »Glauben Sie, wenn man ihr ihre Magie nähme – nein, nicht nähme, wenn man ihre Magie dorthin zurückbrächte, wo sie hingehört –, würde das allgemeine Magieversagen aufhören? Würden dann alle stärker werden?«

»Ich glaube«, sagte Merlin, »es gibt einen Grund für das Versagen der Magie. Das Magiereservoir scheint nicht so groß zu sein wie sonst, und wie ich schon sagte, ist meiner Meinung nach nicht zu übersehen, dass die Magie allgemein schwächer wird, seit Sydney am Umschwung teilnimmt. Magie verschwindet nicht einfach so – sie muss irgendwohin. Wenn Sydney zu viel hat …«

»… dann sollte jemand sie ihr wieder abnehmen«, sprach Grey den Satz zu Ende.

»Ihnen ist natürlich bewusst, dass Häuser, deren Mitglieder

im Verlauf eines Umschwungs sterben, vom nächsten obligatorischen Opfer ausgenommen sind«, warf Merlin ein.

»Ich wüsste nicht, inwiefern das hier greift. Ich werde mein Haus erst nach Abschluss des Umschwungs gründen können.«

»Es greift insofern, als beim Tod eines Magiers dessen Magie in dasselbe Reservoir zurückfließt, aus dem die Magie des Hauses der Schatten stammt. Falls Sydney während eines Duells stürbe, würde vielleicht ein gewisses Maß an Gleichgewicht wiederhergestellt. Es lohnt sich auf jeden Fall, darüber nachzudenken«, schloss Miles.

Ja, pflichtete Grey ihm bei. Unbedingt.

19

Grey saß an dem Ende der Theke, das am weitesten von der Tür entfernt war. Er beobachtete gern die Leute, die Frauen, die hereinkamen. Normalerweise sah er ihnen an, ob ihre Magie stark war oder nicht – hey, in der Hälfte der Fälle wusste er sogar, welchen Häusern die Frauen angehörten und wie eng sie mit den Hauptfamilien verwandt waren. Und selbst wenn er es ihnen nicht sofort ansah, verschaffte sein abgelegener Sitzplatz ihm Zeit, nachzudenken, Überlegungen anzustellen. Von hier aus konnte er sie beobachten, sowohl direkt als auch im Spiegel, der hinter der Theke hing. Es bestand kein Grund, einen Annäherungsversuch auf eine ungeeignete Frau zu vergeuden, kein Grund, den Leuten mehr als nötig im Gedächtnis zu bleiben.

Normalerweise wäre er nicht so bald wieder hierhergekommen, nicht solange er noch Vorräte hatte, doch seit der Unterhaltung mit Merlin fragte er sich, ob es nicht besser wäre, mehr Knochen in Reserve zu haben. Miles war mächtig – wenn er schon nach alternativen Magiequellen suchte, war es vielleicht eine gute Idee, ihm zu zeigen, wie wirksam die Knochen waren. Und wenn er Sydney herausfordern wollte, würde er überdies sicherstellen müssen, dass sie ihm gegenüber nicht im Vorteil war.

Dennoch stand er nach zwei Drinks und nicht einer einzigen Kandidatin kurz davor, aufzugeben und zu gehen, als er sie erblickte. Kurzes schwarzes Haar, beinahe konservativ gekleidet, aber dennoch sexy. Sie sah aus wie die Sorte Frau, die er angesprochen hätte, wenn er auf der Suche nach einem Date gewesen wäre. Und am allerbesten: Sie war allein.

Er wartete. Er wartete, während sie sich einen Platz suchte, während sie etwas bestellte. Er beobachtete, wie sie die Menge absuchte, doch nicht so, als hielte sie Ausschau nach einem Bekannten, sondern als wäre sie einfach auf der Suche. Ihm fiel auf, dass sie nicht auf ihr Handy sah.

Er kannte sie nicht, also stammte sie nicht aus einem der Häuser. Doch sie war hier, was bedeutete, sie besaß genügend Magie, um von diesem Lokal zu erfahren, genügend Magie, um eingelassen zu werden, aber wahrscheinlich nicht viel mehr als das. Perfekt. Sie würde von niemand Wichtigem vermisst werden.

Grey winkte die Barfrau heran. »Die Frau am anderen Ende der Theke – falls sie noch ein Getränk bestellt, würde ich es ihr gern ausgeben.«

Die Barfrau nickte. Keine fünf Minuten später setzte sich die Frau, auf die er es abgesehen hatte, mit einem Wodka Gimlet in der Hand neben ihn. »Danke für den Drink.«

»Gern geschehen. Grey Prospero.«

Ihre Augen weiteten sich kaum merklich. »Wie schön, Sie kennenzulernen. Ich bin Harper.«

Harper betrachtete den Mann, der da bewusstlos auf dem Bett lag, und verzog den Mund. Sie stellte die Stoppuhr ihres Handys, um sicherzustellen, dass sie rechtzeitig mit allem fertig und wieder fort war, wenn die Wirkung des Zaubers nachließ, und machte sich an die Arbeit.

Die per E-Mail verschickten Schutzzauber und die Zauber fürs Archiv hatten sie auf diese Idee gebracht: Wenn es einem

Magier möglich war, Magie so zu verpacken, dass Nichtmagier sie auslösen konnten, dann wollte sie unbedingt etwas davon haben. Und sie vermutete, falls es so etwas wirklich gab, dann war der Beweggrund für seine Erfindung garantiert Sex, wie bei so vielen anderen Technologien auch.

Damit lag Harper richtig und ausgerechnet die Barfrau hatte ihr das Gewünschte besorgt. Sie war eine Magierin – Alanna Valentine – und als Harper ihr erklärte, was sie vorhatte – dass sie nach dem Mann suchte, der Frauen ihrer Magie wegen ermordete –, da hatte Alanna gesagt, sie werde ihr helfen, wo sie könne, denn sie habe eine Cousine gehabt, die unter mysteriösen Umständen verschwunden sei.

Alanna hatte ihr ein Feuerzeug gegeben, das sie von da an immer in der Handtasche hatte, wenn sie die Bar aufsuchte. »Falls du den Kerl findest, bitte ihn einfach, dir Feuer zu geben. Wenn er es benutzt – oder auch jemand anders, also tu's nicht aus Versehen selbst –, aktiviert er den Zauber.«

Harper rauchte nicht, aber das machte nichts. Es war einfache Magie und sie funktionierte. Grey war sehr anhänglich geworden und auf ihren Vorschlag, zu ihm zu gehen, begeistert eingegangen. Sie waren kaum durch seine Wohnungstür, da war er ohnmächtig geworden. Wenn er wieder erwachte, würde er verwirrt sein.

Sehr verwirrt.

Harper zog ihn aus und verstreute die Kleidungsstücke systematisch so im Raum, dass es aussah, als hätte er sich ihrer in der Hitze der Leidenschaft entledigt.

Dann durchsuchte sie seine Wohnung.

Sie hatte Glück – falls das denn in dieser Situation die passende Formulierung war. Im hintersten Küchenschrank fand sie, was sie gesucht hatte, und es war nicht einmal richtig versteckt. Vermutlich war er beim Deaktivieren seiner zusätzlichen

Schutzzauber an der Wohnungstür so unkonzentriert gewesen, dass er aus Versehen auch die in seiner Wohnung entfernt hatte.

Harper entdeckte ein kleines Schraubglas. Darin drei menschliche Fingerknochen.

Ihr Blick wanderte vom Glas und dessen grausigem Inhalt zu dem Mann auf dem Bett. Sie dachte an die Frauen, die in den letzten Monaten verschwunden waren.

Sie dachte an Rose, deren Knochen nicht gestohlen, deren Hände jedoch aufgeschlitzt worden waren. Der dennoch das Leben genommen worden war.

Am Rand der Arbeitsplatte stand ein Messerblock und Harpers Hand schmerzte, so sehr sehnte sie sich danach, zu einem der Messer zu greifen.

Stattdessen nahm sie mit zitternden Händen ihr Telefon und machte Fotos – Nahaufnahmen von den Knochen, dann Bilder vom Schrank und von der Küche. Genügend Bildmaterial, um ihren grausigen Fund in seinem Kontext zu präsentieren. Anschließend schnappte sie sich Mantel und Handtasche und machte, dass sie von hier fortkam.

Grey lief in seiner Wohnung auf und ab. Sie fühlte sich irgendwie unvertraut an. Nackt und allein war er in seinem Bett erwacht. Er konnte sich nicht erinnern, das Mädchen gevögelt zu haben, doch so musste es wohl gewesen sein. Grey erinnerte sich nicht einmal daran, sie mit nach Hause genommen zu haben, und das war ein Teil des Problems. Er brachte niemals Mädchen mit nach Hause. Er brachte überhaupt niemanden mit nach Hause.

Schlimmer noch: Als er erwacht war, waren alle seine Schutzzauber deaktiviert gewesen. Alle, sogar die an dem Schrank, in dem er seine Magiereserven verwahrte. Es fehlte nichts – er hatte gleich als Erstes nachgesehen –, aber dennoch. Irgendetwas war hier komisch, falsch. Er wurde das Gefühl nicht los, dass dieses Mädchen – wer sie auch gewesen sein mochte – den Schrank geöffnet und gesehen hatte, was sich darin befand.

Nicht dass jemand ihr Glauben schenken würde, sagte er sich. Irgendein Niemand, eine Frau, die nicht einmal einem Haus angehörte. Aber dennoch – er war ausgegangen, um seine Magiereserven aufzufüllen, und stattdessen hatte er ein Mädchen mit nach Hause genommen und war flachgelegt worden. Glaubte er. Er kratzte sich an den Eiern und wünschte, er könnte sich erinnern.

Besser, er ging auf Nummer sicher. Da die Schutzzauber deaktiviert waren, konnte sie wer weiß was gesehen haben. Grey nahm die Fingerknochen aus dem Glas und zermahlte sie in einem Mörser. Dann fügte er Honig, Wein und Salz hinzu und trank alles aus. Die Magie brannte, als sie durch seine Kehle rann, brannte, während sie durch seine Adern strömte.

Selbst wenn sie jemandem davon erzählte, selbst wenn man ihr Glauben schenkte, jetzt gab es hier nichts mehr zu finden, egal, wie gründlich sie suchten. Und falls nötig, konnte er sich jederzeit Nachschub besorgen.

Grey warf noch einen Blick auf das zerwühlte Bett und kleidete sich an. Er hatte etwas zu erledigen.

Sydney war unterwegs zum Haus Prospero. Sie hatte ein wenig Kleidung und Essen für Grace besorgt, die sich unter den gegebenen Umständen gut einlebte.

»Solange ich hier im Haus bin, geht es mir gut, aber ich habe das Gefühl, ich bin noch nicht so weit, wieder in der Ungesehenen Welt zu leben. Es ist alles noch zu – keine Ahnung, aber Sie wissen ja, was das Haus der Schatten mit einem macht«, hatte sie gesagt, als Sydney anrief, um nach ihrer Kleidergröße zu fragen.

Sydney wusste es. »Es dauert eine Weile, bis es sich normal anfühlt, nicht mehr dort zu sein – wobei: Vergessen Sie normal. Bis es sich möglich anfühlt. Und auch wenn es eine Umstellung zum Besseren ist, bleibt es eine Umstellung. Lassen Sie sich Zeit.«

Grace atmete hörbar aus. »Danke. Ich kam mir schon vor wie eine Art Freak. Nicht dass ich wieder dahin zurückwollte oder so, aber ich hatte das Gefühl, ich müsste laut jubelnd durch die Straßen laufen, und stattdessen hocke ich hier, verstecke mich und lese jedes Buch in Ihrer Bibliothek.«

Als Sydney rausgekommen war, hatte sie auch viel gelesen. Es hatte ihr geholfen, an die Welt da draußen zu glauben. Zufällig war sie gerade ganz in der Nähe der Buchhandlung McNally Jackson. Sie würde dort vorbeischauen und Grace etwas zu lesen mitbringen.

Ihr Telefon läutete. Grace. »Hey, ich wollte gerade …«

»Er ist hier.« Ihre Stimme ein heiseres Flüstern.

»Grey?« Doch Sydney kannte die Antwort, sobald sie die Frage gestellt hatte.

»Ja. Er versucht, hereinzukommen.«

»Okay. Sind Sie in einem Raum mit einem Spiegel?« Sydney beschwor ein Taxi zu sich.

»Ja.«

»Fragen Sie das Haus, ob es ihn dort festhalten kann.«

Grace' Frage hörte Sydney nicht, da gerade das beschworene Taxi vor ihr hielt. »Es sagt Ja.«

»Bleiben Sie, wo Sie sind. Ich bin schon unterwegs.«

Als ihr Taxi vor dem Haus hielt, war Grey noch da, die Hände wie festgefroren an der Haustür. Hastig bezahlte sie den Fahrer, doch dann ließ sie sich Zeit und ging sehr langsam auf die Tür zu. »Also, wolltest du etwas aus dem Haus stehlen oder mir nur etwas Fieses hinterlassen?«

»Lass mich gehen, du Schlampe. Du hast kein Recht, mich hier festzuhalten.«

»Und du hast kein Recht, hier zu sein oder zu tun, was du geplant hattest. Also fangen wir noch mal von vorn an.« Sie lächelte und hob die Hand, als wollte sie einen Zauber wirken, und Grey presste sich an die Tür. »Was wolltest du denn hier?«

»Ich muss es dir nicht sagen.«

»Schön.« Sie zuckte die Achseln. »Ich muss dich nicht gehen lassen.« Sie machte kehrt und lief zurück zur Straße.

»Warte!«

Sie blieb stehen.

»Ich wollte einen Zauber zurücklassen.«

»Ich vermute, ich wäre nicht mit ›Willkommen zu Hause‹-Ballons überschüttet worden, wenn ich das nächste Mal die Tür geöffnet hätte.«

Wütend funkelte er sie an.

Sie lehnte sich ans Treppengeländer und drückte mehrmals auf das Display ihres Handys. »Das Haus hat ein Video aufgenommen. Dieser lustige Ton, den du gerade gehört hast, das war ich, als ich die Datei an die gesamte Ungesehene Welt geschickt habe – und an meine Anwältin. Jetzt wissen also alle, was du getan hast. Außerdem wissen sie, dass es dieses Haus war – meine Magie –, was dich draußen gehalten hat.«

»Und du glaubst, das interessiert sie? Du bist ihnen ein Gräuel.«

»Das ist aber nicht sehr nett, so etwas zu seiner eigenen Schwester zu sagen. Zumal sie die Einzige ist, die dich freilassen kann. Heute Nacht soll es schneien. Hattest du das gehört? Wie auch immer – vielleicht interessiert es sie doch; vielleicht sind sie sogar einer Meinung mit dir. Aber sie werden wissen, was du getan hast. Und wie lustig es aussieht, wenn du da so schief und krumm an der Tür festhängst.« Sie trat neben ihn.

»Apropos wissen: Ich weiß, was du Miranda angetan hast. Nun ja, was du versucht hast, ihr anzutun. Dein Zauber hat nicht ganz funktioniert, was? Du hattest gehofft, sie würde sterben und nicht nur ihre Magie einbüßen.«

Hasserfüllt sah er sie an. »Niemand wird dir glauben.«

»Habe ich etwa den Ruf einer Lügnerin? Du scheinst dir sehr sicher zu sein, dass niemand mir irgendetwas glauben wird. Aber selbst wenn du recht hast, wette ich, Lara Merlin glauben sie. Sie hat nämlich gesehen, was an jenem Abend geschah, und sie hat es Ian erzählt. Im Moment ist sie auch über ihren Vater nicht gerade glücklich. Ich wette, wir könnten sie überreden, ein bisschen aus dem Nähkästchen zu plaudern.« Sydney hob den Zauber ihres Hauses auf und Grey sackte auf die Knie. »Und jetzt verschwinde von meinem Grundstück.«

Er stolperte von der Tür fort und hob die Hand.

»Denk nicht mal dran«, sagte Sydney.

»Schlampe«, rief er ihr noch zu und ging davon.

»Danke«, sagte Sydney zum Haus und legte die Hand an die Tür.

Sie öffnete sich und Grace stand davor, einen Schürhaken in der zitternden Hand.

»Sie wissen aber noch, dass Sie eine Magierin sind, oder?«, fragte Sydney.

»Ich hasse ihn so sehr, dass ich mir nicht zugetraut habe, zu zaubern. Aber ich war mir sicher, dass ich ihm eins überbraten könnte, wenn ich müsste.«

»Knallhart«, sagte Sydney. »Gut gemacht.«

Sie holten die Päckchen ins Haus, die Sydney auf dem Rasen fallen gelassen hatte. »Dieses Eis kommt nicht im Gefrierschrank an. Chocolate Chip Cookie Dough habe ich wirklich vermisst«, sagte Grace.

»Hören Sie. Ich will ja nicht den Finger in halb verheilte

Wunden legen, aber haben Sie irgendeine Ahnung, warum Miles Sie ins Haus der Schatten gebracht hat?«

»Um eine Schuld zu begleichen, hat er gesagt. Mehr weiß ich auch nicht.«

»Das hilft mir schon«, sagte Sydney. »Danke.«

20

Lara machte Eier Benedict. Jedenfalls war es das, was ihre Hände taten. Im Kopf ging sie die verschiedenen Schritte eines neuen Zaubers durch – eine garstigere Version der Spaßbomben, die sie als Kind so geliebt hatte. Etwas, was sie notfalls in einem Duell verwenden konnte.

Insofern war sie zwar verärgert, aber nicht überrascht, als sie nachsah, ob das Wasser, in dem sie die Eier pochieren wollte, bereits kochte, und feststellte, dass sie vergessen hatte, die Herdplatte einzuschalten.

Leise murmelte sie einen Zauber, der die Eier magisch kochen würde, und schnippte mit den Fingern.

Nichts geschah.

Sie versuchte es erneut, sprach jedes Wort ganz deutlich aus und vollführte die dazugehörigen Gesten so klar und präzise, als wäre sie in der Schule.

Immer noch nichts.

Sie gestattete sich kein Grübeln, sondern öffnete Schubladen, durchsuchte Schränke. Irgendwo hier mussten doch Kerzen sein, Überbleibsel einer Dinnerparty oder eines Geburtstags oder von was auch immer. »Mist!«, fluchte sie und wandte sich dem Toaster zu, in dem gerade ihre Toasties verkohlten.

Als sie das Kabel aus der Steckdose riss, verbrannte sie sich den Unterarm am Toaster. »Verdammt!«

»Lara, was ist denn hier los?« Miles stand an der Tür und musterte das Chaos.

»Nichts!« Sie knallte eine Schublade zu, eine violette Kerze in der Hand. Dann sprach sie das Wort, das die Kerze anzünden müsste.

Ein wenig zögerlich glomm ein Funke auf und der Docht entzündete sich. Darüber war Lara so überrascht, dass sie die Kerze fallen ließ. Ein weiterer rascher Zauber und der Fall wurde mitten in der Luft aufgehalten. Lara nahm die Kerze in die Hand und blies sie aus, anstatt einen weiteren Zauber zu riskieren.

»Ich dachte, meine Magie wäre weg«, erklärte sie.

»Was ist denn passiert?«

Sie erzählte es ihm. »Wahrscheinlich war das nur wieder so ein Magieversagen, wie bei den Duellen.« Aufmerksam musterte sie sein Gesicht und suchte nach Anzeichen für das, was Ian vermutete.

»Ich …« Er hielt inne. »Ich bin sicher, du hast recht. Tut mir leid – mir fällt gerade ein, dass ich verabredet bin.« Er eilte aus der Küche.

Lara betrachtete das Chaos um sie herum und fragte sich, was es bedeuten mochte, dass er sie angelogen hatte. Und erwog, ob womöglich der Zeitpunkt gekommen war, um den anderen Zauber auszuprobieren, an dem sie gearbeitet hatte und der das biometrische Schloss am Schrank ihres Vaters umgehen würde.

Shara lief durch die zerstörten Korridore im Haus der Schatten. Sie verschoben sich nicht; sie veränderten sich nicht. Zwar war Shara daran gewöhnt, dass das Haus für sie seine Gestalt beibehielt, doch dies war anders. Sie hatte das Gefühl, durch etwas Totes zu gehen, nicht durch ein lebendiges Haus. In diesen Korridoren war kein Leben mehr. Der Atem des Hauses ging stockend, unregelmäßig, sein Herz schlug nur langsam.

Das Haus der Schatten verging; es starb. Sydney – Sharas Hände ballten sich zu Fäusten, bis die Fingernägel sich in die Handflächen bohrten –, Sydney hatte zu viel zerstört. Sie hatte die Fäden aufgeräufelt, die das Haus zusammenhielten, hatte Gift in den Grundmauern hinterlassen. Die Fäulnis – die Schwäche – breitete sich aus. Shara schaffte es kaum, den Istzustand aufrechtzuerhalten; von einer Heilung wagte sie nicht einmal zu träumen.

Und was die Magie anging, die der Daseinszweck des Hauses der Schatten war: Sie strömte hinaus wie Wasser. Zuerst war es nur ein Rinnsal gewesen, doch mittlerweile spürte sie die Risse im Damm. Er stand kurz davor zu brechen. Sharas Schritte hallten von Böden wider, die seit Tagen dieselbe Gestalt behielten.

Direkt an der Haustür stand Miles Merlin.

Zorn stieg in ihr auf, lauerte dicht unter ihrer Haut. »Ich hatte mich schon gefragt, wann du so freundlich sein würdest, hier aufzutauchen.«

Merlin deutete auf die Risse in den Mauern, durch die Licht hereinsickerte, auf die große Tür, nur behelfsmäßig wieder eingehängt. »Was ist denn hier passiert? Ich dachte, es gäbe Vorkehrungen, die genau so etwas verhindern sollen?«

»Vorkehrungen, die die Unterstützung der Ungesehenen Welt erfordern«, entgegnete Shara.

»Die Ungesehene Welt hat das Haus der Schatten immer unterstützt – dafür hat unser Haus von Anfang an gesorgt. Deshalb bist du ja hier und deshalb habe ich meine eigenen Aufgaben. Wir stellen sicher, dass es Regeln gibt, die befolgt werden, dass die Opfer zur Verfügung gestellt werden. Wir nehmen ihre Magie, binden sie an die Statue und sorgen dafür, dass sie die Ungesehene Welt sicher erreicht.«

»Dein Haus«, sagte Shara, »nicht meines.«

»Das Haus Merlin ist stolz auf deine Dienste.«

»Spar dir den Scheiß, Miles, und sag mir, was du willst.«

»Die Magie versagt …«, setzte er an.

»Und das ist nicht die Schuld des Hauses der Schatten. Sag mir, wie lange ist es her, seit du erfolgreich einen Zauber gewirkt hast, Miles?«

Er blickte verdutzt.

»Hast du geglaubt, das wüsste ich nicht? Hast du gedacht, du könntest vor mir stehen, ausgerechnet hier, an diesem Ort, und ich würde nicht merken, dass du nicht mehr Magie besitzt als ein Nichtmagier?«

»Ausgerechnet du musst mich deswegen kritisieren nach allem, was du hier zugelassen hast. Wie kann ich deinen Wunsch nach Macht in der Ungesehenen Welt unterstützen, wenn du nicht einmal genügend Macht hast, um auf dein eigenes Haus aufzupassen?«, höhnte er.

»Ich glaube wirklich, wir sind über den Punkt hinaus, an dem es noch eine Rolle spielt, ob du mich unterstützt oder nicht. Denn wenn du keine Magie mehr hast, kannst du kein Haus führen. Es scheint also, als wollten wir beide das Gleiche, großer Bruder.« Sie trat näher an ihn heran, Magie in den Händen, sichtbar genug, um ihn daran zu erinnern, wer von ihnen beiden über die Art von Macht verfügte, die zählte.

»Ich wüsste nicht, inwiefern.«

Selbst jetzt noch, in dieser Situation, gelang es ihm nicht, seinen Abscheu zu verhehlen. Ihr war durchaus klar, was er über das Haus der Schatten – über sie – dachte. Bestenfalls ein notwendiges Übel. Sie wusste es besser – alles, was er besaß, hatte er ihr zu verdanken. »Du willst dein Haus. Ich will meines. Beschaffe mir genügend Magie, um das Haus der Schatten wieder aufzubauen, setze die Zauber wieder in Gang, und dann wird die Ungesehene Welt über so viel Magie verfügen, dass sie deine niemals anzweifeln wird.«

»Schon erledigt«, sagte er und wandte sich zum Gehen.

»Warte nicht damit. Wie ich höre, muss deine Tochter noch einige große Duelle austragen. Ich würde es sehr bedauern, wenn die Magie ausgerechnet dann versagte, wenn sie sie benötigt.«

21

Geschmeidig kam der Wagen vor dem Haus Prospero zum Stehen. »Sie sind hier aufgewachsen?«, fragte Harper.

Madison las ihre Kreditkarte ein und fügte ein Trinkgeld für den Fahrer hinzu. »Was? Nein – nur die engere Familie lebt in diesen Häusern. Ich bin so was wie die Tochter der Cousine zweiten Grades. Ich bin in einem ganz normalen Haus aufgewachsen.«

Sydney hatte sie hergebeten. Da sei jemand, den sie kennenlernen müssten, hatte sie gesagt. Jemand, der nicht zu Wellington & Ketchum in die Kanzlei kommen könne. »Oder jedenfalls nicht im Moment. Sie hat eine Menge durchgemacht. Ich lasse sie selbst erzählen.«

Madison und Harper hatten gerade die oberste Stufe erreicht, als die Tür aufschwang. Dahinter wartete Sydney, barfuß und in einer eng anliegenden schwarzen Hose sowie einem weiten schwarzen Shirt.

»Assassinen-Chic, sehr lässig, Sydney. Gefällt mir«, sagte Madison.

»Haha. Sie wartet hinten. Möchtet ihr irgendwas?«

Harper nickte. »Kaffee.«

Ein Klingeln ertönte. Sydney blickte in einen Spiegel mit altmodischem Messingrahmen, der aus stilisierten Kletterrosen gebildet wurde. »Das Haus bringt den Kaffee, sobald er fertig ist.«

»Das Haus?«, fragte Harper, während sie Sydney durch einen Flur folgte, in dem sich Efeu rankte. »Meinen Sie damit den Butler oder so?«

»Nein, ich meine wirklich das Haus«, sagte Sydney. »Es ist mit meiner Magie verbunden.«

Harpers Augen weiteten sich.

»Wie gesagt, ich bin in einem normalen Haus aufgewachsen«, warf Madison ein.

»Es ist hilfsbereit«, sagte Sydney. »Das Haus. Ich habe mich selbst noch nicht ganz daran gewöhnt.« Sie führte sie in einen Raum, in den helles Sonnenlicht hereinflutete. An einem der Fenster stand eine junge Frau und blickte hinaus. Ein bisschen zu dünn, die Schultern hochgezogen.

»Ich hatte ganz vergessen, wie gern ich früher Vögel beobachtet habe«, sagte Grace. Harpers Blick fiel auf ihre linke Hand, die herabhing und sich ruhelos bewegte. Sie war mit einem Muster aus dünnen silbrigen Narben bedeckt.

»Madison, Harper, das ist Grace Valentine. Sie ist ...« Sydney sah Grace an.

»Ich bin die Frau, die Grey Prospero vor drei Jahren zu töten versucht hat«, sagte Grace.

»Wir wissen Bescheid«, sagte Madison. »Nun ja, wir wussten nicht, dass wir ausgerechnet Sie hier treffen würden, aber Harper hat die Akte gefunden. Die Enterbung. Also kommt das nicht völlig unerwartet. Aber ... wo waren Sie?«

Auf einem Beistelltisch erschien der Kaffee und Sydney schenkte ein, während Grace den anderen Frauen ihre Geschichte erzählte.

Harper hörte völlig reglos zu. Ihr Kaffee stand unberührt neben ihr.

»Dann ist der Bann, mit dem die Enterbung belegt war, wohl offiziell gebrochen. Oder zumindest so weit gelockert, dass er keine Rolle mehr spielt«, sagte Madison. »Allerdings – Harper, was ist denn los?«

Harper rutschte unruhig hin und her. »Also, ich habe da etwas getan, und Madison, ich fürchte, Sie werden mich deswegen vielleicht feuern. Die hier habe ich vorgestern Abend gemacht.« Harper holte ihr Telefon aus der Tasche, öffnete den Ordner mit den Fotos und reichte Madison das Telefon.

Madison sah sich das erste Foto an. »Ist es das, was ich glaube? Ist es *dort*, wo ich glaube?«

»Scrollen Sie weiter runter.«

Madison tat es, bis sie zu dem Bild kam, wo Grey nackt auf dem Bett lag. »O Gott.« Sie reichte das Handy an Sydney weiter. »Sie sind nicht gefeuert, aber was haben Sie sich bloß dabei gedacht?«, fragte sie Harper.

»Ich musste ständig daran denken, dass da immer wieder Frauen starben und es niemanden gekümmert hat, weil sie nicht viel Magie besaßen. Wenn er Sydney getötet hätte – nichts für ungut, Sydney –, aber wenn er das getan hätte, dann hätte das Aufsehen erregt. Sogar wenn er sie in einem Duell getötet hätte, hätte das Aufsehen erregt. Aber das da? Ich habe gelesen, was er Ihnen angetan hat, Grace. Ich habe Rose *gefunden*. Niemanden kümmert das und sogar in Grace' Fall ist es bei einer Enterbung geblieben. Ich meine, was soll der Scheiß? Sie wurden drei Jahre lang an einem Ort festgehalten, der im Grunde die Hölle ist, und wenn Sydney nicht gewesen wäre, wären Sie immer noch dort. Und unterdessen läuft er frei herum und schleppt in Bars Frauen ab. Entschuldigung«, sagte sie zu Grace.

»Nein, Sie haben ja recht.« Grace nickte.

»Aber in den meisten Fällen bleibt es bei finanziellen Konsequenzen. Und außerdem gibt es in der Abteilung Spezialprojekte bei Wellington & Ketchum keine Unterabteilung für Strafrecht«, sagte Sydney sanft.

Madison warf ihr einen schiefen Blick zu.

Sydney scrollte durch den Rest der Fotos und reichte Grace das Telefon. »Wollen Sie?«

»Nein. Ich kann mir gut vorstellen, was auf den Bildern zu sehen ist.« Sie beugte und streckte die Finger.

»Sie haben die hier selbst gemacht?«, fragte Sydney Harper. »Ich wusste nicht, dass Sie eine Magierin sind.«

»Bin ich auch nicht. Eine Freundin – Alanna Valentine – hat mir einen selbst auslösenden Zauber zur Verfügung gestellt. Er hat ihn sehr ... anhänglich gemacht, und dann sehr bewusstlos.«

Grace lachte. »Alanna ist meine Cousine. Schon auf der Highschool hatte sie eine Version dieses Zaubers. Sie hat ihn bei Jungen eingesetzt, die Spaß daran hatten, Lügen über Mädchen zu verbreiten, oder zudringlich wurden. Hinterher ließ sie sie dann nackt auf dem Lacrosse-Feld liegen.«

Harper lächelte. »Kann ich mir gut vorstellen.«

»Trotzdem«, sagte Madison, »Sie sind ein großes Risiko eingegangen. Wenn der Zauber nicht funktioniert hätte ...«

»Er hat meine beste Freundin ermordet.«

»Verdammt guter Grund, um ein Risiko einzugehen«, sagte Sydney. »Und es tut mir sehr leid. Leiten Sie die Fotos an mich weiter.«

»Sydney?«, fragte Madison.

»Ich bin ein Spezialprojekt. Außerdem habe ich kein Problem damit, die gesamte Unterabteilung für Strafrecht zu sein. Und du hast bereits mehrfach darauf hingewiesen: Wir befinden uns mitten im Umschwung. Da passiert alles Mögliche. Das Rad des Schicksals dreht sich nun mal. Ich will dem Schicksal nur ein bisschen auf die Sprünge helfen.«

Miles Merlin saß an seinem gewohnten Tisch im Magierklub und beobachtete, wie Sydney durch den Raum auf ihn zukam und den Türsteher wie Treibgut in ihrem Kielwasser hinter sich herzog.

»Miss! Miss! Sie können doch nicht einfach ... Es tut mir leid, Sir. Sie wollte nicht auf mich hören.«

»Was dagegen, wenn ich mich zu Ihnen setze?« Sydney glitt in den Sessel ihm gegenüber. »Wie ich höre, haben Sie mit allen möglichen Leuten über mich gesprochen. Haben sich Geschichten ausgedacht, zum Beispiel, ich würde Magie stehlen oder ich dürfe wegen meiner Herkunft nicht Oberhaupt meines Hauses sein. Man könnte fast meinen, Sie hielten sich für was Besseres, was schon komisch ist, wenn man bedenkt, wie eng die Verbindung zwischen Ihrem Haus und dem Haus der Schatten ist. Wie viel Hilfe Sie von dort bekommen.« Sie sprach so laut, dass überall im Klub neugierig die Ohren gespitzt wurden.

Merlin winkte den Türsteher fort. »Schon gut. Sie kann bleiben.«

»Kluge Entscheidung«, kommentierte Sydney und legte ihr Telefon auf den Tisch.

»Offensichtlich haben Sie mir etwas so Wichtiges zu sagen, dass Sie keine Zeit für Höflichkeiten hatten.« Merlin lächelte, wie ein nachsichtiger Vater zu einem unartigen Kind hinunterlächelt.

»Ich sah keine Notwendigkeit, Sie länger warten zu lassen.«

Sydney öffnete den Ordner mit Harpers Fotos und drehte das Telefon so, dass er sie sehen konnte.

»Nun, also das ist wirklich makaber.« Angewidert verzog er den Mund.

»Ja, nicht wahr?« Sydney ließ eines der Bilder geöffnet. »Und so rüde – Leute ihrer Magie wegen zu ermorden.«

»Stammen die daher? Von diesen armen Frauen?« Übertriebene Erschütterung und Entsetzen.

»Diese Fotos wurden in der Wohnung Ihres guten Freundes

Grey Prospero aufgenommen.« Sie schenkte ihm einen messerscharfen Blick.

Merlin schüttelte den Kopf. »Grey würde niemals …«

»Sparen Sie sich den Scheiß. Er hat es schon einmal versucht. Deshalb wurde er ja auch enterbt.« Sie machte eine Pause. Dann: »Selbstverständlich wissen Sie das bereits, da Sie als Oberhaupt der Ungesehenen Welt die Enterbung abgesegnet haben.«

»Sind Sie hier, um die Feinheiten juristischer Verfahren zu erörtern?«, fragte Miles.

»Ganz und gar nicht. Ich wollte Sie nur wissen lassen, dass diese Feinheiten mir bekannt sind. Sämtliche Feinheiten dieses Vorgangs.« Sie wartete auf eine Reaktion von ihm, auf ein wenig Bedauern wegen seines Verhaltens Grace gegenüber oder zumindest ein bisschen Angst, weil man ihm auf die Schliche gekommen war, doch in seiner Miene las sie nur Verärgerung.

»Gibt es sonst noch etwas, was Ihnen bekannt ist, oder kann ich mich dann wieder meinen eigenen Angelegenheiten widmen?«

»Wie Sie wollen. Außerdem ist mir bekannt, dass es im Duell Beauchamps-Prospero Einmischung von außen gab. Sie erinnern sich doch an dieses Duell, Miles, an das Duell, bei dem Miranda ihre Magie eingebüßt hat? Und zwar nicht nur magische Einmischung, sondern auch körperliche. Wusste Grey, dass Sie sie schubsen würden, oder haben Sie einfach spontan beschlossen, ein bisschen nachzuhelfen?«

»Nicht so laut«, sagte Merlin.

»Ja, ich hatte mir schon gedacht, dass dies der Punkt sein würde, der Ihnen Sorgen bereitet. Ihresgleichen würde so ziemlich über alles hinwegsehen, aber Einmischung von außen in einem aktiven Duell, das geht gar nicht. Wenn die Leute erfahren, dass Sie Grey geholfen haben, könnte Ihr Haus aufgelöst werden.«

»Ich habe keine Kontrolle über seine Handlungen.«

Sydney lehnte sich zurück. »Ich glaube Ihnen. Zumindest dass Sie glauben, das, was Sie gerade gesagt haben, entspräche den Tatsachen. Denn bei allen Ihren Fehlern sind Sie doch zu clever, um etwas zuzugeben, was Sie in Teufels Küche bringen könnte. Nennen wir Miranda also Schnee von gestern. Aber was ich wirklich gerne wüsste, ist, was Sie deswegen hier zu unternehmen gedenken.« Sie klopfte mit dem Finger auf das Display ihres Handys.

»Unternehmen? Wegen einer Tat, für die er bereits bestraft wurde – und zwar recht schwer –, und einiger ziemlich schwach untermauerter Anschuldigungen?« Merlin lehnte sich zurück und legte die Fingerspitzen aneinander. »Und selbst einmal angenommen, er hätte etwas getan, was Maßnahmen erforderte – wir sind im Umschwung. Das Rad des Schicksals tut, was es tun muss. Ich würde mich da nicht einmischen wollen.«

»Also nichts«, hielt Sydney fest. »Das ist in etwa das, was ich erwartet habe. Ich wollte mich bloß vergewissern, bevor ich tue, was ich tun muss.«

»Und das wäre?«, wollte Merlin wissen.

»Ich werde dem Rad des Schicksals einen höllischen Schubs verpassen. Vielleicht sollten Sie lieber aus dem Weg gehen. Oder auch nicht – ich würde nicht wollen, dass Sie sich da einmischen.«

Sie trafen sich an der Statue von Alice im Wunderland. Als Lara klein gewesen war, war dies ihr Lieblingsort im Park gewesen. »Weißt du noch, wie du alle Raupen im Park gezwungen hast, hierher zu kriechen und mit dir Tee zu trinken?«, fragte Ian.

»Ich weiß noch, dass ich danach eine Woche Hausarrest hatte und zwei Wochen keine Magie wirken durfte, weil ich die Aufmerksamkeit der magielosen Welt in ungebührlicher Weise erregt hatte. Dad war fuchsteufelswild. Und ... in dieser Hinsicht hat sich nichts geändert.«

»Was ist es denn diesmal?«

»Ich weiß es nicht genau. Er redet so gut wie gar nicht mehr mit mir, außer um mir zu sagen, welche Herausforderung als Nächstes ansteht. Ich bin mir allerdings ziemlich sicher, dass er es auf Sydney abgesehen hat – er hat sich bloß noch nicht entschieden, ob er es besser direkt tun soll, in der Hoffnung, dass ich sie wirklich schlagen kann, oder ob er lieber Prospero herausfordern und versuchen soll, ihr Haus aus dem Wettbewerb zu werfen.

Klüger wäre es, ihr Haus herauszufordern – ich habe kaum eine Chance, dich zu schlagen, aber gegen dich habe ich immer noch bessere Aussichten als gegen sie. Allerdings sind er und Grey immer noch ganz dicke, und ich glaube, er hat Grey eingeredet, wenn Sydney stürbe, könne er dafür sorgen, dass Grey erbt.«

»Kann er das denn?« Ian verdrängte das hypothetische Szenario, in dem ihr Vater sie zwang, sich gegenseitig umzubringen.

»Ich glaube, darum geht es eigentlich gar nicht. Im Moment sieht er Grey, glaube ich, als Bauernopfer und eine gute Möglichkeit, die Aufmerksamkeit der Leute von der Frage abzulenken, ob Dad noch über Magie verfügt. Grey erzählt allen, die nicht bei drei auf den Bäumen sind, dass die Magie versagt, weil Sydney aus dem Haus der Schatten freigekommen ist. Das ist offenkundig nicht wahr, denn als Verenice freikam, ist nichts dergleichen passiert, aber wenn Grey es nur laut genug sagt, ist irgendwann egal, ob es wahr ist oder nicht. Die Leute glauben es, weil es die einfachere Geschichte ist. Ich fürchte, Dad hofft, dass Grey dumm genug ist, um Laurent herauszufordern, dass er versucht, Sydney zu töten, und dabei auch noch Glück hat.«

»Da müsste er aber sehr viel Glück haben, um sie zu schlagen, aber Grey ist tatsächlich dumm genug, zu glauben, er könnte gewinnen.«

»Da ist noch etwas.« Lara atmete tief durch und sah Ian an. »Kannst du mich lehren, Magie so zu verwenden wie du?«

»Sicher. Natürlich. Aber – warum jetzt?« Er hatte es ihr früher schon angeboten, doch sie hatte nie Interesse daran gezeigt. Was sie tat, funktionierte, und das Haus der Schatten war ein notwendiges Übel. Er war anderer Meinung, aber er hatte sie nicht weiter bedrängt.

»Weil ich neulich meine Magie verloren habe.«

»O Lara, nein.«

Sie zuckte die Achseln. »Es war nur vorübergehend und ich habe sie wieder, aber ich glaube, irgendetwas stimmt da ganz entschieden nicht. Vielleicht mit Dad, vielleicht mit dem Zauber. Ich weiß es nicht. Aber er will mir nichts sagen und ich habe sein Schloss immer noch nicht geknackt. Dass meine Magie mitten im Duell versagt, das kann ich wirklich nicht brauchen. Oder dass sie vollständig verschwindet. Und du und Sydney, ihr gehört zu den wenigen, bei denen die Magie noch nie versagt hat.«

»Natürlich helfe ich dir«, bekräftigte er. »Keine Frage.«

»Ich erinnere mich an noch etwas«, sagte Lara. »Ich weiß noch, wie du mir *Alice im Wunderland* geschenkt hast, als ich Hausarrest hatte, damit ich so tun konnte, als wäre ich hier und veranstaltete Teepartys. Du bist ein guter Bruder, Ian.«

»Was soll ich denn sonst sein?« Er legte ihr den Arm um die Schultern und so standen sie da: zusammen.

22

Sydney hatte Miranda zu sich ins Haus Prospero eingeladen, doch Miranda hatte abgelehnt. »Ich bin noch immer … sicher hältst du mich für töricht, aber ich bin noch nicht bereit, dieses Haus wieder zu betreten. Selbst als Besucherin nicht. Als Besucherin vielleicht sogar erst recht nicht.«

In Anbetracht der Veränderungen, die das Haus an seiner Erscheinung vorgenommen hatte, seit es Sydney gehörte, war Mirandas Entscheidung wahrscheinlich ein Segen. Der Unterschied zwischen den beiden Versionen des Hauses war so enorm, dass er Miranda hätte ablenken können, aber nicht auf die gewünschte Art. »Selbstverständlich. Wir können uns irgendwo auswärts treffen – such du den Treffpunkt aus.«

»Das Restaurant in meinem Hotel ist gut, und man wird uns einen Tisch geben, an dem wir ungestört sind.«

Das Restaurant erinnerte Sydney ein bisschen an das Haus Prospero bei ihrem ersten Besuch. Die Inneneinrichtung sollte den gleichen Eindruck erwecken: Dies war ein kultiviertes Haus, hier wurden bedeutende Traditionen gepflegt und die Menschen, die hierherkamen, waren etwas Besonderes und würden dementsprechend behandelt werden. Die Geräuschkulisse war gedämpft und es war angenehm warm, als Sydney der Bedienung an Mirandas Tisch folgte. Sogar die Luft roch teuer.

Sydney hatte Miranda seit dem Abend, an dem diese ihre Magie eingebüßt hatte, nicht mehr getroffen. Sie hatte damit gerechnet, dass Miranda verändert aussehen würde, nun, da ihre Magie fort war, dass das plötzliche Fehlen von etwas, was sie in hohem Maße ausgemacht hatte, Spuren hinterlassen haben würde. Doch falls es eine Veränderung gab, war sie gut verborgen. Mirandas Fassade war so glatt und undeutbar wie Marmor.

Miranda stand halb auf – als wollte sie Sydney umarmen –, doch als Sydney keine Anstalten machte, auf sie zuzugehen, setzte sie sich wieder.

»Du solltest wissen, dass Grace Valentine bei mir wohnt.« Sydney beobachtete, wie alle Farbe aus Mirandas Gesicht wich und Verständnislosigkeit sich darin abzeichnete.

»Grace … Valentine.« Mirandas Stimme war seidenpapierdünn.

»Was bedeutet, ich weiß auch, warum Grey enterbt wurde. Was ich nicht weiß, ist, ob du Grace an Miles übergeben hast, damit er sie ins Haus der Schatten bringt und du sie und das, was dein Sohn ist, vergessen kannst, oder ob er von allein auf diese kleine Kursänderung gekommen ist.«

Risse in der Maske. »Er hat was?«

»Sie ins Haus der Schatten gebracht. Sie Shara als Opfer übergeben. Anscheinend um eine Schuld zu begleichen.«

»Er hat allen erzählt, sie sei gestorben. Sydney, ich habe ihm geglaubt. Ich war auf ihrer Beerdigung.«

»Genau so hatte er sich das wahrscheinlich auch vorgestellt. Ich meine, wenn sie da drin stirbt, findet niemand raus, was er getan hat, und die letzte Person, die offiziell mit ihr in Verbindung gebracht wird, ist Grey.«

»Wenn ich das gewusst hätte, hätte ich versucht, ihr zu helfen.«

»Ja? So wie du versucht hast, mir zu helfen, als du erfahren hast, dass ich da drin bin?«

Miranda wich ihrem Blick aus. Schroff flüsterte sie: »Was wolltest du mir sonst noch sagen?«

»Du solltest wissen, dass Grey in den letzten drei Jahren offenbar besser geworden ist in dem, was er tut. Oder schlimmer. Ich weiß nicht recht, wie man das formulieren sollte.« Sydney trank einen Schluck Wein. »Frauen werden ermordet und ihrer Fingerknochen beraubt.« Sie machte eine Pause. »Einige dieser Knochen wurden in Greys Wohnung gefunden.«

Miranda schloss die Augen, die Lippen zusammengepresst, blutleer. »Ich wünschte, ich könnte sagen, ich sei überrascht. Aber er konnte nie genug bekommen. Und er wollte es leicht haben. So leicht, dass er sich nicht bemühen muss, dass ihm alles einfach zufliegt und er nicht nur ganz passabel ist, sondern schlicht brillant. Er hat nie verstanden, warum er nicht brillant ist oder dass er diesem Zustand vielleicht näher käme, wenn er sich anstrengen würde.

Er hat auch nie verstanden, warum er nicht versuchen sollte, es sich von anderen zu nehmen, die das verstanden haben, besonders wenn er glaubt, sie seien geringer als er. Ich wünschte zutiefst, ich wüsste es nicht, aber ich weiß, was mein Sohn ist.«

»Tja, Miles Merlin weiß es auch«, sagte Sydney. »Allerdings glaubt er, die Lösung sei, Grey weiter am Umschwung teilnehmen zu lassen und darauf zu vertrauen, dass das Rad des Schicksals schon alles wieder in Ordnung bringt. Ich verfolge da einen direkteren Ansatz: Ich werde ihn herausfordern.«

Miranda wurde noch bleicher, doch abgesehen davon veränderte sich ihre sorgsam beherrschte Miene nicht. »Ich verstehe. Danke, dass du es mir persönlich sagst.«

»Ich bin froh, dass du die Notwendigkeit einsiehst.« Sydney schob ihren Stuhl zurück.

»Musst du schon gehen? Ich dachte, wir könnten zumindest zusammen essen, könnten eine Mahlzeit lang ganz normal Mutter und Tochter sein.«

»Normal«, sagte Sydney. »Weil die Unterhaltung, die wir gerade geführt haben, ja auch so was von normal war.«

»Du weißt, was ich meine.«

»Eben nicht. Ich weiß nicht, was normal ist. Ich weiß nicht, wie es ist, eine Mutter zu haben. Ich meine, sicher, Shara führt die Aufsicht im Haus der Schatten, aber dort geht es nicht darum, Kinder großzuziehen. Dem Haus der Schatten ist es nicht sonderlich wichtig, ob die Opfer auch nur überleben, geschweige denn, ob sie das Gefühl entwickeln, dort so etwas wie Eltern zu haben.«

»Ich verstehe nicht, warum du das Bedürfnis hast, so etwas zu mir zu sagen. Ich habe auch so schon Schuldgefühle.«

»Ach ja? Wenn du deine Magie nicht eingebüßt hättest, hättest du dann auch nur in Erwägung gezogen, Magie zu nutzen, die nicht aus dem Haus der Schatten stammt? Oder hättest du dir weiter eingeredet, so sei nun mal der Lauf der Welt?«

»Ich hatte zugestimmt, Ian zu unterstützen, wenn das Haus Prospero gewonnen hätte.«

»Und diese Geste weiß ich wirklich zu schätzen. Aber deine Magie – die Magie des *Hauses* –, all das kam trotzdem aus dem Haus der Schatten. Noch nachdem du erfahren hattest, dass ich lebe, hast du diese Magie weiter eingesetzt, um sicherzustellen, dass du deinen Tee serviert bekommst, wenn dir danach ist. Weil es einfacher war. Weil man die Konsequenzen deines Tuns bereits aus Menschen wie Grace und mir herausgeschnitten hatte.« Sie schob die Ärmel hoch und zeigte Miranda ihre Narben.

Da war es um Mirandas Gelassenheit geschehen. Das Schluchzen, das ihr entfuhr, war so laut, dass die Leute sich nach ihr umdrehten.

»Eben. Insofern nein, ich glaube nicht, dass wir jemals so tun können, als wären wir ganz normal Mutter und Tochter. An unserer Beziehung ist nichts Normales.« Sydney wandte sich ab und ging. Es gab noch mehr Leute, denen sie Bescheid geben musste.

Laurent legte Messer und Gabel auf seinen Teller. »Ich muss dir übrigens etwas zeigen.«

»Ich bin gespannt. Und satt. Der French Toast war lecker«, sagte Sydney.

Er steckte die Hände in die Taschen und dann erhoben sich drei Orangen aus der Holzschale in der Mitte des Tisches. Sie drehten sich in der Luft, langsam zuerst, dann schneller, und schließlich stiegen zwei weitere in die Luft und gesellten sich zu den ersten. Sie kreuzten und drehten sich wie beim Jonglieren. Nach einer Minute hielten sie inne und fielen eine nach der anderen kontrolliert zurück in die Schale.

Sydney applaudierte. »Ich freue mich so für dich.«

»Danke. Ich habe es mit sieben probiert, aber das war eine Katastrophe. Daher die Mimosa-Cocktails.« Er deutete auf den Krug.

»Daher.« Sie lächelte.

»Aber ich werde besser. Es kommt mir schon fast natürlich vor, so zu zaubern, sogar nützliche Magie, nicht nur solche Angebereien wie die mit den Orangen, und die Kopfschmerzen sind auch nicht mehr so schlimm.«

»Das freut mich.« Sie trank ihren Mimosa aus. »Also, abrupter Themenwechsel. Ich muss dir etwas sagen und es wird dir nicht gefallen.

»Das klingt ernst. Ist es noch eine grausige Enthüllung darüber, wie Magie funktioniert?«

»In gewisser Weise ja.«

Laurent schüttelte den Kopf. »Mittlerweile müsste ich es besser wissen, als solche Fragen zu stellen.«

»Du hast von den Frauen gehört, die ermordet werden.«

»Und von den Fingerknochen, die man ihnen geraubt hat, was scheiße-unheimlich ist.«

»Allerdings«, stimmte sie zu. »Außerdem ist es aber die Stelle im Körper mit der größten residualen Magie – wir benutzen unsere Hände für fast alle Zauber.«

Sein Blick fiel auf ihre Hände.

»Ich habe meine noch alle«, bemerkte sie.

»Aber du sagst im Grunde, dass jemand sie ihrer Magie wegen ermordet.«

»Stimmt. Und ich bin mir ziemlich sicher, dass ich auch weiß, wer.« Sydney öffnete den Ordner auf ihrem Handy, der Harpers Fotos enthielt.

»Das … das sind menschliche Knochen.« Laurent wischte durch die Fotos. Als er zum letzten kam, dem Foto von Grey auf seinem Bett, wurde er aschfahl. »Das sind menschliche Knochen in Greys Wohnung.«

»Ja. Allerdings.«

»Und du glaubst …« Er schluckte schwer. »Du glaubst, er hat sie da hingetan. Er hat sie aus der Hand irgendeiner armen Frau herausgeschnitten. Nachdem er sie getötet hatte.«

»Das glaube ich. Und zwar deshalb, weil er so etwas nicht zum ersten Mal getan hat.« Sie erzählte es ihm – Grace, Rose, alles.

»Bin gleich wieder da.« Laurent schob die Balkontür auf und trat hinaus. Sydney beobachtete ihn, folgte ihm aber nicht.

Nach einigen Minuten kam er wieder herein. »Die Sache ist die: Ich kann das sogar glauben. Ich meine, ich will nicht. Es war mir nie in den Sinn gekommen. Aber – er hat da etwas gesagt, über Magie und wie man sie bekommt und was ihm alles zusteht, und, Sydney, er hasst dich. Da war entsetzlich viel Hass. Deshalb kann ich es wirklich glauben.«

»Ich weiß, du hast gesagt, du willst ihn außen vor lassen, aber ich würde ihn gern herausfordern. Entweder als dein Champion oder durch das Haus Prospero.«

Laurent nickte. »Das verstehe ich. Und ich werde nicht mit dir darüber streiten. Aber kannst du ... kannst du das im Namen von Prospero tun? Vielleicht bin ich ja ein Feigling oder so. Ich ... ich behaupte auch gar nicht, er sei kein schlechter Mensch. Ich behaupte nicht, dass du falschliegst. Aber er war trotzdem mein erster Freund in dieser Welt.«

»Ich verstehe. Und es tut mir leid.«

»Mir auch.« Laurent vergrub das Gesicht in den Händen. »Mir auch, verdammte Scheiße.«

Am Ende spielte das alles keine Rolle. Nicht die behutsam ausgehandelte Erlaubnis, nicht die persönlichen Gespräche. Grey zwang ihnen die Entscheidung auf und forderte seinerseits Laurent heraus.

»Willst du mich verarschen?«, fragte Laurent.

»Für dich wird alles gut.« Grey zuckte die Achseln. »Hier gibt es kein Haus, das dich nicht aufnehmen würde – Mann, ich bin sogar bereit, das alles zu vergessen und dir zu erlauben, dich in mein Haus einzukaufen, wenn das alles vorbei ist. Aber Sydney hat uns nichts als Probleme beschert, seit sie aufgetaucht ist. So können wir sie aufhalten.«

»Sydney hat uns Probleme beschert«, wiederholte Laurent. »Sydney.«

»Allerdings. Laurent, ich weiß, du meinst, ihr gegenüber loyal sein zu müssen, aber wenn sie aus dem Spiel ist, kommt alles wieder in Ordnung. Ich bekomme mein Haus zurück. All die Probleme mit der Magie hören auf. Miles sagt, sie ist diejenige ...«

»Hör auf. Hör einfach auf«, unterbrach ihn Laurent. »Miles Merlin sagt viel, wenn der Tag lang ist, und das meiste davon ist Mist.«

»Was denn? Weil er jetzt mit mir redet und nicht mit dir, findest du plötzlich, es lohnt sich nicht, ihm zuzuhören?«

»Nein. Ich finde, es lohnt sich nicht, ihm zuzuhören, weil er dir nur sagt, was du hören willst, damit du die Drecksarbeit für ihn machst. Und danach wird er dich im Regen stehen lassen. Ich meine, ist irgendwas – *irgendwas* – von dem, was er dir versprochen hat, tatsächlich eingetroffen?«

»Bloß weil wir derselben Meinung sind, bedeutet das nicht, dass ich mich von ihm manipulieren lasse. Und all das, was er mir versprochen hat, wird eintreffen, sobald sie weg ist. Es kann wieder normal werden, so, wie es sein sollte. Ich versuche damit auch dir zu helfen.« Der Tonfall ruhig und gelassen, alles nur eine sachliche Erklärung.

»Ich wüsste wirklich nicht, wie es mir helfen soll, wenn du versuchst, Sydney zu töten.«

»Indem sie das Haus der Schatten verlassen hat, hat sie Magie gestohlen, die uns allen zusteht. Falls sie im Verlauf eines Duells stirbt, wird das natürliche Gleichgewicht der Magie wiederhergestellt.«

»Du klingst nicht einmal mehr wie du selbst – du klingst wie Miles Merlins Papagei. Wenn du so bist, kann ich nicht mit dir reden.« Laurent trat ans Fenster, die Hände zu Fäusten geballt. »Weißt du was? Genau genommen kann ich überhaupt nicht mehr mit dir reden.«

»Komm schon, Laurent. Jetzt mal im Ernst. Wenn du dich auf ihre Seite schlägst, hast du keine Chance, weiter zur Ungesehenen Welt zu gehören, wenn das hier vorbei ist.«

»Darum geht es hier nicht. Eigentlich wollte ich nichts sagen, denn wie sagt man dem Typen, den man für seinen besten

Freund – für seinen Bruder – gehalten hat, ins Gesicht, dass man weiß, er ist ein Mörder? Wenn es so weit kommt, dann ist das das Ende. Und die Sache ist die: Ich war ein Feigling. Ich wollte es nicht sagen, weil du mein Freund warst, mein bester Freund, aber wie konnte ich das nicht sehen? Was stimmt nicht mit mir?«

»Es war nicht …«, setzte Grey an.

»Egal, was du sagen willst, ich will es nicht hören. Ich weiß, was du getan hast, Grey. Ich *weiß* es. Und ich dachte, ich könnte das wissen und dir trotzdem in die Augen schauen und immer noch den Typen sehen, der mein Freund war, aber das kann ich nicht. Du solltest gehen. Sofort. Und komm nie wieder her. Du bist hier nicht mehr willkommen.«

Grey schüttelte den Kopf. »Gut, dass du den Umschwung nicht überstehen wirst. Du hast nie begriffen, wie diese Welt funktioniert.« Er ging zur Tür, dann blieb er noch einmal stehen. »Du warst wirklich ein Freund für mich, deshalb will ich dir noch eine Chance geben. Entschuldige dich beim Duell und ich lege bei Merlin ein gutes Wort für dich ein.«

»Vergiss es. Leb wohl, Grey.«

Als Ian in seine Wohnung zurückkehrte, fand er Sydney auf dem Balkon. »Wie lange hockst du schon da draußen?«

Sie kletterte von der Brüstung herunter, reckte sich und dehnte die steif gewordenen Muskeln. »Wie lange warst du weg? Ich bin gern hier oben. Es ist still. Ich kann denken.«

»Weißt du, du hättest dich auch ganz konventionell im Restaurant mit mir treffen und mit mir zusammen hierhergehen können. Du hättest sogar in der Lobby auf mich warten können.« Er packte das Essen, das er geholt hatte, aus.

»Aber es macht dir nichts aus, dass ich mir deinen Balkon ausborge, und wenn ich wirklich konventionell wäre, wärst du enttäuscht, und wenn ich mich im Restaurant mit dir getroffen hätte, wäre das Abendessen keine Überraschung gewesen.«

»Stimmt alles.« Er lächelte. »Ich habe was Indisches geholt. Reicht für uns beide, wenn du reinkommst.«

»Perfekt. Ich liebe Alu Gobhi.« Sie trat zu ihm in die Wohnung.

»Kommt Miranda morgen?«, erkundigte er sich.

Zum Duell. »Ich habe sie nicht gefragt. Ich weiß nicht einmal, ob sie kommen kann – streng genommen ist sie ja keine Magierin mehr.«

Ian reichte ihr einen Teller voller Knoblauch-Naan. »Ich möchte nicht derjenige sein, der versucht, sie davon abzuhalten. Sie würde ihre Magie mit reiner Willenskraft zurückrufen, nur um ihn zerschmettern zu können.«

»Ich hätte beinahe Lust, das mit anzusehen«, sagte Sydney.

»Wirst du damit zurechtkommen?«

Fragend schüttelte sie den Kopf.

»Mit dem Duell, meine ich. Weil er dein Bruder ist.«

»Es ist nicht wie bei dir und Lara, weißt du. Ich meine, wenn es jemanden gibt, den ich vielleicht lieben könnte, wie man seine Familie lieben soll, dann ist es Madison. Und die Sache ist die: Sie mag Harper und Harper hat keine beste Freundin mehr, weil mein Bruder sie ermordet hat.

Das Einzige, was ich über Grey weiß, ist, dass er ein Mörder ist, der mich hasst.«

»Also wirst du damit bestens zurechtkommen.«

»So gut wie wir alle, die wir das überleben.«

»Bleibst du heute Nacht hier?« Er strich über ihren Arm.

»Nein, ich brauche einen klaren Kopf. Aber morgen bleibe ich. Ich werde sogar durch die Wohnungstür kommen.«

»Ein Wunder! Ich kann es kaum erwarten.«

»Ausgezeichnet.« Sie grinste. »Und jetzt gib mir die Samosas.«

Madison machte wie immer, seit der verfluchte Umschwung begonnen hatte, spät Feierabend. Es kam einem einfach falsch vor, das Gebäude, in dem man arbeitete, erst um halb elf abends zu verlassen, besonders wenn man es bereits um halb neun am nächsten Morgen wieder betreten würde. Genau genommen eher um halb acht, vielleicht sogar schon um sieben – sie hatte die Goldblatt-Akte ganz vergessen. Und natürlich war weit und breit kein Taxi zu sehen, denn alle anderen waren zu einer vernünftigen Zeit nach Hause gefahren. Sushi. Sie hatte sich Sushi verdient – sie würde zu Bluefin gehen und sich welches mitnehmen.

Als sie gerade in ihre Tragetasche griff, um ihr Handy herauszuholen, traf sie der Zauber. Er warf sie nach vorn, so heftig, dass der Laptop und die Akten aus ihrer Tasche flogen und der Absatz eines ihrer Stilettos abbrach.

Ihr Herz pochte so wild, dass sie das Blut in ihren Ohren rauschen hörte. Doch das Telefon lag in ihrer Hand und trotz ihrer Panik und der Schmerzen versuchte sie hastig, die Notruftaste zu drücken.

Jemand riss sie vom Boden hoch. »Ich werde dich töten.«

Greys Stimme. Er murmelte einen Zauberspruch und das Handy wurde glühend heiß. Sie ließ es fallen und er trat mit dem Absatz darauf.

Madison zerrte an ihm, versuchte, die Balance wiederzuerlangen.

Er legte ihr die Hände um den Hals. Die Hände oder seine Magie – sie konnte es nicht sagen. Sie wusste nur, dass sie kaum noch Luft bekam und schon Sternchen sah.

»Ich töte dich und nehme dir deine Knochen, und dann benutze ich sie, um morgen sie zu töten. Stell dir das mal vor. Du wirst mir helfen, sie zu besiegen.« Sein Atem heiß an ihrem Hals. Sie hob die Hand, zerrte an ihrer Halskette und zerriss sie.

Erneut ging sie sehr unsanft zu Boden. Doch sie konnte wieder atmen und da waren keine Hände mehr, die nach ihr griffen. Madison rappelte sich hoch, stolperte zu ihrer Tasche und sammelte ihre Sachen ein.

Dann drehte sie sich um. Grey stand reglos da wie eine Statue. Der Zauber hatte funktioniert.

Sie atmete tief durch, dann noch einmal, und dann sah sie ihm in die Augen. »Also wirst du mich heute Nacht doch nicht töten. Und meine Knochen bleiben, wo sie sind, und wenn Sydney dich morgen tötet, werde ich darauf verdammt noch mal eine ganze Flasche Champagner trinken, und ich hoffe, bevor ihr Zauber nachlässt, pinkelt dir noch ein Hund ans Bein, weil er dich für einen Hydranten hält. Denn sie hat gewusst, dass du feige genug bist, um so was zu probieren, und das da war ihre Magie, in der Halskette, und wenn sie dich so außer Gefecht setzen kann, obwohl sie nicht mal hier ist, dann stell dir mal vor, was sie morgen persönlich mit dir anstellt. Du mieses kleines Würstchen.«

Madison ging – humpelte vielmehr mit dem abgebrochenen Absatz und dabei hatte sie diese Schuhe wirklich verdammt gerngehabt – zu dem Sushi-Lokal, in das sie ohnehin gewollt hatte.

»Madison! Was ist passiert?«

»Schlechter Tag bei der Arbeit, Hideo.« Sie sank auf den Stuhl, den er ihr anbot. »Kann ich gegen Ihre Handy-Regel verstoßen und außerdem die größte Schale Miso-Suppe der Welt bekommen?«

»Natürlich. Sind Sie sicher, dass ich nicht die Polizei rufen soll?«

»Ja. Trotzdem danke.« Sie durchwühlte ihre Tasche, bis sie ihr privates Handy fand. Das Telefon, das Grey zertrümmert hatte, war ihr berufliches gewesen. Sydney hatte beide mit Notfallzaubern belegt – wenn eines kaputtging und Madison sich nicht innerhalb einer gewissen Zeit meldete, würde eine andere Version des Halskettenzaubers ausgelöst. »Sydney, du hattest recht. Er hat mich überfallen.«

»Bist du jetzt in Sicherheit?«

»Ich bin bei Bluefin. Gleich geht's mir wieder gut. Ich habe den Halskettenzauber benutzt. Und ich habe ihm gesagt, ich hoffe, ein Hund pinkelt ihm ans Bein.«

Sydney erstickte ein Lachen. »Kommst du klar? Soll ich dich abholen?«

»Nein. Hideo setzt mich in ein Taxi, wenn ich ihn darum bitte. Ich wollte dir nur Bescheid geben.« Sie hielt inne. »Er hat gesagt, er wollte meine Knochen benutzen. Um dich zu töten.«

»Madison, ich komme sofort ...«

»Nein, wirklich. Komm nicht. Ich bin in Sicherheit und werde gleich mein eigenes Körpergewicht an Spicy-Tuna-Rolls verzehren und mit Sake runterspülen, und wenn du hier auftauchst, muss ich wahrscheinlich weinen, und das will ich im Moment nicht. Ich will nur ... sei du heute Nacht vorsichtig. Und morgen zögere nicht. Ich weiß, er ist dein Bruder und Laurents Freund und was nicht sonst noch alles, aber zögere nicht eine Sekunde lang, ihn zu erledigen.«

»Werde ich nicht, Madison. Versprochen. Genieß dein Sushi und ruf mich an, wenn du mich brauchst. Ich bin für dich da.«

»Ich weiß.«

23

Unterwegs zu ihrem Duell schaute Sydney im Haus Prospero vorbei. »Grace, möchtest du heute Abend mitkommen?«

»Nein. Danke, dass du fragst, aber ich möchte nicht mit ihm in einem Raum sein. Ich will ihn nicht sehen, nicht einmal unter diesen Umständen. Ich will ihn nie wiedersehen.« Sie ballte die Fäuste, dann schlang sie sich die Arme um den Leib, sodass die Narben verborgen waren.

»Das musst du auch nicht.« Sydney legte Grace die Hand auf die Schulter. »Ich rufe an, wenn es vorbei ist.«

»Sydney.« Grace fasste nach Sydneys Hand und drückte sie. »Danke.«

Auf dem Weg zur Tür blieb Sydney vor dem Spiegel stehen. »Falls … falls ich nicht zurückkomme, schütze sie vor ihm. Sei ihr Haus, okay?«

Ja. Zögern. *Komm zurück.*

»Das habe ich vor.«

Den Rest des Wegs ging Sydney mit Laurent zusammen. »Das alles tut mir wirklich sehr leid«, sagte er. »Ich fürchte, die Arbeit für mich hat dir mehr Ärger eingetragen, als du bei Vertragsabschluss erwarten konntest.«

»Bitte. Mittlerweile kennst du mich doch gut genug, um zu wissen, dass ich bestens in der Lage bin, selbst Ärger zu machen.«

Laurent lachte. »Das stimmt allerdings.«

»Außerdem hätte Grey es sowieso auf mich abgesehen gehabt, ob ich nun dein Champion bin oder nicht. Ich habe mich dafür entschieden, für dich zu arbeiten, und das bedauere ich nicht im Geringsten. Du warst mir gegenüber die ganze Zeit nur liebenswürdig und solidarisch, weit mehr, als du gemusst hättest. Es gibt nichts, wofür du dich entschuldigen müsstest.«

»Danke. Und ... was ich da gesagt habe: Du sollst ihn da raushalten und all das ...«

Sie nickte.

»Nur falls ich mich nicht klar ausgedrückt haben sollte: Das ist vorbei. Zögere heute Abend nicht. Gib alles, Sydney. Für diese Frauen.«

»Mache ich.«

Miles Merlin wartete gleich hinter der Tür und nahm mit beiden Hände die ihre. »Also, Sydney, Sie können jederzeit aufgeben.«

»Nehmen Sie Ihre Hände weg, sonst entferne ich sie von Ihren Armen.«

»Es besteht kein Grund, so feindselig zu sein«, sagte Merlin, ohne ihre Hand loszulassen.

Sydney stieß ein Wort hervor, das zischte und in der Luft funkelte. Miles riss die Hände weg. Beide Handflächen waren gerötet und mit Blasen übersät. Sie lächelte und ging weiter.

»Der Eintrittspreis hat sich jetzt schon gelohnt«, bemerkte Laurent.

Sydney lachte.

Dann traf Miranda ein und erneut lief Getuschel wie eine Welle durch die anwachsende Menge. Merlin stellte sich vor sie hin und hielt sie vorübergehend auf, doch als sie um ihn herumging, unternahm er nichts dagegen.

Immer mehr Menschen drängten sich herein, bis es schien,

als befände sich die gesamte Ungesehene Welt in dieser Lagerhalle.

Ian schob seine Hand in Sydneys und drückte sie. »Ich freue mich schon darauf, dass du nachher an meine Tür klopfst.«

Sie erwiderte den Händedruck, genoss für einen kurzen Atemzug die tröstliche Wärme.

Und dann wurde es Zeit.

Grey hob die Hände, um seinen Zauber zu wirken.

»Bitte«, sagte Sydney. »Versuch's nur.« Sie schnippte so lässig mit den Fingern, als würde sie eine Fliege verscheuchen, und Greys Hände wurden wieder nach unten gerissen und an den Körper geklemmt.

Er kämpfte dagegen an, doch er konnte sich nicht rühren, konnte nicht einmal sprechen.

»Siehst du die Narben an meinen Händen und Armen?« Hell jetzt und silbrig schimmernd hoben sie sich von ihrer Haut ab. »Das bleibt zurück, wenn man jemandem die Magie aus den Knochen schneidet.«

Sie krümmte die Finger in scharfen Winkeln und rötliche Linien überzogen Greys Hände und Arme, ein Echo der Narben auf ihren eigenen Gliedern. Blut tropfte in den totenstillen Raum.

»Natürlich habe ich meine Knochen noch. Meine wurden nur immer wieder eingeritzt. Aber du, du hast ihnen die Knochen genommen, nicht wahr?« Ein grässliches Knacken, dann ein feuchtes Schmatzen, und sämtliche Knochen aus Greys Händen regneten zu Boden.

»Und dann hast du sie getötet.«

Sydney hob eine Hand, beugte die Finger unerbittlich. Mit einem Mal roch es durchdringend nach Asche und Staub. Grey stand immer noch wie angewurzelt da, war unfähig, sich zu rühren oder zu sprechen. Sydney vollführte eine Geste und der gesamte Raum wurde schwarz – bis auf einen kleinen Lichtkreis dort, wo sie und Grey standen.

Aus der Dunkelheit: Geister. Bleich und weiß, die Gesichter schrecklich anzusehen und gnadenlos, die Hände rot vom Blut. Narben leuchteten silbrig – Hinterlassenschaften eines Rituals zum Rauben ihrer Magie.

Sie waren die Geister der Frauen, die Grey ermordet hatte. Rose Morgan. Haylee Dee. Lena Hermann. Mariah Blackwood. Allison Glass. Weinen und entsetzte Aufschreie liefen durch die Menge, als man die Frauen wiedererkannte. Als man ihre Namen flüsterte oder rief.

Die Geister stürzten sich wie die Furien auf Grey und rissen ihm die Glieder aus. Rissen ihm das Fleisch vom Leib, bis am Ende nur ein Haufen Knochen übrig blieb. Die Fingerknochen lagen separat.

Die Geister verblichen.

Das Licht ging an.

Sydney sprach in ihr Handy: »Du bist jetzt in Sicherheit«, und es hallte laut und deutlich durch den stillen Raum. Dann stieg sie über den Knochenhaufen hinweg und ging.

Am Tag danach machte Sydney ihren offiziellen Antrittsbesuch bei Wellington & Ketchum. Madisons Sekretärin meldete sie, dann blieb sie auf dem Korridor stehen. »Ich bin einmal mit ihm ausgegangen und fand ihn so gruselig, dass ich eine Freundin anrief und sie bat, einen Notfall vorzutäuschen, damit ich mit dem Taxi nach Hause fahren konnte. Ich habe niemandem davon erzählt, weil er ein Prospero war und ich nicht mal stark genug, um einem Haus anzugehören, und außerdem hatte ich ja nur so ein ungutes Gefühl. Ich weiß gar nicht, ob ich mich besser oder schlechter fühle jetzt, wo ich weiß, dass ich richtiglag und dass ich nicht die Einzige war. Aber jedenfalls danke.«

Sydney nickte. »Gern geschehen.«

»Neuigkeiten verbreiten sich schnell«, sagte Madison. »Waren das wirklich ihre Geister?«

Sydney schüttelte den Kopf. »Ich bin keine Nekromantin, und es war wichtig, dass er sie am Ende noch einmal sieht, aber sie ihrerseits sollten nicht noch einmal mit ihm zu tun haben müssen. Nein, nur eine Illusion.«

»Sydney!« Harper stürmte durch die Tür, stürzte sich auf Sydney und umarmte sie überschwänglich. Zuerst versteifte sich Sydney, doch dann entspannte sie sich ein wenig und ertrug die Umarmung. Sehr behutsam und sanft legte sie schließlich ihrerseits die Arme um Harper.

»Danke.« Harper trat zurück und wischte sich die Tränen aus den Augen. »Heute Abend besuche ich ihr Grab. Um ihr zu erzählen, was Sie getan haben.«

»Erzählen Sie ihr auch, was Sie getan haben«, erwiderte Sydney. »Sie hatte Glück, eine Freundin wie Sie zu haben.«

Harper ging wieder, noch immer schniefend.

Sydney sank auf einen Stuhl.

»Wie geht's dir?«, fragte Madison.

»Müde. Ich bin froh, wenn das alles vorbei ist.« Sie spürte die Magie wie Blei in ihren Adern. Ihre Gelenke schmerzten, ihre Finger waren so weiß, als wären sie erfroren. Es würde eine Abrechnung geben, irgendwann, wegen der Macht, die sie in sich aufgenommen hatte. Aber dieses Irgendwann war nicht jetzt und es gab noch etwas zu erledigen. »Ich muss einen Erben einsetzen.«

»Hat dich schon wieder jemand herausgefordert? Ist es Merlin? Dieser Mistkerl!«

»Nein, aber gestern Abend nach dem Duell wurde mir klar, dass Miles mein Haus Grey hätte geben können, wenn es Grey gelungen wäre, sich den Sieg zu ermogeln. Miles ist das Oberhaupt der Ungesehenen Welt und ich habe keine Blutsverwandten mehr, die über Magie verfügen. Also könnte er es einfach neu vergeben.«

»Er könnte es versuchen. Ich würde ihn bis zum nächsten Umschwung mit Formalitäten hinhalten.«

»Und deshalb würde ich es auch dir vermachen, wenn ich könnte.«

»Hör bloß auf!«

»Ich glaube, streng genommen bist du meine leibliche Cousine, Madison. Auf jeden Fall bist du das, was einer Familie für mich am nächsten kommt. Wenn du nicht auf die Ausübung deiner Magie verzichtet hättest, wäre es deins.«

Madison ergriff über den Schreibtisch hinweg Sydneys Hand.

»Aber da du es nun mal getan hast, kann ich es dir nicht vermachen, und wir befinden uns im Umschwung. Außerdem könnte ich auch von einem Bus überfahren werden, weißt du? Ich will das Haus in Sicherheit wissen, und ich will Grace in Sicherheit wissen, deshalb will ich erst mal das tun, was zu tun ist, um sie zu meiner Erbin einzusetzen.«

Madison nahm einige Blätter aus dem Drucker. »Wenn du bereit bist, ein bisschen Blut zu lassen, können wir das sofort regeln. Das ist unsere einfachste Vorlage. Deshalb bestimmst du damit auch nur, was aus deinem Haus wird. Falls du darüber hinaus noch etwas verfügen willst, komm vorbei, wenn dieser ganze Unsinn vorüber ist, und dann kannst du ein vollständiges Testament machen.«

»Perfekt.« Sydney schnitt sich in den Daumen, ließ Blut auf die Urkunde tropfen und drückte ihren Zeigefinger hinein. Sie sprach das Wort, das den Akt verbindlich machte, und der Fingerabdruck verfärbte sich golden.

»Und jetzt?«, fragte Madison.

»Ich erwarte eine Herausforderung von Miles. Und ich rechne nicht damit, dass es ein gutes Ende nimmt, hauptsächlich deshalb, weil er clever genug ist, das Haus Prospero und nicht Laurent herauszufordern und so ein Duell zwischen Ian und Lara herbeizuführen. Außerdem erwäge ich selbst eine Herausforderung – allerdings glaube ich, dass die Magie kompliziert sein könnte.«

»Gib Bescheid, wenn ich dir irgendwie helfen kann.«

Sydney beugte sich vor. Dann schlug sie mit den Händen auf Madisons Schreibtisch und stützte sich darauf.

»Sydney?«

»Papierkorb«, sagte diese mit zusammengebissenen Zähnen.

Madison reichte ihr den Papierkorb gerade rechtzeitig, damit er Sydneys Erbrochenes – durchzogen mit Blut und leuchtendem Grün – aufnehmen konnte. Sofort stank der ganze Raum wie ein verrottender Garten. »Tut mir leid. Die Konsequenzen werden schlimmer.«

»Du hast zwar gesagt, du wolltest heute dein Testament machen, weil du auch von einem Bus überfahren werden könntest, aber gibt es da zufällig noch etwas, was ich wissen sollte, Sydney? Ich frage das übrigens als deine Freundin, nicht als deine Anwältin.«

»Mir geht's gleich wieder gut.« Sydney wischte sich Blut vom Mund. »Es ist eigentlich nicht anders als das, was ich sonst auch durchgemacht habe. Nur intensiver, weil die Magie größer war und ich mehr davon gebraucht habe als normalerweise. Ich muss einfach die Endphase des Umschwungs überstehen, dann ist das hier auch vorbei.«

»Ich will mal so tun, als würde ich dir glauben, und dich nur noch eines fragen: Bist du sicher, dass es das wert ist?«

»Ja.«

24

Sydney zog Hals und Hände so weit wie möglich in ihren Mantel und – da der Wind trotzdem wie mit Messern durch die Daunen, den Schal und die Handschuhe schnitt – wünschte, dieses Treffen fände an einem anderen Ort als auf der Bethesda Terrace statt. Der Schnee war so häufig geschmolzen und wieder gefroren, dass er nicht mehr malerisch, sondern in harten, schmutzig gelben Klumpen voller Steine, Zigarettenkippen und Schlimmerem dalag. Die Luft war so unwirtlich wie der ganze Tag.

Der Engel der Wasser war nicht repariert worden: Die Lilie lag noch nicht wieder in seiner Hand. Stellenweise wies die Statue Risse auf – der Verfall der Magie, die so lange darin verankert gewesen war, hatte Verfall in der materiellen Welt nach sich gezogen.

Nun kamen Ian und Lara, beide mit vor Kälte geröteten Gesichtern, auf sie zu. Laras Haar bildete den einzigen Farbfleck im trüben Grau des Spätwinters. »Warum wollten Sie uns treffen?«, fragte sie.

»Ihr Vater hat das Haus Prospero herausgefordert.«

»Logisch«, sagte Lara. »Mich wundert nur, dass er so lange damit gewartet hat.«

»Ich werde nicht meine Schwester töten«, sagte Ian.

»Nein, das wirst du nicht«, stimmte Sydney zu. »Und sie

wird dich auch nicht töten. Aber ich nehme die Herausforderung an.«

»Ich vermute, du hast einen Plan«, sagte Ian.

»Sofern ihr beide bereit seid, mitzumachen. Zunächst einmal verfügt euer Vater über keine eigene Magie mehr.«

»Bist du sicher?«, fragte Ian.

»Du wirkst nicht überrascht.« Keiner von beiden wirkte überrascht.

»Bin ich auch nicht. Aber bist du sicher?«

»Ja. Als er vor dem Duell gegen Grey meine Hand nahm ...«

»Er hat übrigens immer noch Brandblasen«, warf Lara ein.

»Gut so. Als er meine Hand nahm, konnte ich es spüren. Im Haus der Schatten lernt man sehr gründlich, Magie zu spüren. Er hat keine. Gar keine.«

»Was bedeutet, er kann kein Haus führen«, sagte Lara.

»Was außerdem bedeutet, dass er auch keine offizielle Herausforderung aussprechen darf, und mit dieser Tatsache beabsichtige ich, uns alle lebend da rauszubringen. Aber ich muss meinen Plan in aller Öffentlichkeit umsetzen. Und deshalb treffen wir uns hier. Ich nehme an, ihr seid beide vertraut mit dem Zauber, der im Engel verankert ist?«

»Das Haus Merlin ist dafür verantwortlich, dass er überhaupt da ist, und auch für seine Aufrechterhaltung an unserem Ende der Leitung, insofern ja«, erwiderte Ian.

»Gut. Könnte bitte einer von euch – sehr vorsichtig – den Engel auf Magie untersuchen?«

»Das mache ich.« Lara zog ihre neonlila Fausthandschuhe aus, reichte sie Ian und streckte dann die Hände zur Statue aus. Sie sprach einen Satz, dessen Melodie am Ende wie eine Frage anstieg. Gleich darauf riss sie die Hände zurück. »Scheiße! Was war das denn? So dürfte sich das nicht anfühlen.«

»Ich muss euch erzählen, was Grace Valentine zustieß.«

Während Sydney berichtete, fluchte Ian wortreich, und Laras Miene verschloss sich, bis sie selbst einer Statue glich. »Ich glaube, dass der Zauber, der es ihm ermöglichen sollte, ihre Magie zu benutzen – die Magie seines eigenen Opfers, das er selbst dorthin gebracht hatte –, dass dieser Zauber sich irgendwie mit dem anderen verheddert hat, der schon in der Statue verankert war. Und je mehr Miles' Magie versagte, desto stärker versuchte dieser Zauber, das zu kompensieren, indem er Magie von überallher bezog, um sich selbst zu nähren. Ich glaube, ich kann dem ein Ende setzen, aber damit das funktioniert, muss die Verbindung zum Haus der Schatten vollständig unterbrochen sein.«

»Tu es«, sagte Ian. »Tu, was immer nötig ist.«

»Eines brauche ich dafür speziell von Ihnen, Lara – als Erbin des Hauses Merlin werden Sie Interimsoberhaupt der Ungesehenen Welt werden. Sie müssen die Abmachung mit dem Haus der Schatten explizit beenden.«

»Das ist alles?«, fragte Lara.

»Das sollte genügen.«

»Dann mache ich es natürlich. Aber da ist noch etwas. Wenn er irgendwie Magie abgesaugt und sie irgendwo aufbewahrt hat, könnte das die Probleme im Zauber verstärkt haben? Und ihn von dem, was er eigentlich sein sollte, in das hier verwandelt haben?« Sie deutete auf die Statue.

»Möglich«, sagte Sydney. »Ich weiß nicht, wie die Magie sich angefühlt hat, als sie noch unverdorben war – unsere Perspektive im Inneren des Hauses der Schatten unterscheidet sich ein bisschen von eurer hier draußen. Aber es könnte sein – falls dies der Teil des Zaubers war, der versagt hat, könnte ich mir vorstellen, dass das, was wie ein einfacher Abfluss funktionieren sollte, sich in ein schwarzes Loch verwandelt hat.«

Lara sah Ian an. »Ich glaube, ich weiß, was Dad in diesem verschlossenen Schrank aufbewahrt.«

Sydney stand am Rand des Central Park Reservoir und wappnete sich gegen den Anflug von Angst, der sich auch jetzt noch in ihrem Bauch regte. Ganz automatisch fuhr ihre Hand in die Tasche, um die drei Streichhölzer hervorzuholen, die früher für die Überfahrt erforderlich gewesen waren.

Nicht heute. Nicht für sie.

Sie sprach ein Wort, das ihren Atem gefrieren ließ, ehe er ihren Mund verließ, und ein Pfad aus Eis verfestigte sich knisternd auf der Oberfläche des Sees. Auf diesem Pfad trat sie erneut den Weg zum Haus der Schatten an.

Man konnte es kaum noch ein Haus nennen, diese Ansammlung von Dunkelheit auf dem knochenweißen Hügel – all den Opfern, die in seinen Diensten gestorben waren, zerpflückt und im eisigen Wasser aufeinandergehäuft. Mit einem Mal durchfuhr es Sydney heiß wie eine Flamme in ihrem Herzen: Dieses Haus löste sich auf, war geschwächt, beinahe zu einem Nichts dahingeschwunden. Sie hatte das vollbracht. Und sie würde sicherstellen, dass keine weiteren Knochen hinzukamen.

»Bist du zurückgekommen, um dich daran zu weiden?« Shara sah genauso aus wie diese Insel – schwarz, weiß und grau. Mal klar umrissen und im nächsten Moment an den Rändern verschwimmend. Sie klang wie ein Geist, wie ein Rudiment.

»Ich bin zurückgekommen, um dich zu befreien.«

Sehnsucht huschte über Sharas Gesicht. »Wenn das ein Witz ist, dann ein geschmackloser.«

»Die Bindung zwischen der Magie, die von hier kommt, und den Magiern der Ungesehenen Welt ist beinahe aufgelöst.«

»Das musst du *mir* nicht sagen, mir, die ich hier bin, während mein Haus um mich herum zusammenbricht.« Sharas Stimme so scharf, wie ihr Messer gewesen war.

»Sie muss vollständig zusammenbrechen. Und dafür muss unter anderem deine Verbindung mit diesem Ort, mit diesem« –

Sydney sah sich um und beschloss, dass das alte Wort noch immer das einzige war, was vielleicht passte – »Haus durchtrennt werden.«

»Und wenn ich Nein sage?«

»Du kannst gern versuchen, mich aufzuhalten«, sagte Sydney. »Fast wünschte ich, du würdest es versuchen.«

»Dann tu, weswegen du gekommen bist.«

Es war leicht. Ein Wort, das knackte wie ein Zweig, auf den man trat, wie brechendes Eis auf dem Wasser. Die endgültige Auflösung der Magie ein Funken auf Sydneys Haut. Die letzten Schatten fielen, alle bis auf die natürlichen Schatten eines Februartags.

Shara schüttelte sich ein einziges Mal heftig.

»Na bitte«, sagte Sydney. »Du hast dein Leben wieder. Geh, wohin du willst; tu, was dir beliebt. Allerdings solltest du es wahrscheinlich schnell tun, denn ich fürchte, hier ist bald nicht mehr viel übrig.«

»Ist es so leicht für dich, dein Zuhause zu zerstören? Mich im Stich zu lassen? Mit allem, was ich getan habe, habe ich dich nur stärker gemacht. Nur durch mich bist du, was du bist.«

»Das hier war nie ein Zuhause. Und ich habe mich selbst zu dem gemacht, was ich bin.«

25

»Möglicherweise haben Sie da etwas verwechselt«, sagte Miles. »Aber diese Herausforderung erging an das Haus Prospero. Sie sind nicht der offizielle Champion dieses Hauses und daher ist es Ihnen nicht gestattet, am Duell teilzunehmen. Sicher ist Ihnen bekannt, dass eine Einmischung den Entzug Ihrer Magie nach sich ziehen kann.«

Sydney stand in einem Raum voller Magier: beinahe alle verbleibenden Angehörigen der Ungesehenen Welt. Sie hatte sich zwischen zwei dieser Magier, Ian und Lara Merlin, postiert und verhinderte dadurch, dass das Duell stattfand. »Das ist mir durchaus bekannt. Aber ich bin nicht hier, um am Duell teilzunehmen. Ich bin hier, weil dieses Duell überhaupt nicht stattfinden dürfte. Sie haben nicht das Recht, Ihr Haus weiter zu führen, und daher ist das Haus Merlin nicht in der Position, Prospero herauszufordern.«

Miles stieß ein gezwungenes Lachen aus, das wohl zeigen sollte, wie bedeutungslos ihre Worte waren. Das sogar gewirkt hätte, wäre es nicht so kraftlos gewesen. Wäre seine Hand nicht zu seiner Tasche gezuckt, wie um nach etwas zu tasten, wie um sich zu vergewissern, dass es auch dort war. »Das ist ja lächerlich. Ich verlange eine Erklärung.«

»Wenn man nicht über Magie verfügt, kann man kein Haus führen. Und Sie verfügen nicht über Magie.«

Das Raunen der Zuschauer schwoll zu einem Brausen an. »Sie reden Unsinn.«

»Beweisen Sie mir das Gegenteil.« Sydney reichte ihm eine Kerze.

»Das ist doch absurd.« Merlin trat vor und entzündete die Kerze. »Sehen Sie?«

»Tut mir leid«, sagte Sydney. »Ich meinte, entzünden Sie die Kerze, ohne auf die Magie zuzugreifen, die Sie der Ungesehenen Welt seit Jahren stehlen und für sich allein horten.«

»Zum Beispiel so?«, fragte Lara, griff in die Tasche und holte ein kleines silbergebundenes Glasgefäß heraus, das vor Magie summte.

»Der Schrank war abgeschlossen …« Merlin biss sich auf die Zunge, doch der Schaden war angerichtet.

»Das Haus Merlin gibt auf«, sagte Lara laut und deutlich. »Mit der Begründung, dass die Herausforderung unter Vortäuschung falscher Tatsachen ausgesprochen wurde, von jemandem, der kein Recht hat, ein Haus zu führen. Als die Erbin setze ich die Anwesenden davon in Kenntnis, dass ich beabsichtige, Miles Merlins sofortige Absetzung zu beantragen, als Oberhaupt des Hauses Merlin wie auch als Oberhaupt der Ungesehenen Welt.«

»Haus Prospero akzeptiert«, sagte Ian, verließ den Duellbereich und beendete damit die Herausforderung formell.

»Jetzt reicht es aber«, sagte Miles.

»Wir sind hier noch nicht ganz fertig«, erwiderte Sydney.

Die Ansammlung von Schatten gleich neben Sydney verdichtete und verfestigte sich. Nahm die Gestalt einer Frau an. Grace Valentine trat aus den Schatten.

Miles prallte zurück.

»Ach, gucken Sie doch nicht so überrascht, Miles«, sagte Grace. »Um das zu lernen, haben Sie mich doch dorthin geschickt, nicht wahr? Wie man zu einem Schatten wird? Wie wir uns in sie einhüllen, wie wir eins werden mit der Stille, der Dunkelheit, den Geheimnissen, das ist einer der ersten Zauber, die uns dort gelehrt werden.

Allerdings fürchte ich, Sie haben mich nicht dorthin geschickt, um zu lernen.« Sie hob die Hände und ihre Narben schimmerten silbrig. »Ich sollte dort nur meine Magie aufgeben und sterben. Und zwar nicht einmal für die Ungesehene Welt. Allein für Sie. Um eine Schuld zu begleichen, haben Sie gesagt.«

Sydney trat neben Grace. »Allerdings nicht die übliche Schuld, nicht die, die zu begleichen jedes Haus sich bereit erklärt hat, nicht die Schuld, die die anderen bezahlen. Eine persönliche Schuld – etwas, was Sie dem Haus der Schatten dafür schuldeten, dass Sie den Zauber abändern durften, den Ihre Familie erschaffen hatte. Damit Sie die Macht für sich behalten konnten. Doch selbst dann, selbst als Sie Grace entführt und sie dort eingesperrt hatten, war es nicht genug. Und jetzt ist nicht nur Ihre Magie fort, sondern der Zauber ist verdorben. Ihre Handlungen waren die Ursache für das Versagen der Magie.«

Lara meldete sich zu Wort. »Und deshalb sage ich mich als Interimsoberhaupt der Ungesehenen Welt formell von deren Verbindung zum Haus der Schatten los. Die Verbindung, von der wir dachten, sie sei zu unserem Nutzen, wäre beinahe unser Untergang gewesen.« Sie folgte ihrem Bruder und um die beiden herum erhob sich ungläubiges Raunen.

»Das könnt ihr unmöglich beweisen«, polterte Miles.

»So langsam habe ich es satt, dass die Leute mir sagen, was ich nicht kann.« Sydney hob die Hände und ließ die Finger wie beim Fadenspiel durch die Luft fahren. Doch statt mit Garn webte sie mit Magie – mit Strängen von Magie, die in der Luft brannten. Ein Spinnennetz mit Miles Merlin in der Mitte, und diese Mitte war ein klaffendes, hungriges Loch, in dem die

Macht verschwand, und das andere Ende jedes Fadens war mit einem der Magier im Raum verbunden – mit je einem Angehörigen der Ungesehenen Welt, der dem Handel mit dem Haus der Schatten zugestimmt und dessen Haus das geforderte Opfer erbracht hatte.

Schließlich ließ Sydney die Hände sinken und damit verschwanden auch die Magiefäden.

»Das bedeutet, dass Sie alle mit der Zeit Ihre Magie einbüßen werden. Jeder Einzelne von Ihnen, der seine Magie mit der des Hauses der Schatten verknüpft hat – um es sich leichter zu machen, damit es nicht so wehtut, was auch immer der Grund ist, den Sie sich eingeredet haben, damit Sie nachts schlafen können. Bei jedem von Ihnen wird die Magie versagen, immer wieder.

Oder Sie können damit brechen, und ich meine wirklich damit brechen. Ich werde die Zauber für Sie rückgängig machen unter der Bedingung, dass so etwas wie das Haus der Schatten nie wieder existieren wird. Sie haben die Wahl.«

»Das ist durchaus nicht Ihre einzige Wahlmöglichkeit.«

Grace wurde bleich vor Schreck. »Shara.«

»Sydney sagte mir ja, ich könne alles tun, was ich will, nun, da ich frei bin. Und dies ist, was ich will. Was ich immer wollte – Macht, hier, bei Ihnen.«

Shara war so bleich wie eine Leiche, die sich aus ihrem Grab gewühlt hatte, mit wirrem Haar und zerfetztem Kleid, doch als sie nun mitten im Raum stand und zu den Leuten sprach, hielt sie Macht in ihren Händen. »Ich kann den Schlamassel, den mein Bruder angerichtet hat, rückgängig machen. Ich kann jedem hier seine Magie und die Mühelosigkeit, mit der sie gewirkt wurde, zurückgeben. Ich kann Ihnen sogar noch mehr geben, wenn Sie wollen – das Haus hätte viel mehr sein und tun können, doch ihm wurden Beschränkungen auferlegt. Miles hat mir einen Platz in dieser Welt versprochen und den beanspruche ich jetzt.«

»Nein«, sagte Sydney. »Das tust du nicht.« Sie ließ den Blick über die Zuschauer schweifen. Laurent fing ihren Blick auf und als sie nickte, sagte er: »Das Kandidatenhaus Beauchamps fordert das Haus der Schatten heraus, mit sofortiger Wirkung.«

»Oh, gut«, sagte Shara. »Darauf hatte ich so gehofft.«

Dieser Kampf war anders als der gegen das Haus. Dieser Kampf war anders als jeder andere.

Im Gegensatz zu ihrem Bruder war Shara eine machtvolle Magierin. Und auch wenn Sydney sich selbst zu dem gemacht hatte, was sie heute war, war es doch Shara gewesen, die sie ausgebildet hatte. Sie klinkte einen Zauber in Sydneys Magie ein und verknüpfte ihn mit dem, den Miles benutzt hatte und der im Engel der Wasser verankert gewesen war; mit dem Zauber, der Macht von den Opfern bezogen hatte, die ins Haus der Schatten geschickt worden waren. Jetzt saugte er Sydney Magie aus und auch der gesamten Ungesehenen Welt. Shara ließ den Zauber die ganze Arbeit machen: ein schreckliches schwarzes Loch der Magie, das alles verzehrte, was in Reichweite war.

Sydney fühlte sich, als würde sie innerlich auseinandergerissen, als dieser schreckliche Hunger nach ihrer Magie griff und sie verschluckte.

Die zuschauenden Magier schrien auf, schnappten vor Schmerzen oder Entsetzen nach Luft: Auch ihnen wurde die Magie entzogen. Jeder, der Magie aus dem Haus der Schatten verwendet hatte, wurde ausgesaugt – der Zauber nahm ihnen nicht nur das, was das Haus der Schatten ihnen gegeben hatte, sondern auch ihre eigene Magie, nun, da der Hunger dieses Zaubers endlich von seinen Fesseln befreit war und ungehindert alles verzehren konnte.

Es gab ein Gegengewicht. Sydney spürte die kalte, unerbittliche Waage, sie spürte das Gewicht auf der Gegenseite, so, wie sie es gespürt hatte, als sie zum ersten Mal ihren Namen unter den Kontrakt mit dem Haus der Schatten gesetzt hatte. Sie war gut darin, Magie zu spüren. Am Ende würde das Gleichgewicht wiederhergestellt.

Sydney hatte es in der Hand.

Magie stieg unter ihrer Haut auf wie der Frühling, wie frisches Grün. Sydney sprach ein Wort, und dieses Wort war ein Messer, und damit schnitt sie ein Stück von ihrem eigenen Schatten ab. Sie verwob den Schatten mit dem Messer, bis die Klinge so scharfkantig wie das Leben war. Dann schnitt sie sich in die Haut, in die Knochen, und folgte dabei der Linie ihren Narben. Frühlingsduft erfüllte die Luft, schwer, dicht, feucht und voller Leben. Magie, doch verstärkt.

Und dann öffnete Sydney die Hände und gab diese Magie zurück. Kämpfte nicht mehr an gegen den Zauber, der sie vernichtete – gegen diesen Hunger, diese Schmerzen.

»Was tust du da?«, stieß Shara hervor. »Das ist zu viel.«

Peitschenschnell fuhr Sydney herum und stach Shara mit dem Schattenmesser ins Herz. »Ich weiß.«

Das war kein normales Ende für ein Duell. Es gab eine Siegerin und es gab eine Leiche, doch im Zentrum des Raums herrschte noch immer das Chaos entfesselter Magie. Sharas Zauber war nicht mit ihr gestorben.

»O nein«, sagte Verenice. »Ach, Sydney, was hast du getan?«

»Was ist da los?«, fragte Ian, sämtliche Muskeln angespannt, beide Hände zu unterschiedlichen Zaubern gekrümmt. »Kannst du ihr helfen?«

»Vielleicht, aber …«

»Du bist die Einzige hier im Raum, die vielleicht versteht, wie Sharas Magie funktioniert – du warst die einzige andere, die stark genug war. Bitte«, sagte Ian, »falls du das aufhalten kannst, tu es.«

»Du weißt nicht, was du von mir verlangst.«

»Bitte«, wiederholte er.

Verenice nickte.

Sydney stand mitten im Raum und Magie sprühte, frühlingshaft und grün, wie Funken, wie Glühwürmchen aus ihr heraus, während sie selbst verzehrt wurde. »Der Zauber braucht bloß genügend Magie und dann wird er enden. Benutz das Messer.«

Entsetzen in Verenice' Miene. »Sydney, nein.«

»Verenice, du hast gesagt, du würdest helfen. Du würdest dafür sorgen, dass das Haus der Schatten zerstört wird. Du musst das für mich tun.«

Schnell, so schnell, dass die Bewegungen ihr keine Zeit zum Nachdenken ließen, zog Verenice der reglosen Shara das Messer aus der Brust. Dann ergriff sie Sydneys Schatten und raffte ihn zusammen wie ein dünnes Tuch. Sie sah Sydney nochmals an und als diese nickte, schnitt sie.

Als Sydneys Schatten von ihrem Körper abgetrennt wurde, schrie sie wie ein gebrochenes Herz.

Sobald Verenice den Schatten vollständig abgeschnitten hatte, ließ sie ihn los und das entsetzliche Verschlingen ging weiter: Sydneys Schatten wurde vollständig verzehrt. Er flog in Funken, grün wie Glühwürmchen, grün wie der Frühling, grün wie die Hoffnung, in diesen Schlund und verschwand darin.

Und damit kam der Zauber zum Stillstand. Der Schatten war fort, das Gleichgewicht wiederhergestellt, die Schuld getilgt. Die versammelten Magier spürten, wie ihre Hände warm wurden, als die Magie zu ihnen zurückkehrte.

Alle bis auf Sydney.

»Danke«, sagte sie zu Verenice.

Weinend wandte diese den Blick ab.

»Es gibt ein Testament«, sagte Sydney zu Grace. »Das Haus gehört dir.«

Und inmitten der allgemeinen Erschütterung ging sie aus dem Raum und ließ die Magie hinter sich.

26

Sydney stand auf dem Balkon ihrer Wohnung und sah hinab auf eine Stadt, die so hell glitzerte und glänzte, dass manche Menschen es magisch genannt hätten. Hoch genug über allem, um allein zu sein, in der Nacht, im Dunkeln, in einer Luft, die beinahe wie Frühling roch.

Sie hatte keine Schmerzen. Keine Nachwirkungen von der Magie, kein Brennen in den ausgefransten Rändern ihres Schattens. Da war schlicht nichts, nicht einmal Benommenheit. Nicht einmal ein Schatten.

Sie grub sich die Fingernägel in die Handflächen, bis sie bluteten, denn sie brauchte diesen Schmerz, um sich zu konzentrieren.

Es war beinahe – beinahe – so gelaufen, wie sie es geplant hatte. Das Haus der Schatten war nicht mehr. Die Magie war in der Welt geblieben. Es hatte einfach ein Opfer gegeben.

Sydney sah nicht hinter sich, wo trotz der Lichter der Stadt kein Schatten war. Sie versuchte nicht, dem grünen Knistern der Macht in ihren Adern nachzuspüren. Doch ihre blutenden Hände bewegten sich durch Form um Form, durch Zauber um Zauber. Nicht Hoffnung. Nicht direkt.

Sie hatte gewusst, dass Shara zurückkommen würde. Wohin hätte sie auch sonst gehen sollen mit ihrer Wut und ihrem Ehrgeiz als an den Ort, der ihrer Meinung nach schon immer ihr hätte gehören sollen? Sydney hatte bloß gedacht, ihre Zauber würden mit ihr sterben – das Haus der Schatten und seine Verkörperung beide zugleich fort.

Vielleicht war der Zauber bereits zu stark verdorben oder die Magie zu stark mit der Ungesehenen Welt selbst, mit sämtlichen Magiern, verwoben gewesen. Vielleicht war Shara ihr tatsächlich überlegen gewesen. Vielleicht hatte sie auch nur Pech gehabt.

Vielleicht dies, vielleicht das – es spielte keine Rolle. Sie war, was sie war, jetzt.

Und die Magie dieser Stadt, ihre strahlenden, glitzernden Lichter, war die einzige, die ihr geblieben war.

Sydney ging hinein und kroch unter ihre sämtlichen Decken. Sie schlief nicht.

27

Die Nachricht ging auf verschiedenen Wegen ein. Als E-Mail. Als SMS. Förmlich getippt auf schlichtem weißem Bürobriefpapier. Von Hand mit weinroter Tinte geschrieben und mit Wachs versiegelt. Doch gleichgültig, welches Medium, der Inhalt war immer der gleiche.

Das Rad des Schicksals hatte seinen Umschwung beendet. Die Welt war neu geordnet worden.

Das Haus Prospero – geführt von Grace Valentine – würde von nun an die Ungesehene Welt lenken.

Laurent war wie erhofft zum Oberhaupt eines neuen Hauses ernannt worden. Ansonsten war im Umschwung kaum etwas so gelaufen, wie er es erwartet hatte. Er schenkte sich einen Whiskey ein und trank auf das Ende des Umschwungs.

Lara Merlin war als Oberhaupt des Hauses Merlin bestätigt worden. Miles war seit dem Abend des, wie sich erwies, letzten Duells, nicht mehr gesehen worden.

Das Haus der Schatten existierte nicht mehr. Der Engel der Wasser barg wieder nur die Magie, die einem Kunstwerk eben innewohnt.

Weitere Fälle von Magieversagen waren nicht mehr aufgetreten.

Das Rad des Schicksals hatte sich tatsächlich gedreht. Manche waren aufgestiegen, andere abgestürzt. Es war ein Neubeginn und alles würde anders sein, bis es das nächste Mal Zeit wurde, die Welt neu zu ordnen.

»Ich verstehe«, sagte Miranda, die Lippen schmal und verkniffen; Fingerknöchel, die sich weiß unter der Haut abzeichneten. »Sie sagten, Sie seien gut darin, so etwas zu spüren – ist sie vollständig weg? Und kommt nicht wieder?«

Sie saß in ihrem Hotelzimmer auf der Couch und der Tee in ihren Händen wurde kalt.

Verenice verdrängte die Erinnerung daran, wie sie in der einen Hand Sydneys Schatten und in der anderen ein Messer gehalten hatte, und erklärte es Miranda: »Ich sagte Ihnen ja, dass unsere Bindung ans Haus der Schatten nicht gelöst war, als wir es verließen – wir mussten noch eine Schuld tilgen.«

Miranda nickte.

»Diese Schuld wurde mit kleinen Stücken unserer Schatten beglichen.« Sie deutete auf ihren Schatten und bewegte sich, sodass die zerrissenen, ausgefransten Ränder besser zu sehen waren. »Mit unserem Schatten verhält es sich ganz ähnlich wie mit unseren Fingerknochen, in denen sich die Magie ansammelt. Es ist rein symbolisch, aber so machtvoll, dass es real wird.

Als Sharas Zauber mit ihrem Tod nicht endete, bat Sydney mich, ihren gesamten Schatten abzuschneiden, um ihre ganze Magie auf einmal zurückzugeben, damit die Magie in der Welt bleibt.«

»Wie kann eine einzige Person denn über so viel Magie verfügen?«

»Sie erinnern sich vielleicht noch an das Vierjahreszeitenduell, zu Anfang des Umschwungs, als ein Magieversagen auftrat«, sagte Verenice.

»Ja, ich war dort. Es war ein Übermaß an Frühling, als würde der Zauber den ganzen Raum mit Magie überschwemmen. Beängstigend.« Miranda erschauerte.

»Als Sydney den Zauber beendete, nahm sie die Magie, die darin enthalten war, in sich auf. Seitdem war diese Magie in ihr. Dieses Übermaß genügte.«

»Aber der Schnitt – die Magie so zu entfernen –, kann man das überleben?«

»Ja. Überall auf der Welt leben Menschen ohne Magie.« Die meisten von ihnen starben nicht daran. Die meisten von ihnen.

»Das ist mir bewusst. Ich habe ja selbst meine Magie eingebüßt.«

Verenice sagte ihr nicht, dass das nicht dasselbe war, ganz und gar nicht. Miranda würde das glauben, was sie glauben musste.

»Aber was ich nicht verstehe, ist, warum sie ihre Magie dafür aufgegeben hat. Sie hat sehr deutlich gemacht, dass sie Magie hasst, das Haus der Schatten hasst, die gesamte Ungesehene Welt hasst. Warum hat sie den Zauber nicht einfach weitermachen lassen, bis alle ihre Magie verloren und zu Nichtmagiern geworden wären?«

Verenice beugte sich zu Miranda und nahm ihr sanft Tasse und Untertasse aus den zitternden Händen. »Sie hat das Haus der Schatten gehasst, ja. Sie hat gehasst, was in der Ungesehenen Welt aus der Magie geworden war. Aber die Magie hassen? Nein, das war es nicht. Im Gegenteil. Sie hat die Magie geliebt, und sie sah sie verschwinden, und da hat sie getan, wozu man sie bestimmt hatte – sie hat sich geopfert.«

Da verlor Miranda die Fassung. Verenice beobachtete, wie sie die Augen schloss und gequält das Gesicht verzog.

»Wenn Sie sie sehen, dann sagen Sie ihr bitte – falls Sie glauben, dass es ihr helfen würde –, dass ich stolz auf sie bin«, sagte Miranda schließlich.

»Wenn diese Bedingung jemals gegeben ist«, erwiderte Verenice zurückhaltend, »dann mache ich das.«

»Heute irgendwas für mich, Henry?«, fragte Sydney, als sie das Gebäude betrat.

»Da drüben wartet ein Herr auf Sie, Miss.«

Ian stand an den Aufzügen. »Verenice hat mir deine Adresse gegeben. Kann ich mit raufkommen?«

»Klar. Von mir aus.« Sie zuckte die Achseln. »Danke, Henry.«

Das Schweigen im Aufzug war so drückend, dass man daran ersticken konnte.

»Ich bin mir nicht sicher, was du hier willst«, sagte Sydney, während sie ihre Wohnungstür aufschloss.

»Weißt du, ich war noch nie in deiner Wohnung. Sie ist hübsch.«

»Ich wollte nicht, dass die Leute wissen, wo ich wohne. Jetzt ist es egal.« Sie begann, Kaffee zu kochen und stieß dabei mit dem Ellbogen einen Kaffeebecher von der Arbeitsplatte. Ihre Hand zuckte vor und sie sprach eine Reihe von Worten, die mit dem Zerbrechen des Bechers und einem lauten »Ach, Scheiße!« endeten.

Sie knallte den anderen Becher auch auf den Boden.

»Sydney?«

»Lass mich einfach in Ruhe. Geh einfach.« Sie ließ sich zu Boden sinken und hockte inmitten der Scherben.

»Du blutest«, sagte er. »An der Hand.«

Sie lachte, schrill und bitter, dann lehnte sie den Kopf an den Schrank hinter sich. »Ich habe nicht mal Pflaster da. Habe ich nie gebraucht. Ich hatte Magie.«

»Ich kann …«

»Lass es. Ein bisschen Blut bringt mich nicht um.« Sie öffnete die Augen und sah ihn an. »Ich hasse es, so zu sein.«

»Alles andere hätte mich auch überrascht.«

»Weißt du, was das Schlimmste daran ist? Das Schlimmste daran ist, dass ich immer noch eine Kerze entzünden kann. Wie irgend so ein bescheuerter Nichtmagier, der gerade genug weiß, um gefährlich zu sein. Ich bekomme Nasenbluten davon, aber trotzdem tue ich es jeden Morgen als Erstes, wenn ich aufwache. Und als Zweites versuche ich, irgendeinen anderen Zauber zu wirken. Irgendeinen. Das kann ich natürlich nicht, aber ich versuche es.

Ich muss es einfach versuchen.« Ihre Stimme klang unendlich traurig.

Ian berührte ihre Hand, federleicht. »Ich weiß.«

»Ich habe das Gefühl, das bin nicht mehr ich. Und komm mir jetzt bloß nicht mit irgendeinem scheiß Gemeinplatz à la, ich sei immer noch ich und an mir hätte sich nichts Wesentliches geändert! Sonst finde ich einen Weg, dich von meinem Balkon zu werfen, Magie hin oder her.«

»Meiner ist besser. Der Balkon.«

Sydney sah ihn an. Lachte. Diesmal klang es beinahe wie ein echtes Lachen, nicht wie ein Ausdruck ihrer Verbitterung. »Was glaubst du wohl, warum ich ständig auf deinem Balkon bin?« Dann leiser: »Die Magie, das war ich. Ich habe sie immer in meinem Blut und in meinen Knochen gespürt, Ian. Das war ich, und jetzt ist sie weg, und ich weiß nicht mehr, wer ich bin, verdammt.«

»Du wirst es herausfinden. Wer du jetzt bist. Und ich wäre wirklich gern dabei, wenn du mich lässt.«

Sie atmete geräuschvoll aus und lehnte den Kopf an seine Schulter. Er war nicht die Lösung, ganz und gar nicht, doch er linderte ihre Einsamkeit. War ein Moment der Wärme. Einstweilen sollte das genügen. »Möchtest du hierbleiben und mir morgen dabei zusehen, wie ich eine Kerze entzünde?«

»Ja, das möchte ich.«

28

Die Aufzugtür öffnete sich zu Laurents Wohnung. Sydney zögerte einen Moment, doch dann ließ sie sich von ihm in die Arme nehmen und erwiderte die Umarmung. »Es ist wirklich schön, dich zu sehen.«

»Wie ist es dir ergangen?«, fragte er. »Ich habe welche von diesen Macarons, die du so magst – Blumengeschmacksrichtungen für dich und Schokolade für mich. Wir können also essen, während wir uns auf den neuesten Stand bringen.«

»Es ist wirklich richtig schön, dich zu sehen.« Sie lächelte und setzte sich an den langen Tisch, mit Blick zum Fenster, das auf eine Stadt hinausging, die noch immer magisch aussah. »Und ich würde lieber hören, wie es dir geht – wie ist es, offizielles Oberhaupt eines Hauses zu sein?«

»Bis jetzt ziemlich normal, aber ich glaube, das liegt daran, dass die Situation im Moment für alle komisch ist. Die Leute sind immer noch dabei, herauszufinden, wie sie damit zurechtkommen sollen, so ohne Haus der Schatten und mit den ganzen Veränderungen. Ich verbringe viel Zeit damit, anderen beizubringen, wie sie ihre eigene Magie nutzen können. Dass ich so was mache, damit hätte ich niemals gerechnet.«

»Ich wette, du machst das gut.«

»Ich habe von der Besten gelernt.«

Sie tat das Kompliment mit einem Achselzucken ab. Es fiel

ihr noch immer schwer, an den Menschen zu denken, der sie gewesen war, als sie noch über Magie verfügt hatte, und den, der sie jetzt war, nicht als minderwertig zu betrachten. »Und wenn die Lage sich beruhigt und alles wieder normal ist? Was hast du für Pläne?«

»Ich öffne die Türen«, erwiderte er. »Schluss mit dem Quatsch, dass Leute nicht stark genug sind, um einem Haus anzugehören, Schluss mit Außenseitern, Schluss mit alledem. Wenn sie über Magie verfügen und zur Ungesehenen Welt gehören wollen, sind sie in meinem Haus willkommen.

Sydney, wenn du ...«

»Nein. Danke – ganz ehrlich –, aber ich will wirklich nicht. Die Ungesehene Welt ist nicht der richtige Ort für mich. Ich glaube, das war sie nie, und jetzt ganz bestimmt nicht mehr.«

»Das Angebot steht.«

Sie nickte höflich, denn sie wollte ihn nicht kränken, indem sie ihm sagte, dass sie es niemals annehmen würde.

»Ich hatte Madison Erkundigungen über dich einholen lassen. Wusstest du das?«, sagte sie.

»Was?«

»Vor dem Umschwung. Shara hatte einen großen Plan, wie alles laufen sollte, und ich hatte meinen eigenen, der in ein paar entscheidenden Punkten von ihrem abwich.«

»Okay, dieser Teil überrascht mich nicht. Wobei, falls du nur *einen* Plan hattest, überrascht es mich vielleicht doch.«

Sydney lachte. »Ja, es gab mehr als einen Plan. Aber in allen Szenarien musste ich zum Champion ernannt werden, und so habe ich Madison ein paar Eigenschaften genannt, die ich mir von dem Haus oder dem Kandidaten, den ich repräsentieren würde, wünschte, und sie gebeten, Leute für mich rauszusuchen. Ich hatte gehofft, sie würde jemanden finden, der so beeindruckt von meiner Magie ist, dass er sich aus allem raushält.«

»Daher diese erste Illusion«, sagte Laurent.

»Daher.« Ein Mundwinkel ging in die Höhe. »Aber wie sich herausgestellt hat, hätte sie niemand Besseres finden können. Du hast dich nicht rausgehalten. Du hast mir geholfen. Danke dafür.«

»Ich glaube, das ist meine Textzeile. Meine Tür steht dir immer offen, Sydney. Ich bin froh, dass du hereingekommen bist.«

Und dann saßen sie den restlichen Abend beisammen, tauschten sich aus über all die Kleinigkeiten, die eine Freundschaft ausmachen, und sahen dabei die Sonne über der Stadt und all ihren Wundern, gesehenen wie ungesehenen, untergehen.

Sydney spazierte mit Madison durch den Central Park. Am Engel der Wasser blieben sie stehen. Sydney warf einen Penny in den Brunnen.

»Soll der Glück bringen?«, fragte Madison.

»Man kann nie wissen«, erwiderte Sydney. Die Statue war ausgebessert worden, nicht mithilfe von Magie, sondern von der Stadt, und alle Spuren ihrer Verbindung zur Ungesehenen Welt waren fort. In Sydneys Augen war sie noch immer nicht schön. Das würde sich wahrscheinlich nie ändern. Aber sie konnte es jetzt ertragen, sie anzusehen. Kleine Schritte.

»Stimmt es, dass Prospero nur deshalb an die Spitze gekommen ist, weil du im Duell gegen Ian aufgegeben hast?«

»Schon komisch, wie sich das entwickelt hat, was?«, sagte Sydney. »Grace wird das hervorragend machen. Und es besteht keine Gefahr, dass es in ihrer Amtszeit zu so etwas wie dem Haus der Schatten kommt.«

Die Luft war warm, alles war grün, das Gras war dicht und üppig, die Bäume blühten. Jogger rannten vorüber und ein paar Kinder mit Luftballons, die an ihren Handgelenken festgebunden waren, kreischten begeistert, als eine Windböe die Ballons zappeln und tanzen ließ. Ein paar Leute spielten Fußball auf der Wiese und der Ball rollte Madison vor die Füße. Der Frühling war früh gekommen und alle genossen das schöne Wetter.

Madison stupste den Ball zurück zu den wartenden Spielern. »Wenn da nicht der Teil wäre, wo du deine Magie eingebüßt hast, hätte ich gesagt, du hast das alles so geplant.«

»Wenn das nicht wäre, ja.«

»Ist sie immer noch …?«

»Immer noch«, sagte Sydney. »Ich glaube, die Antwort darauf lautet jetzt: für immer, und ich kann das aussprechen, ohne dass es furchtbar wehtut. Ich kann noch immer eine Kerze entzünden. Mache ich auch, jeden Tag – ich versuche noch immer, irgendeinen kläglichen Überrest von Magie in mir zu finden, der mir mehr ermöglicht. So bin ich nun mal. Ach – das wird dir gefallen –, Lara hat mir die Magie angeboten, die Miles gestohlen und versteckt hatte.«

»Im Ernst?«

»Allerdings hat sie mich nicht direkt angesprochen – sie hat Ian vorgeschickt. Und ich glaube, sie dachte wirklich, dass sie mir damit etwas Gutes tut. Ich konnte zuerst gar nicht antworten, so sehr musste ich lachen, und ich fürchte, Ian hatte Angst, dass ich jetzt doch noch durchdrehe, aber ja.« Dieses Angebot hatte sie leichten Herzens ablehnen können – es hätte ihre Zeit in der Ungesehenen Welt nur unwesentlich verlängert, hätte ihr zwar ermöglicht, hier und da einen Zauber zu wirken, doch es wäre wie eine tickende Uhr gewesen, die sie nur daran erinnert hätte, was sie nicht mehr war. Es wäre keine echte Magie gewesen – es wäre nicht ihre gewesen. Und der Ort, von dem sie stammte, der Makel, der daran haftete … Sie hatte Ian gesagt, er solle die Gefäße zerstören.

»Hast du dich schon entschieden, was du als Nächstes machst?«, fragte Madison. »Du könntest Jura studieren.«

»Was hast du noch gleich gesagt, als ich dir erzählte, ich würde dir das Haus Prospero vererben, wenn ich könnte? Ach, richtig: Hör bloß auf.«

Madison lachte.

»Aber irgendwas lernen werde ich vielleicht schon. Das Geld, das ich bei Laurent verdient habe – es war eine Menge. Ich muss mir keine Sorgen machen und habe Zeit, etwas auszuprobieren.« Es könnte Spaß machen, etwas Obskures und Komplexes zu lernen, es könnte eine Herausforderung darstellen, über der sie vielleicht vergaß, wie sehr ihre Hände sich nach der Magie sehnten, die sie nicht mehr besaßen, über der sie vielleicht endlich aufhörte, nach Überresten ihres Schattens zu suchen, die eventuell noch irgendwo an ihr hafteten.

»Und die Freiheit, es zu tun.«

»Und die Freiheit, es zu tun. Was sehr seltsam ist. Aber gut. Auf gute Weise seltsam.«

»Ganz ähnlich wie du, meine Liebe«, sagte Madison. »Drinks?«

»Drinks.«

Selbstverständlich hatte sie einen Plan gehabt. Ersonnen in der Dunkelheit, in den Schatten. Einen Plan mit diversen unterschiedlichen Ausgängen, die meisten davon letztlich schmerzhaft – Magie hatte immer Konsequenzen. Die Bewohner des Hauses der Schatten wussten das besser als die meisten, und selbst ohne Magie würde sie zum Teil immer eine aus dem Haus der Schatten bleiben.

Doch all ihren Plänen, all den möglichen Ausgängen, die Sydney vorhergesehen hatte, zum Trotz hätte sie nicht gedacht, dass es so ausgehen könnte. Hätte man ihr die Wahl gelassen, dann wäre der Verlust ihrer Magie möglicherweise eine Konsequenz gewesen, mit der sie sich nicht einverstanden erklärt hätte.

Sie hatte ihren Frieden damit gemacht, dass sie womöglich sterben musste, falls ihr Ende auch das Ende des Hauses der Schatten bedeutete. Das war das Gegengewicht, das sie notfalls bereit gewesen war, in die Waagschale zu werfen. Mit einer Welt, in der die einzige Magie, über die sie verfügte, die Fähigkeit war, eine blöde Kerze zu entzünden, hatte sie ihren Frieden noch nicht gemacht.

Während Sydney weiter mit ihrer besten Freundin durch das Grün, durch das Frühlingslicht spazierte, beugte sie die Finger zu Zauberposen. Unablässig.

DANKSAGUNG

Großen Dank schulde ich Megan Kurashige, deren Feedback zu einem frühen Entwurf mir nicht nur half, die Form der Geschichte zu erkennen, die ich erzählen wollte, sondern mich auch davon abhielt, in meiner Verzweiflung den ganzen Entwurf zu löschen.

Ebenfalls sehr dankbar bin ich Freunden, die mich unterstützten und ermutigten, während ich dieses Buch schrieb: Maria Dahvana Headley, Cat Valente, Theodora Goss, Gwenda Bond, Neil Gaiman, Roshani Chokshi, Sarah McCarry, Monica Byrne, Martin Cahill, Christie Yant, Dot Paxton, Keri Blatt, Becky Krug, Jen Miller und Nicole Saharsky.

Dieses Buch wäre nur ein Haufen Wörter ohne meine fantastische Agentin Brianne Johnson und meinen grandiosen Lektor Joe Monti. Ich danke euch beiden. Außerdem danke ich allen bei Saga Press für ihre Hilfe und die harte Arbeit, insbesondere Lizzy Bromley, Art Director bei Saga, und Vault 49 für das tolle Cover. Ich habe so ein Glück, mit euch allen arbeiten zu dürfen.

Und natürlich gehören all meine Liebe und meine tiefe Dankbarkeit meiner Familie.